KB040706

녹두장군

녹두장군 12

지은이 | 송기숙
펴낸이 | 김성실
편집주간 | 김이수
책임편집 | 손성실
편집기획 | 박남주 · 천경호
마케팅 | 이동준 · 이준경 · 강지연 · 이유진
편집디자인 | 하람 커뮤니케이션(02-322-5405)
인쇄 | 중앙 P&L(주)
제본 | 대흥제책
펴낸곳 | 시대의창
출판등록 | 제10-1756호(1999. 5. 11)

초판 1쇄 인쇄 | 2008년 7월 1일
초판 1쇄 발행 | 2008년 7월 10일

주소 | 121-816 서울시 마포구 동교동 113-81 (4층)
전화 | 편집부 (02) 335-6125, 영업부 (02) 335-6121
팩스 | (02) 325-5607
이메일 | sungkiller@empal.com(책임편집자)

ISBN 978-89-5940-123-9 (04810)
       978-89-5940-111-6 (전12권)
값 10,800 원

녹두장군

12 최후의 불꽃

송기숙 역사소설

시대의창

차 례

제12권 최후의 불꽃

제 백성을 치라고 제 나라 군사를 외적한테 맡기다니 이런 일은 만고에 없던 일입니다. 이제 나라를 구하고 백성을 구할 사람은 우리뿐입니다. 지금 온 천하 백성 모두가 우리만 믿고 있습니다. 우리는 일본군에 비해 화력이 약합니다. 그러나 저자들은 우리의 투지를 당해내지 못할 겁니다. 승산은 오로지 우리의 투지에 있습니다.

1. 능티고개 전투

10월 22일 아침, 달주 부대 6백여 명은 이인 쪽으로 진군을 하고 있었다. 황토색 수건을 머리에 질끈질끈 동여매고 총과 대창을 멘 대원들 모습은 오늘따라 한결 간동하고 날렵해 보였다. 괴나리봇짐에다 따로 끈을 달아 허리에다 잡아맸기 때문이다. 봇짐을 지고 달리면 봇짐이 제멋대로 놀았으므로 어제저녁 김장식이 제안해서 모두 끈을 달았다. 밥그릇만도 두 개씩이나 들어 거추장스럽던 봇짐이 등에 딱 붙자 여간 간동하지 않았다. 짚신도 밖에다 차지 않고 전부 봇짐 속에 집어넣었다. 말없이 내닫고 있는 대원들 눈에서는 사뭇 빛이 번쩍이고 있었다. 행렬은 깃발도 휘날리지 않고 풍물도 치지 않았다. 깃발은 모두 개어 봇짐에 넣었고 풍물은 처음부터 없었다. 신호용으로 꽹과리만 대여섯 개 있었다. 맨 뒤에 따르는 장진호 부대는 봇짐이 유독 컸다. 이틀 동안 먹을 식량을 나눠 진 것이다.

김승종과 장진호 등 각 부대 대장들은 앞뒤로 부대원들 사이를 부지런히 오가고 있었다. 길가 밭에는 벌써 보리가 파릇파릇 싹이 나고 밭두렁 무명나무 더미에는 늦다래에서 핀 무명이 유독 하얬다. 도랑가에서는 까치들이 깍깍 앙칼지게 재잘거리고 있었다.

　유한필 부대는 저만큼 뒤에 오고 있었다. 유한필 부대와 함께 이인으로 진출하라는 명령을 받은 달주 부대는 유한필 부대보다 한발 앞서 출발했다. 경천점에서 이인은 30리가 조금 못 되었다. 유한필 부대는 구식 대포 5문을 가지고 왔다. 불랑기와 크루프포는 모두 송희옥 부대에 배치했다. 불랑기가 있다는 것은 아직도 두령들 몇 사람 밖에는 모르고 있었다. 옮겨오기도 밤중에 옮겨 동네에 감추어두고 있었다.

　달주 부대 무기는 총이 4백여 자루, 대창이 2백여 자루였다. 총은 양총이 70여 자루, 천보총과 회룡총이 20여 자루이고 나머지는 화승총이었다. 양총은 전에 황토재전투와 황룡강전투 때 빼앗은 것인데, 실탄은 전주전투 때 모두 떨어져버렸으므로 이번에 30발씩 새로 지급받았다. 실탄을 받자 병사들은 기고만장이었다. 양총 부대는 그동안 핀잔도 숱하게 받았다. 총을 닦을 때는 과부가 화장해서 뭣하냐느니, 고자가 처갓집 가냐느니, 향청 머슴은 싸리비가 제격이라느니, 드나나나 핀잔이었으나 이제 호랑이가 날개를 단 셈이었다.

　경천점과 이인 중간쯤 되는 삭대원 재 꼭대기에 이르렀다. 달주 부대 정탐병이 달려왔다.

　"이인은 동네가 텅텅 비어버렸소. 북접군은 한참 아래 새말에 있소."

"여기서 잠깐 쉰다."

달주가 영을 내렸다. 저만큼 유한필 부대가 오고 있었다.

"우리는 먼저 가겠소. 서로 연락합시다."

달주는 유한필한테 달려가서 작별을 하고 성항산 쪽으로 길을 잡아 섰다. 미리 약속한 일이었다. 달주 부대는 성항산 재를 넘어 이인에서 북쪽으로 3마장쯤 되는 괴남이란 동네에 진을 치고, 유한필 부대는 바로 이인으로 가서 동네다 진을 치기로 했다. 여기서 이인은 10리가 조금 못 되었다. 그저께 이쪽으로 진을 옮긴 북접 부대는 여기와 이인 사이 아래쪽으로 삼각점을 이루는 새말이란 동네에 진을 치고 있었다.

그제 공주성을 공격하려다가 그만둔 전봉준 부대는 어제 하루를 더 기다렸다가 오늘에야 움직인 것이다. 김개남이 어제(21일) 금산으로 출발하겠다는 소식을 전해왔기 때문이다. 김개남이 전주에서 움직여 그 부대 진로가 드러나야 관군들이 공주로만 몰려들지 않을 것이므로 하루만 더 기다리자는 두령들 제안을 받아들인 것이다. 김개남은 전주로 들어간 지 7일 만에 드디어 움직였다.

달주 부대는 가파른 성항산 재로 올라붙었다. 정탐병들은 계속 현지를 살피고 와서 보고를 했다. 정탐병 대여섯 패가 부지런히 오갔다. 재를 넘어 작골이란 동네를 바로 눈앞에 두고 있을 때 정탐병 한패가 유독 다급하게 달려왔다.

"주봉리에 관군이 왔소."

"관군이 주봉리까지?"

달주는 깜짝 놀랐다. 주봉리는 우금고개에서 이인으로 오는 길처

20여 리쯤 되는 지점이었다. 거기서 이인은 10여 리였다. 관군이 그렇게 멀리까지 진출하다니 좀 뜻밖이었다.

"지금 정탐병 한 패가 주봉리로 갔은게 여기서 정탐병을 기다렸다가 움직이는 것이 좋겠소."

목적지 괴남은 조그마한 고개 하나 너머였다. 달주는 부대를 멈춰놓고 바로 유한필 부대로 파발을 띄운 다음 대장들과 정탐병들을 데리고 괴남고개로 올라갔다. 고개티에서부터 잔뜩 몸을 숙이고 고개로 올라붙었다. 괴남리 앞에는 꽤나 넓은 들판이 펼쳐 있고 들판 가운데로 용성천이란 내가 흐르고 있었다. 용성천은 우금고개 쪽에서 이인으로 흐르는 것이 아니라 이인에서 북쪽으로 역류하다가 괴남을 지나 서쪽으로 꺾어 금강으로 빠졌다. 괴남은 이인으로 빠지는 길가 동네라 이 동네 사람들도 모두 피난을 갔는지 전혀 사람이 보이지 않았다. 동네 감나무에는 한두 개씩 달린 까치밥만 초겨울 바람에 알몸을 내놓고 떨고 있었다. 정탐병들은 아직 오지 않고 별달리 이상한 점은 없었다.

"작골에서 점심을 해먹자. 빈집에는 들어가지 말고 사람들이 있는 집에만 식량을 나눠주고 밥을 맡겨!"

장진호한테 영을 내렸다. 장진호가 달려갔다. 그때 정탐병이 달려왔다.

"주봉리에 관군 2백여 명이 진을 치고 있고 3백여 명은 이쪽으로 내려왔다는구만. 그런데 3백 명은 종적이 없어."

정탐병은 다급하게 말했다.

"뭣이, 3백여 명이나 이리 내려왔는데 종적이 없다고?"

달주가 썰렁한 표정으로 다급하게 물었다.

"무려 3백여 명이나 이쪽으로 왔는데 종적이 없다면 이 근방 어디에 매복을 하고 있다는 이야기 아냐?"

대장들은 눈이 휘둥그레지며 실없이 주변을 둘러봤다. 금방 어디서 관군이 튀어나올 것 같은 모양이었다.

"아직 여기까지는 안 왔어."

먼저 왔던 정탐병이 말했다.

"그럼, 그 많은 수가 어디로 갔지?"

"각 부대는 산으로 흩어져 숨고 주변 경계를 엄하게 해라."

달주가 영을 내렸다. 대장들이 뛰어갔다. 장진호 대원들은 동네로 들어가고 다른 병사들은 모두 수풀 속에 숨었다. 소리개 마당에 병아리처럼 병사들은 하나도 보이지 않았다. 정탐병이 두 패가 더 왔으나 관군 3백 명 행방은 알 수가 없다는 것이다. 밤이 다 될 때까지 마지막 두 패가 왔으나 마찬가지였다. 모두 얼굴이 얼음장처럼 굳어버렸다. 마치 관군 손아귀에 든 꼴이었다. 숨을 죽이고 날카롭게 눈알만 굴리고 있었다. 산천도 숨을 죽인 것 같았다.

"장진호 부대는 점심을 먹고 다른 부대하고 대거리를 하라고 해라."

달주가 명령을 했다. 아직 아무 일이 없으므로 점심부터 먹고 보자는 배짱이었다. 대원들이 모두 점심을 먹었을 때였다.

"관군이다."

들판을 건너다보고 있던 젊은이가 소리를 질렀다. 들판 건너 용성천 하류에서 관군이 나타났다. 3백여 명이었다. 용성천이 역류하

14

다가 주봉리로 넘어가는 고개에 막혀 금강 쪽으로 꺾이는 곳이었다.

"농민군이 이인에서 우금고개로 올라갈 줄 알고 용성천 쪽으로 한 패가 숨었다가 지금 나타난 것 같다."

고미륵이었다.

"저기 또 온다."

이번에는 주봉리 쪽 큰길에서 나타났다. 2백여 명이었다. 고미륵 말처럼 북접군과 유한필 부대가 주봉리로 진격할 줄 알고 주봉리에서 싸움이 붙으면 한 패는 뒤에서 치려고 용성천 쪽으로 넘어갔던 모양이다. 그러다가 농민군이 진격을 하지 않자 자기들이 진격해 온 것 같았다. 용성천에서 나타난 패는 들판 건너 승근리를 지나 계속 산자락을 타고 남쪽으로 내려가고 큰길로 내려오던 패는 괴남리 앞으로 왔다.

"우리 부대가 여기 있는 줄은 모르는 것 같다."

송늘남이 속삭였다. 천연스럽게 괴남리 앞으로 오는 것이 달주 부대가 여기 있는 줄은 모르는 것 같았다. 검상천 하류에서 나온 패는 이인 건너편 작은말이란 동네로 들어갔다.

— 뻥.

작은말에서 이인으로 포가 날아갔다. 연거푸 포를 쏘아댔다. 괴남리 앞으로 오던 관군이 이인을 향해 달려갔다. 작은말에서는 연거푸 포를 갈겨댔다. 이내 포 소리가 그치고 이인 쪽에서 총소리가 났다. 양총 소리였다. 이쪽에서 내려간 부대가 이인으로 치고 들어가는 것 같았다.

"우리 부대는 이대로 꼼짝 말고 있어라. 나는 유한필 두령을 만나고 오겠다. 혹시 우리 부대가 공격을 받으면 싸우지 말고 아까 왔던 길로 후퇴한다."

달주는 김승종한테 부대를 맡겨놓고 고미륵을 데리고 아래로 내달았다. 아까 관군이 내려간 큰길과는 산줄기를 사이에 두고 있는 샛길이었다. 달주와 고미륵은 정신없이 내달았다. 가시에 얼굴이 할퀴고 옷이 찢겼다. 양달뜸에 이르자 유한필 부대가 후퇴하고 있었다. 이인에서 3마장쯤 되는 곳이었다. 유한필 부대는 별로 동요가 없었다. 유한필은 배농지기 등 두령들과 함께 산등성이에서 이인과 작은말을 건너다보고 있었다. 아까 달주 연락을 받고 본대는 처음부터 여기 있었고 선발대만 동네로 들어가 밥을 하다가 포격을 당했으나 별로 피해가 없다고 했다.

"큰길에서 온 놈들만 이인으로 들어왔고 작은말로 들어간 부대는 그대로 있네. 이번에는 우리가 칠 차롈세. 우리 포는 뒷산에다 설치해놨네."

유한필이 말했다.

"이쪽 부대도 저리 갑니다."

배농지기가 들판을 보며 말했다. 이인으로 들어왔던 부대가 들판을 건너가고 있었다. 그들은 작은말로 가지 않고 그 위쪽에 있는 구란리 쪽으로 갔다.

"해가 얼마 남지 않았는데 오늘 저녁 저기서 버티자는 배짱일까요?"

달주가 물었다.

"글쎄."

작은말 관군들은 장난하듯 이따금 이쪽으로 포만 한 발씩 쏘고 있었다.

"그럼, 지금 공격을 하지 말고 기다렸다가 야습을 하면 어떻겠습니까?"

달주가 말했다.

"야습?"

"여기는 공주로 가는 우금고개 쪽만 남겨놓고 빙 둘러서 산입니다. 북접 부대하고 두령님 부대가 작은말 뒷산 산줄기를 따라 빙 둘러서 포위를 한 다음 우리 부대는 주봉리 쪽 목 좋은 데 매복을 합니다. 포위한 부대가 주봉리 쪽으로 밀어붙이면 그때 우리 부대가 결판을 내겠습니다. 우리는 야습을 해본 경험이 있습니다."

달주가 다급하게 말했다.

"그럴 듯하네마는 저 작자들이 밤에도 저대로 있을까?"

유한필도 눈을 밝히며 두령들을 돌아봤다. 해가 서산에 두어 발 남아 있었다.

"바로 그 점을 노리는 것입니다. 포위망이 너무 멀고 길기 때문에 관군들은 설마 포위를 하랴 하고 포위할 것은 생각도 못하고 들판 쪽만 지키고 있을 겁니다."

달주가 말했다.

"그려. 바로 그것일세. 저놈들이 미처 생각을 못하는 허점을 찔러야 해. 무기로 저자들하고 맞상대하기는 어렵고 그렇게 막고 품는 재주밖에 없어."

유한필이 대번에 들떠버렸다. 다른 두령들도 고개를 끄덕였다. 지금 북접 부대가 올라오고 있으므로, 그들 3천 명을 합치면 여기 농민군은 6천 명에 가까웠다.

"저놈들이 그때까지 저기 있어주기만 하면 꼭 좋겠는데……."

배농지기가 주먹을 쥐며 입을 앙다물었다.

"바로 포위할 준비를 해야겠구만. 북접군이 올 참이 되었는데?"

유한필이 서두르며 저쪽을 돌아봤다.

"저기 옵니다."

그때 북접 부대 정경수가 두령들을 거느리고 바삐 오고 있었다. 북접 두령들이 오자 유한필은 다급하게 작전계획을 설명했다.

"저 뒤에까지 둘러싸자는 말입니까?"

정경수가 눈을 둥그렇게 떴다. 유한필은 달주가 한 말을 그대로 했다. 정경수와 그쪽 두령들도 비로소 고개를 끄덕이기 시작했다.

"고생이 되더라도 발각이 되지 않도록 멀리 돌아서 포위를 해야겠습니다. 저 동네가 작은말인데 뒷산이 영암산이고 저 멀리 보이는 산이 건지산입니다. 북접은 수가 많으니까 저 산줄기로 포위를 하면 어떻겠습니까?"

유한필 말에 정경수가 북접 두령들을 돌아봤다.

"우리는 무기도 남접만 못하니 싸움은 남접한테 맡기고 저쪽 포위는 우리가 맡읍시다."

북접 두령들은 선선하게 나왔다. 다시 자세한 의논을 했다. 저녁밥을 일찍 먹고 어두워지기를 기다려서 포위를 하되 유한필이 쏘는 포를 신호로 공격을 한다는 것이다.

"공격을 할 때 횃불을 켜들고 몰아치는 것이 어떻겠습니까?"

달주가 말했다.

"좋은 생각입니다. 기왕 켜들려면 하나가 아니라 두 개씩 켜들면 더 좋겠습니다. 수가 배로 보일 테니 그만큼 더 겁을 먹잖겠소?"

정경수가 한발 더 내쳤다.

"횃불로 포위망을 확실하게 드러내면 북쪽에만 횃불이 없을 테니 그리 도망치겠지요. 그러면 우리도 덜 다치고 좋겠습니다."

북접 두령이 말했다. 의논이 끝났다. 미리 횃불을 만들어 가지고 어두워지기를 기다렸다가 포위를 하기로 했다.

"싸움은 매복한 부대하고만 붙을 텐데 우리 부대만 가지고는 수가 좀 부족하겠습니다. 지원을 좀 해주십시오."

달주가 유한필한테 말했다.

"배농지기, 자네 어쩐가?"

유한필이 배농지기를 보자 배농지기는 얼씨구나 했다. 달주가 인사를 하고 고미륵과 함께 왔던 길로 내달았다. 배농지기도 금방 자기 부대 5백 명을 끌고 뒤따랐다. 관군과 일본군은 움직이지 않고 계속 포만 한 발씩 쏘고 있었다.

여기 진출한 관군은 경리청 영관 성하영과 경리청 참모관 구완희, 그리고 일본군 스즈키 소위가 거느린 부대였다. 성하영과 구완희가 거느린 경군은 각 1개 소대씩 280명에 향병을 합쳐 450여 명이고, 스즈키가 거느린 일본군은 50여 명이었다. 관군과 일본군은 작은말과 구란리에서 꼼짝 않고 있었다. 달주 부대와 배농지기 부대는 저녁밥을 서둘러 먹었다.

해가 넘어가자 금방 날이 어두워지기 시작했다. 빗방울이 떨어졌다. 유한필 부대와 북접 부대가 날래게 움직였다. 유한필 부대는 관군이 보기에 공격이라도 할 것처럼 이리저리 부지런히 움직이고 북접군은 이인 아래쪽에서 길을 건너 작은말과 구란리 뒷산 산줄기로 달렸다. 빗방울이 지던 하늘이 다시 맑아지고 별이 나왔다. 초겨울 날씨라 변덕이 심했다.

"가자!"

달주 부대와 배농지기 부대가 어둠 속으로 내달았다. 달주 부대는 용성천을 건너 용성천에서 건너편 동네 앞 산자락까지 매복하고, 배농지기 부대는 용성천에서 이쪽 산자락까지 매복을 했다. 하늘에는 구름장이 바쁘게 내닫고 그 사이로 별들이 불안하게 반짝이고 있었다. 초겨울 하늘은 죽은 듯이 고요했다.

"창 가진 사람들은 그대로 창으로 쑤시고 화승대는 화승대로 사정없이 후려갈겨. 이럴 때는 창이 제대로 말하겠다. 하여간 오늘 저녁에 원 없이 쑤셔라. 저놈들 5백 명을 몽땅 몰살을 시켜야 한다."

장진호가 부대원들에게 속삭였다. 이럴 때는 총보다 창이나 단검이 위력을 발휘할 것 같았다. 틈만 나면 던지고 찌르는 연습을 했고, 짬만 있으면 창날과 칼날에 날을 세웠다. 손바닥만하게 깬 숫돌을 아예 봇짐에 넣고 다니는 병사도 있었다.

멀리서 허투루 짖는 개소리가 유난히 한가로웠다. 관군 쪽에서는 아무 기척이 없었다. 멀리서 개 짖는 소리만 정적을 깨고 있었다. 이인 쪽에서는 개 짖는 소리도 나지 않았다. 역말이라 제법 큰 동네였으나 동네 사람들이 몽땅 피난을 갔기 때문에 개들도 모두 주인을 따라갔을 터였다.

ー쿵.

드디어 이인에서 대포 소리가 났다.

"정신 바짝 차려라!"

장진호가 잔뜩 속힘이 진 목소리로 속삭였다. 서쪽 산 중턱에서 불이 밝혀지기 시작했다. 이인 쪽에서도 불이 밝혀지기 시작했다. 횃불은 금방 수백 개가 되었다. 수천 개가 되었다. 만여 개가 밝혀졌다.

"와, 장관이다."

횃불 만여 개가 10여 리에 걸쳐 한꺼번에 밝혀지자 이건 전쟁이 아니라 무슨 어마어마한 불놀이 같았다. 깜깜한 밤중에 갑자기 만여 개나 되는 횃불이 나타나자 대번에 다른 세상이 되어버린 것 같았다.

—쿵 쿵 쿵 쿵.

이인에서는 대포 5문이 마구 불을 뿜었다. 포는 작은말과 구란리 쪽에 떨어졌다. 동네 사람들은 모두 피난가고 관군과 일본군만 있으므로 마음대로 쏠 수가 있었다. 작은말과 구란리 뒷산에서 횃불들이 밑으로 쏟아져 내려왔다. 농민군들은 함성을 지르며 신나게 몰려 내려왔다. 포는 정신없이 불을 뿜었다.

"정신 바짝 차려라. 저놈들은 정규군들이다. 여기쯤 매복해 있을 거라고 짐작할 것이다."

달주가 큰소리로 주의를 주었다.

"온다."

작은말 쪽에서 꽹과리와 징소리가 요란을 떨었다.

"어라, 저놈들도 풍물을 갖고 왔네."

관군도 신호용으로 꽹과리와 징을 가지고 다니는 모양이었다. 횃불은 함성을 지르며 산을 거의 내려왔다. 횃불 속에서도 뺑뺑 총소리가 났다. 이내 횃불이 들판으로 내달았다. 횃불이 차츰 이쪽을 향해 좁혀오고 있었다. 관군들이 도망쳐오는 것 같았다.

"쏴라."

달주가 산자락에 붙은 부대에 영을 내렸다. 양총이 불을 뿜었다. 저쪽 산자락에 붙은 부대만 총을 쐈다. 관군들을 들판으로 몰기 위해서였다. 관군들은 비명을 지르며 쓰러지기도 하고 그대로 도망치기도 했다. 장진호 부대는 개천가 논두렁 밑에 붙어 있었다. 관군들이 개천에 막혀 방향을 돌려 장진호 부대 정면으로 달려왔다. 추적추적 내를 건너가는 병사들도 있었다.

"죽여라!"

장진호 부대는 소리를 지르며 뛰어나갔다. 닥치는 대로 후려갈기고 쑤셨다.

"아이고!"

"워매, 사람 죽네."

여기저기서 비명이 찢어졌다. 뒤엉켜 드잡이판이 벌어졌다. 장진호는 뒤엉킨 놈들 머리를 만졌다. 벙거지가 만져졌다. 칼로 옆구리를 푹 쑤셨다. 그때 옆으로 휙 지나치는 놈이 있었다. 장진호는 어림잡아 칼을 던졌다. 윽, 비명을 지르며 쓰러졌다. 대창이 날고 칼이 쌩쌩 날았다. 횃불은 계속 좁혀오고 있었다. 장진호 부대는 도망치는 관군을 쫓아가며 해치웠다. 배농지기 부대 쪽에서도 비명과 악다구니 소리가 뒤엉켰다.

"한 놈도 남기지 마라."

대장들이 악을 썼다.

"일본 놈 개들아, 농민군 칼맛 보고 가거라."

악다구니를 쓰며 쫓아갔다.

"양총도 챙겨라."

장진호가 소리를 질렀다. 그러지 않아도 총만 두 개 세 개 챙겨든 병사들이 있었다. 들판에 가득 찬 횃불이 밀물처럼 위로 몰려갔다. 장진호 부대는 관군들을 계속 쫓아가며 찔렀다.

"이놈 살았구나. 에라, 이 똥개들 죽어라."

횃불 부대는 횃불을 비춰보며 설죽은 자들을 창으로 쑤셨다. 넘어져 있는 자들한테는 무작정 찌르기도 했다. 달주 부대와 배농지기 부대는 계속 관군을 쫓아가며 쑤셨다. 횃불 부대도 정신없이 쫓아갔다. 주봉리로 넘어가는 고개에 이르자 횃불이 자루까지 탔다. 하나씩 꺼지기 시작했다.

"돌아가자!"

─징 징 징 징.

달주가 소리를 지르며 징을 쳤다. 횃불 부대는 논바닥을 쓸고 다녔다. 논바닥에 관군 시체가 시커멓게 널렸다.

"총이다. 양총이다!"

"와."

횃불 부대는 이번에는 양총을 찾아 눈을 희번덕거렸다. 넘어져 있는 자들한테는 무작정 대창부터 꽂고 허리에 찬 실탄을 챙겼다.

"양총이다."

너도나도 횃불을 비추며 논바닥을 쓸고 다녔다.

"부상당한 놈들은 더 죽이지 말고 모두 끌고 가자."

두령들이 소리를 질렀다. 살아날 가망이 없는 자들은 그 자리에서 해치워버리고 웬만한 사람들만 끌고 갔다.

농민군은 이인으로 물러갔다. 사방으로 경계를 엄하게 세우고 부대별로 모여 점검을 했다. 관군 부상자들 5명이 끌려왔다. 두령들은 그들을 신문했다.

"여기서 우금고개 사이에 관군이 얼마나 있느냐?"

"공주 영장 이기동 부대 3백 명이 태봉동에 있소."

"너희들은 무엇 때문에 여기까지 왔느냐?"

"북접군을 치려고 왔소."

"전봉준군이 온 줄은 몰랐느냐?"

"나중에야 안 것 같소."

"일본군은 몇 명 왔느냐?"

"50명쯤 돼요."

두령들은 여러 사람이 하나씩 붙잡고 신문을 했다. 여기서 우금고개 사이에는 태봉동에 공주 영장 이기동 부대가 있고 우금고개에는 일본군이 막고 있다고 했다. 지금 능티고개에는 홍운섭과 구상조가 1개 소대씩 거느리고 효포를 내려다보고 있으며, 우금고개에는 일본군이 대포와 회선포를 걸어놓고 버티고 있었다. 장기대나루 쪽 쌍수산성 모퉁이에는 경리청 백낙완 부대가 있었고, 능티고개와 우금고개 사이 금학동에는 오창성군이 있었다. 공주 주변 요지를 전부 막고 있는 셈이었다. 이쪽에는 북접군과 전봉준군이 진출하자 더 많은 부대를 배치한 것 같았다.

유한필이 파발꾼을 불렀다.

"빨리 경천점으로 달려가서 장군님께 알린다. 관군과 일본군 5백여 명을 포위해서 1백 명 이상 죽이고 5명을 붙잡았다고 해라."

파발꾼 두 사람은 말이 떨어지기가 바쁘게 불단 걸음으로 달렸다.

"일본 놈들은 하나도 없는 것 같네."

달주가 포로들을 보며 말했다.

"정말 그렇네. 아까 싸울 때도 하나도 없는 것 같았거든."

모두 새삼스럽게 놀랐다.

"허허. 그 쥐새끼 같은 놈들은 모두 빠져나갔구나."

일본군은 공격이 시작될 때 감쪽같이 빠져나가버렸다. 포가 떨어지고 횃불이 몰려오자 스즈키는 대원들에게 꼼짝 말고 가만있으라는 명령부터 내렸다. 조선군들은 정규군이나 향병 할 것 없이 도망치기에 바빴으나 그는 침착하게 횃불이 몰려오는 것을 보고 있었다.

"삼면에서만 몰려오지?"

스즈키는 곁에 있는 병사에게 물었다. 그렇다고 했다.

"향병들한테 포를 지우고 뒷산으로 치닫는다."

스즈키는 엉뚱한 명령을 내렸다. 그는 대번에 농민군 계략을 간파한 것 같았다. 그때 조선군은 벌써 들판으로 한참 도망치고 있었다. 스즈키는 산 중턱으로 부대를 끌고 가다가 횃불이 쏟아져 내려오자 부대를 멈추라고 했다. 병사들을 한 군데로 모았다. 그대로 가만히 있으라고 했다. 포와 포탄을 짊어진 향병들은 뒤에 세웠다. 횃불이 악다구니를 쓰며 쏠려 내려왔다.

"발사하며 돌진한다. 돌진!"

스즈키가 명령을 내렸다. 일본군은 총을 쏘며 돌진했다. 횃불들이 수없이 쓰러지고 도망쳤다. 대번에 길이 뚫렸다. 대부분 대창에 햇불밖에 들지 않은 북접군 포위망쯤 참새한테 거미줄도 아니었다. 일본군은 여유만만하게 산으로 올라갔다.

일본군은 놓쳤으나 오늘 저녁 전투는 농민군의 완전한 승리였다. 120여 명을 죽이고 5명을 붙잡았으며, 부상 당하고 도망친 자도 1백 명이 넘을 것 같았다. 양총만 130여 자루를 빼앗았다. 실탄은 양총이 평균 20여 발씩이었다.

"야, 이거 봐라. 제절로 탄알을 찰칵 물고 올라온다."

양총을 빼앗은 농민군들은 양총 노리쇠를 당겼다가 퉁기며 좋아서 어쩔 줄을 몰랐다.

"나는 탄알이 백 발도 넘는다. 백 발이면 일본 놈 백 놈은 죽인다."

제일 신나는 부대는 달주 부대와 배농지기 부대였다. 두 부대는 양총을 30여 자루씩 빼앗은 것이다. 화승총을 가졌던 사람들은 양총을 챙기고 화승총은 대창 든 병사들한테 넘겨주었다.

"워매, 나는 병신이여. 그놈들 죽일 생각만 했지 총 챙길 생각은 못했단 말이여. 셋이나 찔렀은게 총이 세 자룬데, 워매 환장하겠네."

총을 챙기지 못한 대원들은 발을 굴렀다.

"살림에는 눈이 보배여."

"이놈의 새끼, 너는 잿밥에만 맘이 있었구나."

"임마, 나도 둘이나 찔렀어."

"부자가 저렇게 부러우면 강도질 열 번도 했겠네."

"오늘부터는 이 총이 내 각시다. 잘 때도 이렇게 꼭 품고 잘 것이다."

총을 잔뜩 껴안으며 익살을 부리기도 했다. 대창을 들고 다니다 양총을 빼앗은 병사들은 이 세상이라도 몽땅 차지한 듯 좋아서 어쩔 줄을 몰랐다. 모두가 양총이 부러워서 눈에 헛거미가 끼는 것 같았다.

"오냐, 두고 보자. 이 담에 한번만 더 붙어라."

화승총도 차지하지 못하고 그대로 창을 쥐고 있는 병사들은 고춧가루 뒤집어쓴 상판들이었다.

새벽에 승전 보고를 받은 전봉준을 비롯한 두령들은 모두 환성을 질렀다.

"서전을 멋있게 장식했습니다."

두령들은 너털웃음을 터뜨렸고 병사들도 일어나 목이 찢어져라 만세를 불렀다.

"이 기세로 능티고개를 공격합시다. 이인에 있는 부대를 우금고개 가까이 진격시켜 일본군과 관군을 견제하고 능티고개를 치지요."

김덕명이 제의했다.

"양쪽에서 총공격을 하면 안 됩니까?"

이유상이 물었다.

"그러면 모두 공주 부내로 들어가 버릴 테니 우리가 불리합니다. 우금고개 쪽 부대는 그대로 두고 능티고개만 물리치면 우금고개는 제절로 포위가 됩니다. 그러면 산에서 결판을 낼 수가 있습니다."

전봉준 설명에 모두 고개를 끄덕였다. 농민군은 산에서 싸워야 유리하다는 원칙에 들어맞는 소리였다. 전봉준은 유한필과 달주 그리고 북접 정경수에게 승리에 대한 치하를 한 다음 작전명령을 적어 파발을 띄웠다.

승전을 축하합니다. 서전을 장식한 공은 크게 빛이 날 것입니다. 오늘은 송희옥 부대가 능티고개를 공격하겠습니다. 유한필 부대는 우금고개 10리 남쪽 태봉동으로 전진해서 진을 치고 달주 부대는 우금고개 서쪽으로 나아가 새재 아래다 진을 치고, 북접 정경수 부대는 이인과 태봉동 중간 지점인 주봉리에 진을 치시오. 진을 치고 위협만할 뿐 공격은 하지 마시오. 능티고개에서 싸울 때 우금고개에 있는 일본군과 관군이 능티고개로 지원을 못 하도록 발만 묶고 있으면 됩니다.

전봉준이 파발을 보낸 다음 이유상을 돌아봤다.

"이유상 씨는 우금고개와 능티고개 사이 금학동을 내려다보는 산줄기에다 진을 치시오. 금학동 큰골에 일본군 한 부대가 지키고 있습니다."

금학동 큰골에는 오창성 부대가 지키고 있었다. 전봉준은 이번에는 김덕명과 김원식에게 말했다.

"김덕명 씨와 김원식 씨는 나머지 부대를 거느리고 여기 그대로 남아 전황에 따라 임기응변하시오. 나는 직속부대를 이끌고 능티로 가겠소. 아침밥을 먹고 곧 발진합니다."

아침밥을 서둘러 지어 먹고 두 부대가 출발했다. 전봉준은 직속부대인 혼합부대를 거느리고 효포 쪽으로 내달았다. 경천점에는 고영숙 부대와 도소 요원들만 남았다. 전봉준이 1마장쯤 갔을 때 앞에서 파발이 한 패 달려왔다.

"송두령님께서는 첫닭이 울기 전에 효포에 내려온 관군을 기습하러 떠났습니다. 지금 싸움이 붙었을 것입니다."

"기습?"

"예, 관군 3백여 명이 어제저녁에 효포 윗말로 내려왔답니다."

전봉준은 말을 바삐 몰았다.

송회옥은 오늘 새벽 전봉준이 이인전투의 승전 보고를 받고 기뻐하고 있을 때 이미 군사를 움직이고 있었다. 능티고개를 지키고 있던 관군 3백여 명이 효포로 내려와 효포 윗말로 들어갔다는 정탐병의 보고를 받았기 때문이다.

"이놈들이 발길 뜸한 산골에 산짐승이 내리듯 슬그머니 동네로 내려와 본 것 같습니다. 내일 새벽에 기습을 합시다."

어제 초저녁에 정탐병의 보고를 받자 손여옥이 대번에 눈을 밝히며 제안했다. 두령들은 모두 좋다고 했다.

효포는 능티고개 양쪽에서 뻗어 내린 산줄기가 효포 들판을 싸안고 있었으며 윗말, 아랫말, 소지미, 음지벌 등 네 동네가 들판을 가운데 두고 밥상에 둘러앉듯 산자락에 붙어 있었다. 여태 능티고개만 지키고 있다던 관군이 손여옥 말마따나 슬그머니 동네로 내려와 본 것 같았다.

송회옥은 작전지시를 했다. 손여옥은 6백 명을 거느리고 큰길로 곧장 가다가 효포로 들어가기 전 음지벌 산모퉁이에서 기다리고, 김도삼은 5백 명을 거느리고 효포 미처 가기 전에 골짜기 길로 들어가서 고개를 넘어 윗말이 건너다보이는 소지미 옆 승지골 적당한 자리에 매복을 하라고 했다. 손여옥 부대가 관군을 들이치면 김도삼은 능티고개로 도망치는 관군을 친다는 작전이었다. 손여옥 부대와 김도삼 부대는 황토재전투와 황룡강전투에도 참여했기 때문에 두 부대 모두 양총과 엽총이 20여 자루에 가까웠다.

송희옥은 스스로는 2백여 명을 거느리고 김도삼이 들어간 골짜기로 가다가 바로 효포가 내려다보이는 산등성이로 올라갔다. 본대 1천여 명은 김이곤더러 거느리고 천천히 오도록 했다.

날이 새고 있었다. 윗말이 건너다보였으나 이렇다 할 *적정은 느껴지지 않았다. 두어 집에서 불이 깜박일 뿐이고 개 짖는 소리가 났으나 한가했다. 송희옥은 김도삼 부대 쪽으로 기를 흔들었다. 그쪽에서 알았다는 화답이 왔다. 손여옥 부대에도 기를 흔들었다. 공격신호였다. 손여옥 부대가 윗말을 향해 들판을 내달았다.

"저기 도망친다."

앞장서 달리던 김도삼 대원들이 엉뚱한 데를 가리키며 소리를 질렀다. 관군들이 벌써 저만큼 능티고개로 도망치고 있었다.

"쫓아라!"

김도삼이 다급하게 소리를 질렀다. 도망치는 관군은 50여 명밖에 되지 않았다.

"죽여!"

김도삼 부대는 마파람에 삭정이불 쏠리듯 골짜기로 쫓아갔다. 앞선 사람들은 관군을 3,4백 보 거리로 바짝 따라붙었다.

— 빵 빵.

엉뚱한 데서 총소리가 났다. 앞서 달리던 병사들이 무춤했다. 골짜기 왼쪽 능암사 쪽에서 양총이 불을 뿜었다.

"양총 부대만 응사해라. 화승총 부대는 가까이 가지 마라."

김도삼이 고함을 질렀다. 양총 가진 사람들이 길 아래 논두렁에 엎드려 총을 갈겼다. 나머지 화승총과 대창은 논두렁 밑으로 고개를 처박았다. 도망치던 관군은 능티고개 골짜기로 자취를 감추어버렸다. 김도삼 양총 부대는 새로 나타난 적과 한참 총격전을 벌였다.

— 빵 빵.

"한 놈 맞았다."

이번에는 위쪽 골짜기에서 총을 쏘았다. 도망쳤던 부대가 전열을 정비하고 반격을 한 것 같았다.

"반은 저쪽으로!"

김도삼이 소리를 질렀다. 능암사에서 공격하던 부대는 도망쳤던 부대 엄호를 받으며 능티고개 골짜기로 후퇴했다. 훈련된 부대라 부대 사이에 손발이 척척 맞았으며 동작도 날랬다. 김도삼 부대는 그들을 뒤따라 추격했다. 관군들은 공격을 하지 않고 능티고개로 올라붙었다. 김도삼 부대는 능티고개로 치달았다. 손여옥 부대도 김도삼 부대 뒤를 따라왔다.

— 빵·빵·빵·빵·빵·빵.

— 드드드드드드.

능티고개에서 콩 볶는 소리가 났다. 소총과 회선포가 엄청나게 불을 뿜었다. 순식간에 농민군 네댓 명이 쓰러졌다. 농민군은 그 자리에 납작 엎드렸다.

"물러서라. 내려오라."

— 징 징 징 징.

김도삼이 징을 쳤다. 농민군들은 모두 뒤로 물러섰다. 대원들은 부상자를 업고 내려왔다. 부상자가 꽤 많았다. 한참 아래 논다랑이 있는 데까지 물러났다. 부대별로 모여 점검을 했다. 잠간이었으나 피해가 대단했다. 10여 명이 죽고 20여 명이 부상을 당했다. 그에 비해 관군은 1명을 죽이고 2, 3명쯤 부상을 입힌 것 같았다. 농민군은 뛰고 엎드리는 동작이 굼뜨고 싸움이 미숙했으나 가장 중요한 것은 무기였다. 양총 앞에 화승총은 맥을 추지 못했다. 아까 싸운 것은 양총과 엽총 20여 자루였다. 관군을 죽이고 부상을 입힌 것도 양총이었다. 그런데 양총은 송희옥 전 부대에 30자루뿐이고 신식 엽총이 20자루 정도였다. 아까 싸울 때 화승총은 숨어서 구경만 했다. 거리가 멀어 쏠 수가 없었다. 천보총과 화룡총은 사거리는 길었지만 양총에 비하면 발사 속도는 물론 명중률이 형편없었다. 그나마 몇 자루 되지 않았다.

"실탄 몇 발 남았소?"

송희옥이 양총 가진 병사한테 물었다.

"6발 쏘고 24발 남았습니다."

다른 사람들도 비슷하게 소모한 것 같았다. 20명이 모두 50여 발을 소모한 것이다.

"실탄을 아끼시오."

양총부대는 실탄을 한 사람 앞에 30발씩 주었던 것이다.

맨 처음 도망친 관군은 백낙완 부대였고, 능암사 골짜기에서 공격했던 부대는 어제저녁 이인에서 패한 성하영 부대였다. 어제 오후에 이리 내려왔다고 정탐병들이 보고한 부대는 홍운섭 부대 1개 소대와 구상조 부대 1개 소대 각 140명씩 280명인데 그들은 지금 엉뚱하게 20여 리 동북쪽 한다리에서 정한준이 이끄는 옥천·영동 부대와 싸우고 있었다. 한 다리는 서북쪽에서 흘러오는 금강 지류인 대교천을 가로지르는 다리였다.

어제 한다리에 머물고 있는 북접 영동·옥천 부대가 효포로 진출하여 송희옥 부대와 호응해서 능티고개를 협공할 것 같다는 정보를 얻은 관군 본영은 효포에 주둔하고 있는 홍운섭과 구상조더러 금강을 건너 한다리 영동·옥천 부대를 공격하라는 명령을 내린 다음, 산성 모퉁이를 지키고 있던 백낙완 부대를 이쪽으로 배치시키고 이인에서 패하고 온 성하영 부대를 숨 돌릴 사이도 없이 이리 배치한 것이다. 어제저녁 정탐병이 윗말로 들어갔다고 보고했던 부대는 구상조?홍운섭 부대였다. 그들은 농민군 눈을 속이려고 윗말로 들어간다음 산길로 빠져 불무골로 나와 계룡산 산자락을 타고 오얏골나루에서 금강을 건너 한다리로 간 것이다.

"효포로 가서 밥을 먹고 다시 작정을 합시다."

송희옥 부대는 효포로 내려왔다. 뒤에 온 군사들이 동네서 밥을 짓고 있었다. 효포 사람들도 거의 피난을 가버리고 동네는 노인들만 몇 사람 남아 있었다. 병사들이 부상자를 업고 동네로 달렸다. 동네에는 의원들이 와 있었다.

"워매!"

등에 업혀가는 시체 하나는 다리가 제멋대로 덜렁거렸다. 무릎 아래서 뼈가 으깨져 살만 조금 붙어 덜렁거리고 있었다. 농민군들은 얼굴이 새파래졌다. 이번에 처음 나온 사람들은 더 겁을 먹었다. 양총과 회선포의 위력을 실감한 것이다. 양총과 회선포는 총알이 회전을 하면서 나가는 까닭에 다리에 맞으면 속에서 휘저어버리므로 들어가는 부분은 총알 크기지만 나가는 구멍은 주먹이 들락거릴 만큼 컸다. 뼈에 맞으면 뼈가 박살이 났다. 턱이 맞아 아래턱이 몽땅 날아가 버린 사람도 있었다.

백마를 탄 전봉준은 혼합부대를 이끌고 바람같이 효포로 내달았다. 혼합부대는 김달주 부대를 뺀 이싯뚜리 부대 6백여 명, 임군한 부대 750여 명, 김일두 부대 3백여 명, 김시만 부대 1백여 명 등 2천여 명이었다. 찬란한 깃발이 초겨울 아침 하늘을 가르며 기세 좋게 내달았다.

전봉준이 갑사 쪽에서 오는 길과 만나는 곳에 이르렀을 때였다. 갑사에서 나오는 길에서 스님 한 사람이 바삐 달려왔다.

"한다리 영동·옥천 부대에 다녀오는 길입니다. 이쪽에서 봉화를 올려 신호만 하면 바로 이리 내닫겠다고 전하라 했습니다."

스님은 숨을 헐떡거리며 말했다. 전봉준이 알았다고 했다. 그들은 한다리 쪽에서 갑사로 곧장 빠지는 길로 온 모양이었다.

"그런데 세성산이 그제 무너졌답니다."

"뭣이, 목천 세성산이 무너져?"

전봉준이 깜짝 놀라 물었다.

"예, 이두황군하고 일본군한테 그제 저녁나절 함락됐다고 합니다. 거기서 온다는 장성 젊은이한테 들었습니다. 그 젊은이는 다리를 다쳐 걸음이 느리길래 저하고 같이 오던 스님이 부축하고 뒤에 오고 있습니다. 이름이 거꾸리라고 합디다."

스님이 다급하게 말했다.

"누구요, 거꾸리?"

전봉준 곁에 있던 이싯뚜리와 을식이 깜짝 놀랐다.

"거꾸리가 많이 다쳤소?"

"거기서는 무사했는데 도망치다가 다리를 삐었다고 합디다. 같이 갔던 퉁방울눈이라던가 그 젊은이는 죽었다고 합디다."

"워매, 그 불쌍한 자식."

을식이 뇌었다.

"벌써 저기 옵니다."

저쪽에서 거꾸리가 스님 부축을 받으며 오고 있었다. 을식이 달려가서 부축을 하고 왔다. 거꾸리는 전봉준한테 꾸벅 고개를 숙였다.

"고생했네. 어떻게 되었는가?"

전봉준이 말에서 내리며 물었다.

"농민군은 일본군 포격에 정신을 못 차렸습니다. 장을동 씨는 초관 하나를 쏴죽이고 관군 총에 맞아 죽고, 저하고 함께 간 퉁방울눈도 같이 죽었습니다."

거꾸리는 대충 이야기를 했다. 전봉준은 일본군 수와 무기 등을 묻고 나서 고생했다고 위로를 한 다음 말에 올랐다. 전봉준 얼굴이 돌덩어리처럼 굳어버렸다. 다른 두령들도 침통한 표정이었다. 세성산은 그만큼 중요한 전략적 요지였다. 이인전투 낭보에 이어 너무도 충격적인 소식이었다. 전봉준은 말없이 걸었다.

세성산은 천안과 충주를 넘보는 충청도 중심지인데다 남북을 이어주는 대로를 견제하는 중요한 전략적 요지였던 까닭에 농민군은 공주 공략 다음에는 거기를 거점으로 한양 진격의 발판을 삼으려던 곳이었다. 일본군도 이번 작전계획을 세울 때 공주와 여기를 두고 어느 쪽을 먼저 칠 것인가 논의를 하기도 했던 곳이었다.

지난 16일 공주로 가라는 순무영의 영을 받은 이두황은 공주 쪽으로 나오다가 세상산부터 쳐야 한다는 일본군의 지시에 따라 그쪽으로 부대를 이동시켰다. 세성산은 삼남에서 한양으로 가는 길목과 청주에서 공주로 이어지는 길을 넘보는 곳이므로 여기부터 쓸어버려야 군대를 마음대로 움직일 수 있겠다는 것이다.

일본군의 지휘로 이두황군과 일본군은 2개 소대를 북쪽 암벽에 매복시키고 서쪽에서 기습공격을 하기로 작전을 짰다. 먼저 일본군이 어마어마하게 포를 퍼부었다. 세성산은 천연의 요새로 소문이 나 있었으나 그것은 발로 걸어가서 총칼로 싸울 때 이야기고 공중으로 날아오는 포탄에는 속수무책이었다. 산이 작은 만큼 군사들은 집중 포화에 맥을 출 수가 없었다. 바위틈으로 기어들고 나무 밑동에 머리를 처박았으나 공중에서 날아와 터지는 포에는 도무지 견뎌낼 재간이 없었다.

이두황 부대와 일본군은 어지간히 포격을 한 다음에 진격을 했다. 이두황군은 북쪽 비탈에 부대 하나를 매복시킨 다음 주력부대는 서쪽에서 쳐들어갔다. 향병들도 그 사이 총이 모두 양총으로 바뀌었다. 퉁방울눈과 거꾸리는 향병부대에 장을동과 함께 배속되어 서쪽에서 진격했다. 세 사람은 진격명령을 받는 순간 눈이 마주쳤다. 서로 고개를 끄덕였다. 미리 약속한 것이 있었다.

이두황군은 일본군의 회선포 엄호를 받으며 앞으로 진격을 했다.

회선포 5문이 저만큼 뒤에서 불을 뿜었다. 나무가 빽빽했으나 앙상한 가지 사이로 농민군이 보였다.

—드드드드드.

회선포에 나뭇가지가 우수수 쏟아졌다. 이두황군은 나무를 헤치고 거침없이 내달았다. 이두황은 한참 뒤에서 지휘를 하고 있었다. 거꾸리와 퉁방울눈은 열심히 갈겼으나 농민군 머리 위로 헛총질을 했다. 농민군은 숲 속에 숨어 엄청나게 총을 쏘아댔다. 장을동이 자꾸 이두황 쪽만 돌아봤다. 그러나 저만큼 뒤에서 지휘하는 이두황은 숲에 가려 보이지 않았다. 회선포가 한참 앞으로 나와 조금 높은 데서 무지막지하게 갈겨댔다.

"죽여라!"

그때 저쪽 숲속에서 농민군 2,3백 명이 튀어나왔다. 그들은 무작정 관군 향병들 쪽으로 돌진했다. 갑작스런 공격을 받은 향병들은 뒤로 도망쳤다. 그때 회선포가 그리 집중사격을 했다. 농민군들이 회선포에 갈대처럼 쓰러졌다. 농민군들은 뒤로 물러서고 말았다.

"진격!"

이두황군 장교들이 악을 썼다. 이두황군은 다시 정신없이 총을 갈기며 진격을 했다. 짙은 숲 속을 벗어났다. 회선포도 숲을 벗어났다. 양총과 회선포가 무지막지하게 갈겨댔다. 농민군들은 한쪽이 무너지기 시작했다. 북쪽으로 도망쳤다. 절벽을 타고 굴렀다. 그쪽에 매복하고 있던 이두황군이 갈겨댔다. 남쪽으로 몰린 농민군들은 완강하게 버티며 갈겨댔다. 장을동이 바위 뒤에서 총을 쏘며 자꾸 뒤를 돌아봤다. 퉁방울눈과 거꾸리도 마찬가지였다. 이두황이 모습을 드러냈으나 너무 멀었다. 남쪽 농민군도 수없이 넘어지며 무너지기 시작했다.

"죽여라!"

이두황군이 그쪽으로 쏟아져나가며 소리를 질렀다. 퉁방울눈과 거꾸리도 헛총질을 하며 뛰어나가려는 순간이었다. 그때 장을동은 붕대로 다리를 처매고 있었다. 두 사람은 무춤했다.

"너는 그냥 앞으로 가."

퉁방울눈도 붕대를 꺼내 농민군 시체에서 피를 묻히며 거꾸리한테 소리를 질렀다. 거꾸리는 앞으로 뛰어나갔다. 물러나던 농민군이 다시 공격해왔다. 향병들은 뒤로 물러났다. 거꾸리도 뒤로 물러났다. 장을동과 퉁방울눈은 부상당한 것처럼 절뚝거리며 뒤로 물러났다.

─ 드드드드드.

회선포가 농민군을 향해 맷돌질을 했다. 농민군이 다시 물러갔다.

"진격!"

"죽여라!"

장교 명령에 향병들이 함성을 지르며 쫓아갔다. 거꾸리도 맨 꽁무니에 붙어 진격을 했다. 농민군은 저쪽 산비탈로 산사태가 난 것처럼 쏠려 내려갔다. 향병들은 정신없이 쫓아내려갔다. 뒤에 따라가던 거꾸리도 붕대에다 피를 묻혀 다리를 묶었다. 저만큼 이두황이 나타났다. 비스듬히 누워 있던 장을동이 바위 뒤에서 이두황을 향해 총을 겨누었다.

─ 빵.

이두황이 포탄 구덩이로 풀썩 주저앉았다. 그러나 총에 맞아 주저앉은 게 아니었다. 전립을 만지며 주변을 두리번거렸다.

"저 바위 뒤다."

이두황이 소리를 지르며 바위 뒤 장을동 쪽을 가리켰다. 곁에 따르던 호위병 셋이 장을동 쪽으로 총을 갈기며 달려왔다. 초관도 하나 뛰어왔다. 이두황군 병사들은 거의 저쪽으로 몰려가버리고 이쪽에는 이들밖에 없었다. 이두황이 포탄 구덩이에서 고개를 내밀고 있었다. 장을동은 다시 이두황을 향해 총을 갈겼다. 그러나 이두황의 얼굴 곁에서 먼지만 풀썩 나며 얼굴이 구덩이 속으로 쑥 내려가 버렸다. 호위병들은 바위에 의지하고 총을 갈겨댔다.

"너희들은 도망쳐라."

장을동이 퉁방울눈과 거꾸리한테 소리를 지르며 총을 갈겼다. 초관이 맞아 나동그라졌다. 퉁방울눈과 거꾸리도 총을 갈겼다. 호위병 둘이 맞았다. 호위병은 하나밖에 남지 않았다. 그때 뒤쪽에서 일본군이 몰려오고 있었다. 장을동이 이쪽으로 뛰었다. 퉁방울눈과 거꾸리도 뛰었다. 호위병이 총을 갈겨댔다. 일본군은 어리둥절한 표정이었다. 자기편한테 총을 갈기자 무슨 영문인지 모르는 것 같았다. 그때 물러났던 농민군들이 다시 밀고 오는 것 같았다. 거꾸리는 정신없이 농민군 쪽으로 뛰며 뒤를 돌아봤다. 장을동과 퉁방울눈도 정신없이 뛰어오고 있었다. 이내 일본군이 총을 갈겨대기 시작했다.

— 뻥 뻥.

"아이고."

이내 장을동이 앞으로 쓰러지고 말았다. 퉁방울눈은 수십 발을 맞고 뱅글 돌다 쓰러졌다. 거꾸리는 포탄 구덩이로 뛰어들었다. 그때 농민군을 쫓아갔던 관군들이 뒤로 몰려오고 있었다. 농민군이 총을 쏘며 쫓아왔다.

— 드드드드드.

일본군 회선포가 불을 뿜었다. 농민군들이 멈췄다. 거꾸리가 있는 곳은 농민군과 관군 중간이었다. 회선포가 무지막지하게 갈겨댔다. 관군들이 다시 몰려올 것 같았다. 거꾸리는 포탄 구덩이에서 뛰어나왔다. 농민군 쪽으로 뛰었다.

— 빵빵.

농민군이 거꾸리를 향해 총을 갈겼다. 거꾸리는 다시 포탄 구덩이로 뛰어들었다.

"오매!"

거꾸리는 포탄 구덩이에 엎드려 숨을 헐떡이며 눈을 말똥거렸다. 거꾸리는 새삼스럽게 자기가 관군 옷을 입고 있다는 것을 생각했다. 오도 가도 못하게 되고 말았다. 어느 쪽으로 움직여도 죽을 판이었다. 이럴 때는 어떻게 해야 하는지 알 수가 없었다.

"오매, 환장하겠네."

거꾸리는 옷을 내려다보며 눈만 말똥거리고 있었다.

— 드드드드드.

그때 회선포가 가까이 옮겨와 또 불을 뿜었다. 세 대가 엄청나게 뿜어댔다.

"돌진!"

관군이 돌진했다. 농민군이 다시 물러났다. 거꾸리는 죽은 듯이 구덩이 속에 엎드려 있었다. 관군들이 몰려갔다. 거꾸리는 그대로 엎드려 있었다. 관군들이 함성을 지르며 아래로 몰려갔다. 거의 아래로 내려가 버린 것 같았다. 저 아래서 총소리와 회선포 소리가 콩을 볶았다. 거꾸리는 슬며시 구덩이 밖으로 고개를 들었다. 관군들은 모두 저 아래로 몰려가버리고 하나도 없었다. 시체만 즐비했다. 거꾸리는 아까 진격했던 데로 정신없이 뛰었다.

세성산전투는 참패였다. 농민군은 전사 370명, 중경상 770명, 포로도 17명이나 되었다. 관군이 노획한 무기는 화승총이 140정, 창 228개, 군량도 쌀만 633섬이었다. 대장 김복용과 중군 이영우, 화포장 원금옥은 잡혀서 총살을 당하고 나머지 병사들은 유구 쪽으로 도망쳤다.

2. 화약선

전봉준이 효포에 당도했을 때는 송희옥 부대가 아침밥을 먹고 잠시 쉬고 있는 참이었다. 송희옥이 전투 보고를 했다.

"10대 1."

전투 보고를 받은 전봉준은 입속으로 뇌었다. 사망자 수를 비교해보는 것 같았다. 전체 병사 수와 전과를 놓고 비교하면 또 다를 것 같았다. 양총 실탄 50여 발을 쏘아 1명을 죽였으므로 실탄 소모와 적사살 비율은 50대 1이었다. 양총 실탄은 실탄이 얼마든지 있는 관군과 농민군 경우는 사정이 전혀 달랐다. 예상하고 있던 사실이 너무도 확실한 현실로 드러나고 있었다. 추격을 했으므로 유리한 조건인데도 1명밖에 죽이지 못했다. 전봉준은 이 엄연한 사실이 뼈를 쑤셔오는 것 같았다.

"회선포하고 양총 가진 놈들한테는 맞붙을 수가 없습니다. 지금 관군은 능티고개나 우금고개 같은 목만 지키고 있는 것 같습니다. 3,40명씩 자잘하게 부대를 나누어서 여러 부대가 여러 군데로 한꺼번에 쳐들어가면 어쩌겠습니까? 양총을 앞세우고 바짝 올라붙으면 맞설 수 있을 것입니다."

손여옥이 말했다. 그보다는 밤이 되도록 기다렸다가 야습을 하자는 둥 여러 의견이 나왔다. 야습은 여러 번 실험을 해보았으므로 그게 아무데서나 쓸 전술이 아니라는 것은 다 알고 있었다. 어제저녁 이인전투에서 야습이 성공한 것은 목표가 확실하고 관군이 야습을 예상하지 못했기 때문이었다. 그러나 조정군만 당했지 일본군은 사태를 제대로 간파하고 쉽게 포위망을 뚫고 빠져나가버렸다. 뚝머슴이 검객한테 칼을 휘두르면 뚝머슴은 죽자사자 휘두르지만 검객은 칼이 가는 길을 보아 요리조리 피하는 것에나 비길 일이었다.

"작은 부대로 나누어서 쳐들어가는 것이 어떻겠습니까?"

송희옥이 전봉준을 보았다. 김시만과 임군한도 그게 좋겠다고 했다. 여러 부대가 올라가다가 큰 산줄기에 가까워질 때 전부대가 함성을 지르며 돌진하자고 했다.

"저 봉수대가 문제입니다. 봉수대는 이 근방에서 제일 높은 봉우리라 관군 눈이나 마찬가집니다. 관군이 아직 포를 안 쏘고 있습니다마는 이다음에 포를 쏠 때는 저 봉수대가 제대로 눈 노릇을 할 것입니다. 우리가 빼앗으면 우리 눈입니다."

전봉준이 봉수대를 가리키며 말했다. 봉수대에서 관군 서너 명이 이쪽을 내려다보고 있었다. 이쪽 포대 대장도 봉수대를 쳐다보았다. 안면도에서 온 사람이었다. 안면도에서는 포를 쏠 사람과 산에 올라가 포 쏠 거리를 관측하여 연락하는 기수 등 10여 명이 왔다. 그들은 크루프포 쏘는 법도 대충 익히고 있었다.

"봉수대 공격은 제가 한번 나서보겠습니다."

김일두였다.

"윗말하고 아랫말 사이 샛길로 미리 주욱 빠져 봉수대 저쪽 산둥 성이에 매복을 하고 있다가 이쪽에서 능티로 치고 올라가는 사이 뒤에서 치겠습니다. 백 명쯤 거느리고 가서 치면 될 법합니다. 우리 부대도 조련이 어지간합니다."

여태 있는 듯 없는 듯 표가 나지 않던 김일두가 나서자 두령들은 잠시 당황하는 표정이었다. 김일두는 무언가 나름대로 생각하는 것이 있는 것 같았다. 전봉준 곁에 있던 김만수가 아버지를 보았으나 김일두는 아들 쪽으로 눈을 돌리지 않았다. 그때 왕삼이 임군한한테 뭐라 속삭였다. 임군한이 고개를 끄덕였다.

"저도 나서겠습니다. 저는 이쪽에서 치고 올라가겠습니다."

왕삼이 전봉준한테 말했다. 전봉준은 대답을 하지 않고 봉수대를 다시 쳐다보았다.

"좋습니다."

전봉준이 이내 결심을 했다.

"저 봉수대만 빼앗으면 저쪽 관군 움직임을 한눈에 볼 수가 있고, 무엇보다 우리 포가 제대로 구실을 합니다. 어려운 일입니다마는 한번 해보시오. 관군 쪽에서도 그만큼 단단히 대비를 하고 있을 테니 안 되겠으면 너무 무리는 하지 마시오."

전봉준은 다시 두령들 쪽으로 돌아섰다.

"지금부터 능티하고 봉수대를 공격합니다. 손여옥 씨는 30명씩 여섯 부대를 짜서 능티 양쪽을 공격하고 김일두 씨와 왕삼은 각각 1백 명을 거느리고 봉수대를 이쪽과 저쪽에서 공격합니다. 김일두 씨는 여기서 납다리 쪽으로 5마장쯤 가서 참새골이란 동네를 조금 지나 산등성이로 올라붙으시오. 납다리에서 봉수대로 올라가는 길이 산등성이로 나 있습니다. 그 등을 타고 와서 공격하시오. 공격을 하기 전에 여기서 포격을 할 테니 봉수대를 공격하는 부대는 너무 가까이 가지 말고 기다리고, 손여옥 부대도 중간쯤 올라가 기다리다가 포격이 끝나거든 바로 공격을 하시오. 징으로 신호를 하겠소. 손여옥 씨는 가서 부대를 짜놓고 기다리고, 김일두 씨는 지금 바로 출발하고, 왕삼은 윗말 뒤 불무골로 가서 봉수대 쪽 비탈에 붙어 기다리게. 포격은 김일두 씨가 봉수대 저쪽에 이르렀으리라 짐작되는 시간에 하겠소. 나는 윗말 뒷등에서 지휘를 하겠소."

모두 알았다며 고개를 꾸벅하고 돌아섰다.

"김대장!"

전봉준이 포 부대 대장을 불렀다.

"공격하기 전에 능티 양쪽하고 봉수대에다 대여섯 발씩만 쏘시오. 다시 신호를 하거든 고개에서 부내로 내려가는 물안주골에다 쏘시오. 몇 발 쏠지는 그때 알리겠소."

불랑기 포탄은 1백 발이고 크루프포는 30발뿐이므로 호랑이 어금니 아끼듯 아껴야 할 판이었다.

"알겠습니다. 그런데 봉수대 꼭대기에 포탄을 떨구기는 이만저만 어렵지 않습니다. 산봉우리에 포탄을 명중시키기란 마당에 세워놓은 기둥나무 위에 돌을 던져 올리기만큼 어렵습니다. 10발에 한발 맞추기도 쉽지 않습니다. 크루프포는 좀 더 정확하다고 들었습니다마는 그 포는 아직 손에 익지 않아 쏘아보아야 알겠습니다."

전봉준은 뜻밖이라는 표정이었다.

"하여간 하는 데까지 해보겠습니다. 우리 기수를 왕삼 부대에 딸려 보내겠습니다."

대장은 절을 하고 바삐 달려갔다. 포는 윗말 저쪽 골짜기에 설치해놓고 있었다. 전봉준은 두령들을 데리고 윗말 뒷잔등으로 올라갔다. 김일두 부대는 벌써 불무골을 지나 요골 쪽으로 빠지고 있었다. 왕삼 부대도 불무골로 가고 있었다.

전봉준은 봉수대를 쳐다봤다. 지금도 서너 명이 아래를 내려다보고 있었다. 손여옥이 부대를 짜놓고 저 아래서 기다리고 있었다.

"5마장쯤 가서 올라간다면 지금쯤은 당도하지 않았겠습니까?"

임군한이 말했다.

"손여옥 부대하고 왕삼 부대에 올라가라고 신호를 해라."

전봉준이 곁에 있던 기수한테 말했다. 기수가 두 부대를 향해 기를 흔들었다. 손여옥 부대가 능티로 올라붙었다. 그때였다.

— 뺑.

관군 포가 저 아래 떨어졌다. 연거푸 터졌다. 효포에 있는 송희옥 부대에도 떨어지고 능티로 올라붙는 손여옥 부대에도 떨어졌다. 모두 봉수대를 쳐다봤다. 관군 기수가 저쪽으로 정신없이 기를 휘두르고 있었다. 포는 계속 터졌다. 삽시간에 4,50발이 터진 것 같았다. 손여옥 부대와 왕삼 부대는 그대로 올라붙고 있었다. 왕삼 부대 쪽에는 포탄이 터지지 않았다. 왕삼 부대를 아직 발견하지 못한 것 같았다. 이내 왕삼 부대가 봉수대 한참 밑에 멈췄다. 손여옥 부대도 비탈 중턱에 멈췄다.

"포대에 포를 쏘라고 신호를 해라!"

이내 전봉준이 영을 내렸다.

— 뻥 뻥.

포가 엄청난 소리를 내며 날아갔다. 이쪽 포는 한 발은 능티고개 산줄기 너머로 떨어지고 한 발은 봉수대 이쪽 비탈에 떨어졌다. 좀 만에 또 날아갔다. 능티에는 산등성이에 떨어졌으나 봉수대는 저 너머로 떨어진 것 같았다.

— 뻥 뻥.

이내 이쪽 포가 산등성이에 떨어졌다. 포탄에 관군들이 날아갔다. 회선포도 하나 날아갔다. 포탄은 계속 날아갔다. 크루프포도 쏘았다. 터지는 성능은 크게 차이가 나지 않는 것 같았다.

능티 남쪽 줄기에 있던 관군들이 도망치기 시작했다. 성하영 부대였다. 어제저녁 이인에서 혼쭐이 난 성하영 부대는 이번에는 난데없는 포가 터지자 정신이 없는 것 같았다. 능티고개를 중심으로 양쪽 산줄기에 붙어 있던 관군들은 포가 날아들자 적잖이 놀랐을 터이다. 농민군이 불랑기를 가지고 있다는 사실은 농민군도 몰랐던 일이었다.

"도망치지 말고 그대로 엎드려라."

성하영이 악을 썼으나 소용이 없었다. 일본군과 백낙완군은 도망치지 않고 그 자리에 엎드렸다.

― 뻥.

포는 이내 봉수대 꼭대기에 떨어졌다. 병사가 둘이나 날아가는 것이 보였다. 이쪽 포가 그쳤다.

― 징징징징징.

전봉준은 돌격 신호를 보냈다. 양쪽 부대는 정신없이 올라챘다.

― 드드드드드.

― 뻥뻥뻥.

관군 포도 그치고 능티고개 주변에서 회선포와 양총이 불을 뿜었다. 회선포 소리와 총소리는 어마어마했다. 산을 떠메고 하늘로 올라가는 것 같았다. 왕삼 부대는 더 올라가지 못하고 비탈에 딱 붙었다.

그때였다. 봉수대에서 회선포와 소총을 쏘던 부대가 저쪽으로 돌아서는 것 같았다. 김일두 부대가 몰려오는 모양이었다. 왕삼 부대가 움직였다. 위로 올라붙었다. 이내 봉수대 관군이 이쪽 산줄기로 밀렸다. 밑으로 쏠려 내려오기 시작했다. 20여 명이었다. 왕삼 부대가 쫓아갔다. 마구 갈기며 쫓아갔다. 관군이 픽픽 쓰러졌다. 드디어 봉수대에서 농민군이 아래로 쏠려 내려왔다. 김일두 부대였다. 왕삼 부대와 김일두 부대는 사정없이 총을 갈기며 산등성이로 내려갔다. 한참 내려가다가 주춤했다. 아래서 회선포가 갈겨대는 것 같았다.

"만세!"

봉수대에서는 농민군들이 이쪽을 내려다보며 만세를 불렀다. 능티고개 주변 산줄기로 올라붙던 손여옥 부대는 더 올라붙지 못했다. 손여옥 부대는 그대로 딱 붙어 있었다.

― 뻥.

이내 관군 포가 봉수대 근처에 떨어졌다. 농민군 모습이 보이지 않았다. 산꼭대기에 딱 엎드린 것 같았다. 포가 봉수대 근처에서 계속 터졌다. 봉수대에만 집중적으로 퍼부었다. 그러나 봉수대 꼭대기에는 터지지 않았다. 손여옥 부대는 꼼짝도 못하고 그대로 엎드려 있었다.

"손여옥 부대는 안 되겠소."

김시만이 말했다. 전봉준이 손여옥 부대에 후퇴 신호를 보내라 했다.

― 깽 깽 깽 깽 깽.

송희옥이 손여옥 부대 기를 올리며 꽹과리를 쳤다. 손여옥 부대가 몰려 내려왔다. 왕삼 부대는 저쪽 등성이로 빠졌다. 이내 봉수대에도 포가 터지지 않았다. 손여옥 부대는 부상자를 여러 명 업고 내려왔다. 그때 김일두 부대 쪽에서 병사 2명이 달려왔다.

"우리 부대는 양총을 다섯 자루나 빼앗았습니다. 실탄도 많이 빼앗았습니다. 왕삼 씨 부대는 양총을 더 많이 빼앗았습니다."

파발병은 숨을 헐떡거리며 정신없이 주워섬겼다.

"피해는 얼마나 되느냐?"

"봉수대를 점령할 때는 피해가 별로 없었는데 대포에 서너 명이 죽었습니다. 봉수대를 점령할 때는 관군들이 이쪽만 보고 싸우고 있을 때 뒤에서 쳤습니다. 왕삼 씨 부대는 여남은 명 죽은 것 같습니다."

"양총은 실탄이 얼마나 되더냐?"

"많습니다. 봉수대 근방에는 포탄 구덩이가 많은게 그리 들어가서 피하겠다고 포가 떨어져도 염려 말라고 하십디다."

"알았다. 금방 점심을 보내겠다."

파발병은 고개를 꾸벅하고 돌아섰다.

"다음 작전은 점심을 먹으면서 의논합시다. 모두 부대를 동네로 내려 보내 점심을 먹도록 하시오."

전봉준은 봉수대를 돌아보며 영을 내렸다. 전봉준은 송희옥에게 봉수대로 점심을 보내라고 했다.

전봉준 말마따나 이쪽 눈이나 다름없는 봉수대를 점령했으니 이번 전투는 승리였다. 무기로는 도저히 상대를 할 수 없었으나 전술로 승리를 한 셈이었다. 그러나 지금 관군은 능티를 그대로 차지하고 있었다.

바로 이때 한다리 영동·옥천 부대는 관군한테 밀려 한다리 저 위쪽에서 관군과 대치하고 있었다. 어제 저녁 이쪽에서 빠져나간 홍운섭과 구상조 부대의 공격을 받은 것이다. 어제 한밤중에 효포를 빠져나간 홍운섭과 구상조 부대는 오얏골나루를 건너 새벽녘에 한다리에 도착해 매복하고 있었다. 그들은 그리 갈 때 샛길로만 감쪽같이 갔으므로 송희옥 부대 정탐병들도 까맣게 몰랐고, 영동·옥천 부대도 전혀 모르고 있었다. 어제 저녁 두 부대는 윗말에서 불무골로 빠진 다음 삼남대도를 가로질러 막골을 지나 오얏골나루터에서 금강을 건너 샛길로만 30여 리 길을 내달았던 것이다. 관군은 이 근방 나룻배는 전부 북문나루터로 끌어가버렸으므로 미리 오얏골나루터로 나룻배를 올라오라 하여 감쪽같이 건넜다. 관군은 나룻배뿐만 아니라 고기잡이배며 짐배며 배라고 생긴 배는 전부 끌어다가 북문나루에 묶어두고 있었다.

50

홍운섭 소대 140명은 풍덕골 뒷산에 진을 치고, 구상조 소대 140명은 하산 솔밭에 진을 치고 날이 새기를 기다렸다. 대교천이 옆으로 흐르고 중산천을 등지고 있는 배수진이라 여기서 밀리는 날에는 그대로 고기밥이 될 판이었다. 그래서 더 숨을 죽이고 있었다.

영동·옥천 부대는 새벽부터 호롱불이 부산하게 움직였다. 밥을 짓는 것 같았다. 그들은 관군이 온 줄은 꿈에도 생각을 못하고 있었다. 부옇게 날이 새자 농민군이 움직이는 것이 제대로 보였다.

"지금부터 포를 쏜다. 다 흩어질 때까지 무작정 쏜다. 포격 시작!"

홍운섭은 구상조 부대에 포격한다는 신호를 한 다음 명령을 내렸다. 포를 쏘아댔다. 농민군은 수라장이 되었다. 20여 발을 쏘아대자 농민군 3천여 명은 난장판이 되고 말았다.

— 뻥.

그때 농민군 포도 불을 뿜었다. 느닷없는 날벼락에 정신없이 나대던 농민군이 진을 수습한 것 같았다.

"진격!"

— 징징 징징 징징.

정한준이 고함을 지르며 징을 쳤다. 농민군이 관군을 향해 진격을 했다. 그때 홍운섭 소대는 조금 위쪽 참사령굴로 재빠르게 내달았다. 농민군이 공주 쪽으로 빠지는 것을 막으려는 속셈이었다. 농민군이 여러 대로 나뉘어 진격해 왔다. 홍운섭 부대는 회선포를 갈겨댔다. 농민군들은 갈대처럼 쓰러졌다. 구상조 소대는 계속 포를 퍼부었다. 농민군은 무지막지한 화력을 견디지 못하고 물러서기 시작했다. 대교천을 따라 한참 도망쳐 포격권에서 벗어났다. 정한준은 송정에서 군사를 수습했다.

관군이 공격해 왔다. 농민군은 뒤로 물러났다. 관군은 쫓다가 멈추었다. 농민군도 멈추었다. 점심때가 가까워오자 관군이 뒤로 물러나는 것 같았다.

"진격!"

정한준이 진격명령을 내렸다.

"오냐. 여기서 공주까지는 모두 산이다. 산으로만 가거라."

정한준은 이를 악물고 진격을 했다. 그러나 관군은 다시 멈췄다. 정한준도 멈추라는 명령을 내렸다.

전봉준은 점심을 먹고 두령들과 작전을 의논하고 있었다.

"저자들 무기를 보니 전에 홍계훈 부대하고도 다릅니다. 맞붙어 가지고는 어렵겠습니다. 이인에서처럼 오늘 저녁에 공주 산줄기를 빙 둘러서 포위를 한 다음에 전부대가 들이칩시다."

손여옥이었다.

"어제 이인에서 당해봤기 때문에 대비를 하고 있지 않겠습니까? 또 부민들을 이끌고 산성으로 들어갈지도 모릅니다."

김도삼이었다.

"우리가 갑자기 공격을 하면 부민들을 그렇게 쉽게 성으로 몰아들일 수 없습니다. 군인들이라면 모르지만 부민들을 그렇게 쉽게 움직일 수 있겠습니까?"

"총공격밖에는 방도가 없을 것 같습니다. 부민들이 좀 다치더라도 하는 수 없습니다."

송희옥이 찬성을 했다.

"낮에 붙으면 회선포와 양총을 당해낼 재간이 없겠습니다."

임군한이었다. 김시만도 고개를 끄덕였다. 오늘 능티고개 싸움을 보더라도 낮에 그들과 맞붙어가지고는 그 막강한 화력을 도저히 당해낼 수가 없을 것 같았다. 두령들은 양총도 양총이지만 회선포는 생각만 해도 정나미가 떨어졌다. 사거리가 엄청나고 명중률이 높은 것도 두려웠지만 회선포에 맞은 꼴은 생각하기도 싫었다. 머리통이고 몸뚱이고 총탄이 휘젓고 나간 자국은 너무도 끔찍했다. 도대체 어떻게 된 것인지 몸뚱이를 그냥 뚫고만 간 것이 아니라 숫제 휘젓고 나갔다.

"충분한 대비를 하고 있을 것 같습니다마는 야습밖에는 뾰족한 수가 없습니다."

이내 전봉준이 아퀴를 지었다. 이인에서처럼 산줄기를 전부 둘러싼 다음 전부대가 한꺼번에 공주로 밀고 들어간다는 작전이었다.

"별일이 있더라도 오늘 저녁에 결판을 내야 합니다. 산성으로 몰리면 산성을 공격하고 금강을 건너면 금강을 헤엄쳐 갑시다."

송희옥이 결의를 보였다. 두령들이 모두 주먹을 쥐었다. 그때 영동·옥천 부대에서 파발이 달려들었다.

"영동·옥천 부대는 관군한테 밀려 대교천 저 위쪽에서 관군과 대치하고 있습니다."

"뭣이, 관군한테? 어디서 온 관군이냐?"

전봉준이 깜짝 놀라 물었다.

"공주 쪽에서 어제저녁에 온 것 같습니다."

두령들은 어리둥절했다. 농민군 두령들은 어제저녁 홍운섭 부대와 구상조 부대가 여기서 빠져나간 줄을 까맣게 모르고 있었다.

"관군하고는 맞바로 싸우기가 어렵다고 낮에는 피했다가 날이 어두워지면 이쪽으로 움직이겠다고 합니다."

파발 온 젊은이는 더운 김을 내뿜으며 말했다.

"공주 관군이 거기까지 진출했다면 지금 공주에 있는 병력은 우리를 충분히 방어할 만큼 많다는 이야기가 되잖겠습니까?"

김시만이었다. 전봉준은 대답하지 않고 파발병에게 올 때 위험하지 않았느냐고 물었다. 복병한테 걸려 하마터면 붙잡힐 뻔했다고 눈알을 굴렸다. 전봉준은 여기서 쉬라며 김만수를 불러 스님들을 데려오라 했다. 스님 둘이 왔다.

"저 아이들한테 길을 물어서 한다리 위쪽에 있는 영동·옥천 부대에 다녀오게. 관군하고 맞붙을 생각은 하지 말고 어떻게 하든 거기 관군이 이쪽으로 못 오게만 발목을 붙잡고 있으라 하게. 그래도 관군이 공주로 물러서거든 그 부대도 곧바로 이리 오라고 하게."

전봉준은 복병을 조심하라고 당부한 다음 스님들을 내보냈다. 스님들은 농민군 속에 섞여 다닐 때는 오소리감투에 평복을 하고 다니다가 길을 나설 때는 승복으로 바꿔 입었다. 전봉준 부대에 승병이 있다는 것을 모르게 하자는 것이었다.

전봉준은 스님들 두 패를 더 불렀다.

오늘 저녁 총공격을 할 테니 한패는 경천점에 가서 고영숙한테 부대를 이끌고 주미산 아래로 가서 주미산과 금학동 뒷산 산줄기에 진을 치라 하고, 거기 있는 김덕명과 김원식에게는 이리 오라는 말을 전하고, 한패는 금학동 뒷산 줄기 이유상 부대, 우금고개 아래 유한필 부대, 그 아래 북접부대, 새재 아래 김달주 부대로 가서 같은 말을 전하라 했다.

"총공격 준비 신호는 봉수대에 봉화를 하나, 총공격 명령은 두 개를 피우겠네. 이인에서 그랬듯이 모두 미리 홰를 하나씩 만들어가지고 있다가 공격 준비 명령이 떨어지면 홰에 불을 켜들고 모두 산줄기로 늘어서라고 하게. 총공격 명령은 한참 있다가 떨어질 걸세."

스님들은 알았다며 고개를 주억거리고 바삐 자리를 떴다. 그들이 막 나가고 나자 또 스님 한 패가 들어왔다.

"조금 아까 관군이 금강을 건너 공주로 들어왔습니다. 3백여 명입니다."

"무기는 얼마나 되던가?"

"무기는 양총뿐 대포나 그런 것은 없는 것 같았습니다."

전봉준은 알았다며 스님을 내보내고 이싯뚜리를 불러 다른 방으로 데리고 갔다.

"아주 어려운 일이 한 가지 있네. 관군하고 일본군이 공주로만 몰리고 있는 것 같네. 관군이 더 오면 공주 공격은 그만큼 어려워지네. 우리 힘으로는 지금 들어와 있는 군사를 당하기도 이렇게 어렵네. 군사들이 잠시라도 공주로 들어오지 못하게 하려면 북문에 있는 배를 전부 부숴버려야겠네. 지금 금강에 있는 배는 모두 북문나루에다 끌어다 놨네. 20여 척쯤 되는 것 같네. 좋은 방도가 없겠는가?"

이싯뚜리는 잠시 전봉준을 건너다보고 있었다. 이싯뚜리 부대에 이 일을 맡기려 한 것은 그 부대에는 영광 고달근 부대와 진도 장대가리 부대 등 바닷가 출신들이 많기 때문인 것 같았다.

"해보겠습니다. 당장 뾰족한 수는 생각나지 않습니다마는 가서 의논을 해보겠습니다. 그러자면 우리 부대가 우선 산성 쪽 납다리로 진출하는 것이 좋겠습니다."

"그러게."

이싯뚜리는 자리에서 일어섰다. 아까 스님들이 보고한 부대는 순무영 좌선봉 이규태 부대였다. 본대는 지금 무기와 화약을 엄청나게 가지고 오고 있는 중이고 이규태는 선발대만 끌고 먼저 온 것이었다.

해거름에 이싯뚜리 부대는 납다리에서 장기대나루터까지 바짝 진출했다. 그때 고달근과 장대가리와 강진 최차돌이 부하를 예닐곱 명씩 거느리고 이싯뚜리 앞으로 왔다.

"조심해서 잘들 해라. 나룻배만 다 부수면 너희들은 이 전쟁에서 일등 공신이 된다."

이싯뚜리는 한 사람 한 사람 등을 두드려주며 작별인사를 했다. 모두 양총으로만 무장을 하고 있었다.

"안 오면 멀리 내뺄 줄 알어."

고달근이 이싯뚜리한테 웃어놓고 돌아섰다. 세 사람은 병사들을 거느리고 오얏골나루터로 향했다. 금강 상류 쪽으로 5,6마장쯤 되는 곳이었다. 그들은 오얏골나루터에서 헤엄을 쳐 강을 건널 참이었다.

북문 앞에 모아놓은 배를 모두 가라앉혀버리라는 전봉준 영을 받은 이싯뚜리는 자기 부대 대장들을 모아놓고 의논을 했다. 여러 가지 의견이 나왔으나 신통한 방법이 나오지 않았다.

"20명쯤 산성 강가로 스며들어 배를 지키고 있는 군사들을 해치운 다음에 배를 한 척씩 타고 곰나루 쪽으로 빼면 어쩔까?"

장대가리였다.

"싸우는 소리를 듣고 다른 군사들이 몰려와서 총을 쏘면 어쩌지?"

"그럼 물로 뛰어들어 이물 쪽에 붙는 거야. 강물이 흘러갈 테니까 배는 그대로 떠내려갈 것이고 총을 맞으면 배는 저절로 작살이 나지 않겠어?"

"너무 위험하잖아?"

"이것은 처음부터 목숨을 내놓지 않고는 엄두도 못 낼 일이야."

"산성 밑은 경계가 엄할 거야. 거기서 발견됐다 하면 올 데 갈 데가 없어. 그리 가지 말고 북문 건너편 도선목 근처에 매복을 하고 있다가 배가 그쪽으로 건너와서 짐이든 군사든 싣고 가면 틈을 노렸다가 그 배를 빼앗아 타고 건너가면 어쩔까?"

최차돌이 말했다.

"어떻게 빼앗지?"

고달근이 물었다.

"가서 지켜보면 무슨 수가 생길 것 같아. 그리 짐을 실러 오는 배도 있잖겠어?"

"최차돌 방도가 좋겠다. 그게 제대로 안 되면 군사들이라도 싣고 갈 때 강가로 달려가서 배 한 척만 가라앉혀버려도 그게 어디야?"

장대가리였다.

"그럼 그렇게 하기로 하자. 도선목에 가서 형편을 보며 틈을 노리자."

고달근이 찬성을 했다.

"그럼 누가 나서겠냐?"

"나!"

"나도!"

"나도!"

장대가리와 고달근, 최차돌이 나섰다.

"좋다. 셋이 다 간다. 잘 해봐라."

세 사람 다 바닷가 출신으로 헤엄도 잘 쳤지만 갯바람에 씻기고 사나운 파도를 헤치며 단련된 사람들이라 몸도 건장하고 성격도 *갯바위에 붙은 굴적 같은 악바리들이었다. 갯가 사람들이 두고 쓰는 말마따나 죽은 나무 거꾸로 맞춰 목숨을 싣고 파도와 싸우며 저승 문턱을 예사로 넘나드는 사람들이라 웬만한 위험쯤 칼 앞에 고목처럼 대범하기도 했다. 그들은 부대로 가서 같이 갈 병사들 지원을 받았다. 스무남은 명씩 지원을 했으나 독자 빼고 장가간 사람 빼고 고르고 골라 예닐곱 명씩만 뽑았다.

오얏골나루터에 이르자 땅거미가 일었다. 먼저 갔던 젊은이들이 뛰어나왔다.

"갈대밭에 저것이 하나 있더만."

대원들은 조그마한 *마상이 한 척을 가리키며 흥분했다.

"나막신을 타고 말제 저것이 배라고 사람이 탄단 말이냐?"

마상이를 본 고달근이 웃었다.

"꼴로 볼 게 아니라고. 세 사람은 너끈하게 타. 열 *행보만 하면 되잖아?"

한 사람이 사공 노릇을 하고 두 사람씩 강을 건너자고 했다. 날이 어두워지기를 기다려 강에 배를 띄웠다. 세 사람이 타자 뱃전에 물이 찰랑거렸다. 숨만 크게 쉬어도 뒤집힐 것 같았다. 앉은 채로 조심조심 삿대질을 해서 강을 건넜다. 헤엄쳐 건너는 것보다 백번 나았다. 열 행보를 해서 모두 건넜다. 마상이를 끌어다 숲 속에 감춰놓고 산속으로 길을 잡아들었다. 산자락으로 붙어 강줄기 짐작을 하며 아래로 아래로 내려갔다. 쌍수산성을 건너다보며 북문 건너편 산자락으로 붙었다. 들 가운데 짚벼늘이 있었다. 그리 갔다. 나루터 위에 있는 동네 쪽을 살폈다. 그 동네 사람들도 모두 피난을 간 것 같았다. 도선목에 있는 주막에만 불이 켜져 있었다.

"기습에 대비해서 나루터 근처에는 틀림없이 관군들이 매복을 하고 있을 것이다. 여기서 낌새를 살피자."

한참 앉아서 동네와 나루터 근처를 살폈다. 아무 기척도 느껴지지 않았다. 몇 사람을 내려 보내 살피고 오라 했다. 한참만에 돌아왔다. 괜찮은 것 같다고 했다. 모두 조심조심 동네로 들어갔다. 맨 앞집 울타리 밑으로 숨었다. 동네 앞에 짚벼늘이 하나 섶나무벼늘과 나란히 있었다. 장대가리가 자기 부하들을 달고 짚벼늘과 나무벼늘 사이로 달려갔다. 짚벼늘을 허물어 내렸다. 장대가리 패는 짚단 속으로 몸을 숨겼다. 고개만 내놓고 강 쪽을 보고 있었다. 동네 앞이라 여간 조심스럽지 않았다. 숨소리도 죽였다. 등에 땀이 식으며 몸이 떨렸다. 강 건너 북문나루 도선목에는 나룻배가 시커멓게 매여 있었다. 20여 척쯤 되는 것 같았다.

"암만해도 위험하다. 너희들 둘이 저 집 뒷간에 가서 오줌통에다 똥 한통 떠와!"

장대가리가 옆에 앉은 병사들한테 말했다.

"똥? 뭣하게?"

"떠오면 알아. 똥바가지도 가져와."

두 병사가 똥을 한통 퍼왔다. 장대가리가 똥바가지를 받아 그들이 앉아 있는 앞에다 똥을 뿌렸다.

"무슨 짓이야?"

"이래야 안심이다. 이따 군대라도 와서 강을 건널 때는 미리 이 근방을 전부 뒤질지 몰라. 일본 놈들은 쥐새끼들이다."

"아이고, 코창 터지겠어. 킬킬."

"자식들아, 발각나서 콩알 밥 되는 것보다 백번 나아. 황토재서 관군들이 똥통으로 숨었다는 소리 못 들어봤냐? 농민군들이 아침에 동네를 뒤지자 사뭇 다급한게 똥통으로 들어가서 목만 내놓고 있는 놈이 있더란다."

장대가리가 킬킬거리며 이죽거렸다. 장대가리는 뒷집으로 가서 대원들을 모두 데리고 왔다.

"아이고, 무슨 냄새냐?"

"그 냄새 때문에 여기가 제일 안심이다."

모두 코를 싸쥐면서도 들어와 앉았다.

"송장 썩은 냄새를 맡고 말제 못 맡겠네. 킬킬."

그때였다.

"나룻배가 건너온다. 세 척이다."

북문나루터에서 배가 건너오고 있었다.

"이쪽에서 군사들이 오는 모양이다."

장대가리가 주먹을 쥐며 말했다.

"오냐, 어서 오너라."

최차돌이 지레 숨을 씨근거리며 을렀다. 모두 건너오는 배를 뚫어지게 보고 있었다. 배 한 척에 세 사람씩 타고 있었다. 노를 젓는 사공 말고 두 사람씩 앉아 있었다. 관군 같았다.

"또 오네."

계속 왔다. 저쪽에 있는 배가 전부 건너오는 것 같았다. 두대박이 짐배도 한 척 있었다.

"지금 군사들이 엄청나게 몰려오는 것 같다."

고달근 말에 모두 눈이 둥그레졌다.

"군사들이 타고 가면 강가로 돌진해서 갈기자. 배에 익지 않은 놈들은 총을 쏘면 배에서 정신없이 나대다가 배가 한쪽으로 쏠려 엎어진다. 배에 가득가득 타기만 하면 열 척이고 스무 척이고 다 엎어진다. 코째기 내기를 해도 좋다."

코째기까지 할 것도 없이 다 아는 일이다. 배가 휘청하면 배에 익지 않은 사람들은 반대편으로 휙 몰리기 마련이다. 두어 번 휘청거리다 엎어지기 십상이었다.

"헤엄 못 치는 놈들은 그대로 물귀신이 될 것이고 헤엄치는 놈들도 우리 밥이다. 그때는 아까운 총알 허비할 것도 없다. 몽뎅이 한나씩 들고 강가에 섰다가 헤엄쳐 나오는 족족 골통 깨는 일만 남는다."

"오냐, 나는 일본 놈 골통 열 놈만 깨면 그 자리에서 팍 죽어버려도 원이 없겠다."

배가 모두 도선목에 닿았다. 그러나 이쪽에서는 개미 새끼 한 마리도 나타나지 않았다. 군인들은 배에서 내려서 동네 쪽으로 왔다. 모래톱을 건성으로 한 바퀴 빙 돌고 주막 있는 데로 갔다.

"관군이 와도 많이 오는 모양이다. 열여덟 척인게 배 한 척에 스무 명씩만 타도 360명이다."

장대가리가 뇌었다. 모두 가쁜 숨을 내쉬고 있었다.

"횃불이다."

감영 뒷산 산줄기에 횃불이 올랐다. 횃불은 금방 수십 개로 불어났다. 다시 수백 개로 불어났다. 수천 개였다.

"야, 장관이다."

횃불은 삽시간에 공주 산줄기를 빙 둘러싸버렸다. 어마어마했다.

"오냐, 그대로 내려와서 공주를 한발에 짓밟아버려라."

병사들은 주먹을 쥐며 속삭였다.

전봉준은 봉수대로 올라가서 김덕명, 김원식 등 참모들과 함께 산줄기를 건너다보고 있었다. 두리봉에서 곰나루 쪽만 빼놓고는 모두 횃불이 올랐다. 공주를 둘러싼 산줄기 전부가 횃불이었다. 장관이었다. 지난번 이인 공격 때보다 훨씬 더 많은 횃불이 공주를 빙 둘러쌌다. 관군들은 해거름에 모두 부내로 물러가버렸다. 우금고개 가까이만 횃불이 오르지 않은 게 거기 진을 치고 있는 일본군은 물러나지 않은 것 같았다.

"무슨 종소리지요?"

공주 부내에서 다급하게 종소리가 울리고 있었다. 절간 범종소리였다. 예사 때처럼 한가하게 울리는 것이 아니라 무척 다급하게 울렸다. 절에서 저런 식으로 종을 치는 법은 없었다. 그때 헐레벌떡 달려오는 젊은이들이 있었다.

"장준환 씨가 보내서 왔습니다. 지금 부민들이 전부 산성으로 몰려들고 있을 것이구만유. 바로 저 종소리구만유."

젊은이는 정신없이 주워섬겼다. 공주 접주 장준환이 부내에 있으면서 이따금 도소로 공주 사정을 알려오고 있었다.

"조금 아깨 나졸하고유 향병들이 골목골목 떼로 몰려 댕김시로유……."

종소리만 나면 벼락같이 산성으로 들어가라고 했다는 것이다. 만약 집에 남아 있으면 그 자리에서 쐈죽여버리고 그 집에 불을 질러버린다고 을러멨다고 했다.

"그러구유, 지금 성안에 있는 관군은 향병까지 합치면 3천 명이 넘고유, 일본군도 더 들어왔다는구만유."

젊은이는 정신없이 주워섬겼다.

"관군이 3천 명?"

전봉준은 두령들을 돌아봤다. 예상보다 훨씬 많았다. 전봉준은 3천 명이라는 소리가 양총 3천 자루로 들렸다. 군사들 수로는 2만 명에 3천 명이므로 7대 1이었으나 크루프포나 회선포는 놔두고 양총만 가지고 따진다면 3천 정에 3백여 정, 10대 1이었다. 그나마 농민군 쪽에는 실탄이 금방 동이 날 판이었다. 실탄이 떨어지면 양총은 쇳덩어리나 마찬가지였다. 불랑기와 크루프포도 마찬가지였다.

"오면서 본게유, 군사들은 산성으로 들어가지 않고 산에서 내려오는 길목하고 동네 큰 골목에 촘촘히 박혀 있구만유."

전봉준은 두령들을 돌아봤다. 두령들은 말이 없었다.

"부민들은 성으로 몰아붙이면서 자기들은 안 들어간 것은 무엇 때문일까요? 우리하고 산이건 부내건 제대로 붙으려면 굳이 부민들을 성으로 모아들일 까닭이 없지 않소?"

전봉준이 물었다.

"싸우다가 불리하면 성안으로 들어가서 부민들 속에 숨자는 것이겠지요?"

김원식이 받았다.

"그렇다면 바로 그게 계책 같지 않습니까? 우리를 부내로 유인해서 포격을 하려고 말입니다."

김덕명이었다.

"어디 다시 한 번 가닥을 추려봅시다. 지난번에 산성으로 부민들을 모아들인 까닭은, 첫째는 자기들 수가 적어서 맞붙으면 불리하니까 부민들을 모아 그 속으로 숨으려고 그랬고, 두 번째는 우리를 부내로 꾀어 들여 포격을 하려고 그랬습니다. 그런데 지금 저 사람들은 군사가 3천입니다. 그런데 또 부민들을 성으로 몰아넣고 있습니다. 쉽게 생각하면 낮에는 자기들이 유리하지만 밤에는 불리하니까 밤에만 부민들 속으로 숨자는 것이라 볼 수도 있고, 변두리에 버티고 있는 것은 우리가 공격하면 싸우는 척하다가 우리를 부내로 꾀어 들여 부내에 포격을 하자는 것이라고 볼 수 있겠는데, 모두 어떻게들 생각하십니까?"

전봉준이 가닥을 추려서 물었다.

"저놈들 꼬임에 빠는 척 쳐들어가면 어떻겠습니까? 다 쳐들어가지 말고 한두 부대만 쳐들어가서 저놈들이 성으로 들어가면 성에다 포격을 해서 몰살을 시키는 것입니다."

손여옥이었다.

"공주 부민들까지 다 죽이잔 말이오? 지난번에도 이야기했지만 저들이 아무리 얄미워도 빈대 잡자고 초가삼간 태울 수는 없잖소?"

김덕명이었다.

"저놈들은 빈대가 아니라 나라를 들어 삼키려는 외적입니다. 이 전쟁에서 우리가 밀리면 나라는 결딴이 나고 맙니다. 공주 사람들이 죽더라도 나라를 건져야 합니다."

손여옥이 소리를 높였다.

"그것은 도리가 아닙니다. 달리 싸울 방도를 생각합시다."

"달리 방도가 없습니다. 이제 우리한테는 양총 탄환도 얼마 남지 않았고, 양총과 회선포 앞에 화승총은 칼 앞에 바늘도 아닙니다. 오늘 저놈들 계책을 알았으니 그 계책을 거꾸로 이용하지 못하면 이런 기회는 다시는 안 옵니다. 이 기회를 잃고 나면 남은 일은 우리도 죽고 나라도 망하는 길밖에 없습니다."

손여옥이 주먹을 휘두르며 입침을 튀겼다.

"손두령 말이 옳습니다."

김도삼이 동조를 했다. 김원식은 말이 없었으나 그는 지난번에도 포격을 주장했던 사람이었다. 모두 전봉준을 보았다. 전봉준은 곤혹스런 표정이었다.

"전쟁을 하면서 *미운 파리 고운 파리 촘촘히 가리다가는 어떻게 전쟁을 합니까? 썩을 살을 도려내자면 생살도 도려내야 합니다."

송희옥도 마침내 동조를 하고 나왔다.

"공주 부민 죽인 죄는 잠시지마는 나라가 결딴이 나면 그 원한은 천년만년입니다. 결정을 내리십시오. 저 횃불들이 모두 어서 결단을 내리라고 소리 지르고 있습니다."

손여옥이 다그쳤다. 횃불은 정말 어서 쳐들어가자고 재촉하는 것 같았다.

"빨리 결정을 내려서 불랑기부터 성으로 가지고 가야 합니다."

김도삼이 다그쳤다.

"승산부터 한번 생각해봅시다. 저자들이 성안으로 들어가면 3천 명이 성벽 위에 촘촘히 늘어서서 양총과 회선포를 겨눌 겁니다. 금 강 쪽은 절벽인 까닭에 삼면으로만 촘촘히 늘어 붙을 것인데 그러면 사다리를 놓고 치고 들어갈 수도 없습니다. 그때는 불랑기로 성안에 다 관군이고 백성이고 가리지 않고 무차별 포격을 하자는 이야긴데 우리가 지니고 있는 포탄으로는 성안에 있는 사람들 10분의 1도 못 죽입니다. 설사 다 죽인다 칩시다. 그것으로 조선에 나와 있 는 일본 군대를 전부 죽이고 우리가 이 전쟁에서 완전히 이기는 것입 니까? 공주 하나를 빼앗을 뿐입니다. 공주 하나를 빼앗으려고 군사 들 몇 배나 되는 양민까지 다 죽였다면 우리 꼴이 무엇이 되겠습니 까? 백성을 살리려고 일어난 농민군이 그렇게 백성을 죽이고 어디다 얼굴을 들겠습니까? 머리 둘 데도 없고 몸 둘 데도 없습니다."

김덕명 말에 두령들은 머쓱해지고 말았다.

"당장 내려와서 짓밟아불제 왜 저러고 있을까?"

횃불이 내려오기만 기다리던 장대가리 패는 혀를 찼다.

"저것이 멋이여?"

그때 저쪽 길에서 군사들이 나타났다. 50여 명이었다. 군사들은 네댓 패로 나뉘어 동네 쪽으로 왔다. 동네를 뒤질 모양이었다. 한패는 짚벼늘 곁으로 왔다. 장대가리 패는 몸을 웅크렸다.

"아이고, 냄새. 퉤!"

작자들은 침을 뱉고 동네 쪽으로 갔다. 그들은 동네를 발칵 뒤지는 것 같았다. 그때 장대가리가 밖으로 나갔다. 똥통과 똥바가지를 가져다 짚벼늘과 나무벼늘 사이 뒤쪽에다 났다. 다시 뒤에서 들여다볼지 모른다고 생각한 모양이었다. 모두 숨을 죽이고 있었다. 동네로 들어갔던 병사들이 나오는 것 같았다. 모두 총대 잡은 손에 힘을 주며 숨을 죽였다. 그러나 그들은 가까이 오지 않고 내려가 버렸다.

"일본말도 섞여 있는 것 같다."

최차돌이 속삭였다. 근방을 말짱 뒤지고 난 군사들은 이번에는 도선목을 중심으로 사방으로 벌려 섰다. 사방을 지켜보는 경계 태세였다. 하얀 모래톱에 말뚝처럼 박힌 군사들 모습이 유난히 시커멓게 보였다.

그때 큰길에서 또 1백여 명이 나타났다. 좀 만에 또 2백여 명이 나타났다. 그들은 경계병들을 지나 곧바로 도선목으로 갔다. 모두 배로 올라탔다. 배가 떠났다. 별빛이 반짝이는 강을 건너는 배 모습은 마치 무슨 괴물이 떠가는 것 같았다. 뒤에서 또 나타났다. 짐꾼들이었다. 1백여 명이었다. 마바리도 50여 필이나 뒤따랐다. 말에 실은 것은 회선포와 크루프포 같았다. 도선목으로 가서 짐을 내렸다. 남은 배 여남은 척에 짐을 싣고 떠났다. 짐은 반도 싣지 못했다. 마바리 떼가 또 나타났다. 50여 필쯤 되는 것 같았다. 뒤에 또 짐꾼이 1백여 명 나타났다. 이번에 싣고 온 것은 무슨 궤짝 같았다. 실탄이 아닌가 싶었다. 또 군사들이 나타났다. 1백여 명쯤 되는 것 같았다. 짐꾼들이 주막으로 들락거렸다. 물을 마시러 다니는 것 같았다.

"어쩌까?"

장대가리가 최차돌과 고달근한테 속삭였다. 너무도 엄청난 광경에 모두 넋이 빠진 꼴이었다.

"군사들보다 저 짐을 처치해야 할 것 같다. 틀림없이 대포하고 탄약이다."

장대가리가 이죽거렸다.

"마지막 떠날 때 공격하자."

고달근이 침착하게 말했다.

"모래밭에서 지키고 있는 경계병들은 다 떠난 다음에 제일 늦게 떠나잖겠어? 그러면 저놈들밖에 공격할 수 없겠구만."

최차돌이 말했다.

"그래도 마지막에 일을 벌일 수밖에 없잖아?"

고달근이었다. 건너갔던 배들이 짐을 풀고 다시 오고 있었다. 한 척씩 띄엄띄엄 왔다. 짐꾼들이 움직이기 시작했다.

"가만있자, 짐꾼들은 배에다 짐을 다 실어주고 가라고 잡아논 모양이다. 저 사람들은 아무 데서나 끌고 온 사람들일 것이다. 짐꾼들 속에 끼여 들어 짐꾼들처럼 얼씬거리고 있다가 집이 공주라고 배에 타면 어쩌겠냐? 못 타게 하면 집에 누가 죽어간다고 억지를 부려서 타고 가다가 중간에서 관군들을 해치운 다음에 화약에 불을 싸지르고 강물로 뛰어내린다."

장대가리가 지레 흥분을 하며 말했다. 모두 잠시 말이 없었다.

"짐꾼들이 주막으로 왔다갔다하는 것이 물 먹으러 다니는 것 같다. 주막에서 끼여 들면 영락없겠다. 많이 가다가는 들통 난다. 누구든지 헤엄에 자신 있는 사람 한 사람만 나서라."

장대가리가 다급하게 서둘렀다. 너무 갑작스런 소리에 모두 어리둥절한 표정이었다.

"배에 타더라도 군사들이 많이 탈 텐데 그게 쉬울까?"

최차돌이 물었다.

"짐을 많이 실은 배에는 아까 타고 온 군사들 둘만 탄 것 같다. 그 배로 올라가면 해치울 방도가 나올 것이다. 너희들은 여기 있다가 마지막 배가 떠나거든 모래밭으로 나가 배에 총을 갈겨라!"

장대가리가 바삐 말했다.

"내가 가겠다."

최차돌이 나섰다. 젊은이 하나가 더 나섰다. 장대가리는 여럿이 가면 들통 난다며 최차돌만 가자고 했다.

"총은 놔두고 단검만 챙겨라."

두 사람은 총을 맡기고 단검을 챙겼다.

"우리 염려는 말고 뒷일은 너희들이 알아서 해라."

두 사람은 수건을 접어 짐꾼 모습으로 머리에 동여매며 바삐 내달았다. 말리고 어쩌고 할 여유가 없었다. 동네로 슬쩍 들어가 바삐 골목을 빠져나갔다. 주막 뒤로 살살 기었다. 대범하게 주막을 지나 천연스럽게 모래톱을 가로질렀다. 모래톱에 늘어선 경비병들은 으레 짐꾼들이거니 생각하는지 채근하지 않았다. 짐꾼들이 배에 짐을 싣고 있었다.

"아이고, 무겁다."

장대가리도 짐을 하나 훌쩍 들며 엄살을 부렸다. 최차돌도 짐을 들고 장대가리를 따라 배에 올랐다. 엄청나게 무거웠다. 실탄이 틀림없었다. 배에는 관군이 두 사람씩 지키고 있었다. 이쪽 배 세 척에 싣는 것은 모두 실탄 같았다. 배 한 척은 두대박이 짐배였다. 돛을 그대로 싣고 있었다. 장대가리는 그 배로만 짐을 실었다. 짐을 거의 실었다. 조금 작은 배가 먼저 떠났다. 두대박이 사공이 삿대로 배를 밀어내는 순간이었다. 두 사람은 배로 훌딱 올라탔다.

"뭣하러 타?"

관군이 꽥 악을 썼다.

"우리는 공주가 집인데 어디 갔다 오다 잡혀서 짐을 싣고 왔소."

장대가리가 볼 부은 소리로 미욱하게 말했다. 관군은 더 채근하지 않았다. 관군은 공주 영병 같았다. 이 배는 배가 커서 사공이 둘이었다. 노 하나에 두 사람이 붙어 저었다. 뱃전이 찰랑거리게 짐을 실은 배는 두 사람이 노를 저어도 굼뜨게 움직였다. 다른 배도 저만큼 따라오고 있었다. 이 한 배 치 실탄만 빼앗아도 농민군은 날개를 달 것 같았다. 실탄 한 발을 어금니 아끼듯 하는 농민군 사정을 생각하면 배에 쌓인 실탄 무더기가 부잣집 노적가리보다 더 부러웠다.

"어디 갔다 오다 재수 없이 붙잡혔어?"

이물에 곰방대를 물고 앉았던 관군이 심심했던지 말을 걸었다. 관군은 둘이 다 이물에 나란히 앉아 있었다.

"조치원 갔다 오다가 주막에서 막걸리 한잔 마시다 잡혔소. 담배 나 한 대 주시오."

장대가리가 최차돌의 옆구리를 꾹 찌르며 곰방대를 빼들고 관군 곁으로 갔다.

"나는 곰방대까지 어디로 빠져버렸네."

최차돌도 이죽거리며 따라갔다. 그는 담배를 피울 줄 몰랐다. 두 사람은 관군 양쪽에 앉았다. 관군이 쌈지를 꺼내려는 순간이었다.

"극락 가시오."

장대가리는 곁에 앉은 장교 목을 껴안으며 가슴에 칼을 박았다. 최차돌도 똑같은 동작으로 자기 곁 장교 가슴에 칼을 박았다. 장교 들은 둘이 똑같이 몸뚱이를 힘껏 빈질렀다. 두 사람은 그대로 목을 틀어쥐고 버텼다. 장대가리 팔에 안긴 관군이 축 늘어졌다. 장대가 리가 시체를 가만히 강 속으로 밀어 넣었다. 최차돌도 밀어 넣었다. 단검 던지기 솜씨를 배울 때 임군한 졸개들한테 배운 솜씨였다. 이 렇게 죽이면 끽소리도 못하고 죽는다고 가르쳤고 가르친 대로 수십 번 연습을 했다.

노를 젓던 사공이 노를 멈췄다.

"당신들은 꼼짝 말고 노나 저으시오!"

장대가리가 낮은 소리로 사공들을 향해 을러멨다. 사공은 멈췄던 노를 다시 젓기 시작했다.

"이 배에는 돛이 있다. 배를 가라앉힐 것이 아니라 저 아래로 달아나자. 곰나루만 지나면 실탄은 몽땅 우리 것이다."

장대가리가 최차돌 귀에다 대고 속삭였다. 최차돌이 미처 뭐라 대답하기도 전에 장대가리가 영병 총을 주워들고 훌쩍 일어나서 사공 곁으로 갔다.

"선장 영감님, 우리는 농민군이오. 우리가 시킨 대로 하시오. 허튼수작하면 이 화약에다 총을 갈겨버리겠소. 화약에다 갈기면 어떻게 되는 줄 알지요?"

장대가리가 찰칵 노리쇠를 퉁기며 낮은 소리로 을러멨다.

"돛을 달고 저 아래로 내뺍시다. 이 화약 한 배만 차지하면 농민군은 이 전쟁에 이긴 것이나 마찬가지요. 어서 서두르시오! 성공만 하면 당신은 일등공신이오."

장대가리가 침착하게 말했다. 다른 배들도 서너 척이 저만큼 뒤에 따라오고 있었다.

"우리가 내빼는 것을 눈치 채면 다른 배에서 총을 쏠 게 아니오?"

사공이 말했다.

"이 배가 한참 내려간 뒤에야 눈치를 챌 것이오. 이 바람이면 빨리 갈 것 같소. 나도 배질이 손에 익은 사람이오."

장대가리가 다급하게 말했다.

"그럼 한번 해봅시다."

사공은 뜻밖에 선선하게 나왔다.

"당신은 키 박으시오. 다섯바우야, 너는 앞돛 올려라!"

영감은 날래게 뒷돛을 올렸다. 금방 돛 두 개가 올라갔다. 장대가리는 키를 박고 키 자루를 찔렀다. 돛폭이 바람을 안으며 돛대 밑동에서 삐지직 나무 비끌리는 파열음이 났다. 사공이 고물로 와서 키를 잡았다. 돛이 바람을 제대로 안았다. 배가 한쪽으로 쏠리며 금방 속력을 냈다.

"어디로 가냐?"

저쪽에서 건너오던 빈 배에서 소리를 질렀다.

"이 짐은 저 아래쪽으로 가라고 했어!"

장대가리가 나팔손을 하고 악을 썼다. 저쪽에서는 다시 말이 없었다. 배는 제대로 물을 가르며 내려갔다. 강물을 스쳐오는 바람은 들판보다 훨씬 세찼다. 배는 제대로 속력을 냈다.

"저 배는 쏘아버리자."

장대가리가 뒤따르던 배를 가리키며 총을 겨눴다. 최차돌도 실탄을 장전한 다음 장대가리 곁에 엎드렸다.

— 빵 빵.

네댓 발 갈겼으나 아무렇지 않았다. 거리가 점점 멀어지고 있었다.

"더 쏴!"

계속 갈겨댔다.

— 펑.

엄청난 소리를 내며 강 한복판에 불기둥이 솟아올랐다. 이내 물기둥이 뒤미처 치솟았다. 강물이 몽땅 쏠려 올라가는 것 같았다. 물기둥이 강바닥으로 쏟아졌다. 무시무시한 소리를 내며 쏟아졌다.

"엎드리시오. 파도가 밀려오요."

사공이 악을 썼다. 두 사람은 배 밑창에 납작 엎드렸다. 한참만에 물보라가 배 위를 뒤덮치며 배가 홍청 떠올랐다. 배가 한참 공중으로 떠오르는 것 같더니 또 홍청 내려앉았다. 배가 뒤집히는 것이 아닌가 싶었다. 뱃머리가 물속에 곤두박일 듯 홍청거리다가 겨우 잦아졌다. 한참 뒷질을 하다가 균형을 잡았다.

"뒷배는 두 척이나 뒤집혔다."

최차돌이 소리를 질렀다.

폭파한 배 뒤에 따르던 배가 두 척이나 뒤집혔다. 배는 세차게 불어오는 강바람을 타고 쏜살같이 내달았다. 그때 짐 실었던 도선목 쪽에서 총소리가 났으나 어림도 없는 거리였다.

"영감님 고맙습니다. 어서 곰나루만 벗어납시다."

장대가리가 고개를 숙이며 새삼스럽게 인사치레를 했다. 저만큼 곰나루가 가까워지고 있었다.

"나도 맘은 농민군에 있는 사람이오. 전봉준 장군 밑에 김달주라고 아시오?"

영감이 차근하게 물었다.

"김달주를 어떻게 아시오?"

장대가리가 깜짝 놀라 물었다.

"이 배와 연이 있는 사람이오. 두어 달 전에도 만났소. 가시거든 장기대나루에서 짐배 부리는 장한주란 늙은이가 안부 전하더라고 하시오."

영감이 말했다.

"아, 그렇습니까? 이런 판에 영감님을 만나다니 우리 농민군이 운수대통했소. 영감님은 농민군한테 공신도 일등공신이오."

"내 안부도 전해주시오. 내 이름은 다섯바우요."

다섯바우가 끼어들었다.

"안부 전하고 말고 할 것 없이 바로 농민군으로 갑시다."

"맞소. 우리는 이제 그리밖에 갈 데가 없겠소."

배는 돛폭이 터질 듯 바람을 안고 쏜살같이 내달았다. 마치 배도 한목 신이 난 것 같았다.

"이참에 이기고 가면 나는 우리 각시한테 존 자랑거리 하나 생겼다."

"너는 말끝마다 각시 타령인데 네 각시가 그렇게 이쁘냐?"

"이쁘지. 전쟁 끝나고 나 안 보이거든 먼저 내뺀 줄 알아. 나는 전쟁이 끝났다 하면 뒤도 안 돌아보고 집으로 돛달아붙일 참인게."

모두 크게 웃었다. 배는 기세 좋게 곰나루 강굽이를 향해 내닫고 있었다.

"참말로 멋지게 해냈구나!"

점막 짚벼늘과 나무벼늘 사이에서 고달근이 소리를 질렀다.

"실탄 실은 배를 챈 것이 틀림없다. 저 실탄 한 배면 무서울 것이 없다. 이참에는 우리 차례다."

고달근 패가 모두 일어서서 어쩔 줄을 몰랐다. 그때였다.

— 뻥 뻥.

"오매, 대포다!"

곰나루를 돌아가는 강굽이에서 대포가 터졌다. 포가 연거푸 터지고 있었다.

— 드드드드드.

"저건 회선포 아녀?"

그쪽에 포진한 관군 같았다.

"워매!"

─ 펑.

달리던 배가 불덩어리가 되었다. 강 복판이 대낮같이 훤해지며 불기둥이 솟아올랐다. 불기둥 속에서 돛대가 하늘로 치솟는 것이 보였다. 아까 폭파할 때하고 똑같은 광경이었다. 훤했던 강이 다시 어둠에 싸여버렸다. 집더미 같은 파도만 물에 비치는 별빛을 갈가리 찢고 있었다.

"워매, 허허."

고달근은 자리에 풀썩 주저앉으며 땅을 쳤다.

"환장하겠구만."

대원들도 미치겠다는 표정이었다. 대원들은 모두 넋 나간 꼴이었다. 한참만에 저쪽에서 다시 배가 건너왔다. 군사들이 배에 타고 떠났다.

"파수병들도 탈 것 같다."

경계병들이 강가로 몰려갔다.

"파수병들을 해치우자. 우리는 너무 욕심 부리지 말고 저놈들만 작살낸다."

고달근이 입을 앙다물며 뇌었다. 파수병들이 두 배에 탔다.

"옆으로 퍼져서 달린다. 가자!"

모두 모래톱으로 뛰어나갔다. 배가 저만큼 가고 있었다. 모래밭에 엎드렸다.

"갈겨라!"

─ 빵 빵.

총을 쏘아댔다. 배에서도 응사를 했다. 이쪽에서는 계속 불을 뿜었다. 앞배 노깃이 하늘로 치솟았다. 사공이 노를 잡고 물속으로 곤두박인 것 같았다. 노깃이 강물로 내려앉아버렸다. 노를 다룰 줄 아는 사람이 없는 모양이었다. 배가 저절로 방향을 바꾸었다. 옆구리를 이쪽으로 두르고 밑으로 떠내려갔다. 사격 면적이 그만큼 넓어졌다. 뒷배도 방향을 바꾸었다. 그 배도 사공이 맞은 것 같았다. 그 배에도 노 다룰 줄 아는 사람이 없는 것 같았다. 고달근이 패는 계속 쏘았다.

"아래로 내려가면서 쏘아!"

고달근이 아래로 달려가며 소리를 질렀다. 한 사람씩 배를 따라 자리를 옮기며 쏘았다. 배에서도 사정없이 쏘아댔으나 이쪽은 한 사람도 맞지 않았다. 배가 흔들리므로 제대로 조준을 할 수가 없는 것 같았다. 배에서는 불을 뿜는 총구가 점점 줄어들었다. 양쪽 배에서 총구 네댓 개가 불을 뿜었다. 강물로 뛰어내리는 사람이 있었다. 이내 배에서 총이 멎었다.

— 뻥.

그때 모래밭에 포탄이 터졌다.

"후퇴해라."

고달근이 소리를 질렀다. 모두 일어나서 뛰었다. 쌍수산성에서 포탄이 계속 날아와 펑펑 터졌다. 한참 달려가자 포격이 멎었다. 모두 숨을 헐떡이며 걸음을 멈췄다.

"안 온 사람이 몇 명이냐?"

다섯 명이 오지 않았다.

3. 크루프포

10월 25일. 새벽부터 농민군은 부산하게 움직였다. 어제저녁 산줄기로 올라붙었던 부대는 거기서 그대로 밤을 새웠다. 내려와서 잔사람들이 밥을 먹고 대거리를 하려고 어수선했다.

능티고개 아래 능암사에서는 아까부터 두령들이 작전회의를 하고 있었다.

"오늘 능티서만 기선을 제압하면 총공격을 하겠습니다. 나는 봉수대서 지휘를 하겠소. 모두 부대로 돌아가시오."

전봉준이 아퀴를 지으며 일어섰다. 두령들은 모두 자기 부대로 갔다. 송희옥과 이유상은 능티고개로 올라가고 임군한은 아래로 내려갔다. 관군은 어제저녁에 금강에서 당한 분풀이를 하려고 오늘은 아침부터 거세게 공격을 해올 것 같아 그에 대한 대책회의를 했던 것이다. 전봉준은 김덕명, 김원식 등 두령들을 거느리고 능암사에서 나오며 김갑수를 불렀다.

"납다리 이싯뚜리 부대로 가게. 조금 있으면 한다리 영동·옥천 부대가 그리 진출할 테니 그 부대가 당도하거든 이싯뚜리 부대는 곧장 봉수대로 올라오라 하게."

전봉준의 영이 떨어지자 김갑수는 졸개들을 달고 달렸다. 전봉준은 윗말 뒷산으로 길을 잡아 섰다.

어제저녁 관군 화약선 폭파는 굉장한 전과였다. 총탄과 포탄, 화약 등 네 배 분량을 폭파해버리고 관군도 50여 명이나 사살했는데 이쪽은 장대가리와 최차돌 등 7명밖에 죽지 않았으니 보통 전과가 아니었다. 화약도 반 가까이 폭파해버린 것 같았으나 군사는 정규군이 적어도 6백여 명 이상 증원되고 무기와 실탄이 새로 보급된 것이다. 전봉준은 어제저녁 관군들이 강을 건널 때 총공격을 하지 못한 것이 후회스러웠다. 관군들이 부민들을 산성으로 몰아붙이고 중요한 진지에서 모두 철수하는 등 예사롭지 않게 움직였던 것은 군대가 새로 오기 때문에 양동작전을 한 것 같은데 속은 것이 아닌가 싶었다. 오늘 여기 능티싸움에서만 이기면 총공격을 할 참이었다.

이제 관군은 군사와 화력이 그렇게 증강되었으니 전쟁은 점점 어렵게 되어가고 있었다. 일본군과 관군은 병력과 화력 지원을 받았으므로 포탄과 총탄을 물 쓰듯 할 것인데, 농민군은 무엇보다 화약이 문제였다. 농민군은 양총과 대포는 물론 화승총 화약도 아껴 써야 할 형편이었다. 어제저녁 장대가리의 폭파로 농민군 사기는 하늘을 찌를 것 같았지만, 당장 싸움이 붙으면 관군의 막강한 화력 앞에 몸으로 때워야 할 판이었다.

그때 능티고개에서 달려오는 병사들이 있었다. 왕삼 부대 정탐병들이었다.

"부민들이 모두 성에서 나오고 관군들은 산으로 붙고 있습니다."

전봉준은 알았다며 윗말 뒷산으로 걸음을 재촉했다.

"그게 뭐요?"

앞서 가던 김덕명이 놀라 물었다. 군사들이 큼직큼직한 바위를 하나씩 짊어지고 올라가고 있었다.

"봉수대로 가져갑니다. 저놈들이 올라오면 위에서 굴려버릴 겁니다."

대원들을 거느리고 가던 김칠성이 꾸벅 절을 하며 말했다. 두령들은 잠시 어리둥절했다. 김이곤 부대였다. 병사들은 가슴통만한 바위를 새끼로 얽어 짊어지고 산으로 올라가고 있었다. 송희옥 부대 소속인 김이곤 부대는 봉수대에서 능티고개까지 맡고 있었다.

"으여차 으여차, 도랑이다. 조심해라. 으여차 으여차."

거의 절구통만한 바위를 새끼로 얽어 통나무로 목도를 하고 올라가는 패도 있었다. 모두 땀을 뻘뻘 흘리며 부지런히 올라갔다. 마치 개미들이 알을 물고 이사를 하는 것 같았다.

"예 말이오. 예."

그때 젊은이 하나가 대창을 들고 달려오며 소리를 질렀다. 두령들이 돌아봤다. 수건도 쓰지 않았고 괴나리봇짐도 지지 않은 젊은이였다.

"저는 고산서 왔는데라우, 고산 사람들은 어디서 싸운다요? 저 아래서부터 물어봐도 아무도 몰라요. 두령님들한테 물어보라고 해서 왔소."

젊은이는 이마에 땀을 닦으며 숨을 헐떡였다. 좀 미욱하게 보였다.

"고산? 고산 어디서 왔소?"

정길남이 한쪽으로 따내며 물었다.

"고산 밤실 아랫동네서 왔소. 이름은 김쥐불이오. 나도 같이 쌈 싸울라고 왔소."

"혼자 온단 말이오?"

"농민군에 안 나오려고 집에 있었는데 그럴 일이 있어서 왔소."

"그럴 일이라니요?"

"밤실에 김진사라고 못된 부자 놈이 자기 소작인들을 자기 집에 다 모아놓고 자기 집을 지키고 있는데 나도 거기 끼라고 하길래 내 빼와버렸소."

정길남은 전에 달주한테서 김진사 이야기를 들은 적이 있었다. 정길남은 능티고개에서 남쪽으로 뻗어 내려간 큰 산줄기를 가리키며 저 산줄기를 타고 한참 남쪽으로 가면 이유상 씨 부대가 나올 테니 거기 가서 박성삼 부대를 물으라고 했다. 김쥐불은 고맙다며 고개를 꾸벅하고 돌아섰다.

전봉준 일행은 윗말 고갯마루로 올라섰다. 바로 아래 대포들이 공주 쪽을 향해 입을 벌리고 있었다. 전봉준이 그리 갔다.

"오늘 솜씨를 한번 제대로 내보시오."

전봉준이 대원들 손을 잡아 한 사람 한 사람 등을 다독거리며 말했다.

"잘 해보겠습니다. 봉수대에 있는 기수하고 제대로 손도 맞췄습니다."

대장이 곁에 기를 들고 있는 기수를 가리키며 말했다. 봉수대에 올라가 있는 기수하고 신호 보내는 손을 맞췄다는 소리 같았다. 전봉준은 거듭 등을 두드려주고 봉수대를 향해 산길을 올라갔다. 바윗돌을 짊어진 김이곤 부대 대원들은 땀을 뻘뻘 흘리며 올라가고 있었다.

봉수대에 올라서자 김일두와 김이곤이 달려와 인사를 했다. 김이곤 대원들은 산줄기를 따라 바윗돌을 줄줄이 늘어놓고 있었다. 바윗돌을 나르느라 어제저녁부터 여러 행보를 한 것 같았다. 봉수대 꼭대기와 주변에는 참호를 벌집처럼 파놓고 있었다. 한쪽 비탈에서는 포대 기수가 저 아래 본대 기수와 기를 놀려 신호를 하고 있었다. 붉은 기와 파랑 기를 들고 절도 있게 휘두르고 있었다.

동쪽 계룡산 산줄기에서 벌겋게 해가 떠오르고 있었다. 공주 안통과 주변 산이 한눈에 들어왔다. 낮에 보는 산줄기와 공주 부내 안통은 어젯밤에 봤던 것과는 또 달랐다.

"저기가 새재지요?"

김덕명이 해를 등지고 서서 두리봉과 우금고개 사이를 가리키며 물었다. 전봉준은 그렇다고 했다. 큼직한 기가 펄럭이고 있었다. 달주 부대였다. 두리봉과 새재와 주미산과 이쪽 큰 산줄기에도 같은 크기의 기가 꽂혀 있었다. 부대기는 마치 아침 인사라도 하듯 세차게 펄럭이고 있었다. 주미산 기는 유한필 부대, 그 다음은 고영숙 부대와 이유상 부대기였다.

"의사소통이 웬만큼 되느냐?"

전봉준이 기수한테 물었다. 잘 된다고 했다. 저쪽에는 봉화 올릴 나무가 네댓 무더기나 쌓여 있었다.

"장군님, 이따 관군들이 이리 올라오기만 하는 날에는 볼 만할 것입니다. 바위 굴리는 솜씨 하나는 우리를 따를 사람이 없을 것이오. 두승산에서 어렸을 때 많이 익힌 솜씨요. 바윗돌이 총알처럼 굴러가면 그 앞에서 양총이 말하겠소, 대포가 말하겠소?"

김이곤이 주먹을 쥐며 말했다. 김이곤 부대 3백여 명은 장춘동, 조망태, 김칠성 세 사람이 1백 명씩 맡아 바윗돌을 져 올리고 있었다. 바로 봉수대에서 능티고개 쪽으로 바로 아래는 장춘동 부대, 그 아래는 조망태 부대, 봉수대에서 부내 쪽으로 뻗어나간 산줄기는 김칠성 부대가 바윗돌을 날라다 늘어놓고 있었다. 이 부대는 대장들이 전부 하학동 출신들이었다.

— 뻥.

그때 느닷없이 능티고개 바로 아래 포가 떨어졌다. 포는 계속 쏟아졌다. 봉수대 근처에도 떨어졌다.

"널리 퍼져서 엎드려라!"

김이곤은 목이 찢어져라 소리를 질렀다. 농민군들은 널리 흩어져서 나무 밑동이나 바위 밑에 고개를 처박고 엎드렸다. 포는 능티고개 좌우 산줄기와 봉수대 근처에 수없이 터졌다. 숨 돌릴 사이도 없었다. 전봉준과 두령들은 봉수대 참호 속으로 들어갔다. 장춘동 부대에 한 방이 터졌다. 병사들이 저만큼 날아갔다.

"다리를 묶어라!"

장춘동이 소리를 질렀다. 저쪽으로 날아간 병사는 그대로 널브러져 버리고 곁에 있던 병사가 피 흐르는 다리를 안고 있었다. 저 건너에서도 포가 터졌다. 어제저녁 횃불 밝혔던 산줄기를 따라 포가 터졌다. 관군은 우리는 포탄이 이 정도라고 과시라도 하듯 엄청나게 퍼부었다. 병사들이 날아가고 나무 밑동이 뒤집히고 파묘 구덩이만큼씩한 구덩이가 펑펑 패었다. 봉수대 근처에 떨어지는 포는 봉수대 꼭대기를 겨냥한 것 같았으나 모두 봉수대 아래서만 터졌다. 두령들도 모두 엎드렸으나 전봉준은 참호 속에서 윗몸을 내놓은 채 그대로 서서 포가 터지는 것을 보고 있었다. 포대 기수는 한쪽에 엎드려 아래쪽과 전봉준을 번갈아 보고 있었다. 전봉준의 명령만 떨어지면 바로 포대를 향해 기를 흔들 자세였다. 그러나 포가 날아오는 데는 정확히 가늠할 수가 없었다.

포격이 조금 멈추는 것 같았다. 엎드렸던 농민군들이 고개를 들었다. 다시 터졌다. 아까보다 더 심하게 쏟아졌다. 벌써 봉수대 근처에만 20여 발이 터졌다. 이내 포격이 멈췄다. 여기저기서 비명이 쏟아졌다. 병사들이 서너 명 죽은 것 같고 부상당한 병사들도 대여섯 명 되는 것 같았다. 그러나 봉수대 꼭대기에는 한 발도 떨어뜨리지 못했다.

"얼른 묶어서 업고 내려가거라."

김이곤이 소리를 질렀다. 병사들이 부상자들을 업고 아래로 달렸다.

"올라온다."

관군들이 물안주골에서 모습을 드러냈다. 두 패였다. 한 패는 능티고개에서 뻗어 내린 산줄기 너머 새말이란 여남은 가호 되는 동네로 올라붙고 한 패는 김칠성 부대가 진을 친 산줄기 부리를 돌아 능티고개로 올라왔다.

능티고개로 올라오던 패는 조금 올라오다가 두 패로 갈라섰다. 한 패는 곧장 능티고개로 올라가고 한 패는 봉수대를 향해 올라왔다.

"바윗돌을 겨눠라!"

김이곤이 관군들을 내려다보며 소리를 질렀다.

"오냐, 어서 오너라."

대원들은 아래를 향해 바윗돌을 모로 세우며 이죽거렸다.

"우리 포는 가만있으라고 하시오. 저놈들한테 바위 벼락부터 때립시다."

꽹과리를 든 김이곤이 전봉준한테 소리를 질렀다. 김이곤 대원들은 바윗돌을 붙잡고 눈을 밝히고 있었다. 김일두 부대는 봉수대 아래서 총을 겨누고 아래를 내려다보고 있었다. 관군들은 거침없이 올라왔다. 가파른 산비탈을 다람쥐처럼 올라챘다. 향병 같았으나 수가 2백 명도 넘었다.

―드드드드드.

능티고개 아래서는 벌써 회선포가 불을 뿜었다. 이쪽 관군들은 그대로 올라채기만 했다.

"굴립시다."

장춘동이 재촉했다.

"조금만 더!"

김이곤이 아래를 내려다보며 손을 저었다.

―뺑 뺑.

농민군 포가 새말 위쪽에 떨어졌다. 봉수대 관측병은 붉은 기와 파랑 기를 위아래로 후려치듯 절도 있게 휘둘러댔다. 포는 연방 새말 쪽으로만 쏟아졌다.

"얼른 굴립시다."

저쪽 산줄기에서 김칠성이 소리를 질렀다.

"굴려라!"

— 깽깽깽.

김이곤이 소리를 지르며 꽹과리를 사정없이 두들겼다. 바위를 훌쩍 굴렀다.

"골통을 박살내라!"

천천히 굴러가던 바윗돌이 이내 속력을 냈다. 3백 개나 되는 바윗돌이 산사태라도 난 듯 굴러 내려갔다. 바윗돌이 굴러 내려가는 기세는 무시무시했다. 멧돼지처럼 직선으로 돌진하는 놈, 길길이 솟아올랐다가 내리꽂히는 놈, 큰 바위에 대가리를 박아 제물에 산산박살이 나는 놈, 가지가지였다. 관군들은 느닷없는 날벼락에 정신을 차리지 못했다. 바위를 피해 이리 갔다 저리 갔다 정신이 없었다. 관군 진영은 대번에 수라장이 되고 말았다.

"맞았다."

농민군들은 환성을 질렀다. 홍청 솟아올랐다가 내리꽂히던 바윗돌 하나가 관군 머리통을 정통으로 치고 그대로 굴러갔다. 바윗돌은 공중으로 한참 떠올랐다가 소나무 *중동을 들이받아 소나무 몸뚱이를 허옇게 까놓기도 했다.

"또 맞았다."

관군 하나가 절구통만한 바윗돌을 가슴에 안고 뒤로 나가떨어졌다. 관군들은 정신이 없었다. 이쪽으로 오는 놈을 피하고 나면 저쪽에서 내리꽂혔다. 바윗돌은 소나무에 부딪치면 엉뚱한 데로 튀기기도 하고 큰 바위에 박혀 박살이 나면서 돌벼락을 쏟았다.

— 드드드드드.

능티고개 쪽에서 회선포가 불을 뿜었다.

— 깽깽깽.

또 바윗돌이 굴러 내려갔다.

"와!"

바위에 맞은 병사들은 걸레처럼 널브러져버렸다. 병사 하나한테 한꺼번에 서너 개가 몰려들어 작살을 내기도 했다. 바위에 맞았다 하면 걸레조각도 아니었다. 관군들은 나무 밑동에다 머리를 처박기 도 하고 바위 뒤로 숨기도 했다.

"와, 또 맞았다."

위로 튀어 올랐던 바윗돌 하나가 이리저리 움직이던 관군 옆구리 를 받아버렸다. 옆구리를 받은 바윗돌은 속력이 조금 죽었다가 또 굴러 내려갔다. 날벼락이 따로 없었다. 그러나 바윗돌은 기세처럼 많이 죽이지는 못했다. 이쪽 마음처럼 사람을 쫓아가서 박살내지는 못했다. 겨우 여남은 명이 맞았다.

김이곤이 기를 옆으로 흔들었다. 바윗돌을 겨누고 있던 병사들은 바윗돌을 눕혀 놨다. 마지막 바윗돌이 저 아래서 멈췄다. 능티고개 와 저쪽 산줄기에서는 총소리가 콩을 볶고 있었다. 그러나 그쪽 농 민군도 만만찮았다. 산줄기에 버티고 화승총과 양총을 맹렬하게 쏘 아대고 있었다.

— 삐.

— 깽 깽 깽 깽.

봉수대 쪽 관군 대장이 호루라기를 불며 꽹과리를 쳤다. 나무 밑에 머리를 처박았던 관군들이 하나씩 머리를 쳐들었다.

"이쪽 줄기로 붙어라!"

대장은 김칠성 부대가 붙어 있는 비탈을 가리키며 악을 썼다. 아직도 나무 밑동에 머리를 처박고 있는 병사도 있었다. 관군들은 넋나간 놈들처럼 비칠거렸다.

"한 번 더 굴려놓고 아래로 돌진합시다."

장춘동이 김이곤한테 소리를 질렀다.

"안 돼. 저 아래도 군사가 많아. 잘못하다가는 크게 당해."

김이곤이 아래를 내려다보며 손을 저었다. 관군들은 김칠성 부대가 있는 산줄기 비탈로 붙기 시작했다. 능티고개와 저쪽 등성이에서는 지금도 맹렬하게 싸우고 있었다.

"김칠성 부대는 바윗돌을 50개만 굴려라."

김이곤이 소리를 질렀다.

ㅡ깽깽깽.

김칠성이 꽹과리를 쳤다.

"죽여라."

바윗돌 50여 개가 솟구쳐 내려갔다. 관군들은 또 수라장이 되고 말았다. 나무 뒤로 숨고 바위 뒤로 머리를 처박았다.

"또 한 놈 맞았다."

튀겨 오른 바윗돌이 관군 머리를 정통으로 갈겨버렸다. 머리통이 박살이 났다. 바윗돌 구르는 소리는 엄청났다. 그러나 바윗돌은 모두 골짜기로만 굴러가버렸다.

"산등성이로 붙어라!"

관군 대장은 목이 찢어져라 악을 썼다. 바윗돌 공격에 이를 간 것 같았다. 비탈에 붙어 고개를 처박았던 관군들은 또 비칠비칠 일어섰다. 관군 대장은 산등성이로 붙으라고 연방 악을 썼다.

"김칠성 부대는 봉수대로 올라붙어라!"

김이곤이 소리를 질렀다. 김칠성 부대가 산등성이에서 봉수대로 붙었다. 관군들이 산등성이로 붙었다.

"거기서 열 개만 산등성이로 굴려라."

김이곤이 소리를 질렀다.

"죽어라."

바윗돌이 굴러갔다. 관군들은 지레 겁을 먹고 나무 뒤로 숨었다. 그러나 바윗돌은 등성이로 굴러가지 않고 비탈로 굴러가버렸다. 관군들은 등성이로 몰렸다.

"돌진!"

관군 장교는 악을 썼다. 김칠성 부대와 김일두 부대는 땅에 납작 엎드려 총을 겨누고 있었다.

— 빵.

김칠성이 맨 앞에 오는 병사를 겨냥해서 양총을 쏘았다. 옆으로 픽 고꾸라졌다. 한 명이 또 고꾸라졌다.

"돌진!"

관군 장교는 연거푸 소리를 질렀다. 관군들은 봉수대를 향해 돌진했다. 일부는 총을 쏘고 나머지는 달려왔다. 김일두 부대와 김칠성 부대가 정신없이 갈겨댔다. 관군들은 이내 도망치기 시작했다.

"후퇴하라!"

그제야 대장이 소리를 질렀다. 관군들은 등성이로 우르르 몰려 내려갔다. 바윗돌이 굴러가던 꼴이었다.

— 뻥 뻥.

천보총과 회룡총이 떼 몰려가는 관군 등 뒤에다 불을 뿜었다. 서너 명이 쓰러졌다. 관군들은 바윗돌이 무서워서 등성이로만 떼 몰려 도망쳤으므로 천보총과 회룡총이 본때 있게 위력을 발휘했다. 관군들은 저만큼 등성이 너머로 사라졌다.

"이겼다. 만세!"

병사들은 좋아서 어쩔 줄을 몰랐다.

"큰 총이 오랜만에 구실 한번 했네."

모두 천보총과 회룡총 곁으로 가며 얼싸안았다. 쌀 두 말 무게나 되는 천보총과 회룡총은 소리도 대포소리 같고 사거리도 길었으나 명중률이 형편없어 평소에는 난쟁이 동네 키다리 꼴이었으나 오랜만에 위력을 발휘했다.

— 드드드드드.

능티 아래서는 회선포가 고개를 향해 정신없이 갈겨댔다. 전봉준과 두령들은 거기만 내려다보고 있었다.

"위태로운걸요."

김원식이 말했다. 새말에서 올라온 관군들이 산등성이로 바짝 올라붙고 있었다. 이내 등성이를 점령했다. 그들은 고개 쪽으로 몰려오고 있었다.

"능티고개를 지원하시오."

전봉준 김이곤한테 소리를 질렀다. 김이곤이 달려가며 조망태한테 능티고개를 지원하라고 소리를 질렀다. 그러나 벌써 능티고개 농민군들은 뒤로 쏟아져 내려갔다. 산사태라도 난 것 같았다. 능티고개를 빼앗기고 말았다. 관군들은 쫓아가지 않았다.

좀 만에 송희옥이 헐떡거리며 올라왔다.

"도저히 안 되겠습니다."

그때 윗말 등성이에서는 임군한이 숨을 헐떡거리며 올라왔다.

"이번에는 우리가 한번 나서겠습니다. 여기서 승기를 못 잡으면 큰일입니다."

임군한이 다급하게 말했다. 임군한은 작전계획을 바삐 주워섬겼다.

"관군의 각오는 만만찮습니다."

"그러기 때문에 지금 예봉을 꺾어야 합니다."

임군한은 단호하게 말했다.

"좋소. 임두령이 한번 나서보시오."

전봉준이 허락을 했다.

"송희옥 씨 부대는 효포로 내려가 부상자를 치료하시오. 능티고개 공격은 임군한 씨 부대와 이유상 씨 부대가 합니다. 납다리에 있는 이싯뚜리 부대가 이리 오고 있습니다. 김이곤 씨 부대는 그 부대와 교대하시오."

"가보겠습니다."

임군한이 구르듯 아래로 달려갔다.

"우금티나 새재 쪽에서도 같이 공격을 하는 것이 좋지 않겠습니까? 이쪽으로 관군이 너무 몰린 것 같습니다."

김원식이 말했다.

"이리 몰린 것이 아니라 관군 전체가 그만큼 불어난 것입니다. 그쪽에도 관군이 그만큼 불어났을 것입니다. 다른 데는 관군이 공격만 하지 않으면 공격하지 말고 관군 발목만 묶고 있어야 합니다. 여기서 승기를 잡으면 그 부대들도 총공격을 하도록 하겠습니다."

다른 부대는 화력을 유지하자는 전술이었다. 관군하고 싸우려면 양총밖에 맥을 출 수가 없는데 지금 농민군이 가지고 있는 양총 실탄은 제대로 싸운다면 한 번도 변변히 싸울 수 없는 양이었다. 양총 실탄을 소모해 버리고 나면 화승총과 대창밖에 없으므로 전투력은 형편없이 떨어질 판이었다. 다행히 다른 곳 관군은 공격을 하지 않고 방어만 하고 있으므로 그쪽 부대는 총공격에 대비하여 화력을 아끼도록 할 수밖에 없었다. 다른 부대는 그들이 대치하고 있는 관군 발목만 묶고 있는 것으로 싸우는 것과 똑같은 효과를 내고 있었다.

아래로 달려간 임군한은 부대를 두 대로 나누어 진군을 했다. 한 부대는 자기가 끌고 바로 능티고개 남쪽 큰 산줄기로 올라가고, 다른 부대는 김확실이 끌고 봉수대 쪽 산줄기로 올라가도록 했다. 임군한은 텁석부리 부대, 왕삼 부대, 을식 부대 각각 1백 명과 포수부대 70명, 재인 부대 150명, 도합 520명이고, 김확실 부대는 김확실 직속부대 1백여 명, 막동 부대 2백 명, 용배가 거느리고 왔던 순창 부대 150명, 해남 박승치 부대 70여 명, 도합 520명이었다. 이싯뚜리 부대에 소속되었던 진도 부대는 장대가리가 죽은 다음 막동이 대장을 맡으면서부터 임군한 부대로 소속을 바꾸었다.

임군한 졸개 가운데 부하가 없는 김갑수, 장호만 등은 전봉준 밑에서 급한 정탐과 연락을 다니고 있었다. 임군한 졸개 가운데 시또와 기열은복은 지금까지 오지 않고 있었다. 보성에서 이싯뚜리한테 무안을 당한 뒤로 둘이 다 연락이 없었다.

두 부대는 대원들도 그랬지만 무기도 어느 부대보다 강했다. 포수 부대는 거의 신식 엽총으로 무장을 했고 재인 부대도 거의 화승총과 천보총, 회룡총이었으며, 다른 대원들도 거의 화승총을 멨다. 김확실 부대는 양총이 30여 정이었다.

임군한이 큰 산줄기로 올라채자 이유상 부대가 왔다. 박성삼과 노성 장억쇠가 선발대로 각각 2백 명과 3백 명씩 거느리고 왔다. 양총은 박성삼 부대에 5자루뿐이었으나 화승총은 3분의 1쯤 되었다. 이유상 부대 가운데서 화력이 가장 좋은 부대였다.

김확실은 윗말과 아랫말 사이에 나 있는 길로 봉수대를 향해 내닫고 있었다. 나무꾼들이 다니는 길이 끝나자 김확실은 비탈로 붙기 전에 부대를 한 군데로 모았다.

"우리는 여기서부터 봉수대 바로 밑으로 올라챈 다음에 거기서 능티고개로 뻗어 내리는 큰 산줄기로 붙는다. 오늘 본때 있게 한바탕 싸우자. 사람이란 것이 세상에 나오면 다 한번은 죽는 것이다. 여기 나온 사람들은 너나없이 모두 죽을 결심을 하고 나온 사람들이다. 사내자식이 죽을 결심을 한번 했으면 죽어도 똑 떨어지게 죽어사 쓴다. 모두 내 말이 먼 말인지 시방 대강 알아먹겠냐?"

김확실이 퉁방울눈을 굴리며 생사론 일석이 의젓했다.

"죽을 결심을 하고 나왔다고 부나비같이 무작정 죽으라는 소리가 아니다. 이런 데 나왔으면 비슬비슬하지 말고 똑 소리가 나게 싸워사 쓴다 이 말이다. 죽으려 하면 되레 산다. 나는 죽을 고비를 열 번도 더 당해봤은게 말이다마는 죽을 고비에 딱 부딪쳤을 때는 사정없이 들이치는 재주밖에 없다. 그러면 되레 사는 수가 있다. 모두 내 말이 먼 말인지 시방 대강 알아먹겠냐? 알아먹겠으면 알아먹겠다고 대답해 봐라!"

김확실이 눈알을 부라리며 말했다. 부하들은 눈알만 뒤룩거리고 있었다.

"알아먹었으면 알아먹었다고 대답을 해봐!"

"알아먹겠소."

여기저기서 큰소리로 대답했다.

"알아먹었으면 되었다. 잠깐 대장들한테 할 말이 있은게 그 사이에 느그들은 총구멍 소제를 하고 있어라. 총을 두 방만 쏘면 총구멍이 10년 묵은 절간 굴뚝이다. 너는 꽂을대 어디다 뒀냐?"

앞에 있는 병사를 가리켰다. 여기 있다며 뒤에 진 봇짐을 가리켰다. 김확실이 대장들만 따로 모았다.

"부하들을 다룰 적에는 잘 다루어야 한다. 어떻게 다루는 것이 잘 다루는 것인 줄 아냐? 몽둥이로 소 몰대끼 쾅쾅 몰아 젖히기만 한다고 장땡이 아녀. 새끼 찬 퇴깽이매이로 눈을 앞뒤 사방에다 달고 여기저기 잘 살피다가 이때다 싶으면 그때 벼락같이 몰아야 혀. 모두 남의 집 귀한 자식들이다. 내 말이 먼 말인지 알겠냐? 대장이 한번 잘못하면 남의 귀한 자식들 생목숨이 여럿 날아간다, 내 말은 시방이 말이여. 호랭이가 엉엉 으르렁거린게 무작정 으르렁거린 줄 아냐? 그렇게 무섭게 으르렁거리는 짐승일수록 *물때썰때 짐작 다 하고 으르렁거리는 것이다. 그런다고 또 맨날 앞뒤만 돌아보고 자빠졌으면 죽도 밥도 아녀. 내 말이 시방 먼 말인지 대강 알아먹겠냐, 으짜겠냐? 알아먹겠으면 알아먹겠다고 대답해 봐라!"

"알아먹겠소."

대장들은 큰소리로 대답했다. 몽둥이로 소 몰 듯하지 말라면서도 자기는 소 몰 듯이 몰아세웠다. 그러나 김확실의 말은 진지했다. 토끼처럼 앞뒤를 잘 보다가 어쩌라고 할 때는 눈을 부릅뜨고 앞뒤를 돌아보는 시늉까지 했다. 그때였다.

— 뺑.

"쫙 흩어져서 엎드려라!"

김확실이 소리를 질렀다. 병사들은 소리개 마당에 병아리들처럼 바위 밑이나 나무등걸 밑에 고개를 처박았다. 그동안 김확실이 시킨 훈련대로 몸놀림이 빨랐다.

"저쪽에는 어째서 오물오물이냐?"

김확실이 엎드리지 않고 사방을 보며 소리를 질렀다. 포는 숨 쉴 여유도 주지 않고 정신없이 쏟아졌다. 봉수대 주변에만 집중적으로 퍼부었다. 봉수대를 점령하려는 속셈 같았다.

— 뺑 뺑.

봉수대에 있는 두령들은 참호 속으로 들어가고 장춘동과 김칠성 부대는 봉수대 뒤쪽 비탈에 붙었다. 전봉준은 참호 속에서 윗몸을 내놓고 서서 포가 떨어지는 것을 지켜보고 있었다. 계속 봉수대 주변으로만 떨어졌다. 저 아래 조망태 병사들이 공중으로 튀겨 오르고 파묘 구덩이만한 구덩이들이 펑펑 패었다.

"이리 들어오시오."

김일두가 전봉준한테 소리를 질렀다. 그러나 전봉준은 포가 떨어지는 것만 지켜보고 있었다. 김일두는 연거푸 악을 썼으나 전봉준은 꼼짝도 않았다. 봉수대 꼭대기에는 아직 포가 한 방도 떨어지지 않았다. 산꼭대기에 포를 때리기란 마당에 세워놓은 기둥나무에 돌을 던져 얹기보다 어렵다던 말이 실감났다.

— 뼹 뼹.

이내 능티고개 남쪽 산줄기에도 포탄이 터지기 시작했다. 임군한 부대 쪽이었다.

"저 산줄기 밑에다 쏘라고 해라."

전봉준이 옆 참호에서 고개만 내놓고 있는 포 부대 기수한테 말했다. 기수는 벌떡 일어나 절도 있게 기를 휘둘렀다. 이내 농민군 포가 물안주골과 김칠성 부대가 진을 친 산줄기 끝에서 터졌다. 기수는 정신없이 기를 휘둘렀다.

— 뼹 뼹.

농민군 포도 계속 터졌다. 새말 쪽에도 떨어졌다. 양쪽 포가 엄청나게 쏟아졌다. 지옥도 이런 지옥이 없었다. 병사들은 바위 밑에 머리를 처박거나 나무 밑동을 부처님 다리 안 듯 껴안고 숨을 씨근거리고 있었다.

"포탄이 이리 날아오요."

김일두가 뛰어나가 전봉준을 싸안고 참호 속으로 엎드렸다. 포탄 하나가 바로 봉수대 꼭대기에서 터졌다. 전봉준 참호 바로 옆이었다. 병사 한 명이 날아가고 두 명이 부상을 입었다. 봉수대 꼭대기에 처음 터진 포탄이었다.

"이놈들이 이리만 쏘요. 저쪽으로 빠집시다."

장춘동이 북쪽 산줄기를 가리키며 김이곤한테 소리를 질렀다.

"모두 저리 빠져라!"

— 깽깽깽깽.

김이곤은 꽹과리가 깨져라 두들겼다. 병사들이 토끼처럼 뛰어나갔다. 김이곤은 얼결에 돌진 신호로 꽹과리를 두들겼으나 병사들은 제대로 내달았다. 조망태 부대도 봉수대 쪽으로 올라와서 뒤로 빠져나갔다. 부대 뒤를 따라 달리던 조망태 바로 뒤에서 포가 터졌다. 조망태가 쓰러졌다.

"아이고!"

저쪽에서 장춘동이 쫓아왔다. 조망태가 다리를 붙잡고 있었다. 무릎 위에서 피가 오지병에서 물 쏟아지듯 했다. 상처가 주걱으로 떠낸 것 같았다. 장춘동은 수건을 뽑아 이빨로 물고 북 찢었다. 바삐 다리를 묶었다.

"업히시오!"

장춘동이 등을 돌려댔다.

"못하네. 등뼈도 나간 것 같네."

조망태는 누워서 꼼짝도 못했다. 장춘동은 조망태 팔을 우악스럽게 잡아당겨 등에 훌쩍 업었다. 마구 뛰었다. 포는 연거푸 쏟아졌다. 병사들은 저만큼 달려가고 있었다. 산줄기를 한참 옆으로 타고 달리다가 바위 밑에 조망태를 내렸다. 다리에서는 계속 피가 흐르고 있었다.

"위 짬을 조여라!"

장춘동이 달려온 병사 손에서 수건을 낚아채며 소리를 질렀다. 수건을 찢어 묶었다. 다행히 등에서는 피가 나지 않았다. 포가 멎었다. 천지가 꺼질 듯이 조용했다. 화약 냄새만 싸하게 코를 찔러왔다. 여기저기서 신음소리가 났다.

"그놈의 포탄이 나하고 먼 유감이 있는가, 두 군데나 때려 놨구만."

조망태는 힘없이 이죽거렸다. 다리는 파편에 맞고 등은 퉁긴 돌멩이에라도 맞은 것 같았다.

"나는 틀렸네. 내 말이나 듣게."

조망태가 힘없이 뇌었다. 다리를 묶던 장춘동이 손을 놀리며 조망태를 봤다. 피 흘린 짐작으로 보아 가망이 없을 것 같았다.

"고향에 돌아가거든 우리 마누래한테 너무 한탄 말고 새끼들 데리고 싸목싸목 사는 대로 살아보라더라고 그러소. 인생만사가 다 그런 것인게 그리 알고 너무 한탄 말라더라고 전해주어."

조망태는 띄엄띄엄 힘없이 말했다. 눈앞에 자기 아내 팔짝팔짝 뛰는 모습이 훤하게 보이는 듯 입가에는 가느다랗게 웃음이 번지고 있었다.

"그라고, 이것 말이여."

조망태는 덧옷 안주머니로 무겁게 손이 움직였다. 무얼 꺼냈다. 은가락지였다.

"지난 참에 강경서 산 것이네. 시집 올 적에 가락지 하나도 안 해 줬다고 *앙알앙알 해쌓길래 하나 샀등마는 이것이 이별 가락지가 되어버렸네 그랴."

조망태는 일그러진 웃음을 웃으며 은가락지를 내밀었다. 장춘동이 가락지를 받았다.

"그라고 말일세. 이런 자린게 말인데, 자네 마누라 참말로 착한 여자네. 여편네들은 다 불쌍혀."

조망태 말은 점점 잦아들고 있었다. 장춘동이 귀를 갔다 댔다.

"두 벌 세 벌 감싸고 살게. 가난이 죄제 자네 마누라한테 무슨 죄가 있겠는가? 이럴 때는 사내들이 열 번 스무 번……."

조망태는 입술만 들썩였다. 이내 고개가 옆으로 피글 돌아갔다.

"여보시오. 여보시오. 정신 차리시오."

장춘동이 조망태 얼굴을 붙안고 흔들었다. 힘이 빠진 머리가 허투루 흔들렸다.

"워매!"

장춘동은 흔들던 손을 멈추었다.

"편히 가시오. 말씀 명심할라요. 편히 가시오."

장춘동이 주먹으로 눈물을 닦으며 뇌었다. 조망태는 멀겋게 눈을 뜨고 있었다. 장춘동은 거듭 눈물을 훔치고 나서 조망태 눈을 감겨주었다. 병사들은 모두 일어서서 넋 나간 사람들처럼 주변을 두리번거리고 있었다. 봉수대 위에서도 사람들이 고개를 들고 있었다.

"올라온다!"

산줄기 아래에서 소리를 질렀다.

"모두 이리 오라!"

전봉준 곁에 있던 김이곤이 뛰어나가며 소리를 질렀다. 장춘동도 소리를 지르며 달려갔다. 포탄을 피해 저쪽으로 물러갔던 병사들이 달려왔다. 관군들은 능티고개에서 등성이로 올라오고 있었다. 아까 바윗돌을 굴렸던 비탈로는 올라오지 못하고 능티고개에서만 올라왔다.

— 빵빵.

봉수대에서 김일두 부대가 아래로 천보총과 회룡총을 쏘고 있었다.

"바윗돌을 굴려라!"

김이곤이 소리를 질렀다. 병사들은 달려오는 족족 등성이로 바윗돌을 굴렸다. 그러나 바윗돌은 거의 비탈로 굴러가버렸다. 어쩌다가 등성이로 구르던 놈도 금방 비탈로 길을 바꾸었다. 병사들은 한참 내려가서 굴렸다. 등성이로 한참 굴러가는 놈도 있었다. 관군들은 더 올라오지 못했다. 관군들은 총만 겨누고 있었다. 수가 엄청나게 많았다.

그때 뒤에서 부대가 하나 나타났다. 이싯뚜리 부대 4백여 명이었다. 봉수대로 달려왔다. 김확실 부대도 봉수대 아래쪽으로 올라붙고 있었다.

"김이곤 씨 부대는 효포로 내려가시오."

전봉준이 김이곤을 보고 소리를 질렀다.

"부상자들을 업고 내려가자."

김이곤이 소리를 질렀다. 죽은 사람과 부상자가 꽤나 많았다.

"아이고, 한발 늦었다. 저 쥐새끼들이 벌써 올라와버렸다."

김확실이 봉수대 아래 등성이를 쳐다보며 발을 굴렀다.

"대장들은 모두 이리 모여라!"

김확실이 부대를 멈춰놓고 소리를 질렀다. 대장들이 김확실 곁으로 달려갔다.

"관군은 벌써 산등성이에 붙어버렸다. 우리는 바로 올라가지 말고 여기서 봉수대까지 비탈로 비스듬히 늘어선 다음 등성이로 치고 간다. 막동 부대는 봉수대에서 이쪽으로 엇비슷하게 붙고, 김늘중 부대는 그 다음, 박승치 부대는 그 다음, 마지막 저기까지 늘어선다. 빨리 가서 그렇게 서라."

김확실이 소리를 질렀다. 대장들이 모두 달려갔다. 막동 부대가 곧장 봉수대로 올라챘다. 김확실도 막동 부대 앞장을 서서 봉수대 쪽으로 올라갔다. 전봉준 등 두령들은 모두 아래를 내려다보고 있었다. 김확실이 전봉준한테로 갔다.

"저 건너 임두령님도 배치가 끝났겠지요?"

김확실이 물었다.

"조금 기다리시오."

전봉준이 저쪽에다 눈을 박은 채 말했다. 능티고개 남쪽 큰 산줄기에서는 임군한 부대와 이유상 부대가 부대를 수습하고 있었다.

"아까 저놈들이 저 바윗돌에 혼이 났구만."

김확실이 등성이에 남아 있는 바윗돌을 보며 말했다.

"관군들이 바윗돌이 무서워서 비탈로는 못 올라오고 등성이로 올라붙었소. 바윗돌이 지금도 3,4백 개 남았소."

김일두가 말했다.

"이따 우리도 한번 써먹어야겠구만. 이놈들, 한번 죽어봐라."

김확실이 별렀다. 김확실 부대는 지시한 대로 배치가 끝났다. 봉수대에서 능티고개로 뻗어나간 산줄기를 오른쪽 다리로 친다면 김확실 부대는 가랑이를 쩍 벌린 왼쪽 다리 꼴이었다. 포격이 그친 전선은 폭풍이 그친 듯 조용했다.

"서두를 것 없습니다. 관군이 이렇게 가까이 있으면 저자들은 포격을 못합니다."

김일두가 김확실한테 말했다.

"그려. 자기들 패도 맞을까 싶은게 못하겠지."

전봉준과 두령들은 임군한과 이유상 부대 쪽만 보고 있었다. 등성이 아래 붙은 관군은 공격해오지 않고 그대로 있었다. 이싯뚜리 부대는 김칠성 부대가 주둔했던 대로 부대 배치를 끝내고 참호를 파고 있었다. 김확실이 그리 갔다.

"뭘 하고 있어?"

"참호요. 전주에서 본게 높은 데서 싸우려면 참호를 파야겠습디다."

이싯뚜리 부대는 곡괭이 등 연장이 많았다. 이리 이동 명령을 받자 참호 팔 생각을 하고 동네에서 가져온 모양이었다.

"사람이란 것이 어디서든지 부지런해야 혀. 강아지도 부지런해야 더운 똥을 얻어먹는다."

김확실이 한마디 했다.

"어째서 하필 똥이오?"

병사 하나가 튀기며 낄낄거렸다.

"말을 하다 본게 어폐가 쪼깐 있다마는 내 말이 뭔 말이냐 하면 사람은 하여간에 부지런해야 쓴다 이 말이여."

김확실이 웃었다.

"얼른 파고 연장 쪼깐 빌리세."

"어떻게 가지고 온 연장이라고 맨입으로라우?"

이싯뚜리가 웃었다.

"나중에 막걸리 한잔 걸쭉하게 삼세."

이싯뚜리는 김개남을 좋아하지 않듯 임군한도 별로 좋아하지 않았으나 김확실하고는 곧잘 얼렀다.

"다급할 때는 이것도 한 구실 할 것이다."

막동이 봉수대 밑에 앉아서 토시 속에서 표창을 뽑아 만졌다. 그때 고추잠자리 한 마리가 막동의 손등에 앉았다. 날씨가 풀리자 철 늦은 잠자리가 나온 것 같았다.

"임마, 네가 말순이냐? 내가 가는 데는 어디든지 따라오겠다고 하더마는 네가 말순이구나."

막동이 경황 중에도 고추잠자리를 보고 혼자 웃으며 중얼거렸다. 고추잠자리는 제 놈도 가슴이 두근거리는 듯 꼬리를 까닥이고 있었다. 전쟁에 나오기 전날, 아내 말순이 품에 풍당 안겨 까만 눈으로 쳐다보며 쫑알거리던 소리였다.

막동은 억지 혼사를 한 셈이었으나 아내 말순은 전부터 막동이 오라버니처럼 다정하게 여겨졌다며 저녁마다 품속으로 깊이깊이 파고들었다. 집을 마련해서 제금을 나면 울타리 밑으로는 빙 둘러서 봉숭아를 심고, 장독대에는 접시꽃을 하얀 꽃, 빨간 꽃 촘촘히 심고, 가을이면 곶감을 많이 깎아놨다가 눈 오는 날 밤에 먹고, 아들은 둘만 낳고 딸은 하나만 낳고, 둘은 저녁마다 깨가 쏟아졌다. 그러다가 전쟁에 나간다고 하자 가지 말라고 가슴을 쥐어뜯으며 울며불며 앙탈을 부렸다. 금방 돌아올 테니 안심하라고 달래도 듣지 않고 이불에서 빠져나가 새벽까지 눈물 콧물을 훌쩍이고 있었다. 며칠 만에야 겨우 조금 가라앉았으나 품속에 들어서도 매양 눈물이었다. 전쟁이 일어나면 언제 끝나느냐, 한양까지 치고 올라가느냐, 한양서 여기까지 오는 데는 며칠 걸리느냐, 전쟁이 얼른 끝나라고 정화수 떠놓고 밤마다 빌겠다, 나도 남장을 하고 따라갈 수는 없느냐, 나비라도 되어 따라갔으면 얼마나 좋겠느냐, 가을인게 고추잠자리가 되어 따라가겠다, 나비나 고추잠자리를 보거든 난 줄 알아라, 아내는 젖은 눈으로 쳐다보며 잠시도 입을 가만두지 않고 쫑알거리다 훌쩍이다 했다.

"온다!"

김확실이 달려오며 소리를 질렀다. 임군한 부대가 능티고개 남쪽 큰 산줄기를 옆으로 늘어서서 오고 있었다. 한 패는 등성이로 오고 두 패는 등성이 양쪽 비탈에 붙어서 왔다. 부대가 큰 산줄기를 말 타듯 타고 왔다.

"우리도 진격하자! 가만있자. 바윗돌부터 이 아래치 싹 굴려!"

김확실이 소리를 질렀다. 막동 대원들은 바윗돌을 등성이로 굴렸다. 바윗돌이 50여 개가 굴러 내려가기 시작했다.

"진격!"

"깽깽 깽깽 깽깽."

김확실이 꽹과리를 힘껏 두들겼다.

"진격!"

아래서 대장들이 소리를 질렀다.

— 드드드드드.

"회선포는 겁줄라고 쏜다. 겁먹지 마라."

막동이 소리를 질렀다. 장애물이 많았으므로 회선포는 위력을 발휘하지 못했다.

"화승총은 거기 있고 양총이 더 나가!"

막동이 악을 썼다. 바윗돌이 속력을 내기 시작했다. 거의 양쪽 비탈로 굴러가고 대여섯 개가 등성이를 타고 굴러 내려갔다. 정면에 수십 명 늘어 붙었던 관군들이 바윗돌에 놀라 후닥닥 튀어 일어났다.

"와, 가자."

대원들은 산비탈을 내려갔다.

"갈겨라!"

막동이 서서 총을 갈겨댔다. 한꺼번에 서너 명이 쓰러졌다. 하나는 바윗돌에 등이 맞았다.

— 깽깽깽깽깽.

"돌진!"

김확실 대원들은 등성이로 내달았다. 사선으로 진을 쳤으므로 비탈을 오르는 것이 아니라 산등성이를 향해 옆으로 내달았다.

"여기도 바위가 있다."

막동 대원들은 바윗돌을 굴려 내렸다. 이쪽에 붙었던 관군들은 정신없이 능티고개로 뛰어 내려갔다. 관군을 너무 싱겁게 물리치고 말았다.

저쪽에서 임군한 부대도 돌진을 했다. 능티고개 관군들은 물안주 골로 쏠려 내려갔다. 그때 김일두 부대와 이싯뚜리 부대가 바윗돌을 굴려 내렸다.

"대가리를 으깨라!"

바윗돌이 사정없이 굴러 내려갔다. 백 개도 넘었다. 바윗돌은 엄청난 기세로 굴러 내려갔다. 물안주골로 도망치던 관군들은 바윗돌에 놀라 저쪽으로 도망쳤다. 바윗돌이 관군을 덮쳤다. 서너 명이 고꾸라졌다.

"죽여라."

임군한 부대는 그대로 물안주골로 쏠려 내려갔다. 산사태가 난 것 같았다.

"더 내려가지 마라."

— 깽 깽 깽 깽 깽.

임군한이 악다구니를 쓰며 꽹과리를 두들겼다. 그러나 농민군들은 바윗돌처럼 쏠려 내려갔다. 임군한이 목이 찢어져라 악을 쓰며 꽹과리를 쳤으나 소용없었다.

"틀림없이 저 아래 관군 본대가 있을 텐데……."

김확실은 임군한 부대가 내려가는 것을 보고 발을 굴렀다.

"내려가지 마라!"

텁석부리가 악을 쓰며 쫓아내려갔다.

— 드드드드드드.

아니나 다를까, 선두가 산굽이를 돌아갈 때였다. 산굽이 비탈에서 느닷없이 회선포가 불을 뿜었다. 세 대가 정신없이 불을 뿜어댔다. 쫓아가던 농민군들이 수없이 쓰러졌다. 사방으로 흩어졌다. 회선포 곁에서 소총 소리도 났다. 회선포 소리와 양총 소리가 어마어마했다. 회선포 하나가 등성이 이쪽으로 자리를 옮겨 갈겨대기 시작했다.

"빨리 올라오라!"

임군한이 악을 썼다. 병사들이 헐떡거리며 올라왔다. 임군한은 우거지 상판으로 아래만 내려다보고 있었다. 아래로 쫓아내려간 것은 대부분 이유상 부대였다. 먼저 올라온 박성삼은 자기 대원들을 한쪽으로 모으고 있었다. 병사들이 거의 올라왔으나 박성삼 부대는 20여 명이나 돌아오지 않았다. 텁석부리도 돌아오지 않고 있었다. 부상당한 사람들이 하나씩 처참한 꼴로 올라오고 있었다. 병사들이 나가 부축하고 왔다. 임군한은 발을 굴렀다.

"두령님이다."

임군한 곁에 섰던 졸개가 소리를 지르며 아래로 뛰어 내려갔다. 텁석부리가 양쪽에 부축을 받고 다리 하나를 끌며 올라오고 있었다. 임군한이 쫓아갔다. 텁석부리는 풀썩 주저앉았다. 맥을 놓고 숨을 헐떡였다. 임군한은 텁석부리 머리를 비탈 쪽으로 하고 고개를 무릎에 뉘었다.

"다리를 다시 묶어라!"

임군한이 소리를 지르자 졸개가 단검으로 바짓가랑이를 북북 찢었다. 넓적다리 아래가 호미로 찍어낸 것처럼 패어 있었다. 회선포에 맞은 자국이었다. 피를 너무 많이 흘린 것 같았다.

"두령님, 나는 가망 없소."

텁석부리는 힘없는 소리로 말했다. 얼굴이 사색을 뒤집어썼다.

"두령님, 그동안 두령님 밑에서 할 일 하고 살았소."

텁석부리는 숨을 씨근거리며 낮은 소리로 말했다. 아주 평온한 모습이었다. 임군한은 처참한 표정으로 텁석부리를 내려다보고 있었다.

"지난번에는 오랜만에 집에 가서 두령님이 주신 돈으로 동생한테 논을 서 마지기나 사줬지라우."

텁석부리는 목소리가 잦아지고 있었다.

"정신 차리시오."

임군한이 다급하게 텁석부리 몸뚱이를 흔들며 소리를 질렀다. 임군한은 정신 차리라고 거듭 소리를 지르며 몸을 흔들었다. 평소에 거의 말이 없던 텁석부리가 또 할 말이 남았는지 입술을 들먹였으나 말이 되어 나오지 않았다. 이내 고개가 옆으로 돌아갔다.

"김두령!"

임군한은 소리를 지르며 텁석부리를 으스러져라 껴안았다. 그는 짐승의 비명 같은 소리를 지르며 텁석부리 얼굴을 가슴에 싸안았다. 임군한은 입을 앙다물며 텁석부리를 빤히 내려다봤다.

"저쪽에 파묘 구덩이가 하나 있더라."

곁에 졸개한테 말했다. 그때 큰 산줄기에 포탄이 떨어졌다. 병사들이 도망쳤다.

"널리 흩어져 엎드려라."

임군한이 소리를 질렀다. 포탄은 능티고개와 봉수대 주변에서 계속 터졌다. 병사들은 이리 밀렸다 저리 밀렸다 정신을 차리지 못했다. 사람이 날아가고 흙구덩이가 펑펑 패었다. 포탄은 산줄기를 따라 터지다가 이번에는 능티고개에서 효포로 내려가는 길 양쪽에 터졌다. 능티고개에서 덤벙거리던 농민군들은 남쪽 큰 줄기로 도망쳤다. 포탄은 숨 쉴 틈도 주지 않고 터졌다. 여남은 문이 계속 쏘아대는 것 같았다.

농민군 포탄도 날아가기 시작했다. 물안주골 아래서 터졌다. 봉수대 농민군 관측병은 정신없이 기를 휘둘렀다. 한참만에 관군 포가 멎었다. 거의 백여 발쯤 터진 것 같았다. 농민군 포도 멎었다. 병사들이 여기저기서 고개를 들었다. 마치 저승에 갔다가 이승으로 나와 고개를 쳐드는 것 같았다.

"모두 부대별로 모여라!"

대장들은 비탈 쪽을 향해 소리를 질렀다.

4. 피가 너가 되어

송희옥, 이유상, 임군한 등 두령들이 모두 봉수대로 올라왔다.

"이제 결판을 보아야 할 것 같습니다. 지금 저자들은 포로 결판을 보자는 배짱입니다. 군사들이 맞붙어버려야 포가 맥을 못 춥니다."

손여옥이 두령들을 번갈아 보며 말했다.

김원식과 김덕명은 전봉준만 보았다.

"양총 실탄도 바닥이 나고 포탄도 얼마 남지 않았습니다. 오늘 결판을 내야 할 것 같습니다."

송희옥이 거들었다.

"화력 때문에 시간을 끌수록 우리가 불리합니다."

김시만이었다.

"오늘 끝장을 내야 할 것 같습니다."

김덕명도 동조를 했다. 전봉준이 이유상을 보았다.

"지금 관군과 일본군은 줄잡아도 3천 명이 양총입니다. 모두 부내로 쳐들어가자는 말씀들인데 특별한 묘책이 있다면 모를까, 양총하고 싸우기는 되레 산속이 낫지 않겠습니까? 섣불리 들어갔다가 물러나게 되면 그때는 피해가 이만저만이 아닙니다. 당장 아까 보십시오. 여기서 몇 발 안 내려갔는데도 바로 길목에다 대비를 하고 있었습니다."

이유상이 차근하게 말했다.

"그렇지만 몇 판 안 싸우면 화약과 실탄이 바닥이 납니다. 그때는 맨손으로 싸우겠습니까? 이판사판입니다. 쳐들어가서 결판을 내는 길밖에 없습니다."

송희옥이 말했다.

"그도 그렇습니다마는……."

이유상이 입술을 빨았으나 동조하지는 않았다.

"여기서 한 번 더 싸운 다음에 결정을 합시다. 그 결정은 여기다 맡기십시오. 공격은 점심을 먹고 하겠습니다."

전봉준이 결정을 내렸다.

"이유상 씨 부대는 모두 이쪽으로 오고, 그쪽은 고영숙 씨한테 맡기시오. 총공격은 봉화로 먼저 예고를 하겠소. 전에 말씀드렸듯이 한 줄기는 준비 신호이고 두 줄기는 공격 신호입니다. 부대별로 공격 지시를 할 때는 기로 알리겠소. 효포에 있는 송두령 부대도 만단 준비를 하고 있다가 신호를 하면 바로 올라오시오."

두령들이 돌아섰다. 모두 몹시 굳은 얼굴로 내려갔다. 이제 마지막 결전이 벌어진다는 각오와 두려움이 엇갈린 표정이었다. 병사들이 지게에다 밥 바구니와 동이를 지고 올라왔다. 동이에는 국이 아니고 마실 물이 있었다. 봉수대에 있는 부대는 부대별로 밥 바구니를 차지하고 괴나리봇짐에서 밥그릇을 꺼내 밥을 받았다. 밥은 감투무더기가 덩실하게 퍼주었다. 반찬 나누는 사람들은 숟가락 끝으로 기름소금을 *비자 하나 크기만큼씩 떠서 밥그릇에다 얹어주고 김치한 가닥씩을 걸쳐주었다. 김치 나누던 병사가 두령들 앞에는 보시기에다 김치를 갖다 놓으며 전봉준 눈치를 봤다. 병사들과 차별하지말라는 소리가 극성스런 시어머니보다 더했기 때문이다.

"김두령도 이리 오시지."

저쪽에서 자기 대원들과 밥을 먹으려던 김일두가 밥그릇을 들고이리 왔다. 왕년의 씨름선수답게 몸이 다부지고 가슴팍이 앙바틈한김일두는 오늘따라 한결 믿음직했다. 김만수는 백정 부대에서 같이밥을 먹었다.

백정들은 목숨을 거는 전쟁에 나와서도 외로웠다. 김일두가 굳이여기를 빼앗겠다고 자원을 하고 여기를 빼앗은 다음에도 여기만 지키고 있는 것은 그만큼 굳은 투지를 드러낸 것이기도 했지만, 대원들이 다른 부대와 얼리기를 꺼리기 때문이기도 했다. 항상 세상 변두리에 살면서 세상 사람들 눈을 가시 찔리듯 아프게 느끼는 사람들이라 되도록 세상 사람들과 멀리하려는 태도가 이런 데서도 나타난것이다. 지난번 황토재전투에서도 그랬다. 모두 덩덩하며 날뛰는 사이 제일 후미진 데다 진을 치고 소리 나지 않게 가장 실속 있는 전과를 올렸던 것이다. 그때 촘촘히 전공을 따지기로 하면 김일두 부대를 덮을 부대가 없었다. 김일두는 다른 백정들과 마찬가지로 세상 사람들 속에서는 항상 혼자이면서도 언제나 소리 없이 자기 할 일을 했고 표 나지 않게 자기 몫을 차지하고 살았다. 그런 점은 김만수도 마찬가지였다. 그는 전봉준 곁에 항상 그림자처럼 따라다니면서도 있는 듯 없는 듯 자기를 드러내지 않았으나 전봉준이 찾을 때는 가려운 데 손 가듯 그때마다 있을 자리에 있었다. 전봉준은 김일두를 만날 때면 항상 바윗덩어리 같은 신뢰와 뜨끈한 정감이 느껴지면서도, 한편으로는 얼큰한 연민이 싸늘하게 가슴을 스치고 지나갔다.

— 뼁.

농민군들이 채 밥을 다 먹기도 전이었다. 능티고개에 포탄이 떨어졌다. 전봉준은 벌떡 일어나 아래를 내려다봤다. 포탄은 아까보다 더 심하게 떨어졌다. 능티고개에서부터 일직선으로 점을 찍듯 남쪽으로 산줄기를 따라 터졌다. 봉수대 근처에도 터졌다. 두령들과 병사들은 참호와 나무 밑동을 찾아 정신없이 고개를 처박았다. 포탄은 봉수대 근처에 한참 동안 집중했다. 전봉준은 아까처럼 참호에 서서 포탄 터지는 것을 보고 있었다. 공중으로 포탄 나는 것이 훤히 보였다.

"엎드리시오!"

김일두와 두령들이 전봉준한테 악을 썼으나 그대로 보고만 있었다. 그때 물안주골 산부리에 관군이 나타났다. 이싯뚜리 부대가 진을 치고 있는 산줄기 끄트머리였다.

"저기 관군이 나타났다. 포격을 하라고 해라."

전봉준은 포대 기수한테 소리를 질렀다. 기수가 벌떡 일어났다. 기수는 전봉준이 가리키는 쪽을 보고 아래로 재빠르게 신호를 했다. 좀 만에 포탄이 날았다. 산부리에서 터졌다. 조금 빗나갔다. 다시 신호를 했다. 이번에는 바로 곁에 터졌다. 세 발이 일정한 간격으로 터졌다. 관군이 두엇 공중으로 날아가는 것이 보였다.

"저기도 관군이다."

전봉준이 소리를 질렀다. 능티고개 조금 남쪽에서 부내로 흘러내리는 낮은 등성이 저쪽 새말에서 관군이 움직였다. 기수는 또 정신없이 기를 휘둘렀다. 좀 만에 그쪽에서도 포탄이 네댓 발 터졌다. 두 발이 바로 그들 한가운데 터졌다. 관군들은 그 자리에 딱 엎드렸다. 이내 관군 포격이 멈추었다. 온 천지가 가라앉을 것같이 조용했다. 개미새끼 한 마리 움직이지 않았다. 농민군들이 고개를 들기 시작했다. 참호에 고개를 처박았던 두령들도 모두 고개를 들었다.

"지금부터 공격을 하겠소."

전봉준이 두령들을 보며 말했다.

"이 근처에 있는 부대에 공격준비 하라는 신호를 해라."

전봉준이 기수한테 말했다. 전봉준은 이어서 이싯뚜리와 김확실을 불러오라 했다. 그때 새말 골짜기에서 관군 한 부대가 비탈로 올라가는 것이 보였다. 이싯뚜리와 김확실이 달려왔다.

"싯뚜리 자네는 아래로 돌진할 준비를 하고 있다가, 영이 떨어지거든 자네 부대가 있는 산줄기를 타고 내려가서 산부리에 설치된 회선포를 들이친 다음 부내 쪽에서 올라오는 관군을 막게."

이싯뚜리는 알았다며 달려갔다. 이싯뚜리는 지난 9월에 달주와 함께 전봉준을 따라왔을 때 저 산부리를 돌아 물안주골로 내려가 보았으므로 거기 지형을 잘 알고 있었고 조금 전에도 정탐을 나가 그쪽 정황을 살폈다. 회선포는 이쪽 산부리에 2대나 설치되어 있고 주변에는 관군이 50여 명이나 지키고 있었다.

"김두령은 여기에는 한 부대만 남겨놓고 나머지는 이싯뚜리가 있는 저 등성이 중간쯤에서 기다리다가 영이 떨어지면 능티에서 후퇴하는 관군을 치시오."

김확실도 알겠다며 달려갔다. 관군은 계속 올라오고 있었다. 바윗돌이 무서운지 능티고개로 곧장 올라오지 않고 새말 쪽 등성이로 붙어서 올라왔다.

"봉화 올릴 준비를 해라."

전봉준이 신호병에게 영을 내렸다. 신호병 둘이 달려가서 당성냥을 들고 이쪽을 보고 있었다. 봉화는 공주 주변을 둘러싸고 있는 전 부대에 내리는 신호였다.

"봉화를 올려라. 한 줄기만 올린다. 한 줄기다."

전봉준이 집게손가락을 똑바로 펴 보이며 소리를 질렀다. 신호병들은 날래게 당성냥을 켜서 불쏘시개에다 불을 붙였다. 마른 나무에서 불길이 피어오르자 생솔가지를 잔뜩 얹었다. 불생솔가지가 툭툭 튀기며 허연 연기를 피워올렸다. 바람이 거의 없어 연기가 한 줄로 곧게 올라갔다. 하늘에 무명베가 한필 걸친 것 같았다.

"새재에서 받았소."

새재 달주 부대에서 맨 먼저 봉화가 올랐다. 거기도 한 줄기였고 거기 역시 바람이 없는지 탐스런 연기가 하늘을 향해 직선으로 올라갔다.

"주미산에서도 받았소."

주미산에서도 오르고 고영숙 부대에서도 올랐다. 공주 주변 산줄기 전 부대에서 봉화를 받았다. 그때 능티고개 남쪽 큰 산줄기에서 총소리가 나기 시작했다. 그쪽으로 관군 2백여 명이 올라갔다. 새말 아래서 또 관군들이 몰려왔다. 쏜살같이 위로 달렸다. 3백 명도 넘는 것 같았다.

"효포에 있는 송희옥 부대도 전부 올라오라고 신호를 해라!"

기수는 아래를 향해 기를 휘둘렀다.

"이싯뚜리 부대, 김확실 부대 진격!"

전봉준이 소리를 질렀다. 아까부터 이쪽만 보고 있던 두 사람들은 후닥닥 움직였다. 효포 쪽에서 송희옥 부대도 올라오고 있었다. 새말 쪽 등성이로 올라간 관군은 총을 쏘며 등성이로 올라붙었다.

"포탄이오. 엎드리시오!"

김일두가 소리를 질렀다. 전봉준이 참호 속으로 엎드렸다.

— 뻥.

전봉준이 있는 참호 저쪽 참호 곁에서 터졌다. 김일두 대원들이 둘이나 날아가고 큼직한 흙구덩이가 패었다. 포탄은 계속 터졌다. 이싯뚜리와 김확실 부대는 아래로 정신없이 내닫고 있었다.

"능티고개 쪽에 돌진 신호를 해라."

전봉준이 소리를 질렀다. 저 아래서는 맹렬하게 총소리가 나고 봉수대 주변에서는 정신없이 포탄이 터지고 있었다. 기수는 기를 휘젓고 징잡이는 징을 두들겼다.

— 징징징징징징.

능티고개 큰 줄기에서 병사들이 함성을 지르며 허옇게 쏟아져 내려갔다. 거의 3천 명이었다. 징과 꽹과리가 요란스럽게 울렸다. 관군

들은 정신없이 도망쳤다. 농민군들은 무지막지하게 쫓아갔다. 농민
군이 느닷없이 돌진을 하자 관군들은 제정신이 아니었다. 모두 새말
로 달아났다. 양총이 불을 뿜고 대창이 관군 등짝을 향해 날아갔다.

"돌진!"

— 깽깽깽깽깽.

김확실이 악을 썼다. 김확실 부대가 쏟아져 내려갔다. 관군을 가
로막았다. 그러나 이싯뚜리는 회선포를 공격하지 못하고 있었다. 회
선포는 산부리에서 자리를 옮겨 저 아래 들판에 설치해 놓고 있었
다. 돌진하면 그대로 표적이 되어 이만저만 희생이 크지 않을 것 같
았다. 위에서 쏟아져 내려올 때를 기다렸다.

— 드드드드드.

— 빵·빵·빵·빵·빵.

회선포와 양총이 불을 뿜었다. 농민군을 향해 쏘는 게 아니고 공
중에다 쏘고 있었다. 이미 김확실 부대와 관군 사이에 백병전이 벌
어졌으므로 거기에는 쏘지 못하고 위협사격을 하는 것 같았다. 관군
들이 이싯뚜리 부대 앞을 지나 도망치고 있었다.

"우리는 회선포가 목표다. 돌진!"

— 깽깽깽깽깽.

이싯뚜리 부대가 돌진을 했다. 관군 속으로 뛰어들어 치고 박으
며 내달았다. 화승대를 거꾸로 들고 머리통을 후려갈겼다. 느닷없는
공격을 받은 회선포 사수들은 정신없이 도망쳤다.

"죽어라!"

병사들은 죽어라고 쫓아갔다.

"너희들은 회선포, 회선포 가지고 올라가. 탄환이랑 전부!"

이싯뚜리가 다급하게 영을 내렸다. 물안주골 들판은 완전히 수라장이었다. 관군 한 패는 저만큼 도망치고 있었다. 그 뒤를 농민군 선두가 쫓아갔다.

"총공격을 하지요."

김덕명이 전봉준한테 다급하게 말했다.

"저 아래 저 관군이 문제요."

전봉준이 낮은 소리로 말했다. 관군 5백여 명이 아래서 올라왔다. 물안주골 동네로 들어오지 않고 양쪽 산비탈로 붙었다.

"저런!"

김덕명이 깜짝 놀랐다. 농민군 선두는 벌써 물안주골 동네를 지나 관군을 쫓아가고 있었다.

"저걸 어쩌지요?"

두령들이 발을 굴렀다. 농민군들은 아무것도 모르고 정신없이 관군만 쫓아가고 있었다. 그때였다.

— 드드드드드드.

— 빵-빵-빵-빵-빵.

농민군들은 무춤했다. 산비탈로 숨었던 5백 명이 회선포와 양총으로 농민군 선두에다 불을 뿜었다. 농민군은 뒤로 도망치기 시작했다. 정신없이 도망쳤다. 농민군이 도망친 자리에는 시체가 허옇게 널리기 시작했다. 관군들은 산자락에서 나와 추격을 했다. 5백여 명이 농민군을 쏘며 쫓아올라왔다. 아까 농민군과 뒤엉켰던 관군들은 저쪽으로 도망쳐버렸다. 농민군들은 정신없이 능티고개로 도망쳤다.

118

— 뻥.

다시 관군 포격이 시작되었다. 도망치는 농민군 위에 수없이 떨어졌다. 추격하던 관군들은 뒤에서 회선포만 갈기고 있었다. 포는 계속 떨어지고 농민군은 정신없이 도망쳐 올라왔다. 산줄기가 찢기고 지축이 흔들렸다. 5천여 명 군사가 조각배에 타고 파도에 마구 휘청거리고 있는 것 같았다.

'군대는 썩었어도 총탄이나 포탄은 썩지 않았습니다. 그 썩은 군대가 쏘는 총알과 포탄도 그 총알과 포탄에 맞으면 살과 뼈가 뚫리고 몸뚱이가 박살이 납니다.'

전주에서 누군가가 했던 말이었다. 무지막지한 화력이었다. 봉수대 두령들은 멍청한 표정으로 포탄 터지는 것을 내려다보고 있었다. 관군들은 더 진격하지 않았다. 농민군들은 포탄 속을 정신없이 달려 능티고개로 붙었다.

"포격을 하지요."

김원식이 말했다. 전봉준은 말없이 고개를 저었다. 지금 포탄은 여남은 발밖에 남지 않았다.

관군 포격이 그쳤다. 관군이 수백 명 몰려오고 있었다. 7,8백 명도 넘는 것 같았다. 여태 저렇게 많이 몰려온 적은 없었다. 비탈에 붙으며 회선포와 소총을 갈겨대기 시작했다. 농민군들은 모두 능티고개 산줄기에 붙어 아래로 총을 갈겼다. 관군 소총수들이 회선포 엄호를 받으며 진격을 했다. 관군들은 거침없이 올라오고 있었다. 농민군 두어 사람이 효포 쪽 비탈로 도망쳤다. 뒤따라 서너 사람이 튀어 내려갔다.

"아이고, 저런!"

김덕명이 소리를 질렀다. 또 농민군 서너 사람이 도망쳤다. 그쪽 사람들이 모두 도망치기 시작했다.

"징 이리 주라!"

전봉준이 소리를 질렀다.

"징, 어서!"

전봉준이 다급하게 소리를 질렀다.

―징 징 징 징 징 징.

후퇴신호였다.

"무슨 짓이오?"

김덕명이 소리를 질렀다.

"후퇴하라고 기를 흔들어라."

전봉준이 소리를 지르며 계속 징을 쳤다. 능티고개 농민군들이 위를 쳐다봤다. 전봉준은 계속 징을 울렸다. 그러나 기수는 멍청하게 전봉준만 보고 있었다.

"어서 흔들어라!"

전봉준은 징을 치며 기수를 향해 소리를 질렀다.

"왜 후퇴하는 거요?"

김덕명이 전봉준의 징채를 잡았다.

"지금 병사들이 도망치고 있습니다. 후퇴를 하게 해야지 도망치게 해서는 안 됩니다."

김덕명이 전봉준을 빤히 보며 손을 놓았다. 김원식과 김시만도 고개를 끄덕였다. 기수도 기를 흔들기 시작했다.

—징 징 징 징 징 징.

능티고개 농민군들은 후퇴 신호가 뜻밖인지 연방 위를 쳐다보고
있었다. 기까지 후퇴 신호를 하자 농민군이은 효포 쪽으로 후퇴하기
시작했다. 관군들이 능티고개와 저쪽 산줄기로 바짝 올라붙고 있었
다. 농민군들은 이내 정신없이 아래로 내달았다. 능티고개에서 내려
가는 길이 미어질 것 같았다.

"경천점으로 물러가서 다시 계책을 세웁시다."

전봉준이 징채를 들고 무겁게 입을 떼었다.

"경천점으로요?"

김덕명이 놀라 물었다. 전봉준은 아래를 내려다보며 고개를 끄덕
였다. 두령들도 말없이 아래만 내려다보고 있었다. 농민군들은 정신
없이 뛰어 내려갔다.

"음, 역시!"

전봉준이 아래를 내려다보며 무엇 때문인지 안심하는 표정을 지
었다. 모두 후퇴하고 있었으나 부대 하나가 능티고개 주변에 그대로
남아 관군을 향해 총을 갈기며 관군을 막고 있었다. 다른 부대가 웬
만큼 후퇴할 때까지 엄호를 하겠다는 각오 같았다. 박성삼 부대와
왕삼 부대였다.

—빵 빵 빵.

관군은 맹렬하게 퍼부으며 올라오고 있었다. 박성삼 부대와 왕삼
부대도 사정없이 갈겨댔다. 능티고개 남쪽 관군이 산둥성이로 올라
붙었다. 박성삼 부대와 왕삼 부대는 협공을 당하고 있었다. 이내 그
들도 후퇴하기 시작했다. 정신없이 아래로 쏠려 내려갔다. 길이 미

어질 지경이었다. 관군들이 능티고개로 올라붙었다.

― 빵·빵·빵.

관군들은 아래를 향해 갈겨댔다. 후퇴하는 박성삼 부대와 왕삼
부대는 수없이 쓰러졌다. 병사들이 길바닥에 수없이 널브러졌다.

"산으로 튀어라!"

박성삼이 뒤에서 악을 썼다. 농민군들은 산으로 흩어져 도망쳤
다. 박성삼은 정신없이 숲 속으로 달렸다. 뒤에는 거적눈이 따르고
있었다. 박성삼은 가시덤불에 가로막혔다.

"아이고!"

길을 건너 저쪽 숲 속으로 뛰던 박성삼이 길바닥에 미끄러져 엉
덩방아를 찧었다. 시체에서 흘러내린 피에 미끄러진 것이다.

― 드드드득.

회선포 탄환 한 줄기가 박성삼 곁을 갈기고 지나갔다.

"아이고!"

일어나던 박성삼이 그대로 풀썩 주저앉았다. 무릎 아래서 피가
벌겋게 배어나와 옷을 적셨다. 허리에서 수건을 뽑아 입에 물고 북
찢었다. 다리를 묶었다. 있는 힘을 다해서 죄어 묶었다. 곁으로는 병
사들이 정신없이 내닫고 있었다. 박성삼이 앉아 있는 길 위쪽에는
네댓 명이 쓰러져 있고 길로 피가 흘러내리고 있었다.

"뭣하고 있소?"

거적눈이 저 아래 도랑에서 내다보며 박성삼한테 소리를 질렀다.

"오매!"

거적눈이 달려왔다. 박성삼을 부축했다. 부축하던 거적눈도 피에

발이 미끌렸다. 길에는 피가 흥건하게 흘러내리고 있었다. 거적눈은 박성삼을 부축하고 내달았다. 박성삼은 한 발로 달렸다.

"오매, 대장님도 다쳤소?"

고산 김쥐불이었다. 그도 한 발을 절뚝거리며 부축을 받고 달리고 있었다.

— 빵·빵·빵.

뒤에서 또 총소리가 났다. 관군들이 능티를 넘어 쫓아오고 있었다. 관군들이 고개를 넘어 추격하기는 처음이었다.

농민군은 밤이 이슥하여 경천점에 당도했다.

"이름을 부를 텐게 있는 사람을 대답하고 대창이나 화승총도 그대로 가지고 있는지 어쩐지 말해주시오. 그리고 없는 사람은 죽었는지 여기 와서 누워 있는지 말해주시오."

이유상 비서가 호롱불에 종이를 비춰보며 이름을 부르기 시작했다. 고산 부대였다. 박성삼은 지금 누워 있고 고산 부대 대장은 글을 모르기 때문에 이유상 비서가 대신 점호를 했다.

"오몽길 씨!"

"예."

"다친 데 없고 대창도 그대로 갖고 있소?"

"예. 다친 데도 없고 대창도 갖고 있소."

최태눈, 김잘난, 이둥실 등 서너 사람이 다친 데도 없고 대창이나 화승총도 그대로 가지고 있다고 했다.

"김진국 씨!"

"예, 다친 데는 어깨 쪼깨 다쳤소마는 약 바르면 괜찮을 것 같고 대창도 그대로 갖고 있소."

박성삼 부대는 피해가 엄청났으나 그 부대 가운데서 고산 부대는 부상자가 적은 편이었다. 박성삼이 먼저 후퇴를 시켰기 때문이다.

"김왈룡 씨!"

"똥 누러 갔소."

"꺾자 쳐놀 텐게 오거든 왔다고 말하라 하시오. 김왈룡 씨도 안 다치고 총도 갖고 있소?"

그렇다고 했다.

"강보물 씨!"

"죽었소. 그 사람 화승총은 내가 차지했소."

"화승총 차지한 사람 이름이 누구요?"

"안넘술이오."

"이수만 씨!"

"다쳐서 시방 박성삼 대장하고 같이 누워 있소. 그 사람 총은 내가 차지했소. 내 이름은 김외돌이오."

"고작은놈 씨!"

"예, 다친 데는 없는데, 화승총을 잃어부렀소. 능티에서 내뺄 적에 뒤에서 밀어제낀 통에 엎으러졌다 일어나 본게 총이 온데간데없습디다. 누가 주웠던지 농민군이 주웠을 것인게 나중에 찾을라요. 내 총은 내가 보면 대번에 아요."

장거물, 신곰술, 이부영 등 예닐곱 사람이 모두 다친 데도 없고 화승총도 그대로 가지고 있다고 했다.

"박예결 씨!"

"예. 다친 데도 없고 대창도 그대로 갖고 있소. 그런데 대창 같은 것은 갖고 댕개봤자 호랭이 앞에 싸리 빗자루도 아니고 어디 쓸 데가 없습디다. 화승총도 맥을 못 추는데 이런 대창 갖고 뭣하겠소?"

"그것을 누가 모르간대 그런 쓰잘데없는 소리를 하고 있어?"

곁에서 핀잔을 주었다.

"백둔갑 씨!"

"없소."

"어디 갔소?"

"먼 데로 간 것 같소."

"먼 데라니요? 죽었단 말이오?"

"안 죽고 능티고개까지는 왔는데 이름이 둔갑이라 둔갑을 했는가 어쨌는가 없소. 안 올 것 같은게 그리 아시오."

"이 사람도 꺾자 쳐놀 텐게 오면 왔다고 도소로 알리시오."

"쳐놀라면 쳐노씨요마는 폴새 신짝 거꾸로 신은 것 같소."

"조안방놈 씨!"

그도 다친 데도 없고 대창도 그대로 가지고 있다고 했다.

"작은놈 씨, 안방놈 씨. 허허. 놈 자 밑에다 씨 자를 붙여논게 상놈이 갓 쓴 것도 아니고 요상스럽네. 놈 자를 빼든지 씨 자를 빼든지 둘 중에 한나는 빼야 쓰겠구만."

곁에서 이죽거리자 경황 중에도 모두 헤실헤실 웃었다.

"임마, 이런 데 나올라면 이름부터 조깨 쓸 만한 이름으로 갈고 나온나."

"이름이 전쟁하간대? 백정이 가마를 타면 동네 개가 짖는다등마는 씨 자 대접 한번 받은게 시끄럽게는 짖어쌓네."

조안방놈이 야무지게 되받았다. 모두 힘없이 웃었다.

"조태식 씨!"

"다쳐서 뉘 있소."

"우빵돌 씨!"

"죽었소."

박만복, 조강경돌, 이어금박, 송거금손, 하을무, 한고분돌, 조왕눈 등 한참 불러갔다. 부상자 한 사람이 있을 뿐이었다.

"백작두 씨!"

"회선포에 어깨뼈가 부서져부렀소. 살아도 팔은 못 쓰겠습디다."

박너구리, 김유세미, 황촌진이, 유미륵 등 여남은 사람이 아무 일도 없었다.

"이어풍돌 씨!"

"그 사람도 신짝 돌려 신은 것 같소."

"안 부른 사람 없지요?"

"있소. 김쥐불 안 불렀소."

"김쥐불이라 했소?"

"그 사람 오늘사 왔는데 총에 다리를 맞어서 뉘 있소."

"크게 다쳤소?"

"뼈는 안 다친 것 같소. 그만하기 천만다행이오. 그 집 형편이 자기 아버지는 자리 지고 오늘 낼 하고 어머니까지 몸이 부실한 판에

아들한테 먼 일이 생겼더라면 줄초상이 날 판인데 참말로 하늘이 돌 봤소."

50명 가운데서 죽은 사람이 2명, 중경상자가 5명, 도망친 사람이 3명이었다. 무기는 화승총 잃은 사람이 둘이었다.

임군한도 자기 부대 점검을 했다. 다른 부대보다도 전사자와 부상자가 가장 많았고 도망친 사람도 제일 많았다. 도망친 사람은 거의가 재인 부대와 포수 부대였다. 점검을 끝낸 임군한은 포수 부대를 따로 한쪽으로 데리고 갔다. 포수들은 모두 얼굴이 돌덩어리처럼 굳었다.

"모두 총을 전부 이리 모으시오."

임군한이 엉뚱한 지시를 하자 모두 머쓱한 표정이었다. 포수 부대 대장 박금돌에게 이리 모으라고 거듭 지시를 했다. 포수들이 총을 가지고 나왔다. 김갑수는 총을 받아 총구를 가새질러 수숫단 세우듯 세웠다.

"오늘 우리 농민군들은 목숨을 아끼지 않고 있는 힘을 다해서 싸웠습니다. 무려 3백여 명이나 사상자가 날 만큼 치열하게 싸웠으나 결국 일본군 무기 앞에 패하고 말았습니다. 오늘 전쟁을 하고 나서 도망친 사람도 많습니다. 우리 부대가 다른 부대에 비해서 도망자가 제일 많은데, 도망자들은 거의 전부가 재인들과 포수들입니다. 재인 부대는 3분의 2가 도망을 쳤고, 포수 부대는 보시다시피 70명 가운데 절반 가까운 30명이 도망을 쳤습니다. 도망친 사람 나무라지 않겠소. 제 싫으면 평양 감사도 마는 법인데 이 판은 목숨을 걸어놓고 싸우는 전쟁판입니다. 당신들은 전에는 어땠는지 모르지만 포수질을 시작하면서부터는 관속들한테 늑탈도 당하지 않고 양반과 부호들 꼴도 안 보고 살아왔습니다. 관속한테 안 뜯기고 양반 꼴 안 보는 직업은 도둑놈하고 사냥꾼이라는 속담도 있습니다. 당신들은 농사꾼들과는 그렇게 형편이 다른 사람들입니다. 고기에 술에 직신직신 먹고 거침없이 쏘다니며 사냥을 하면서 살아도 신나게 살아온 사람들입니다. 재인들도 비슷하지요. 팔도를 내 세상으로 거침없이 돌아다니며 노래 부르고 재줏가락 피우면서 신나게 살아온 사람들입니다. 매도 배가 부르면 사냥을 않고, 지렁이도 밟지 않으면 꿈틀거리지 않는 법인데 당신들이 뭣이 아쉬워서 목숨을 걸고 전쟁을 하겠습니까? 편하고 신나게 살던 사람들이 오로지 남원 임진한 씨와 얽힌 의리에 이끌려 나왔을 뿐입니다."

포수들은 숨을 죽이고 임군한 말을 듣고 있었다.

"내 말 잘 들으시오. 지금부터 돌아가고 싶은 사람은 모두 돌아가시오. 전혀 탓을 않겠습니다. 당신들을 억지로 잡아놔 봤자 배부른 매 잡아논 것하고 다를 것이 없습니다. 당신들은 맹수를 사냥하던 사람들이라 그 솜씨와 기세로 호랑이처럼 관군들을 무찌를 줄 알았는데, 당신들은 제대로 싸우지도 않았고 반수 가까이 도망을 쳐버렸습니다. 돌아갈 사람은 가시오. 앞으로도 그 꼴을 보이면 농민군들은 그만큼 맥살만 풀립니다. 다시 말하지만 전혀 탓을 않겠습니다. 만약 남겠다는 사람이 있다면 그 사람들한테는 절대로 도망치지 않겠다는 다짐을 받을 것이며, 도망치다 잡히면 그때는 그 자리에서 총살을 시켜도 좋다는 서약을 받을 것입니다. 돌아갈 기회는 오늘뿐입니다. 다만 한 가지 허락할 수 없는 것이 있습니다. 총은 가지고 갈 수 없습니다."

임군한의 말은 조용했으나 마디마디 똑똑 끊어 돌멩이 던지듯 단호했다.

"두령님!"

그때 앞에 섰던 박금돌이 임군한을 불렀다.

"지금 하신 말씀이 진정으로 하신 말씀입니까?"

지레 흥분한 목소리였다.

"진정입니다. 진중에서 어떻게 빈소리를 하겠소?"

"그렇다면 안 됩니다. 지금 여기 나온 사람들은 왜군을 쫓아내고 기울어가는 나라를 바로잡자고 나선 사람들입니다. 우리도 저 농민들하고 똑같이 이 나라 백성입니다. 일에는 소가 할 일이 있고 말이할 일이 있습니다. 쟁기질에는 소가 먼저 나서야 하고 달리는 일은 말이 먼저 나서야 하듯이 총을 쏘아 전쟁을 하는 일에는 농사짓던 농사꾼들보다 우리 포수들이 먼저 나서야 합니다. 이것은 누가 그러라고 하기 전에 이 나라 백성된 도리입니다. 지금 도망친 자들은 그런 도리를 배반한 자들입니다. 그런 자들은 잡아서 모두 쏴죽여야합니다. 나는 앞으로 그런 놈들 만나기만 하면 어디서든지 쏴죽일 작정입니다. 더구나 여기 나온 우리는 임두령님 마음대로 보내실 수 없는 사람들입니다. 우리는 길게는 20여 년, 짧게는 2,3년, 남원 임진한 씨 신세를 진 사람들입니다. 우리는 임진한 씨가 무엇 때문에 우리를 그렇게 돌봐주시는지 이심전심 그 속뜻을 환히 알아차리고 신세를 졌습니다. 명토 박아 어쩌자고 약속을 한 바는 없지마는, 우리는 임진한 씨 속뜻을 손바닥에 놓고 보듯 확실하게 알아차리고 신세를 졌습니다. 그것은 문서에 도장 찍은 것보다 더 확실한 약속이었습니다. 지금 도망친 자들은 그 약속을 배반한 자들입니다. 이제 더 도망칠 자도 없을 것입니다마는 도망치는 자가 있으면 쏴죽여버려야 합니다. 저 말고도 그런 놈들 쏴죽일 사람 많습니다. 우리가 여기 나온 것은 첫째는 이 나라 백성된 도리로 나온 것이고 둘째는 남원 임두령하고 약속을 지키러 나온 것입니다. 우리는 임두령하고의 약속이 유독 중요합니다. 이것은 두령님께서 간섭하실 일이 아닙니다. 이 점은 분명히 금을 그어놓고 영을 내려도 내리셔야 합니다."

박금돌이 칼로 자르듯 명쾌하게 말했다.

"잘 알겠소. 당신이 나한테 금을 그었듯이 나도 당신한테 금을 그어줄 테니 잘 듣고 피차에 그 금을 침범하지 맙시다. 임진한 씨와 당신들 사이에 맺은 의리는 당신들끼리 챙기시오. 지금 여기는 남원이 아니고 전쟁판이며 당신들은 포수가 아니고 농민군 병사들이며 내 부하들이오. 임진한 씨와 당신들 사이에 의리가 있듯이 나와 당신들 사이에는 상관이고 부하라는 위계가 있소. 이 자리는 당신들 상관인 농민군 두령 임군한이 부하들 자격을 심사해서 가겠다는 사람은 내보내고 있는 자리요. 다시 말하거니와 당신이 금을 그은 대로 당신들끼리 의리에는 나도 간섭을 하지 않을 테니 내 권한에도 간섭하지 마시오. 알겠소?"

임군한이 단호하게 말을 마치며 큰소리로 물었다. 박금돌은 임군한의 대쪽 같은 이치와 굳은 표정에 기가 질려 한참 동안 임군한을 보고 있었다.

"알겠냐고 물었소!"

임군한은 칼날 같은 눈초리로 박금돌을 쏘아보며 소리를 질렀다.

"알겠습니다."

박금돌이 풀 죽은 소리로 대답했다.

"다시 말합니다. 당신들하고 임진한 씨 관계를 나도 잘 알고 있소. 당신들이 포수로 들어갈 때는 관속들이나 양반 부호들한테 지금 농민들이 당하고 있는 것보다 더 험하게 당하고 들어간 사람도 있을 것입니다. 그러나 아까도 말했듯이 그동안 당신들은 *청산에 매 팔자가 되어버렸소. 이 전쟁은 당신들한테는 남의 전쟁입니다. 박금돌은 백성의 도리를 말하고 임진한 씨하고의 의리를 말했습니다마는, 매 꽁지에 묶은 시치미가 아무리 단단해도 배부른 매는 달아나기 십상입니다. 이미 지난번 김개남 씨한테서 떠날 때부터 당신들은 본색을 드러냈습니다. 김개남 씨가 저잣거리를 짓밟았다고 그것을 탓하고 나왔지만 그것은 핑계였습니다. 하고많은 농민군 가운데 어째서 재인들과 포수들만 떠납니까? 울고 싶자 뺨쳐 주었던 것입니다."

임군한은 차근하게 말했다. 모두 손끝 하나 까딱하지 않고 듣고 있었다.

"지금부터 내 말대로 움직이시오. 돌아가지 않겠다는 사람은 나와서 이리 서시오. 갈 사람이 아니고 가지 않겠다는 사람만 나옵니다."

박금돌을 비롯해서 대여섯 사람이 나왔다. 두어 사람이 더 나왔다. 또 한 사람이 나왔다. 한참만에 또 한 사람이 나왔다. 10명이었다.

"야, 이 자식들아 뭣하고 있어?"

박금돌이 소리를 질렀다.

"나서지 말라고 했어. 한번만 더 영을 어기면 가만두지 않겠어."

임군한이 박금돌한테 삿대질을 하며 을렀다. 임군한 말소리에는 살기가 번득였다.

"더 나올 사람 없소?"

임군한이 무거운 소리로 물었다. 더 나오는 사람이 없었다. 한참 기다렸다. 숨이 막힐 것 같은 순간이었다. 40명 가운데 겨우 10명이 남겠다는 것이다.

"당신은 왜 안 가고 남는 거요?"

임군한이 맨 앞에 선 사람한테 물었다.

"여기까지 오기가 불행이제 갈 수가 없소."

"후회 않겠소? 이다음에는 기회가 없소. 오늘 보았으니 알겠지마는 여기 남으면 죽는 길밖에 없소. 이제부터 당신들은 다른 사람들하고는 다릅니다. 죽을 때까지 싸워야 합니다. 중간에 도망치면 내가 쏴버릴 것이오."

임군한이 단호하게 말했다.

"각오했소."

"당신은 왜 안 가시오?"

"나도 이 나라 백성인데 총도 아니고 대창 들고 나대는 저 사람들을 뒤에 놔두고는 차마 발이 안 떨어질 것 같소."

키가 껑충한 사내가 조용하게 말했다.

"당신은?"

"나는 고향에서 농사짓다 지주 놈 패놓고 도망친 사람이오. 이렇게 싸울 때가 오기를 칠년대한 비 바라듯 기다린 사람이오."

"당신은?"

"나도 남의 논 벌다가 도지하고 잡세에 진저리가 나서 산으로 들어간 사람이오. 저 사람들만 놔두고 이대로 돌아섰다가는 저 사람들이 가슴에 얹혀서 살아도 평생 산목숨이 아닐 것 같소."

"당신은?"

"나도 지주들하고 관속 꼴 안 보려고 산으로 들어갔던 사람이오. 그놈들 없애자는 전쟁에 빠질 수가 없소."

"당신은?"

"10여 년간의 임진한 씨 신세를 배반할 수가 없소. 아까 박금돌 씨 말대로 내가 신세를 질 적에는 임진한 씨 속뜻을 빤히 알고 신세를 졌는데 이제 와서 돌아설 수가 없지라우."

"당신은?"

"남겠다는 사람이 반만 되면 나는 가버리려고 했더니 나까지 가버리면 남는 사람이 너무 적을 것 같소."

사내는 가볍게 웃으며 말했다. 임군한은 10명한테 하나하나 다 물었다. 모두 비슷한 대답이었다. 그때 저쪽에서 한 사람이 나왔다.

"나도 안 갈라요."

그는 이를 악물고 말했다.

"왜 안 가는 거요?"

"저 사람들 남겠다는 소리가 칼로 가슴을 푹푹 쑤시는 것 같소."

또 한 사람이 나왔다.

"당신은?"

"여기서 갔다가는 평생 자식들 앞에 얼굴을 들 수 없을 것 같소."

더 나오는 사람이 없었다.

"이제 모두 작정들이 선 것 같소. 더 긴 소리 하지 맙시다. 이 자리에서 지금 바로 돌아서시오. 바로 돌아섭니다."

임군한은 조용히 말했다. 그러나 움직이지 않았다.

"어서 돌아서시오. 탓을 하지 않겠다고 했소. 돌아서시오."

한 사람씩 무겁게 발길을 돌렸다. 바삐 떠나는 사람도 있었으나 고개를 숙이고 발을 옮기는 사람도 있었다. 돌아서려고 머뭇거리다가 다시 되돌아가는 사람도 있었다. 모두 어둠 속으로 사라졌다.

"전사자가 3백 명쯤 되는 것 같고 부상자 가운데는 중상자가 백명 가깝습니다. 행방불명은 죽었는지 살았는지 파악을 못한 경우도 있습니다마는, 대부분 효포까지는 왔는데 이리 오는 사이에 빠져나간 사람들입니다."

김덕명이 두령들에게 보고를 했다. 부상자들은 모두 불 땐 방에다 뉘고 의원들이 치료를 하고 있었다.

"그리고 우리가 어렵게 빼앗았던 회선포도 빼앗겨버렸고, 불랑기와 크루프포도 빼앗겨버렸습니다. 대포는 포탄이 거의 떨어졌기 때문에 덜 아깝습니다마는 회선포는 정말 아깝습니다."

회선포는 이싯뚜리 부대가 가져오려고 기를 썼지만 효포 앞 큰길까지 가지고 오다가 빼앗기고 말았다.

"부상자들이 너무 많아서 탈입니다. 그 사람들을 논산이나 강경으로 빼는 것이 어떻겠습니까? 여기는 자리도 편하지 않고, 병사들이 부상자들 앓는 소리에 모두 코를 떨구고 초상집 꼴입니다."

송희옥이 말했다. 전봉준은 이유상을 봤다.

"그 말씀을 드리려던 참입니다. 중상자는 논산이나 강경으로 옮기고, 웬만큼 기동할 수 있는 사람들은 고향으로 돌려보내는 것이 어떨까 싶습니다. 이 근방 의원들을 전부 불러들였습니다마는 그 의원들 손도 턱없이 부족합니다."

"부상자는 이두령께서 맡으시오. 이두령께서는 부상들을 뒤로 옮기고 의원들을 더 불러와서 치료하는 일을 맡습니다."

전봉준 말에 이유상은 알겠다고 했다.

"지금 다른 곳 형편은 충청도 전 고을은 홍주성 말고는 모두 농민군들이 차지하고 우리가 한양으로 올라오기만 기다리고 있습니다. 특히 유구 쪽에서는 세성산에서 패한 농민군들이 거의 그리 간 것 같고, 지금도 계속 서해안 여러 고을 농민군들이 몰려들고 있다 합니다. 세성산을 친 이두황 부대가 서해안 쪽으로 이동하고 있는 것 같습니다. 그쪽 농민군 기세가 그만큼 만만찮은 모양입니다. 그리고 관군들은 지금도 계속 공주로 오고 있는 것 같습니다. 관군들은 군사를 이동할 때 은밀하게 하기 때문에 그들 움직이는 것을 알아내기가 여간 어렵지 않습니다. 스님들이 눈을 밝히고 이리저리 뛰어다니고 있습니다마는 지금은 일본군 움직임을 더 알아내기가 어렵습니다."

"관군이 계속 공주로만 몰리고 있다면 우리는 점점 어려워지겠구면요."

두령들은 입술을 빨았다.

"그리고 전라도 지역은……."

그때 문이 열리며 금산 갔던 스님들이 돌아왔다고 했다. 도명 스님이었다. 두령들이 모두 눈을 밝히고 스님들을 봤다. 김개남 부대 움직임이 전체 전황에 그만큼 중요했기 때문이다.

"김개남 장군께서는 그저께 금산에 당도해서 관아를 짓밟아버리고 못된 아전들과 부자들을 잡아다 처단을 하고 관아 문서도 전부 불살라버렸습니다. 군수는 잡지 못하고 지난번에 농민들 1백여 명을 죽일 때 군수하고 배가 맞아 앞장섰던 김지호하고 진산 방학주 형제도 못 잡고 보부상 우두머리들도 못 잡은 모양입니다. 그때 험하게 설쳤던 사람들만 여럿 잡아 처단했고, 도망친 사람들 집에는 불을 질러버렸습니다. 진산 부자 최공우란 이가 김개남 장군을 크게 거들고 있습니다."

도명이 대충 보고를 했다.

"아전들을 잡아다 죽이고 집에 불을 질러?"

송희옥이 묻자 스님은 그렇다고 했다.

"허허, 호박나물에 용쓰고 있구만."

손여옥이 고개를 돌리며 핀잔을 던졌다.

"대포로 쥐를 잡아도 유분수지 도대체 그 좋은 무기를 가지고 뭣하는 짓이지요? 지금 고을 관아나 들쑤시고 부자나 닦달할 땝니까? 하루가 천금 같은 그 중요한 시기에 전주서는 이레 동안이나 한가하게 수령들 목이나 베면서 천연보살이더니, 그래 이번에는 8천 명 대군을 이끌고 가서 기껏 손바닥만한 고을 관아나 휘젓고 부자들이나 닦달한단 말이오? 더구나 팔도 골골마다 양반, 관속, 부자 놈들이 틈만 노리고 있는 판에 무엇 때문에 자꾸 불집만 건드리고 있는 겁니까?"

고영숙이 주먹으로 방바닥을 치면서 고함을 질렀다.

"그 따위로 쥐새끼 사냥이나 하려면 무엇 때문에 8월부터 그 요란을 떨었단 말이오? 그렇게 쥐새끼 사냥이나 하려면 처음부터 나는 이렇게 놀겠다고 미리 말이라도 해주든지, 쥐 사냥을 하더라도 위로 더 올라가서 해야 할 게 아니오. 며칠만 먼저 움직여서 위로 올라갔더라면 지금 관군들이 몽땅 공주로만 몰려들겠소?"

최대봉이 고함을 질렀다. 두령들은 모두 분을 참지 못하고 숨을 씨근거렸다. 여태까지 참았던 분통이 한꺼번에 터진 것 같았다.

"그럼 앞으로 어디로 간다던가?"

전봉준이 차근하게 물었다.

"그것은 잘 모르겠습니다. 오늘 낮에까지는 움직일 낌새가 안 보였습니다."

전봉준은 두령들을 향해 고개를 돌렸다.

"김개남 장군은 청주 쪽으로 진출할 것입니다. 손병희 씨는 지금 유구 쪽으로 갔으니 서해안 농민군이 그리 더 몰려들어 공주를 위협하고, 김개남 장군이 청주 쪽으로 진출하면 관군하고 일본군은 하는 수 없이 두 곳으로 병력을 분산할 것입니다. 우리는 한숨 돌릴 여유가 생겼습니다. 우리는 그동안 전열을 정비하고 관군들 움직임을 보아가면서 계책을 세웁시다. 우금고개 쪽에 있는 부대도 모두 이리 철수시키고 북접 부대도 논산 쪽으로 물러나서 쉬도록 하겠습니다."

전봉준은 조용하게 말했다. 두령들은 전봉준 말은 귀여겨듣지도 않고 숨만 씨근거리고 있었다. 어제저녁 증원군만 공주로 오지 않았어도 오늘 그렇게까지 참패는 하지 않았을 것 같아 더 분을 참지 못했다. 지난번에 김개남이 전주에서 움직일 때까지 7일 동안이나 시간을 허비하는 사이에 관군과 일본군이 공주로 몰려들었기 때문에 두령들은 그것만 가지고도 화가 치솟았던 것이다.

"우리는 여기서 화약도 보충하고 며칠 동안 푹 쉽시다. 그 사이에 김개남 장군이 휩쓸고 올라가면 저자들은 그만큼 당황할 것입니다. 그럴 때 관군의 허실을 좇아 대처하도록 합시다. 김개남 장군한테 적정을 자세하게 알리겠습니다."

"그런 작자한테 무얼 알린단 말씀입니까? 이미 골로 빠졌습니다."

송희옥이 버럭 악을 썼다. 송희옥 부대는 어제와 오늘 세 차례나 싸우는 사이 군사들이 제일 많이 죽었기 때문에 그의 눈에는 벌겋게 핏발이 서 있었다.

"그 무슨 말씀이오?"

전봉준이 가볍게 노기를 띠었다.

"지금까지 하는 것으로 보아 김개남 씨한테는 더 기대할 것이 없습니다. 그분을 믿다가는 또 낭패를 봅니다. 그이는 위로 치고 올라갈 기회를 이미 놓쳐버렸습니다. 그가 치고 올라갈 기회는 우리가 공주에서 싸울 때였습니다."

고영숙이 단정을 했다.

"그 사람은 속셈이 따로 있습니다. 코째기 내기를 했으면 했지 그 사람은 전주에서처럼 금산에 틀어박혀 움직이지 않을 것입니다. 우리가 여기서 관군하고 싸워서 관군과 우리가 파지가 될 때까지

기다렸다가 자기는 노래 부르며 한양으로 쳐들어가겠다는 배짱입니다."

손여옥이 소리를 질렀다.

"바로 그것입니다. 이제 속셈이 뻔하게 드러났습니다."

몇 사람이 큰소리로 동조를 했다. 두령들은 김개남에게 증오에 가까운 불신감을 드러내고 있었다.

"왜들 이러십니까?"

전봉준이 눈을 부릅뜨고 좌중을 둘러봤다. 모두 무춤한 표정이었다. 전봉준은 한참만에 표정을 가다듬었다.

"지금 적을 앞에 두고 감정에 휩싸일 때입니까? 그 이야기는 그만 합시다. 내일 김덕명 장군께서 한번 발걸음을 하시도록 하겠습니다. 지금 우리는 의논할 일이 한두 가지가 아닙니다. 어제오늘 싸움에서 우리 허실이 무엇인지 따져 당장 그런 문제에 대처를 해야 합니다."

"장군님!"

그때 전주 최대봉이 조용하게 말을 끊었다.

"외람되오나 기왕에 말이 나온 김에 김개남 장군 이야기를 제대로 가닥을 추리고 넘어가야 할 것 같습니다. 이것은 우리가 앞으로 계획을 세우는 데도 그만큼 중요한 일입니다. 이 일은 감정으로 몰아칠 일도 아니고 감싸시기만 하실 일도 아닙니다. 이 자리는 수천명 목숨이 왔다갔다하는 전쟁판이올시다. 우리가 그분을 이해할 수 없는 일은 한두 가지가 아닙니다."

최대봉이 차근히 뜸을 들이고 나왔다. 전봉준은 최대봉을 건너다보고 있었다.

"첫째, 2차 봉기를 할 것인가 어쩔 것인가, 전후 사정을 깊이 따져보고 전라도 모든 두령들이 모여서 결정을 해야 할 중대한 시기에 그분은 누구하고도 의논을 하지 않고 지난 8월 25일 혼자 봉기를 해버렸습니다. 혼자 일어난다고 혼자 싸우는 일이 아닌데, 팔도 농민군 판세를 혼자 결정해버렸던 것입니다. 이만저만 독단이 아니었습니다. 둘째, 그래놓고 자기는 참서가 어쩐다고 49일 동안이나 남원에서 꼼짝도 않고 있었습니다. 도대체 그게 무엇입니까? 명색 농민군 두령이 무당 넋두리보다 허황한 참서에 의탁해서 전쟁에 임하다니 그게 제정신 가지고 하는 일입니까? 장군님께서는 자꾸 곱게만 변명을 해주셨지만 설사 참서에 의탁한 그 날짜가 그만한 이치가 있다 하더라도 그것은 여러 두령들과 의논을 해서 결정할 일이었습니다. 셋째, 49일을 기다려서 남원에서 나왔다면 천방지축 전쟁판으로 달리는 것이 아니라 전주에서 7일 동안이나 천연보살 죽치고 앉아서 한가하게 수령들 목이나 치고 있었습니다. 장군님께서는 어떻게든 그분하고 손발을 맞춰 전쟁을 하시려고 애도 쓸개도 다 내던지고 전주에서 나오기를 가슴을 태우고 기다렸지만 그 결과가 무엇이었습니까? 공주로 활개치고 들어갈 금싸라기 같은 시간만 낭비해버리고 지금 우리는 이 꼴이 되고 말았습니다."

"바로 그것입니다."

고영숙이 소리를 질렀다.

"넷째⋯⋯."

"잠깐!"

전봉준이 곤혹스런 표정으로 손을 들며 제지를 했다.

"장군님, 할 말은 다 해야 합니다."

고영숙이 대들 듯이 소리를 질렀다. 두령들이 전봉준 말에 이렇게 거역을 하고 나온 것은 여태까지 거의 한 번도 없던 일이다.

"다 알고 있는 일입니다. 여기서 그걸 되새겨 무얼 합니까?"

"장군님, 제 말씀 조금만 더 들어주십시오."

최대봉이 호흡을 가다듬으며 차근하게 말했다.

"넷째, 전주에서는 또 그렇다 치더라도 우리는 전쟁을 하느라 수백 명이 죽고 있는 판에 그 막강한 군대를 가지고 손바닥만한 고을 관아나 들쑤시고 있다니 도대체 그게 무슨 짓입니까? 무엇보다 이해할 수 없는 일은 전주에서도 그랬지만 금산 가서도 부자들을 죽이는 일입니다. 집강소 기간 동안에도 양반, 부호, 관속들한테 너무 심하게 보복을 해버린 바람에 지금 우리 힘이 얼마나 분산이 되었습니까? 손화중, 이방언 장군을 포함해서 여기에 나와야 할 농민군 3분의 2는 양반, 부호, 관속들한테 발목이 묶여버렸습니다. 장흥에는 되레 여기서 3천 명을 보내주어야 할 형편이었습니다. 지금 팔도 판세를 이 꼴을 만들어논 것이 도대체 누구인데 그것도 부족해서 바로 우리 곁에까지 와서 저게 무슨 짓입니까?"

최대봉 말에 두령들은 숨을 씨근거렸다. 여기에서 금산은 1백여 리였다.

"제 생각은 이렇습니다. 김개남 장군은 더 믿을 수도 없는 분이려니와 그 부대 또한 허장성세만 요란했지 허약하기 짝이 없는 부대입니다. 이미 재인 부대 1천 명이 흩어져버렸고, 포수 부대도 흩어져버렸습니다. 김개남 부대가 허수아비라는 사실은 우리보다 일본군들이 먼저 꿰뚫어봤습니다. 그 증거는 이렇습니다."

느닷없는 소리에 두령들 눈이 둥그레졌다.

"일본군들은 전보가 있는 까닭에 김개남 부대가 21일 전주에서 금산을 향해서 진군하고 있다는 사실도 빤히 알고 있었으며 23일 금산에 당도했다는 사실 역시 손바닥에 놓고 보듯 알고 있습니다. 그런데도 일본군들은 어제저녁에 그렇게 많은 군사와 무기와 화약을 공주로만 집중시켰고, 막강한 세성산 농민군을 궤멸시킨 이두황 부대까지 서해안 쪽으로 빼버렸습니다. 세성산은 김개남 부대가 위로 진격할 진격로인데 관군은 그쪽으로 군사를 더 보내기는커녕 기왕에 거기에 있는 이두황 부대까지 다른 데로 보내버렸습니다. 이게 무엇을 말하는 것입니까? 일본군과 관군은 김개남 부대는 허수아비로 취급하고 있다는 증거입니다. 허장성세만 요란했지 허수아비라는 것을 확실하게 알아챘기 때문에 치지도외를 해버린 것입니다."

두령들은 모두 놀라는 표정으로 고개를 끄덕였다. 전봉준도 침통한 표정이었다.

"김개남 부대는 일본군 대포나 회선포 몇 방이면 우케 멍석에 참새 떼 꼴이 됩니다. 포수 부대와 재인 부대가 이미 싹수를 보고 흩어져버렸습니다. 이제 우리도 김개남 부대는 없는 것으로 치부하고 계획을 세워야 합니다. 장군님께 제가 드리고자 하는 말씀은 바로 이 말씀입니다. 죄송합니다."

최대봉은 말을 마치며 전봉준한테 고개를 숙였다. 두령들은 모두 몽둥이 맞은 표정들이었다. 아까 흥분이 금방 두려움으로 바뀌었다. 김개남에 대한 울분은 그 부대가 막강하다는 전제 아래서 그랬던 것인데 최대봉 말을 듣고 보니 그게 아니었다.

"여러분들 불만이나 우려를 모르는 바 아닙니다마는 그분도 그만한 작정이 있을 것입니다. 앞으로 그 일은 이 사람한테 맡기시오."

전봉준은 최대봉 말을 간단하게 받아넘기고 다음 말을 이었다.

"그럼 전라도 다른 지역 소식을 말씀드리겠습니다. 장흥은……."

장흥 쪽은 김방서가 내려간 다음에 특별한 움직임이 없는 것 같고, 손화중이 버티고 있는 전라도 중부 지방은 나주 민종렬이 아직 특별한 움직임을 보이지 않고 있으며, 운봉은 남원에 많은 농민군이 남아 버티고 있으므로 역시 별다른 움직임은 보이지 않는 것 같다고 했다.

"지금 각지에 흩어졌던 일본군과 관군이 공주로 몰리고 있는 것은 사실입니다. 공주에 와 있는 일본군 수는 도무지 가늠을 할 수가 없습니다마는 우리가 생각하는 것보다 많은 것 같고 조정군과 향병을 합쳐 공주에 있는 관군은 3천 명 가까운 것 같습니다. 그리고 일본군과 관군은 미나미 소좌란 자가 총지휘를 하고 있다는 소식입니다."

공주 장준환이 전해온 소식이었다. 미나미는 일본 대본영에서 조선 농민군을 진압하라고 파견한 일본군 제19독립대대 대대장이었다. 그 부대는 지난 14일에 인천에 당도해서 용산 일본군 수비대 본영으로 갔다가 곧바로 출발했는데 그들이 공주에 당도한 것은 언제인지 알 수 없다고 했다. 그리고 공주에는 지난번에 왔던 일본공사 이노우에가 지금도 그대로 머물면서 충청 감사는 물론이고 조정까지 좌지우지하면서 전쟁을 통괄하고 있었다. 그러니까 조정에 순무영이란 것이 있고 신정희가 순무사로 임명되어 있으나 그것은 허수아비고 미나미가 동학정토군과 조선 군사를 실질적으로 총지휘하고 있으며 이노우에는 그 위에서 조선 조정과 양쪽 군대를 통괄하고 있는 셈이었다.

"이제 우리가 당장 할 일은 화약과 군량을 모아들이는 일입니다. 여기서 며칠 쉬면서 우선 가까운 고을에서 화약과 군량을 가져와야겠습니다."

전봉준은 계속했다.

"그리고 계절은 한겨울인데 옷이 엷은 사람이 많습니다. 그동안 강경에서 지은 옷을 가져오고 줄포, 군산 등지에서 베를 있는 대로 사들여 옷을 더 짓도록 하겠습니다."

전봉준은 박성호와 김오봉을 보며 말했다.

"좋은 의견이 계시면 말씀하시오."

"지금 당장 급한 일은 병사들 사기를 다시 돋우는 일입니다. 오늘 많은 사람들이 빠져나갔습니다. 사기를 북돋우어 활기를 되찾도록 해야 할 것 같습니다."

임실 이병춘이었다.

"그렇습니다. 모두 사기가 말이 아닙니다. 승리할 수 있다는 확신을 심어 다시 활기를 찾아야 합니다. 우선 잔치판을 한판 벌이는 것이 어떻겠습니까? 먹어야 힘도 나고 흥도 납니다. 소도 몇 마리 눕히고 한판 걸쭉하게 판을 벌이는 것이 좋을 것 같습니다."

황방호였다.

"그게 좋겠습니다. 잔치만 벌일 것이 아니라 잔치를 벌이는 사이 두령님들이 병사들하고 앞으로 싸울 방도며 여러 가지 병사들 의견을 듣는 것도 좋을 것 같습니다."

여태 별로 앞에 나서지 않던 김시만이었다.

"병사들은 처음으로 한판 제대로 싸웠습니다. 싸우고 났으니 저마다 이렇게 했더라면 좋았을 것인데 하는 의견도 있을 것입니다. 어제오늘 싸움에서 잘못된 것이 무엇이고 앞으로는 어떻게 싸웠으면 좋겠는가 그런 의견을 널리 듣는 것입니다. 싸움에는 너나없이 선대잡이들이니 병사들 이야기를 들어보면 좋은 계책이 나올 수도 있을 것입니다. 그리고 두령님들께서 미처 생각하지 못한 불만도 있을 것 같으니 도소나 두령님들에 대한 불만이 무엇인가 그런 불만도 터놓고 이야기를 하도록 하는 것입니다. 그런 이야기를 하는 사이 병사들은 싸움에 대한 자신감도 생길 것입니다."

김시만 말에 송희옥이 크게 고개를 끄덕이고 나섰다.

"아주 좋은 의견입니다. 지난봄에 한두 번 싸워본 사람도 있습니다마는, 이런 싸움에는 두령들이고 병사들이고 손이 설기는 매일반입니다. 모두가 저자들 무기 맛도 보았고 계략에도 걸려봤습니다. 우리한테는 선생이 따로 없고 경험이 선생입니다. 김두령 말씀대로 병사들 의견을 널리 들어봅시다."

두령들은 모두 고개를 끄덕였다.

"좋은 의견을 말씀해 주셨습니다. 그게 여러 가지로 뜻이 있을 것 같습니다. 스무 명도 좋고 서른 명도 좋고, 두령들이 같이 앉아서 의논을 하기로 합시다. 나도 나서겠습니다. 밤도 늦었으니 오늘은 이만 주무시고 내일 다시 의논을 합시다."

전봉준은 회의를 마무리지었다. 두령들이 나가는 사이 전봉준은 따로 몇 사람을 불렀다. 박성호와 김오봉한테는 오늘 저녁에 당장 소를 사다가 내일 아침부터 국을 끓이라 하고, 김갑수한테는 계속 공주 부내에 정탐병을 넣어 관군의 움직임을 정탐해 오라고 했으며, 월공한테는 충청도와 전라도 각 고을로 스님들을 여러 패 보내 민심을 살펴오라 했다.

5. 소작인들

다음날 아침 김덕명이 금산으로 떠나려 할 때였다.

"김장군한테 가시거든 우리가 알고 있는 대로 전국의 전황과 이틀 동안 우리가 싸운 경위를 소상히 말씀해 주십시오."

김덕명은 고개를 끄덕였다.

"지금 순무영 신정희는 허수아비고 미나미가 전군을 지휘하고 있는데 미나미란 자 전술은 만만찮은 것 같습니다. 우리는 일본군 신무기와 신전술을 상대로 싸우고 있는 셈입니다. 어제 관군은 주로 포격을 위주로 공격했으며 일선에는 조선군만 내보내고 일본군은 전혀 나서지 않았는데, 관군도 앞장선 사람들은 거의가 향병이었습니다. 어제 보신 것을 모두 말씀해 주십시오. 여러 가지로 어려운 싸움입니다."

전봉준은 김덕명을 저만큼 바래다주었다. 눈발이 뿌리기 시작했다. 첫눈이었다. 눈을 맞고 가는 김덕명의 발길은 무거워 보였다.

농민군들은 쇠고깃국에 아침밥을 걸쭉하게 먹었으나 병사들 얼굴은 눈 오는 하늘처럼 어두웠다. 어제 처참하게 죽고 다친 사람들 생각이 마음을 누르는 것 같고, 더구나 몰래 빠져나간 사람들 때문에 마음이 흔들리고 있는 것 같았다. 호랑이라도 잡을 것 같던 며칠 전 투지는 간데없고 모두 초상집에 든 사람들 같았다.

"아침들 자셨소?"

전봉준이 이유상과 함께 병사들 방으로 들어갔다. 은진 사람들이 든 방이었다. 전봉준이 나타나자 병사들은 깜짝 놀랐다.

"장군님 덕분에 잘 먹었습니다."

30여 명이 비좁게 앉아 있는 방에는 벽에 치렁치렁 감발이 걸려 있었다.

"잠자리가 좁았지요?"

"아이고, 이 한겨울에 한뎃잠 안 잔 것만도 어디요?"

"마누라 작은 것하고 집 작은 것은 산다더마는 비비고 잔게 잘만합디다."

경천점은 집이 3,4백 호나 되는 큰 마을이라 농민군들은 이 마을과 근처 몇 동네에 들었다. 주인들은 피난을 가면서 문단속을 한다고 했으나 대부분 안방문도 겨우 삼끈으로 묶어놨을 뿐 쇠통을 채워놓은 집은 몇 집 되지 않았다. 쇠통도 장롱 쇠통이었다. 농민군들한테는 지난번에 단단히 주의를 주었으므로 안방은 처음부터 들어가지 않고 사랑방이나 고방만 차지했고, 밥은 작은 부대 1,2백 명 단위로 큰집을 골라 한 집에서 해먹었다.

"이 동네 사람들은 많이 다치지 않았소?"

"예, 우리 동네 사람들은 죽은 사람은 없습니다."

"그저께는 산꼭대기로 모였을 적에 공주 부내로 한꺼번에 쳐들어가는 것인데 잘못한 것 같습디다. 지난번 황토재 싸움에서도 밤중에 야습으로 몰살을 시켰다고 하더만요. 지난 참에 이인에서도 그랬고요."

한쪽에서 말했다.

"그저께 여기서도 그런 계책을 한번 써보려고 했는데……."

이유상은 그날 저녁 야습을 포기한 경위를 말한 다음, 전에도 여러 번 야습을 해보았지만 관군은 야습에 단단히 대비를 하고 있는 까닭에 황토재전투같이 쉽지 않다고 설명해 주었다. 농민군들은 납득을 하는 것 같았으나 총공격에 대한 미련을 버리지 못한 것 같았다.

"싸우다 본게 크게 한 가지 조심해야 할 것이 있습디다. 앞으로 진격을 할 때나 뒤로 물러설 때나 한꺼번에 줄줄이 몰려가면 총알 하나가 두서너 사람을 뚫고 가는 수도 있습디다. 이제부터는 몰려가더라도 옆으로 서서 몰려가야겠습디다."

"맞습니다. 그것을 조심해야 합니다."

전봉준이 받았다.

"조련을 할 때 그것을 명심하라고 했는데 지금도 잘 안 되고 있습니다. 허리를 굽히고 가는 것도 그렇습니다. 총을 겨누고 있는 쪽으로 돌진할 때 몸을 반으로 굽히면 총 맞을 자리가 반으로 줄어들고, 몸을 땅바닥에다 납작하게 엎드리면 총 맞을 자리가 어깨판으로 좁아집니다. 그것을 명심하고 늘 연습을 해야 합니다. 이쪽에서 총을 겨눠보면 환히 알 수 있는 일이지요."

전봉준이 설명했다.

"저놈들 할새나 우리 할새나 마찬가진게 공주에다 불을 확 싸질러놓고 너 죽고 나 죽자고 불 속에서 사생결단을 내불면 으짜께라?"

"밤에 대여섯 명씩 여남은 패로 살살 기어가서 대포를 빼앗으면 빼앗을 수도 있겠습다."

그때 방 한쪽 구석에서 훌쩍이는 소리가 났다. 모두 그리 눈이 갔다. 웬 젊은이가 몸을 옹송그리고 벽에 기대어 훌쩍이고 있었다.

"이놈 자식아, 장군님이 오셨는데 지금까지 청승을 떨고 자빠졌냐?"

나이 지긋한 사내가 인정머리 없이 머퉁이를 주었다.

"엊저녁 꿈에 자기 어머니가 죽었다고 저러고 있소. 외아들이라 치상칠 사람도 없다고 저 야단이길래 집안일이 그렇게 걸리면 그냥 가라고 해도 안 가고 질질 짜고만 자빠졌소그랴."

"내버려두고 하던 이얘기나 합시다."

곁에서 손을 저으며 웃었다.

"집이 많이 걸리는 모양이구만."

전봉준이 젊은이를 돌아보며 한마디 했다.

"이것은 아까 우리끼리 하던 이얘긴데라, 공주 저것 하나 뺏어갖고 뭣 할라고 공주만 붙잡고 있는지 우리는 그 속을 통 모르겠습디다. 저놈들은 겨울 오소리 새끼들처럼 공주에만 처박혀 싸운게, 공주가 좋으면 공주에 골박혀 살라고 우리는 그냥 한양으로 처들어가면 어쩌겠소? 우리가 치고 올라가면 충청도 사람이야 경기도 사람이야 그런 데 사람들이 우리한테 싹 붙을 것인게 한양으로 쳐들어가서 조정만 뒤엎어버리면 그만 아니오? 그물이 삼천 코라도 벼리가 으뜸이지라."

"우리가 저 사람들을 뒤에다 놔두고 한양으로 올라가면 저 사람들이 가만히 있겠소? 저 사람들이 뒤에서 치면 우리는 적을 앞뒤로 맞게 되고 더구나 뒤가 끊깁니다. 뒤에서 식량도 대주고 화약도 갖다 줘야 싸울 것인데, 뒤가 끊겨노면 큰일이지요."

이유상이 그럴 수 없는 까닭을 설명해 주었다.

"이 담에 싸울 때는 기맥히게 좋은 수가 한 가지 있소. 이 근방 사람들도 벌을 많이 키웁디다. 그 벌통을 수백 개 걷어다가 저놈들한 테다 사정없이 내던져불면 벌들이 앵하고 날아가서 저놈들을 전부 쏘아버리잖겠소? 눈탱이야 입술이야 몇 방씩만 갈겨노면 정신이 없을 것이오. 지금은 겨울인게 조금 멋하기는 한데, 그래도 따뜻한 날은 벌이 아직도 맥을 추요. 벌통으로 혼쭐을 한번 내놓고 그 담에 총으로 닦달을 합시다."

사내 하나가 손가락으로 앵하고 벌이 날아가는 시늉까지 하며 입침을 튀겼다.

"이 사람아, 벌들이 우리는 안 쏘고 저놈들만 쫓아가서 쏘겠어?"

모두 와 웃었다.

"웃을 일이 아녀. 바람 부는 것 봐갖고 사정없이 던지면 그것이 아녀."

사내는 큰소리로 우겼다.

"벌이 바람에 날려 다니는 쪽쟁이간대?"

모두 또 웃었다.

"바람 이얘기를 한게 말인데라우. 기막힌 수가 한 가지 있습니다. 어제 저녁나절 본게 재 꼭대기에 재넘이바람이 공주 쪽으로만 무지하게 쎄게 붑디다. 고춧가루를 두어 섬 짊어지고 가서 *풍구로 사정없이 돌려버리면 어쩌겠소? 고춧가루가 눈에 들어가는 날에는 맥을 출 장사 없소. 저놈들이 전부 눈텡이를 싸안고 나자빠질 것인게 그때 가서 작살을 내면 살아날 놈이 없을 것이오."

"그 수 한번 기똥차네."

모두 눈을 크게 떴다.

"그것도 좋은 순데라우, 더 기막힌 수가 한 가지 있소. 이참에 싸우면서 본게 내뺄 때가 제일 어렵습디다. 저놈들이 쫓아올 길목에다 함정을 파노면 어쩌겠소? 나는 함정으로 노루야 너구리야 멧돼지까지 잡아본 사람이라 그런 길속은 환하요. 층층이 층이 진 논두렁 바로 밑에다 함정을 파놓고 우리가 내뺄 적에는 바로 그 함정 곁으로 내뺍니다. 저놈들은 아무것도 모르고 쫓아올 것인게 논두렁에서 정신없이 뛰어내리다가 펑펑 빳잖겠소? 함정은 깊이 파잘 것도 없이 허리 깊이만 파도 되요. 그렇게 함정을 파놓고 함정 바닥에다 대꼬챙이를 거꾸로 여남은 개씩 꽂아놓그만이라우. 논두렁에서 뛰어내리는 힘에다 함정에 빠진 힘까지 보태서 빠져노면 저놈들 엉덩이가 온전하겠소? 빠지는 족족 엉덩이가 작살이 나든지 배때기에 맞창이 나든지 하여간 거기 빠졌다 하는 놈들은 살아날 놈이 없을 것이오. 저놈들은 죽여도 그렇게 무지막지하게 죽여야 쓰요. 몰래 밤중에 가서 파면 한 사람이 하나는 쉽게 파요."

사내는 입침을 튀겼다.

"아따 그 수도 기똥찬 수구만. 그 수를 한번 써봅시다. 그렇게 함정을 파놓고 싸우는 척하다가 내빼면 영락없이 걸려들겠소. 논두렁 밑은 파기도 쉽고 짚으로 사르르 덮어노면 틀림없이 걸려드요."

모두 좋은 수라고 맞장구를 쳤다.

"좋은 수요. 한번 써볼 궁리를 해봅시다."

전봉준도 좋다고 칭찬을 했다.

"이런 말은 어디 가서 함부로 하지 말어. 저놈들이 알아노면 말짱 헛일인게 이런 일일수록 입조심해야 혀. 낮말은 새가 듣고 밤말은 쥐가 듣는 거여."

사내 하나가 잔뜩 흥분한 소리로 다졌다.

"우리는 우리 골 접주님이 궁궁을을 부작을 차고 가라고 하나씩 나눠줘서 그것을 이렇게 안섶에다 찼소. 어제 본게 그것 찬 사람들은 안 죽었그만이라. 내 옆으로도 총알이 수십 발 쌩쌩 지나갔제마는 등에 진 밥그릇만 뚫고 나갔소. 모두 부적을 찹시다."

사내는 저고리 안섶을 헤쳐 부적을 보이며 말했다.

"에이, 그것 아무 소용 없더만. 우리 동네 사람은 저고리 안섶 양쪽에도 차고 등에까지 찼는데 부상을 당해도 크게 당했어."

"많이 찬다고 효험이 있는 것이 아녀. 하나를 차더라도 한울님 모시는 마음을 차돌같이 단단히 먹고 정성스럽게 차야 효험이 있는 법이여."

사내가 눈알을 부라리며 말했다.

"어느 구름에 비 올지 모르겠길래 나도 차기는 찼는데 그것만 너무 믿을 일도 아녀."

"차도 그런 마음으로 차면 아무 소용 없단 말이여. 이럴 때 믿을 것이 무엇이 있다고 기왕 차리면 정성스럽게 차제 그렇게 어정쩡하게 차냐 말이여."

"부적 이야기가 났은게 말씀인데라우, 저놈들이 대포를 쏠 적에 도술로 안 될까라우?"

사내 하나가 진지한 표정으로 물었다. 모두 전봉준을 봤다. 전봉준은 그냥 웃기만 했다.

"전에 무장 선운사 미륵 배꼽에서 나온 비결은 책이 한 권이라던데, 책이 한 권이면 별소리가 다 씌어 있을 것인게 언젠가는 그것도……."

"이 사람아 그런 소리는 함부로 묻는 것이 아녀!"

곁에서 나이 지긋한 사람이 눈을 흘겼다. 그런 소리를 어디서 함부로 꺼내느냐는 서슬이었다. 그러나 모두 눈을 밝히고 전봉준을 힐끔거렸다. 감당하기에 제일 난감한 소리였다. 지금 세상 사람들이 거의 그렇지만 이런 데 나온 사람들도 요사이 떠도는 비결을 철석같이 믿고 있었고, 두령들이 도술 부린다는 것도 믿고 있었다. 더구나 선운사 비결은 소문이 하도 널리 퍼진 까닭에 더 그랬다.

"비결이라는 것이 어떤 비결이나 모두 아리송한 소리라 그 뜻이 이것이라고 딱 집어내서 말할 수도 없고 더구나 전쟁에 이기고 지고 하는 방도까지는 비결에 나오지 않습니다. 그것을 너무 믿어도 낭패를 보는 수가 있지요."

전봉준은 가볍게 웃으며 얼버무렸다.

"예, 예. 무슨 말씀인지 잘 알겠습니다. 하여간 우리는 두령님들만 믿습니다."

*퉁바리 놨던 사내가 사뭇 고개를 주억거리며 말했다. 천기를 누설하지 않으려고 시치미를 떼고 있는 줄 잘 알고 있다는 가락이었다.

"모두 집안 걱정들도 많겠지요. 아까 고춧가루 이야기하신 이는 나이가 많으신 것 같은데 식구는 몇이나 되지요?"

전봉준이 말머리를 돌렸다.

"양친에다 마누라에다 애기들까지 늦다래 열리대끼 다섯이나 주렁주렁하요. 그래도 나는 우리 아버님이 중심이 원체 실하신 분이라 집안 걱정은 별로 안하요. 내가 나간다고 한게 두말없이 나가라고 함시로 기왕 나가면 제대로 싸우라고 합디다. 그 나이에 그런 이도 드물 것이오."

"집안에 그렇게 든든한 이가 계시면 이런 데 나와도 얼마나 마음이 편할까? 아이고, 나는 시방 두 어이며느리가 북쪽에서 기러기만 날아와도 문을 열고 짜고 풀고 정신이 없을 것이구만."

비슷한 나이 또래의 중년 사내가 익살을 부렸다. 모두 웃었다.

"농사는 얼마나 되지요?"

"내 것이라고는 밭 너 마지기뿐이고, 논은 소작 일곱 마지기 부치고 있습니다. 이 전쟁에 꼭 이겨야지 지는 날에는 아홉 식구가 몽땅 쪽박 들고 흥부네 집으로, 심봉사네 집으로 밥 얻으러 댕기느라고 정신이 없게 생겼소."

사내 익살에 모두 웃었다.

"거기는 어쩌시오?"

아까 야습을 하자는 사람한테 물었다.

"여섯 식구가 찬물꽃이 소작 여남은 마지기에 얹혀 사요. 그래도 다른 것은 별로 걱정이 없소마는 마누래가 자리 지고 누워 있는 것을 보고 나와서 그것 하나가 걸리요."

"허허 해도 빚이 천 냥이라고 우리는 여기서 밀리는 날에는 죽도 밥도 아닌게 이 담에 싸울 적에는 아산이 깨지든지 평택이 무너지든지 무작정 쳐들어가서 결판을 내야 쓰요. 나는 지주 놈이 하도 악독한 놈이라 소작이 날아가는 것은 둘째고 동네 가면 당장 맞아죽을 것 같소."

"나도 우리 동네 양반 놈 하나하고 척을 져도 크게 지고 나와서 여기서 밀리는 날에는 나는 올데갈데없소. 논두렁 이웃에 의좋은 사람 없더라고 내 논이 이 작자 논 밑으로 보가 물렸는데 이 때려죽일 작자가 날이 며칠만 가물면 도랑을 처깔해 놓고 물 한 방울을 안 흘려내리는구만이라. 아버지 대부터 하도 속이 곯아터지던 판이라 지난여름에는 이럴 때나 나도 기 한번 펴자고 생논둑까지 툭툭 갈라버렸제 어쨌더라요? 건살포 뒤로 끼고 할랑거리고 다니는 꼴도 보기 싫던 김에 논둑을 갈라도 사정없이 갈라버렸으니 그 앙심이 오죽하겠소?"

"나도 여기서 물러나면 들고날 데가 없소. 지주 놈이 소작료 짜게 받은 것 돌려준다고 하길래 돌려주려면 제대로 돌려달라고 앞장을 섰더니 그 바람에 나는 우리 고을 지주들한테 악발로 호가 나버렸소. 우리 어머니는 마음씨가 벌레 한 마리도 못 죽이는 양반인데 어머니 생각만 하면 미치겠습니다."

"그래도 모두 나보다는 낫소. 나는 내 땅이라고는 고의말에 싸고 댕기는 벼룩 한 마리 쭈그려 앉힐 땅도 없고 남의 제위답에 목구멍을 얹고 몸뚱이까지 제각에서 이슬을 가리는 형편인데, 농민군 나갔다고 산주들이 몽니를 부리고 나오는 날에는 목구멍은 놔두고 다섯 식구가 남의 집 *기스락 밑에서 이슬을 가릴 판이오."

"농민군 나갔다고 지주들이고 산주들이고 악발을 부리면 그런 놈들을 가만둬서는 안 돼. 당장 저 집 산주만 하더라도 오냐 쫓겨나기는 쫓겨난다마는 묏등 속에 해골이 온전한가 두고 보자. 이러고 이쪽에서도 이빨 악물고 악발을 부려. 제놈들 할새나 우리 할새나."

"전쟁에 지면 그런 악발 부릴 여지가 있을까?"

거의 소작인들이었고, 아까 누구 말마따나 집안 걱정에 허허 해도 빚이 천 냥 만 냥씩이었다.

"우리 형편이야 말씀을 드리자면 끝도 가도 없고 우리는 전에는 앉으면 장군님 이야기였소. 모두 그 일이 궁금해서 냠냠함시로도 물어보는 사람이 없은게 입쟁 지가 물어볼라요. 우리 생각에는 소문난 충청도 큰애기가 장군님하고 천생 배필이던데 나이 때문에 주저하신다는 소문이더만이라우. 우리 동네서는 환갑 지낸 늙은이도 이십 전 새큰애기한테 새장개 들었소."

모두 벙그렇게 웃으면서 전봉준을 봤다. 그런 소리를 함부로 묻다니 너무 당돌하잖은가 눈을 크게 뜨는 사람도 있었다.

"허허, 여기 더 있다가는 댕기풀이란 소리 나오겠소."

전봉준은 껄껄 웃으며 일어섰다.

"이 전쟁에 이기기만 하면 바로 그리 새장가 드시오. 얼굴은 안

봤어도 소문 들어본게 천생 배필입디다."

"혼삿날 나거든 우리 골에도 소리하시오. *조리 장사 체곗돈을 내서라도 부조 갈 것인게 꼭 소리하시오."

"부조를 가도 온 고을 사람들이 울력으로 갈 것이오. 꼭 소리하시오."

"고맙소. 모두 며칠간 푹 쉬십시오."

전봉준은 웃으며 방을 나왔다. 그러나 전봉준의 발걸음은 가볍지 않았다.

두령들은 이삼일 동안은 농민군들한테 아무것도 시키지 않고 푹 쉬게 했다. 그 사이 우금고개 쪽 농민군들도 전부 경천점으로 철수를 시켰다.

용배 옆집 행랑채에는 박성삼이 누워 있었다. 부상자들은 모두 강경으로 옮겼으나, 박성삼은 여기 두라고 용배 양모 과천댁이 말려 남게 되었다. 병세가 너무 위독한데다 여기에도 경상자들을 돌보는 의원이 있으므로 그 의원한테 보이자고 잡아둔 것이다. 용배 양모는 용배라면 끔찍이도 사랑해서 용배 친구들한테도 살갑기가 품에 안을 것 같았다. 과천댁은 미음을 끓여온다 찜질을 한다 친자식보다 더 정성을 쏟았다. 박성삼은 부상당한 다음날부터 불같이 올라갔던 열이 내리지 않고 어제부터는 기침까지 심하게 했다. 박성삼 곁에서는 거적눈이 수발을 했다. 날마다 황방호 등 진산 사람들이 찾아왔다.

점심참에 정길남이 웬 여자들을 데리고 왔다. 방에 앉았던 진산 사람들은 깜짝 놀랐다. 길례였다. 뒤에는 연엽이 따르고 있었다. 월

158

공도 같이 들어왔다. 세 사람은 그대로 서서 박성삼을 내려다보고 있었다. 연엽은 머리를 깎지 않고 있었다.

"우리는 나가세."

황방호가 일어서서 일행을 데리고 밖으로 나갔다.

"성삼아!"

정길남이 박성삼의 윗몸을 조심스럽게 흔들었다. 가르랑가르랑 가래를 끓이고 있던 박성삼이 가늘게 눈을 떴다. 길례가 가까이 다가앉았다. 박성삼이 눈을 씀벅였다. 이내 눈에 힘이 모였다. 길례는 입술을 꼭 다물고 내려다보고 있었다.

"누구야?"

박성삼이 힘없는 소리로 뇌었다.

"길례?"

박성삼은 깜짝 놀라며 윗몸을 일으키려 했다.

"그대로 기셔요."

길례가 두 손으로 어깨를 가볍게 눌렀다. 길례는 박성삼의 한쪽 팔을 잡고 눈물을 주르르 흘렸다. 그때 월공이 연엽과 정길남을 보며 고갯짓을 했다. 세 사람은 밖으로 나갔다. 길례가 박성삼의 손을 잡았다.

"어디 있다 왔어?"

박성삼이 가쁜 숨을 내쉬며 힘겹게 말을 빚어냈다.

"몸이 어째요?"

길례는 박성삼 손을 두 손으로 꼭 쥐고 눈물을 흘리며 물었다.

"무울."

박성삼이가 몸을 뒤채며 물을 찾았다. 길례는 박성삼의 손을 잡은 채 다른 손으로 곁에 있는 물그릇을 들었다. 박성삼이 윗몸을 일으키려 했다.

"가만 기서요."

길례가 박성삼 고개 밑으로 손을 넣어 머리를 쳐들고 입에다 물그릇을 댔다. 두어 모금 마셨다. 고개를 가만히 내려놓자 상체가 가라앉듯 자리에 푹 깔렸다.

"존 세상, 오면, 다시, 다시, 길례를, 찾아, 나설라고……."

박성삼이 가래를 끓으며 어렵게 토막말을 빚어내고 있었다. 말을 맺지 못하고 기침을 했다. 얼굴이 벌겋게 달아올랐다. 길례는 박성삼의 손을 쥐고 제가 고통을 견디듯 가쁜 숨을 내쉬었다. 박성삼은 가르랑거리는 소리만 뱉어내고 있었다. 기침을 하는 사이 너무 힘이 빠져버린 것 같았다. 박성삼이 계속 가쁜 숨만 내쉬고 있었다. 다시 기침을 했다. 아까보다 더 심하게 했다. 손을 잡고 있던 길례가 문을 열었다. 정길남과 연엽이 달려왔다. 안을 들여다본 정길남이 의원을 데려오겠다고 달려 나갔다. 좀 만에 의원이 왔다. 기침이 조금 가라앉았다.

월공은 연엽과 길례를 진즉 만났다. 스님 부대는 갑사에 머물고 있었으므로 월공은 갑사에 드나드는 사이 대자암에 웬 처녀들이 셋이나 와 있다는 이야기를 듣고 짚이는 것이 있어 찾아갔던 것이다. 길례는 농민군이 다시 봉기를 한다는 소문이 떠들썩하던 9월부터 대자암으로 연엽을 찾아와 같이 지내고 있었다. 전에 전주에서 연엽과 같이 지낼 때 갑사 대자암이 연엽의 할머니 때부터 연이 있는 절이란 말을 들었던 기억이 나서 헛걸음삼아 찾아왔다가 만난 것이다. 길례는 전주에서 정판쇠가 죽은 뒤로 사당패에서 나와 전주 근처 여 승들이 있는 암자에서 지내다가 농민군이 다시 봉기한다는 소문을 듣고, 그렇다면 전주에서처럼 여자들도 할 일이 있겠다 싶어 그 의 논을 하려고 연엽을 찾았던 것이다. 그러나 경옥이 오자 그를 놔두 고 움직일 수가 없는 처지여서 형편을 더 보자며 농민군 움직임에만 귀를 기울이고 있던 참이었다. 시국이 험해지면 붐비는 게 절이라 절은 바깥소식이 어디보다 빨랐다. 농민군이 능티에서 크게 패했다 는 소식을 듣고 그러잖아도 오늘은 내려가려던 참인데 월공이 와서 박성삼이 크게 부상을 당했다는 소식을 전해준 것이었다.

"겨울이 되어야 솔이 푸른 줄을 안다더니 이럴 때 보니 박성삼은 사내 중에서 사내야. 농민군이 능티에서 후퇴를 할 때 박성삼이 자 기 부대를 이끌고 관군을 막았어. 그 바람에 박성삼 부대는 희생이 컸지만 그때 관군들이 바로 산줄기로 올라붙어 총을 갈겼더라면 농 민군은 수백 명 죽는 것인데 자기 부대 희생보다 10배 20배 살렸지. 보살이 따로 없어. 관세음보살."

박성삼은 그날 저녁 길례 손을 잡고 숨을 거두었다. 다음날 장례 를 치렀다. 죽은 사람이 많아 관을 마련할 수 없었으므로 다른 사람 들처럼 발에 쌌다. 길례는 저고리를 벗어 박성삼 가슴에 덮어주었다. 길례의 노랑색 저고리가 발 사이로 유난히 짙게 빛깔을 드러냈다. 마 치 길례가 박성삼 가슴에 꼭 안겨 같이 발에 싸여가는 것 같았다.

박성삼 부대 대원들이 대발을 메고 산으로 올라갔다. 뒤에는 길 례, 연엽, 황방호, 월공, 거적눈이가 따르고 이어서 대원들이 따랐다. 임군한과 김확실 등 두령들도 여러 명 나와 멀어지는 장례 행렬을 보고 있었다. 전봉준은 어제 강경에 가서 아직 오지 않고 있었다.

그때 용배와 달주가 달려왔다. 이미 부대를 이리 철수시킨 달주는 몇 번 다녀갔으나 용배는 처음이었다. 곰나루 쪽으로 길을 뚫어 공주 소식을 전하러 온 것인데 우연히 장례 날 오게 된 것이다. 달주와 용배는 발을 만지며 눈물을 걷잡지 못했다. 한참 눈물을 흘리던 두 사람은 시체 가슴에 덮인 옷을 보고 주변을 두리번거렸다. 길례를 발견하고 잠시 놀란 표정이었다. 그들은 다시 눈물을 훔쳤다.

"자식아, 왜 갔어? 기다리던 사람이 왔잖아?"

용배가 발을 두드리며 흐느꼈다. 용배가 하도 서럽게 흐느끼자 따르던 사람들도 새삼스럽게 눈물을 주체하지 못했다.

"자식아, 그렇게도 미쳐 환장하던 사람이 왔는데 왜 가냐, 왜 가?"

용배는 연방 대발을 두드리며 통곡을 터뜨렸다. 길례도 얼굴을 싸쥐고 경풍 난 사람처럼 어깨를 출렁거렸다. 길례는 소리를 내지 않으려고 안간힘을 쓰는 것 같았으나, 그동안 알알이 맺힌 설움이 끝도 가도 없이 쏟아져 나오는 것 같았다.

시체는 이번에 묻은 농민군들 묏등 곁으로 갔다. 용배 산이었다. 용배 어머니는 저 위쪽 좋은 자리에다 묻으라 했으나 그냥 여기다 묻기로 했다. 시체를 찾지 못한 사람들도 있는데 누구만 표 나게 묘를 쓸 수 없었기 때문이었다.

월공이 바랑에서 목탁을 꺼내 독경을 했다. 용배는 *성분을 할 때까지 곁에 서성거리며 울고 있었다. 한때 자기는 부모를 찾아, 박성삼은 길례를 찾아, 둘이 다 거지부처로 쏘다녔던 정분이 그만큼 진

162

한 눈물로 솟구치는 것 같았다. 월공은 성분을 하는 사이 다른 묘 앞에서도 독경을 했다.

　다음날이었다.

　"나는 용배 씨를 따라서 사비정으로 갈까 합니다."

　길례가 연엽한테 느닷없는 소리를 했다.

　"사비정에?"

　연엽이 깜짝 놀랐다.

　"거기 가면 할 일이 있을 법합니다."

　연엽은 길례를 빤히 건너다보고 있었다.

　"모두들 생목숨이 이렇게 죽어가는데 구경만 하고 있을 수가 없네요."

　"논개를 생각하는 모양이지?"

　"굳이 논개라기보다 이대로 있을 수는 없습니다."

　"차라리 강경으로 가서 부상자 치료를 거드는 것이 어쩌겠어? 지난번 전주에서 보니까 치료하는 데는 여자들 부드런 손길이 있어야겠더만. 더구나 죽어가는 사람들 곁에는 꼭 여자들이 있어야 할 것 같아. 젊은 사람들은 어머니라도 곁에 있는 것같이 생각하더라구. 사람은 아무리 어려운 처지에 처하더라도 할 일이 있고 안 할 일이 있어. 사비정에 들어갔다가 그 작자들 잠자리에 들어야 할 형편이라도 되면 어떻게 하겠어?"

　연엽이 고개를 살래살래 저으며 말했다.

　"저는 기왕에 몸을 팔았던 사당패였습니다."

길례는 가볍게 웃으며 받았다. 웃음 속에는 만만찮은 결의가 내비치고 있었다.

"글세."

"저는 벌써 그런 것쯤 파탈을 해버린 사람입니다."

두 사람은 한참 말이 없었다.

"가란 말이 나오지 않는구만."

"제 염려 마시고 언니는 강경으로 가세요. 언니 손길도 손길이지만 그 푸근한 마음씨로 그 불쌍한 사람들을 따뜻하게 감싸주세요."

길례는 인사를 하고 돌아섰다. 여태 자기 생각대로 세상을 살아온 여자였다. 그는 용배를 따라 경천점을 떠났다. 연엽은 길례가 들판 건너 화마루에서 모습이 사라질 때까지 그 자리에 서서 눈물을 훔치고 있었다.

마침 강경으로 찬거리를 사러 가는 농민군들이 있었다. 연엽은 그들하고 같이 가는 것이 좋을 것 같았다. 전봉준은 강경에 갔다가 북접 부대까지 다녀서 올 거라고 했다. 연엽이 달주한테로 갔다. 자기는 강경에 가서 부상자 치료를 거들겠다고 했다.

"장군님께서 금방 올 것입니다. 기왕 왔으니 뵙고 가지요?"

연엽은 잠깐 망설이다가 다음에 와서 뵙겠다며 그대로 갔다.

"김중한이란 작자 가만둬서는 안 되겠구만."

찬거리를 사러 가는 병사들은 고산 농민군들이었다. 그들은 엊그제 김쥐불이 뒤늦게야 농민군에 나온 이야기로 떠들썩했다. 김쥐불은 지금 강경에서 치료를 받고 있었다.

강경에 이르자 연엽은 지산 영감한테로 가고 고산 농민군들은 김쥐불한테로 갔다.

"김진사란 작자가 작인들을 꽈놓고 너보고도 한통이 되어달라고 했다는데, 그 이야기 좀 자세히 들어보자. 그 작자가 너를 자기 집으로 오라고 할 때 쌀을 한 섬이나 보냈더라며?"

고산 젊은이들이 김쥐불한테 물었다. 김쥐불은 종아리에 상처가 크기는 했으나 살점만 떨어져나갔으므로 상처만 아물면 될 것 같았다.

"그려. 약탕관에다 아버님 드실 약을 달이고 있는데 그 집 행랑아범이 느닷없이 머슴한테 쌀을 한 섬 지워가지고 왔더라구."

김쥐불은 자기가 김진사한테 불려간 경위를 늘어놨다.

"이 쌀 가져온 내력은 가서 진사 나리한테서 들으라면서 진사 나리께서 우리 아버님 탕약도 한 제 지어놨다고 하잖겠어?"

김쥐불이 벼락 맞은 사람처럼 쌀가마니와 행랑아범을 번갈아 보고 있었다. 행랑아범은 좋은 일이 있을 거라고 김쥐불의 등을 다독거렸다. 김쥐불은 어머니를 봤다. 어머니도 겁먹은 눈으로 김쥐불을 봤다. 행랑아범이 거듭 채근하자 김쥐불은 들고 있던 부채를 어머니한테 넘겼다. 몇 년째 자리를 지고 있는 아버지 약을 달이던 참이었다. 아버지는 요사이는 기침까지 심하게 하며 며칠 전부터는 사람도 알아보지 못했다. 전부터 몸이 부실하던 김쥐불 아버지는 재작년 김중한 집에 잡혀가 얻어맞은 뒤로는 거의 폐인이 되다시피 했다. 양반한테 인사가 부실하다고 잡아다가 하인청에 가둬놓고 무지막지하게 *사다듬이질을 했던 것이다.

"자네가 중심이 실한 사람인 줄은 전부터 알았네마는 이참에 본게 내가 자네를 잘 보았더만. 지금 상것들이 덩덩 한게 물 건너 메밀

개떡굿인 줄 알고 거추없이 날뛰고 있네마는 두고 보게. 강아지 새끼가 세상을 주장하기가 쉽지 상것들이 세상을 주장할 수는 없는 법이네."

김진사 부자는 술상까지 마련해놓고 기다리고 있다가 김쥐불 잔에 술을 따르며 껄껄 웃었다. 김쥐불은 말 그대로 상전댁 안방이라 두 번 세 번 굽실거리며 술잔을 받아 조심스럽게 마셨다. 김중한이 김쥐불 잔에 거푸 술을 따랐다.

"지금 일본군이 나섰네. 일본 군대가 어떤 군댄가? 청나라 군대까지 몰아낸 군대네. 시방 아무것도 모르는 촌것들이 정신없이 덤벙거리네마는 그것들은 지금 일본군 총알밥 될 일만 남았네. 전주에 떨어진 대포하고 회선포 이야기 안 들어봤는가? 회선포가 드르륵하면 수십 명이 밑동 잘린 갈대여, 갈대!"

김중한은 손가락총으로 반원을 그리며 드르르 갈기는 시늉까지 했다. 손가락총이 김쥐불까지 갈겨버렸다. 김쥐불은 실없이 놀라 손가락총에서 몸을 피했다. 그 바람에 들고 있던 술잔을 쏟을 뻔했다.

"어쩌다가 살아난 놈이 있더라도 그놈들은 이 땅에서는 발붙이고 살 데가 없네. 그러면 그 작자들이 벌던 소작은 어디로 가겠는가? 벌고 싶은 사람은 스무 마지기건 서른 마지기건 벌고 싶은 대로 버네. 자네는 식구 단출하겠다, 스무 마지기만 벌어봐. 한여름 농사만 지으면 장가도 들고 논도 사고, 부러울 것이 뭣이겠는가?"

김중한이 입침을 튀겼다.

"이것은 자네 아범 약이네. 잘 지으라고 일러서 지어온 것인게 이것 한 첩이면 우선할 것이네. 이 약은 우리 집 아이들 시켜서 보낼

166

테니 자네는 이대로 우리 집에 있게. 지금 사랑방에는 자네처럼 중심이 실한 사람들만 여남은 사람 불러서 오늘부터 우리 사랑방에서 지내도록 했네."

김진사는 하인을 불러 약을 넘기며 김쥐불 집에 갖다주라고 했다.

"아니, 제가……."

김쥐불이 깜짝 놀라 일어서려 했다.

"자네는 가만있게. 자네한테 우리가 가슴속을 툭 열어놓고 속마음을 밤송이 까제끼듯이 털어놨네. 농민군이란 것들이 들으면 대창 들고 몰려올 소리를 자네한테 털어놨는데 자네가 이 집에서 나가면 어떻게 되겠는가? 자네 아범 병수발이야 뭐야 그런 것은 우리가 다 알아서 할 테니 걱정 말고 오늘 저녁부터 우리 집에 있게. 지금 사랑방에는 위아랫 동네 개똥이, 순남이 모두 와서 밥에다 술에다 진창만창 먹고 마시고 있네."

김진사는 껄껄 웃으며 김쥐불한테 잔을 넘겼다. 김쥐불은 벼락맞은 꼴로 김진사를 멍청하게 보고 있다가 하는 수 없이 잔을 받았다. 아까 들어올 때 얼핏 사랑방 앞을 보니 짚신이 여남은 켤레 널려 있었다.

"이 작자한테 꼼짝없이 붙잡혀버렸구만."

김쥐불이 상처 자리를 만지며 웃었다.

"허허, 그런 때려죽일 놈. 그럼 그 집 사랑방에 와 있는 물건짝들은 어떤 물건짝들이더냐?"

모두 주먹을 쥐고 대번에 쫓아가 요절을 내버리겠다는 서슬이었다.

"들어봐."

김쥐불이 사랑방으로 내려가자 술상 앞에 몰려 앉았던 소작인들
이 김쥐불을 보고 물 건너 외삼촌 반기듯 호들갑을 떨며 잔부터 들
이댔다. 패거리가 늘어나자 그만큼 반가운 모양이었다. 소작인들은
하던 이야기를 계속했다. 이야기 돌아가는 게 아까 김진사 부자가
하던 가락 그대로였다. 농민군들이 아무리 큰소리쳐 봤자 일본군 신
식무기 앞에 어떻게 맥을 추겠느냐거니, 전쟁이 끝난 다음에는 관에
서 그 사람들을 가만두겠느냐거니 한창 열이 오르고 있었다. 김쥐불
은 어찌해야 할지 아뜩했다. 밤이 이슥해지자 하나씩 곯아떨어지기
시작했다. 김쥐불도 그들 사이에 누웠다. 부모들 때문에 농민군에
나갈 생각은 없었지만 그렇다고 이 집에 있어서는 더 안 될 것 같았
다. 모두 농민군에 나간 판에 이런 데 와 있었다면 병신이 되어도 두
벌로 병신이 될 판이었다. 곁에서는 드르렁드르렁 코를 골기 시작했
다. 그러나 여기서 지금 나가면 이 집하고는 원수가 될 것이고, 만약
농민군이 전쟁에 지는 날에는 김중한 등쌀에 살아도 살았달 것이 없
을 것 같았다. 김쥐불은 소작논 20마지기 30마지기가 눈앞에 떠올랐
다. 2,30여 마지기에 모를 심어 누렇게 벼가 익어가는 모습이 눈앞에
어른거렸다. 소작료를 주고 남은 쌀섬이 떠올랐고, 가마 타고 장가
가는 자기 모습이 떠올랐다. 집강소에서 일하던 젊은이들이 떠올랐
다. 고산은 천주학도 드센 고을이지만 동학도 어느 고을 못지않게
드세어 여기 접주 박치경이 대접주였다. 그러나 그는 북접파여서 처
음부터 봉기를 반대했으므로 집강소 기간에도 젊은이들만 드세게
나댔다. 집강소에서 나대던 젊은이들은 지금 모두 전쟁에 나갔다.
그 젊은이들 얼굴이 하나하나 떠올랐다. 그들이 이 집으로 치고 들

어오는 광경이 떠올랐다. 이러지도 저러지도 못하고 안팎곱사가 되어 덤벙거리다가 그 싸개통에 대갈통이라도 얻어터져 널브러지는 날에는 꼴이 뭣이 될 것인가?

김쥐불은 뜬눈으로 닭을 울렸다. 오줌이 마려워 밖으로 나왔다. 어둠에 싸인 집안은 죽은 듯이 조용했다. 오줌을 누고 하늘을 쳐다보았다. 별이 총총했다. 차가운 하늘에 별들이 바늘 끝처럼 날카롭게 반짝이고 있었다. 얼핏 주변을 살핀 다음 대문간으로 한번 가보았다. 뜻밖에 대문 빗장이 벗겨지고 대문이 빠끔하게 열려 있었다. 아까 오줌을 누러 들락거렸는데 누가 빠져나간 것 같았다. 대문은 너도 어서 빠져나가라고 은밀하게 속삭이는 것 같았다. 김쥐불이 대문을 가만히 잡아당겼다. 별로 소리가 나지 않고 열렸다. 밖으로 몸을 빼냈다. 그때 개가 짖었다. 냅다 뛰었다. 집에도 가지 않고 그대로 경천점으로 내달았다.

"김진사 집에 작인들이 더 몰리기 전에 가서 작살을 내버리자."

젊은이 하나가 주먹을 쥐며 이를 악물었다.

"그려. 여기서 싸우더라도 그런 놈들부터 쓸어버리고 싸워야 혀."

거의 동조를 했다. 고산 젊은이들은 주먹을 쥐고 밖으로 나갔다.

길례가 사비정에 온 지 대엿새 되는 날이었다.

"오늘 저녁에 일본군 장교들이 술을 마시러 올 것 같소. 일본공사 이노우에란 놈이 올는지도 모르오. 일본 병졸들이 미리 와서 설치는 게 며칠 전 이두황이 세성산 전투에서 이기고 왔을 때 이노우에가 축하주를 내던 날하고 비슷합니다."

공주 부내 사비정에서 한중식이 길례한테 속삭였다. 용배와 이천석도 곁에 앉아 있었다. 오늘 저녁 술자리를 마련하라고 하면서 일본 병사들이 20여 명이나 와서 벌써부터 사방 경계를 하고 있었다.

"오늘 여기 오는 놈들만 다 없애버리면 일본군 대가리가 싹 나갑니다."

"우금티를 맡은 장교가 모리오 대위라지요?"

길례가 물었다.

"그렇소. 지금 일본군 작진은 미니미하고 모리오란 놈 머리에서 다 나온다고 합니다. 일본 놈들은 첫잔을 들 때는 건배를 하는 버릇이 있소. 오늘도 능티전투 승전 축하를 하자며 틀림없이 축하 건배를 할 것 같소. 그때를 노리시오."

한중식이 길례한테 눈을 밝히며 말했다.

"한번 해보겠어요."

길례가 똥그란 눈으로 한중식을 보며 대답했다.

"이놈들은 마지막 잔을 들 때도 건배를 합니다. 그러나 너무 서둘지는 마시오. 이번에 안 되면 다음 기회도 있을 것입니다."

한중식은 주머니에서 조그마한 종이봉지를 하나 꺼냈다. 길례가 고개를 디밀었다. 그 속에 종이봉지가 두 개 있었다.

"주전자 하나에 이것 하나씩만 타면 됩니다. 술에 타도 냄새도 없고 색깔도 없소."

한중식이 길례한테 종이봉지를 건넸다.

"작자들이 그 잔을 마시거든 그때 자리를 빠져나오시오. 여의치 않아 소동이 벌어지면 내가 농민군이 쳐들어온다고 외쳐놓고 도망치거나 보초병들 총을 빼앗아 갈기겠소. 그때 부엌문으로 뛰쳐나가 시오."

길례는 연방 고개를 끄덕였다.

"부엌에서는 나하고 이천석이 심부름을 하고 있을 거요. 뒷담에 있는 샛문을 따놓을 테니까 부엌으로 나오거든 무작정 샛문으로 튀어!"

용배가 말했다.

"알았어요."

길례가 약봉지를 움켜쥐며 결의를 보였다.

"마음을 너무 도사리지 말고 천연스럽게 생각하시오. 이번에 안 되면 다음에도 짬이 있을 것입니다. 가서 화장부터 하시오."

한중식이 서둘렀다.

"가볼게요."

길례는 고개를 꾸벅해 놓고 나갔다. 돌아서는 길례 모습이 여간 미더워 보이지 않았다.

"혹시 들통이 나서 우리가 전부 잡혀가더라도 꼭 한 가지는 지켜야 한다. 이 집 주인은 아무것도 모르고 모두 내가 시켜서 한 일이라고만 한다. 주인은 정말 모른다."

한중식이 용배와 이천석을 번갈아 보며 말했다.

며칠 전에 용배가 길례를 데려오자 한중식은 대번에 짚이는 것이 있는 듯 눈빛이 달라졌고 군자란은 덤덤하게 받아주었다. 그동안 군 자란은 길례를 부엌에서 허드렛일만 시켰다. 길례는 그동안 허름한 옷을 입고 진일 마른일, 아무 일이나 몸을 사리지 않았다. 사비정 기생들과 부엌일 하는 사람들은 전쟁이 터질 무렵 거의 떠나버리고 사비정에는 손대가 부족해서 용배와 이천석이 부엌일까지 거들고 있었다. 기생들은 지난번 산성으로 부민들을 전부 불러들인 다음 마지막으로 빠져나가고 지금은 둘밖에 없었다. 수정옥 백도도 자기가 데리고 왔던 기생들을 데리고 그때 떠버렸다. 여기 오는 손님치고 그를 보면 눈알 뒤집히지 않는 사람이 없던 설야월도 그때 묻어 나가버렸다. 전에 영장 윤영기가 사족을 못 쓰던 기생이었다.

전쟁이 일어나면서부터 손님은 군인이나 관속붙이들뿐이었다. 군인들은 대부분 관아에서 관기를 불러다 잔치를 벌였지만 이따끔 이 집에도 왔다. 군자란이 영장 이기동을 삶아 꾀어 들인 것이다. 일본군 장교들은 조심성이 이만저만이 아니어서 그때마다 집 안팎으로 병사들을 여남은 명씩 파수를 세웠다.

날이 어두워지자 일본 장교들이 떠들썩하게 너털웃음을 터뜨리며 대문으로 들어섰다. 파수 선 병사들이 쪼개지게 경례를 붙였다. 일본공사 이노우에가 앞장서 들어왔다. 군자란이 어서 오시라고 절을 하며 쌉쌉하게 맞아들였다. 장교들이 여남은 명이나 되었다. 일본군 장교들은 모두 옆구리에 칼을 차고 있었다.

"나는 조선에 와서 욕심나는 것이 딱 한 가지 있구만."

이노우에는 방으로 들어서자 방 한쪽 구석으로 갔다. 미나미 소좌와 모리오 대위도 이노우에를 따라갔다.

"조선이 이거 하나는 우리보다 앞섰거든. 변소 더러운 것 보면 모두 야만인들 같은데 이런 재주는 용하단 말이야."

방 한쪽 탁자에 진열된 백자 항아리를 만지며 감탄을 했다.

이내 이노우에가 상석에 앉았다. 미나미가 이노우에와 나란히 앉고 장교들도 자리를 골라 앉으며 칼을 풀어 곁에 놓았다.

"저는 조선에 와서 이 온돌방 하나가 맘에 듭니다."

미나미가 방바닥을 짚어보며 웃었다. 모두 따라 웃었다.

"설향이 문안드리옵니다."

"월선이 문안드리옵니다."

윗방 문이 열리며 기생 둘이 사뿐 앉으며 나부죽이 절을 했다.

"어서 오너라."

이노우에가 호탕하게 웃으며 맞았다. 이내 길례가 화려하게 성장을 하고 들어왔다.

"진향이 문안드리옵니다."

길례도 앞에 들어온 기생들처럼 사뿐 앉으며 절을 했다.

"오늘은 못 보던 기생이 있구만."

이노우에가 길례를 보며 눈을 가늘게 떴다. 통사가 군자란한테 낮은 소리로 통역을 했다. 이노우에는 자기 전속 통사를 한양서 데리고 왔다.

"들어온 지가 얼마 안 돼 지금 손님 맞는 범절을 배우고 있는 아이옵니다. 아직 손님 접대가 서툴 것이오나 승전을 축하하는 뜻에서 처음으로 자리에 앉혔습니다. 미숙한 대목이 있더라도 귀엽게 보아주십시오."

군자란이 고개를 숙이자 통사가 빠른 말로 통역을 했다.

"예쁘구만. 조선에도 이런 미인이 있었나? 진향이? 진짜 향기란 소리렷다? 이름이 좋구만. 이리 오라구."

이노우에는 수다를 떨며 자기 옆자리를 가리켰다. 길례가 이노우에 곁으로 갔다. 기생들이 자리를 골라 앉는 사이 상이 들어왔다. 그들먹했다. 부엌에는 일본 병사가 지켜 서서 상에 놓은 반찬을 한 가지씩 먹어보고 들여보냈다. 용배와 이천석은 부엌에서 이것저것 심부름을 했다.

"편히들 앉아요."

이노우에가 장교들한테 말했다. 하급 장교들은 공사 앞이라 상전댁 안방에 든 하인들처럼 허리를 곧추세우고 굳어 있었다. 기생들이 잔에다 술을 따랐다. 길례도 이노우에와 미나미 잔에 술을 따랐다. 길례는 비상 싼 종이를 버선목에다 넣고 있었으나 주전자에 넣을 틈이 없었다. 주전자를 상에다 올려놓고 있었기 때문이었다.

"이제 난군들을 물리치는 것은 시간문제입니다. 여러분들의 승전을 다시 축하하고 특별히 위로하고자 이런 데로 왔으니 마음 푹 놓고 드시오. 자, 여러분의 승전을 축하합니다."

이노우에가 잔을 높이 들었다. 모두 잔을 들어 이노우에를 따라 잔을 기울였다.

"지난번 승리는 오로지 각하의 훌륭하신 지도와 뜨거운 독전 덕택이었습니다. 저희들은 각하께서 이 위험한 전장에 같이 계신다는 것이 마치 천황폐하께옵서 우리 곁에 계신 것같이 든든하고 힘이 솟았사옵니다. 이번 승리는 전적으로 각하의 승리이옵니다. 각하의 승리를 축하하는 뜻으로 한잔 올리겠습니다."

미나미가 무릎을 꿇고 마치 군령을 복창하듯 말하며 이노우에한테 두 손으로 술잔을 올렸다.

"과분한 말씀이오. 나는 대일본제국의 *영용한 군대가 외국에 나

174

와서 슬기롭고 용맹스럽게 싸우는 것을 자랑스런 마음으로 구경을 하고 있었을 뿐이오. 승리의 영광은 오로지 여러분의 것입니다. 나는 본국 육군 대본영과 외무부에 보고를 하기 위하여 여러분의 전공을 상세히 적고 있습니다. 전쟁이 끝나면 크게 포상이 있을 것이오. 여러분의 승리를 거듭 축하합니다."

이노우에는 잔을 높이 들어 입으로 가져갔다. 길례는 이노우에를 비롯한 장교들을 하나하나 둘러보고 있었다. 길례는 한마디도 알아들을 수 없었지만 그들이 노닥거릴 소리는 뻔하다 싶었다.

그들은 흥겹게 술을 마셨다. 술이 거나해지자 옆에 앉은 기생들을 찝적이기 시작했다. 술판이 한창 흐드러질 무렵 이노우에가 입을 열었다.

"내가 자리를 떠야 술판이 제대로 열리겠소. 유쾌하게 드시오."

이노우에가 갑자기 일어섰다.

"공사 각하, 마지막 승리를 다짐하는 뜻으로 건배를 한잔 더 나누시고 자리를 뜨십시오."

미나미 말에 이노우에가 웃으며 다시 자리에 앉았다. 길례가 주전자 두 개를 냉큼 거둬가지고 부엌에 있는 일본 병사한테 넘겼다. 일본 병사가 데워놓은 술을 주전자에다 따라주었다. 길례가 주전자를 받아가지고 자리에 앉는 순간이었다.

"어머."

길례가 모리오를 보며 깜짝 놀랐다. 모두 깜짝 놀라 그쪽을 보았다. 어디서 벌이 날아와 모리오 대위 머리 위에 앉으려 했다. 순간 길례는 주전자 뚜껑을 열고 비상봉지를 털어 넣었다. 다른 주전자에도 털어 넣었다. 모리오 옆에 앉은 장교가 손바닥으로 벌을 한참 겨냥하고 있다가 탁 때렸다. 벌이 저만큼 떨어졌다.

"여자 수다스럽기는 어느 나라 여자나 마찬가지구만."

미나미가 웃었다.

"여자 비명소리에 턱없이 놀라는 것도 어느 나라 사내나 마찬가지구만."

이노우에 말에 또 한바탕 폭소가 터졌다. 길례는 주전자 하나를 건너편 기생한테 건넸다. 잔에다 술을 따르기 시작했다. 길례는 이노우에 잔에다 술을 따르고 미나미 잔에 따랐다. 술을 따르는 길례 손이 가볍게 떨고 있었다. 일본 장교들은 농을 하며 술을 받았다. 길례 손은 알아보게 떨고 있었으나 아무도 눈치를 채지 못하는 것 같았다. 길례는 얼굴도 굳어지고 있었다. 길례가 마지막 잔에 술을 따르고 있었다. 모두 술잔을 들고 길례가 따르는 것을 보고 있었다. 길례 손이 발발 떨었다. 건너편에 앉은 모리오가 똥그란 눈으로 길례를 봤다. 술을 다 따르고 난 길례 눈이 모리오 눈과 부딪쳤다. 길례는 깜짝 놀랐다.

"잠깐!"

모리오가 길례를 노려봤다. 모리오는 뚫어질 것 같은 눈으로 길례를 노려보고 있었다. 모두 길례를 봤다. 길례는 비명이라도 지를 듯 눈이 둥그레졌다.

"이 술 네가 마셔봐!"

모리오는 길례한테 자기 잔을 내밀었다. 통사가 통역을 했다. 길례는 새파랗게 질렸다. 이노우에와 장교들은 모리오가 내밀고 있는 잔과 자기 잔을 번갈아 보았다.

"어서!"

모리오가 버럭 소리를 질렀다.

"왜 그러십니까?"

길레가 태연스런 말소리로 물었다. 통사가 통역을 했다.

"어서 마셔!"

모리오가 잔을 내밀고 다시 소리를 질렀다. 길레가 잔을 받았다. 잔을 입으로 가져갔다. 모두 숨을 죽이고 있었다. 길레 잔이 입 앞에서 잠시 멈췄다. 손이 발발 떨렸다. 모리오 손이 곁에 있는 칼로 갔다. 길레는 잔을 죽 들이켜 버렸다.

"이제 안심하시겠어요?"

술을 마시고 난 길레가 빙긋 웃으며 모리오한테 잔을 내밀었다. 모리오가 놀란 눈으로 술잔과 길레를 번갈아 보며 잔을 받았다. 곁에 앉은 기생이 주전자를 들었다. 모리오가 잔을 내밀었다. 주전자를 기울였다. 모두 술 따르는 모습을 뚫어지게 건너다보고 있었다.

"너도 마셔봐!"

모리오가 느닷없이 이번에는 그 잔을 술 따른 기생한테 내밀었다. 그때였다.

"으악!"

부엌 쪽에서 느닷없는 비명소리가 났다. 순간 장교들이 벌떡 일어섰다. 동시에 부엌문이 벌컥 열렸다. 용배 손에서 모리오를 향해 표창이 날았다. 표창이 아슬아슬하게 모리오 귀 옆을 스쳐 벽에 박혔다.

"농민군이다!"

그때 대문 쪽에서 고함소리가 터지며 총소리가 났다. 용배는 무작정 방 안으로 표창을 쏘았다. 장교 하나가 얼굴을 싸안고 나가떨어졌다. 대문 쪽에서 날아온 총탄이 문을 뚫었다. 방에는 불이 꺼지고 수라장이 되었다. 용배는 무작정 방에다 표창을 쏘았다. 장교가 또 하나 비명을 질렀다. 장교들이 밖으로 뛰쳐나갔다. 용배는 마당 쪽으로 내달았다. 밖에는 열하루 달이 훤했다. 장교들은 저쪽 담 쪽으로 붙었다. 대문 쪽에서 한중식이 계속 총을 쏘았다. 그 곁에는 시체가 서넛 널브러져 있었다. 큰방 섬돌에도 시체가 하나 쓰러져 있었다. 대문이 부서지는 소리가 났다. 밖에서 일본 군사들이 쏠려 들어왔다. 한중식은 담을 뛰어넘었다.

"가자."

용배와 이천석이 뒷담에 붙은 샛문으로 빠져나갔다.

6. 마지막 술잔

능티고개에서 물러난 지 13일째 되는 11월 8일, 전봉준군은 내일 다시 공주를 공격하기로 했다. 그동안 전봉준군은 화약과 무기를 보충했으며 *핫옷도 수백 벌 지어 옷이 얇은 사람들은 따뜻한 핫옷으로 갈아입혔다. 강경에 있는 무명베며 금건 등을 몽땅 사들이고 군산과 줄포까지 가서 베를 사다 옷을 지었다.

웬만큼 준비가 되자 농민군들은 분위기가 달라졌다. 풍물이 요란을 떨고 깃발이 수백 개 휘날리고 병사들이 부산스럽게 움직였다. 능티에서 패하고 왔을 때에 비하면 기세가 하늘과 땅 차이였다. 가뭄에 시들었던 푸성귀가 비를 만나 새로 생기가 난 것 같았다.

며칠 전에 있었던 사비정 사건은 관군과 농민군 양쪽에 엄청난 충격을 주었다. 일본군은 장교 하나와 사병 네 명이 죽고 장교 두 명이 부상을 당했다. 한중식이 붙잡히고 군자란도 붙잡혀 갔다. 장준환이 전해온 소식에 따르면 한중식이 모든 것을 자기가 전부 뒤집어 쓰고 군자란은 무관하다고 끝끝내 버티고 있다는 것이다. 거기서 도망쳐온 용배와 이천석은 지금 김갑수 밑에서 정탐을 다니고 있었다.

김개남은 금산으로 들어간 다음 지금까지 보름 동안이나 금산에 그대로 있었다. 그사이 김덕명이 가서 의논을 했으나 김개남은 정황을 살펴가면서 대처하자고만 했다. 김개남은 이쪽에 무기와 화약을 보내는 등 협조를 했으나 두령들은 김개남에게 더 관심도 두지 않았다.

그사이 전국 사정도 상당히 달라졌다. 전봉준군이 능티에서 패한 뒤로 여러 고을은 더 거세게 움직였다. 전봉준군이 패했다는 소식에 움츠러드는 것이 아니라 되레 더 일어나 공주에 있는 일본군과 관군들이 그쪽으로 가고 있었다. 특히 옥천과 회덕과 유구 농민군 기세가 거셌다.

특히 옥천 정현준의 활동은 눈부셨다. 옥천과 영동 부대를 거느리고 한다리로 진출, 지난 23일 구상조, 홍운섭 부대와 싸우고 능티 고개 전투 때 이싯뚜리 부대가 지키던 납다리로 진출하여 관군 진출을 막았던 정현준은 다음날 경천점으로 후퇴한 뒤 바로 옥천으로 가서 옥천과 영동 농민들 수만 명을 모아들인 것이다. 경상도 접경인 옥천과 영동은 경상도 농민군을 자극할 수 있으므로 그만큼 중요한 곳이었다. 바로 그 때문에 지금 관군 교도중대가 그쪽으로 가고 있었다.

회덕도 마찬가지였다. 공주에서 얼마 떨어지지 않은 이곳 농민군들은 지난번 전봉준군이 능티에서 치열하게 싸우고 있을 때 수천 명이 모여 공주 쪽으로 진출하려 하자 청주 진남영 영병과 일본군이 출동해서 26일 한판 크게 싸우고 흩어졌는데 그때 흩어졌던 농민군들이 다시 모일 움직임을 보이자 청주 영병과 일본군이 현지에서 눈알을 번득이고 있었다.

서해안 농민군은 유구 쪽에서 예산과 덕산으로 집결하여 홍주성을 치려고 해미 쪽으로 움직이고 있었다. 그 기세가 만만찮았으므로 이두황이 거느린 장위영병이 다시 그쪽으로 가고 있다는 것이다. 지난 21일 세성산을 함락한 이두황은 그 뒤 서해안 쪽으로 가다가 27일 공주에 들어왔는데 이번에 또 서해안으로 진출한 것이다.

전봉준군이 다시 공주를 공략할 움직임을 보이자 공주에 있는 관군도 재빠르게 움직였다. 공주에 있는 군사를 총동원하여 요소요소에 배치했다. 산성 모퉁이 장기대나루 근처에는 공주영 비장 최규덕을 배치하고, 봉수대에는 통위영 장용진, 금학동에는 오창성, 우금고개 쪽에서 새재를 쳐다보는 개좆배기에는 백낙완, 감영 뒷산 두리봉에는 공주 영장 이기동, 바로 두리봉 아래 감영 뒤 성황산에는 민병들을 배치했다. 그리고 일본군은 우금고개에 모리오 대위를 비롯해서 각 요소에 일정한 수를 배치했다. 관군이 이번에는 여간 자신 있게 나오지 않았다. 지난번 1차 전투 때 혼뜨검이 난 이인에도 다시 부대를 배치했으며 동쪽도 여태까지 능티와 효포만 지키고 있었는데 이번에는 늘티(무너미고개)까지 한참 앞으로 전진 배치를 했다. 올 테면 와보라는 배짱 같았다. 이인에는 지난번에 패했던 성하영 부대를 다시 배치하고 늘티에는 경리청 구상조를 배치했다.

그리고 서해안과 중부 지방으로 나간 부대도 빨리 공주로 집결하라는 명령을 내려놓고 있었다. 서쪽 해안 지방 농민군의 공주 진출을 막고 있는 장위영 이두황 부대와 청주, 회덕, 옥천, 연산, 청산 등 여러 곳에 주둔하고 있는 교도중대, 그리고 청주에 주둔하고 있는 진남영 부대와 일본군 1개 대대도 공주로 오도록 명령했다.

서산, 예산, 홍주, 해미 등 서해안 여러 고을 농민군이 공주 쪽으로 진출하지 못하도록 막고 있던 이두황 부대는 예산과 덕산에 모인 농민군 4,5만 명이 홍주성을 치려고 해미로 가고 있다는 정보를 받고 그쪽으로 가는 길에 공주로 집결하라는 명령을 받았다. 중부 지방 농민군을 진압하며 경상도 농민군이 올라와 합류하는 것을 막는 임무를 띠고 있던 교도중대와 일본군도 마찬가지였다. 그들은 옥천에 수만 명이 모여들고 있다는 정보를 받고 그리 가는 중인데 공주로 빨리 오라는 영을 받은 것이었다.

전봉준은 두령들을 도소로 모으라는 영을 내렸다. 마지막 작전회의를 하려는 것 같았다.

"달주야, 네 부대에는 양총 탄환이 몇 발쯤 남았냐?"

곰방대를 문 이싯뚜리가 양총 실탄을 만지며 달주한테 물었다. 도소로 쓰고 있는 용배 집 한쪽 쪽마루였다.

"천 발쯤 남았을까?"

달주가 애매하게 대답했다. 좀 달라고 할까 싶어 경계하는 눈치였다.

"우리 부대는 이번에 3백 발 받았다. 남의 나라 사람들이 이런 것을 만들 적에 우리 조정은 무엇을 하고 있었지?"

이싯뚜리가 손바닥에서 실탄을 굴리며 힘없이 이죽거렸다. 평소

그의 구습은 '조정 놈들'이었으나 이번에는 그냥 '조정'이었다. 그들한테 욕설을 퍼부을 힘도 없는 것 같았다. 두 사람은 한참 말이 없었다. 그동안 농민군들은 이 근방 고을 관아를 이 잡듯이 뒤지고 전주까지 가서 화약과 탄환을 훑어왔으나 빈 마당에 갈퀴질이었다. 잘하면 하루 싸울 치뿐이었다. 양총 실탄은 놔두고 화승총과 구식 대포를 쏠 화약과 연환마저 이 꼴이었다. 불랑기와 크루프포는 포탄도 떨어져버렸지만 대포까지 빼앗겨버리고 구식 대포가 몇 문 있었으나 그것은 크루프포에 비하면 성능이 대포랄 것도 없었다.

장터 쪽에서는 농민군들 풍물 소리가 요란스러웠다. 두령들이 한 사람씩 들어오고 있었다. 모두 굳은 얼굴이었다. 모두가 내일 전투가 사실상 마지막 결전이라는 사실을 잘 알고 있었다. 더 싸운다 해도 제대로 싸우자면 하루면 화약이 동이 날 판이었다. 다시 기운을 차린 농민군 사기는 하늘을 찌를 것 같았으나 화약이 다 되어가는데야 맨손으로 싸울 수는 없는 일이었다. 지금 웬만큼 화력을 지니고 있는 부대는 1차 전투 때 이인에서만 싸우고 그동안 전투를 하지 않은 달주 부대, 유한필 부대, 고영숙 부대였다.

"하늘이 정말 있는 것이냐?"

풍물소리를 들으며 한참 곰방대를 빨고 있던 이싯뚜리가 달주를 보며 물었다.

"하늘?"

엉뚱한 소리에 달주가 되물었다.

"동학도들이 한울님 한울님 하고, 하늘이 무섭지 않느냐거니, 하늘이 무심치 않을 거라느니 해싸는 그 하늘 말이다."

"몰라."

이싯뚜리가 너무 진지한 표정으로 묻자 달주는 웃으며 고개를 저었다. 새삼스럽게 그런 것을 묻는 이싯뚜리 심정을 짐작할 것 같았다. 볼 때마다 송진내만 물씬물씬 나던 이싯뚜리가 심각한 표정으로 엉뚱한 소리를 하자 우람한 이싯뚜리 몸피가 우습게 느껴졌다. 가마솥같이 발그라진 가슴팍이며 곰방대를 쥐고 있는 소나무뿌리 같은 손도 오늘따라 주인처럼 심각하게 무얼 생각하고 있는 것 같았다.

"하늘이 있고 천도가 있을 법한데, 아무리 생각해도 있는 것 같지 않다. 사람이 하늘이라고 떠들어대는 소리는 더 맥 빠진 소리 같고……."

이싯뚜리는 하늘을 쳐다보며 멀겋게 웃었다. 달주도 말없이 하늘을 쳐다보고 있었다. 오늘따라 하늘이 겨울 하늘답지 않게 맑았다.

"실은 하늘이 있기는 있다. 무엇이 하늘인 줄 아냐?"

이싯뚜리가 멀겋게 웃으며 또 엉뚱한 소리를 했다. 자꾸 느닷없는 소리만 하는 바람에 달주는 또 무슨 이야긴가 하고 이싯뚜리를 보고 있었다.

"이것이 하늘이다."

이싯뚜리는 손바닥을 펴 보이며 총알을 보였다. 달주는 잠시 어리둥절한 표정이었다. 이싯뚜리는 손바닥에서 총알을 굴리며 내려다보고 있었다.

"제일 확실하고 틀림없는 하늘은 바로 이것이다. 그런데 지금 이 하늘은 일본 쪽발이들 손에 있다."

이싯뚜리는 쓸쓸하게 웃었다. 달주는 멍청하게 이싯뚜리를 보고 있었다. 총알이 하늘이라는 말도 가슴을 쳤거니와 이싯뚜리한테 저런 구석이 있었던가 새삼스럽게 놀랍기도 했다.

"양반 놈들도 하늘 하늘 입만 벌리면 하늘 타령이고 동학 접주들도 한울 한울 하늘 타령이 요란스럽다마는, 나라가 일본 놈 손에 들어간 다음에는 그 작자들도 그때는 진짜 하늘이 무엇인 줄 알 것이다."

이싯뚜리는 무슨 생각을 하는지 크크 망아지 투레질하는 소리로 웃었다.

"그것은 그렇고 당장 이번에도 관군이 겁 없이 이인까지 나갔는데 이놈들부터 작살을 내야 할 것 같아."

달주가 말머리를 돌렸다.

"그려. 지난번처럼 그놈들이라도 또 한바탕 작살을 내버릴 방도가 없을까?"

이싯뚜리가 금방 표정을 바꾸며 눈을 밝혔다.

"방도가 하나 있기는 한데……."

달주가 말꼬리를 끌었다.

"먼데?"

이싯뚜리가 바짝 다가들었다.

"좀 위험해."

"임마, 위험을 따질 때냐? 말해봐!"

이싯뚜리가 다그쳤다.

"우리가 이인으로 진격하면 이인에 있는 관군들은 지난번에 한번 혼쭐이 났기 때문에 바로 우금티로 물러갈 것 같아. 그에 대비해서 한 부대가 중간에 매복을 하고 있다가 치는 거야."

"치는 건 내가 맡을게. 자세하게 이야기를 해봐."

달주는 지도를 펴놨다. 창호지 반쪽 크기에 세필로 그린 지도였다. 아주 자세했다. 지난번 새재에 주둔하고 있을 때 낱낱이 돌아다니며 그린 것이다.

"여기가 우금고개고 여기가 이인인데 여기 경천점에서는 이인이나 우금고개가 양쪽 다 30리고 이인에서 우금고개도 30리야. 우금고개하고 이인 중간 여기가 주봉리고, 우금고개하고 주봉리 중간쯤 여기가 지난번 여기를 지날 때 장군님께서 어떤 노인한테 이 동네 이름을 묻던 오송정이라는 동네거든. 오송정에서 우금고개는 5리가 조금 넘어. 바로 여기 오송정에 매복을 하는 거야."

"거기는 우금고개하고 너무 가깝잖아? 조금 아래 발티고개는 어쩌?"

"농민군이 이인 쪽으로 진격하면 관군은 우금고개로 물러가지 않겠어. 싸우다가 물러가든 그냥 물러나든 물러갈 텐데 우금고개가 가까워지면 방심을 할 것이거든. 그 점을 노려 기습을 하는 거야."

"맞아."

달주 말에 이싯뚜리는 고개를 끄덕였다.

"이인에서 우금고개 사이는 거의 산이라 그 사이에서 맞붙으면 어디서든 수가 많은 우리가 유리하기는 한데 작자들이 오송정쯤 물러가면 다 왔다고 방심할 테니 거기가 제일 좋을 것 같아."

"관군 정탐병들이 여기저기 쫙 깔렸을 텐데 우리가 그리 가면 우금고개 관군들이 나오잖겠어?"

"미리 가서 매복을 할 것이 아니라 이인에서 물러난 관군이 오송정쯤에 당도할 시간에 맞춰 힘을 다해서 앞지르는 거야. 우리를 정탐하는 관군 정탐병하고 달음질 경주를 한다 생각하면 돼."

달주 말에 이싯뚜리는 고개를 끄덕였다.

"그럴듯하다. 하여간 매복은 우리한테 맡겨라. 배농지기도 우리 부대로 끌어넣겠다."

이싯뚜리는 흥분했다.

"다시 자세하게 설명할 테니 들어봐."

달주가 다시 지도를 가리키며 말했다.

"여기 오송정 조그마한 들판 건너 서쪽 산 밑에 있는 이 동네가 지난 번 그 노인이 이 동네 근처에는 다리가 셋이라서 세다리라 한다던 바로 그 세다리야."

"맞아."

우금고개에서 흘러가던 개천들이 세다리 아래서 산굽이를 돌아 금강으로 흘러가는 내가 검상천이고 그 근처는 조금 좁은 들판인데 세다리 뒷산은 마치 사람 발처럼 들판과 검상천으로 둘러싸여 있다.

"관군을 치기에 제일 좋은 곳은 관군이 바로 이 세다리에 왔을 때야. 관군이 세다리에 당도하면 세 군데서 치고 나가야 해. 오송정 뒷산하고 오송정 위와 아래야. 이 세 군데서 치고 나가면 관군이 도망칠 데는 세다리 뒷산밖에 없잖겠어. 그러면 그 뒷산에서 결판을 내는 거야. 관군보다 한발 먼저 당도하면 이 세 군데 매복을 하고 있다가 치고 나가야겠지. 그들이 어두워질 때 오면 더욱 좋지. 오늘은 초여드레니 으스름한 달밤에 산에서 붙어노면 얼마나 좋겠어."

달주는 작전을 설명하고 나서 이싯뚜리를 보며 웃었다.

"좋다. 치는 것은 우리한테 맡겨라."

"우리 부대는 관군을 그리 몰고 갈 테니 잘해봐. 우리는 몰이꾼이야."

달주가 웃으며 말했다.

"장군님한테 미리 허락을 받아야 하지 않겠어?"

두 사람은 전봉준한테로 갔다. 작전계획을 설명했다.

"위험하다마는 한번 해봐라. 그렇지만 너무 욕심을 부려서는 안 된다."

작전계획을 듣고 난 전봉준은 가볍게 고개를 끄덕이며 허락을 했다.

도소에는 작은 부대 대장들까지 전부 모여들었다. 용배 집 큰방에는 교자상을 세 개나 벌여 놨다. 상에는 대구포가 대여섯 접시 놓여 있고, 하얀 백자 두루미병 세 개가 일정한 간격을 잡고 놓여 있었으며, 오리알만큼씩한 하얀 사기잔이 상을 빙 둘러 줄줄이 놓여 있었다. 상차림이 정갈하고 격조가 있었다. 일매지게 저며 가지런히 놓은 대구포며, 간격을 가지런히 골라 놓은 술잔이며, 상 구석구석에 정성이 배어 있었다. 과천댁이 그만큼 정성을 쏟은 것 같았다.

들어오는 족족 자리를 잡아 앉았다. 전봉준 양쪽에는 김덕명과 김원식을 비롯해서 하동 김시만, 정백헌, 정길남 등 참모와 비서진이 앉고, 왼쪽으로는 중군 송희옥을 비롯해서 그 부대 김도삼, 김이곤, 손여옥, 조준구가 앉고, 오른쪽은 유한필을 비롯해서 그 부대의 전주 최대봉, 옥구 장경화, 임피 진관삼, 임실 이병춘, 함열 배농지기가 앉고, 건너편에는 이유상을 비롯해서 황방호와 노성 장억쇠 등이 앉았다. 후군은 고영숙을 비롯해서 장성 기우선, 김제 김봉년, 금구 김봉덕 등이 앉았으며, 혼합 부대는 임군한을 비롯해서 김일두, 하동 김중만, 월공, 김확실, 막동, 장성 을식, 해남 박승치 등이 자리를 잡아 앉았다. 그 다음에는 김달주와 그 부대 김승종, 장진호, 고미륵, 송늘남, 이싯뚜리와 그 부대 고달근, 이또실 등이 앉았다. 당마루 김오봉과 용배 양부 박성호, 그리고 김갑수 등은 오지 않았다.

상석에 앉은 전봉준이 술을 따르라 했다. 정백현, 정길남, 김만수 등 비서진들이 두령들 앞으로 다니며 조심스럽게 술을 따랐다. 맑은 청주였다. 술을 따르는 사이 전봉준은 부대별로 출발 준비 사정을 물었다. 모두 바로 출발할 수 있다고 했다. 두령들은 입을 꾹 다물고 있었다. 결전을 앞둔 터라 바윗덩어리 같은 긴장이 자리를 누르고 있었다. 술을 다 따랐다.

"이번이 마지막 전투라 생각하고 싸웁시다. 이번에 결판을 내야 합니다. 바로 이 싸움에 나라와 백성의 명운이 걸려 있습니다. 조정 대신들은 왜적한테 나라와 백성을 팔아 일본 마름 노릇이나 하려는 생각이 확연히 드러났습니다. 제 나라 군사 지휘권을 일본한테 넘긴 것은 국권을 일본에 넘긴 것이나 조금도 다를 것이 없습니다. 외적을 막는다 하더라도 그럴 수가 없는 일이거늘 하물며 제 백성을 치라고 제 나라 군사를 외적한테 맡기다니 이런 일은 만고에 없던 일입니다. 이제 나라를 구하고 백성을 구할 사람은 우리뿐입니다. 지금 온 천하 백성 모두가 우리만 믿고 있습니다. 우리는 일본군에 비해 화력이 약합니다. 그러나 저자들은 우리의 투지를 당해내지 못할 겁니다. 승산은 오로지 우리의 투지에 있습니다."

전봉준은 카랑카랑한 목소리로 마디마디 힘을 주어 말을 했다.

"부대는 이렇게 배치하기로 했습니다. 김달주 부대와 이싯뚜리 부대는 이인으로 진출하여 논산 쪽에 있는 북접 부대와 협력하여 지금 이인에 나와 있는 관군을 치되, 김달주 부대는 우금고개를 목표로 우금고개 아래 음달뜸에서 주미산까지 진을 치고, 이싯뚜리 부대 역시 우금고개를 목표로 우금고개 아래서 새재까지 진을 치고, 유한필 부대와 송희옥 부대는 앞에 말한 두 부대가 우금고개 양쪽에 진을 친 다음에 그쪽으로 진출하여 유한필 부대는 두리봉을 중심으로 새재와 곰나루 쪽 산줄기로 진을 치고, 송희옥 부대는 이싯뚜리 부대와 김달주 부대 뒤 주봉리에 역시 우금고개를 목표로 진을 치고 북접 부대는 그 뒤에 진을 칩니다."

두령들은 숨을 죽이고 듣고 있었다.

"후군 고영숙 부대 3천여 명은 늘티에 있는 구상조 부대를 밀고 효포로 진출하여 효포에 본진을 치고 능티고개를 공격합니다. 그 부대는 관군이 산성 모퉁이에서 돌아와 뒤를 역습할 것에 항상 대비하도록 하시오. 우익 이유상 부대는 금학동 쪽 뒷산 능선으로 붙어 금학동을 목표로 진을 치고, 고영숙 부대가 능티고개를 공격할 때는 서로 호응하여 싸우도록 하시오. 임군한 부대는 여기 도소에 있다가 형편에 따라 각 부대를 지원하시오."

이번에는 주력을 우금고개로 배치했다. 그동안 농민군에는 증원이 된 부대가 있었다. 전라도 10여 개 고을에서 화승총으로 무장한 젊은이들이 2,3백 명씩 올라와 그 병사들을 이싯뚜리 부대와 김달주 부대, 그리고 송희옥 부대에 배속시켰다. 이들을 세 부대에 배속시키자 이싯뚜리와 달주 부대는 병사들 수가 각각 1천5백 명이나 되었다.

"이번에도 총진격 명령이 내릴 때까지는 적이 공격을 하지 않으면 무모하게 큰 규모로 싸우지 말고 작은 부대로 공격하여 적정만 충분히 알아내십시오. 여기서 지면 우리에게는 죽음이 있을 뿐입니다. 일본군과 관군은 이 전쟁에서 지면 일본군은 일본으로 도망치고 관군은 항복하면 그만이지만, 우리는 도망칠 데도 없고 항복한다고 저자들이 살려주지도 않습니다. 그러나 비록 우리 육신은 죽더라도 외세를 물리치고 나라를 건지다 죽은 우리 정신은 우리 자손들 가슴에 영원히 살아남을 것입니다. 생사를 뛰어넘어 마지막까지 싸웁시다."

전봉준의 말은 침통했다. 두령들은 숨을 죽이고 듣고 있었다.

"이 잔은 승리를 기약하는 잔입니다. 자, 듭시다."

전봉준이 잔을 들며 말했다.

"나라를 위해서 목숨을 걸고 싸워 이기면 그만한 영광이 없고, 지더라도 언젠가 한번은 죽을 목숨, 장부로서 나라와 백성을 위해 떳떳하게 죽을 자리를 얻었으니 이 얼마나 복된 일이오. 주욱 듭시다."

김덕명이 거들었다. 모두 잔을 위로 추어올렸다. 주욱 들이켰다.

"장군님, 외람되오나 제가 장군님께 한잔 올리겠습니다."

술잔을 비운 이유상이 무릎을 꿇고 전봉준한테 잔을 넘겼다.

"잘 아시다시피 저는 명색이 유생으로 민보군을 일으켜 농민군을 치러 나섰던 사람이올시다. 그러다가 나라와 백성을 생각하는 장군님의 충정에 감복해서 저도 농민군 대열에 섰습니다. 저는 처음에는 장군님의 충정에만 감복을 했사오나 농민군에 들어와 싸우는 사이 농민군 한 사람 한 사람의 열정을 보고 거기에 더 감복을 했습니다. 무식하고 천한 무지렁이로만 알았던 농민들한테 나라와 백성을 위하는 열정이 저렇게 뜨거운 줄은 정말 꿈에도 생각을 못했습니다. 제가 혹시 살아남는다면 허세밖에 남지 않은 이 나라 썩은 유생들 머리를 깨우치러 일생 동안 방방곡곡을 쏘다니고 싶습니다. 저는 농민군에 들어온 순간 세상을 다시 태어났습니다. 비록 죽더라도 여러분들과 같은 의로운 사람들하고 같이 죽게 됐으니 죽어도 영광입니다. 백번 죽어 마땅한 이 미련한 자에게 이런 감격을 맛보고 올바르게 죽을 자리를 마련해주신 장군님께 진정으로 감사를 드립니다."

이유상 말에서는 진정이 물방울처럼 뚝뚝 떨어지는 것 같았다.

"저도 이유상 씨하고 똑같은 심정입니다. 제 진정도 그 술잔에 덤으로 얹겠습니다."

김원식이었다. 모두 벙그렇게 웃었다.

"그렇다면 이것은 나 혼자만 받을 잔이 아닙니다. 모두 한 잔씩 받읍시다."

전봉준이 웃으며 말하자 이유상과 김원식이 술병을 들어 술을 따랐다.

"감사합니다. 정말 두 분이 우리 농민군에 들어오셨다는 것은 여러 가지로 뜻이 컸습니다. 들어와서도 누구 못지않게 열심히 싸웠습니다. 전쟁에 이기거든 두 분은 다른 일 제쳐놓고 먼저 유생들 머리부터 *개유하러 다니십시오. 모두 죽 듭시다."

전봉준이 말하자 두령들은 웃으며 잔을 기울였다.

"저승을 가더라도 혹시 이두령님 같은 유생 나리하고 동행을 하게 되면 얼마나 따분할까 걱정을 했더니 말씀 듣고 보니 같이 가도 괜찮겠소."

송희옥이 웃으며 말했다. 모두 웃었다.

"두 분한테 반배를 하고 싶습니다마는 그러자면 자리가 너무 번거로울 것 같습니다. 저승길에도 주막이 있을 테니 반배는 저승길에서 하리다."

김덕명 말에 또 와크르 웃었다.

"술이 남았으니 마지막으로 서로 반배를 합시다."

전봉준이 말하며 잔을 이유상한테 건넸다. 김덕명은 김원식한테 건넸다.

"이두령님하고 저하고 혹시 살아남게 되면, 아까 그 유생들 깨우치러 다닐 적에는 저도 동행하겠습니다. 절간에 스님들이 억지소리하는 놈 마빡 갈기는 법방망이 있잖습니까? 두령님께서는 말로 깨우치기만 하십시오. 돌대가리 같은 놈들 마빡은 제가 후려갈기겠습니다."

유한필이었다. 모두 또 웃었다.

"양반 이야기라면 이싯뚜리도 한마디 할 법하네."

전봉준이 이싯뚜리를 보며 웃었다.

"저는 곤댓짓하는 양반만 보면 말똥창자에까지 넘어간 작년 추석 송편이 기어올라오는 놈인데라우, 오늘 이두령님 말씀 들은게 이두령님은 조깨 달리 뵈그만이라. 그래도 나는 아직 저승길이고 누구 깨우치러 다니는 길이고 이두령님하고 같이 댕기고 싶은 생각은 얼른 안 나요."

폭소가 터졌다. 자리가 어디 길 떠나는 사람들 술판 같았다.

"하고 싶은 말씀이 있으면 모두 한마디씩 하시오."

전봉준이 말했다.

"모두들 죽는다는 말씀들을 하셨습니다만 일승일패는 병가상사입니다. 우리가 무기는 약합니다마는 전쟁은 무기로만 하는 것이 아닙니다."

유한필이 호기 있게 나왔다.

"맞소. 한 번씩 싸워서 물정도 틔었으니 지난번하고는 다를 것입니다. 우리는 저놈들 양총을 뺏어서 싸울 참이오."

최대봉이 주먹을 쥐었다. 술기가 오르자 모두 호기 있게 한마디씩 했다.

"이 잔을 마지막으로 발진을 합시다."

전봉준 말에 모두 잔을 주욱 들이켰다. 호기 있게 마시는 사람도 있었으나 마치 사약이라도 들 듯 드는 사람도 있었다. 모두 자리에서 일어섰다.

송희옥 부대, 유한필 부대, 임군한 부대만 남고 모두 출발했다. 이싯뚜리 부대와 달주 부대는 이인 쪽으로 바람같이 내달았다.

"잘 몰아라!"

이싯뚜리는 10여 리쯤 가다가 삭대원고개에서 달주 부대를 이인으로 보내고 거기 멈추어 있었다. 관군이 진로를 눈치 채지 못하게 하기 위해서였다. 이싯뚜리는 이미 정탐병을 여남은 패 짜서 내보내고 있었다. 이싯뚜리는 전 부대를 세 패로 나누어 오송정에 이르러 공격할 지점을 배당했다.

"하여간, 여기서 출발하면 죽는다 생각하고 뛴다."

이싯뚜리가 대장들한테 다짐을 했다. 달주 부대가 이인 가까이 가지 않았을까 했을 때였다. 정탐병 한 패가 숨을 헐떡이며 달려왔다.

"관군은 벌써 이인에서 내빼고 있소. 아마 주봉리 가까이 갔을 것 같소."

"아이고, 한발 늦었다. 부대별로 뛰어라!"

이싯뚜리가 소리를 질렀다. 각 부대는 정신없이 달렸다. 여기서 오송정까지는 20여 리였다. 산길이기는 했지만 길이 곧고 편편한 편이었다. 이싯뚜리 부대가 오송정을 5리쯤 앞두었을 때 해가 들어갈 구멍을 찾고 있었다. 정탐병이 달려왔다.

"이인에서 물러간 관군들이 세다리에다 진을 치고 있소."

"됐다. 뛰어라!"

이싯뚜리는 악다구니를 썼다. 오송정 가까이 이르자 세 부대는 자기가 공격할 지점으로 달려갔다. 이싯뚜리는 배농지기와 함께 오송정 뒷산으로 달려갔다. 배농지기 부대 매복지점은 오송정이었다.

"저기 있다."

배농지기가 소리를 질렀다. 정말 관군들은 세다리 앞에서 남쪽을 향해 회선포를 설치해놓고 있었다. 관군은 50여 명쯤 되는 것 같았다.

"저 작자들이 저기서 방어하자는 것인가?"

배농지기가 이싯뚜리를 돌아봤다.

"그런 것 같다. 기다리자. 조금 있으면 발티 쪽에서 달주 부대가 밀고 올라올 것이다."

해가 서산마루를 넘어가고 있었다. 들판에서 개 서너 마리가 관군 쪽을 향해 짖고 있었다.

"개가 있는 것이 저 동네 사람들은 피난을 안 갔는가?"

배농지기가 속삭였다. 관군들이 돌멩이로 개를 쫓았다. 개들은 멀리 도망쳤다.

"저자들이 이쪽은 경계를 하지 않는 것 같지?"

이싯뚜리가 속삭였다.

"이리 올 줄은 미처 생각하지 못한 것 같구만."

"하여간, 달주 그 자식 귀신이다, 귀신!"

이싯뚜리가 감탄을 했다.

"조금 있으면 아래서 밀고 오겠지?"

"아냐. 더 어두워진 다음에 올 것이다. 밤에 붙어야 우리한테 유리하거든. 세다리 위쪽에서 새재 쪽으로 가는 골짜기로 길이 있지? 저 위에 있는 부대는 공격명령이 떨어지면 무작정 저 길로만 달려가서 포위를 하라고 해야겠다."

이싯뚜리는 얼른 파발을 띄웠다.

"어라, 저기도 관군이 있는 것 같네."

배농지기가 세다리 아래쪽을 가리켰다. 위쪽에서 쫓겨간 개들이 솔밭을 향해서 짖어댔다. 밭둑 밑에서 사람이 움직였다.

"알겠다. 주력부대를 저기에다 매복을 시켜놓고 세다리에 있는 놈들은 일부러 모습을 드러내고 있는 것 같다."

"맞다. 아래서만 밀고 올 줄 알고 아래다 매복을 해놨구만. 오냐, 한번 죽어봐라."

관군들은 이인 쪽에서 오는 발티고개만 내려다보고 있었다. 좀 만에 이인 쪽 길에서 관군 서너 명이 뛰어왔다. 관군 정탐병들 같았다. 한 패는 세다리 아래 솔밭으로 들어가고 둘은 세다리로 달려갔다. 달려가는 기세가 여간 다급하지 않았다. 달주 부대가 오는 것 같았다. 세다리 관군들이 바삐 움직였다. 매복도 해놨겠다 한판 제대로 붙겠다는 배짱 같았다. 날이 어두워지고 있었다.

"이럴 때 우리가 모두 양총이라면 얼마나 좋겠냐?"

"아니다. 밤에 붙으면 맨손으로도 작살낼 수 있다. 하여간 뒷산으로만 몰아붙이자."

"움직이네."

세다리 앞 관군이 아래쪽 솔밭을 향해서 기를 흔들었다. 요란스럽게 흔들어댔다. 그때였다.

— 빵 빵.

발티 쪽에서 총소리가 났다. 달주 부대가 몰려오는 것 같았다. 관군들은 대포를 쏘았다.

"돌진!"

— 징징징징징.

이싯뚜리가 악을 썼다.

"돌진!"

농민군들은 악을 쓰며 뛰쳐나갔다. 관군들은 잠시 어리둥절했다.

"와!"

농민군들은 소리를 지르며 세다리 위쪽 골짜기로 내달았다. 관군 쪽에서 양총 소리가 콩을 볶았다. 세다리 아래쪽에 매복했던 관군들도 세다리 쪽으로 도망쳤다. 아래에서 올라온 달주 부대는 한 부대가 검상천을 따라 산굽이 뒤로 돌진했다. 삼면에서 공격을 받은 관군은 세다리 뒷산으로 도망쳤다. 농민군 작전대로 되었다.

— 징징징징징.

"쫓아라."

이싯뚜리는 목이 찢어져라 악을 쓰며 내달았다. 샛길로 올라붙은 이싯뚜리 부대는 관군을 앞질렀다.

"죽여라!"

이싯뚜리 부대는 함성을 지르며 산으로 올라붙었다. 관군은 완전히 포위되었다. 농민군 수는 3천 명이 넘었다.

"죽여라."

관군들은 우왕좌왕 정신이 없었다.

"아이고 사람 죽네."

악다구니와 비명이 범벅이 되었다. 무작정 치고 박고 찔렀다. 초여드레 달빛 아래서 난장판이 벌어졌다.

"총 잘 챙겨라."

관군들은 들판으로 도망치기 시작했다. 관군 하나가 도망치면 농민군 여남은 명이 쫓아갔다. 한참만에 다시 뒷산으로 몰려들었다. 치고 박고 쫓고 한 식경이나 수라장이었다. 농민군들은 새재로 가는 길과 반선말까지 2,3마장 가까이 쫓아가다 돌아왔다.

"양총이다, 양총."

병사들은 총을 치켜들며 환성을 질렀다.

"동네로 들어가자."

두 부대는 한참 물러나서 전열을 수습했다. 농민군은 사상자가

198

20여 명밖에 되지 않았으며 빼앗은 총은 80여 자루였다. 관군은 몇 명이나 죽였는지 알 수 없었다. 양총은 이싯뚜리 부대가 50여 정, 달주 부대가 30여 정이었다. 실탄은 평균 20여 발쯤 되었다. 그런데 크루프포나 회선포는 빼앗지 못했다. 도망칠 때 제일 먼저 가지고 도망친 것이다. 거의 완전한 승리였다. 바로 우금고개 아래서 통쾌한 승리를 한 것이 더 기분이 좋았다. 달주 작전이 신통하게 맞아떨어진 것이다. 달주와 이싯뚜리는 전봉준한테 바로 파발을 띄웠다.

농민군들은 발티재를 넘어 주봉리 근처 여러 동네에 들어 밥을 해먹고 자기로 했다. 공주 근처에는 어디나 동네가 거의 비어 있어 잠자리 걱정이 없었다. 자물쇠 잠긴 방만 건드리지 않고 부엌에서 맘대로 밥을 해먹고 아무 방에나 따뜻하게 불을 때고 잘 수 있었다. 김치야 뭐야 반찬 걱정도 없었다.

7. 우금고개 전투

미나미 소좌는 농민군이 이인과 효포로 진군한다는 보고를 받자 이인과 늘티에 있는 부대에 우금고개와 능티고개로 후퇴하라는 명령을 내려놓고 곧바로 지휘관들을 소집하라고 했다. 소집 범위는 일본군은 전 장교이고 조선군은 영관급 이상 장교였다.

"전봉준이 어디로 움직인다는 정보는 없는가?"

적정보고서를 훑어보던 미나미가 보고서를 가지고 온 중위에게 물었다. 저쪽 의자에는 우금고개를 맡은 모리오 대위 등 일본군 장교들이 막대기처럼 꼿꼿하게 앉아 있었다. 장교 하나는 얼굴에 큼직하게 고약을 붙이고 있었다.

"효포로 오는 부대나 이인으로 가는 부대에는 없는 것으로 보아 도소에 있는 것으로 판단됩니다."

중위가 대답했다.

"효포로 오는 부대는 모제르 소총이 30여 정이라 했는데 실탄은 얼마나 되는가?"

"확실한 수량은 아직 파악하지 못하고 있습니다. 그 부대는 지난번에는 금학동 뒤 산줄기에 주둔했던 고영숙 부대인데 지난 25일 경 천점으로 퇴각하기 직전 아군 공격을 받을 때 모제르 소총 소리가 한 방도 나지 않았다는 보고가 있었습니다."

"지금 이인으로 이동하는 김달주 부대와 이싯뚜리 부대는 모제르 소총과 실탄이 각각 얼마나 되는가?"

"김달주 부대 모제르 소총은 기왕에 가지고 있던 70정과 이인전투에서 탈취한 40정 도합 110정입니다. 실탄은 처음 지급받은 1정당 30여 발을 거의 소모하지 않았으며 이인에서 탈취한 실탄은 1정당 2,30발 같습니다. 이싯뚜리 부대는 70여 정인데 포로의 진술에 따르면 실탄은 능티전투에서 거의 소모해버렸다고 합니다."

"두 사람 모두 전봉준 심복으로 고부민란 때부터 참여한 자들이라지?"

미나미는 책상 서랍에서 서류를 꺼내며 물었다.

"그렇습니다. 김달주는 지난번에 보고 드린 바와 같이 전봉준이 가장 아끼는 제자로 그 자는 고부민란 때부터 별동대장으로 최강부대를 거느렸으며, 황토재 싸움과 황룡강 싸움에서도 크게 활약한 자입니다. 그 부대가 기왕에 소지한 모제르 소총은 황토재전투와 황룡강전투에서 탈취한 것입니다. 지금 난군들 각 부대가 가지고 있는 모제르 소총의 수량은 그 부대가 앞의 두 전투에서 얼마나 치열하게 싸웠는지를 말해주는 척도입니다."

미나미는 서류를 들고 한쪽에 앉아 있는 장교들을 향했다.

"가장 주의를 요하는 자는 김달주와 이싯뚜리란 자이다. 김달주란 자는 아버지가 관아에 자주 등소를 올리다가 군수한테 맞아죽었고, 한 동네 부자 딸을 좋아했으나 결혼 못한 것을 비관하여 집을 나왔고, 그 처녀는 그 뒤 역졸들한테 강간을 당하여 아이를 배었고, 집강소 기간에는 전봉준이 명을 받고 이싯뚜리란 자와 전라도 일대를 돌며 양반과 부자들한테 보복을 말라 설득을 하러 다녔고……."

미나미는 서류를 보며 말했다.

"이싯뚜리란 자는 흥덕이란 곳 가난한 소작농 출신으로 2년 전 동학도들의 삼례집회에 참여, 거기 모인 농민들을 선동하여 동학 거두들이 동학도들을 전주로 끌고 가도록 한 자로서 그때부터 두각을 나타내어 작년 봄 동학도들의 보은집회 때는 전봉준을 도와 금구의 원평이란 장터에서 따로 집회를 하여 북접을 위협했으며……."

미나미는 서류를 보며 이싯뚜리 경력도 죽 말했다.

"김달주와 이싯뚜리는 젊은이들 가운데서 지도력이 가장 탁월한 자들입니다. 포로들의 진술에 따르면 김달주는 지난번 이인전투 야습작전 계획을 세우고 지휘한 자이며, 이싯뚜리는 지난번 금강 화약선 폭파 사건을 계획하고 지휘한 자입니다."

정보장교가 덧붙였다.

"실탄의 출처는 아직도 전혀 단서가 잡히지 않는가?"

미나미는 서류를 서랍에 넣으며 물었다.

"예, 아직 잡지 못했습니다."

중위는 새삼스럽게 차려 자세를 하며 말했다. 마치 책망을 듣는 어린 아이 꼴이었다.

"농민군이 실탄을 그렇게 많이 가지고 있다는 것은 수수께끼 중에서도 수수께끼다. 앞으로 제일 중요한 첩보 수집 과제는 모제르 소총 실탄의 출처이다. 그것을 밝히지 못하면 지금 계획하고 있는 작전이 무의미하며 앞으로 작전계획 수립 자체가 불가능하다."

"계속 노력하겠습니다. 조선 군대는 관리들보다 더 썩어버렸으므로 틀림없이 고급장교 가운데서 누군가가 팔아먹었을 것으로 사료되는데 아직 단서를 잡지 못하고 있습니다."

"조선 조정은 비도들 숫자에 벌벌 떨고 있는데, 그것은 무기 없는 비도란 까마귀 떼에 불과하다는 것을 모르기 때문이다. 가장 큰 문제는 모제르 소총 실탄이다. 그 실탄 한 발이 우리 일본군 한 사람의 목숨과 같다는 사실을 명심하라."

미나미는 다른 장교들한테로 고개를 돌리며 말했다.

"조선 장교들 동태를 예의 감시할 것이며 이 다음부터는 작전이 끝날 때마다 탄피를 정확히 회수하라. 회수하지 못한 양에 대해서는 문서로 경위서를 작성하여 보고하도록 할 것이며 그 다음 실탄을 분배할 때는 그 양만큼 감하도록 하라. 철저히 실시하라."

미나미는 한쪽에 앉아 있는 장교들에게 명령했다.

"명령대로 실시하겠습니다."

장교들은 큰소리로 대답했다.

"이두황 부대와 교도중대는 어디쯤 오고 있는가?"

미나미는 정보장교한테 물었다.

"이두황 부대는 해미성에서 비도들을 격파한 다음 지금 오고 있는 중이며, 교도중대는 내일쯤 옥천에 도착할 수 있으므로 거기 모인 비도들을 격파하는 즉시 오겠다는 전보가 방금 착신되었습니다."

"빨리 격파하고 바로 오도록 다시 지시하라."

미나미 소좌는 전봉준의 총공격 태세에 그만큼 긴장하고 있는 것 같았다. 그는 다른 지역에서 일어나는 농민군은 별로 두려워하지 않는 태도였다. 몇천 명이든, 몇만 명이든 대창 들고 일어나는 농민들쯤 그 스스로 말했듯이 대포 몇 방이면 흩어져버릴 까마귀 떼밖에는 여기지 않는 것 같았다.

"김개남은 금산에서 아직도 움직이지 않고 있는가?"

"그렇습니다. 그 때문에 전봉준 부대하고 불화가 심각한 듯합니다."

"김개남의 움직임은 계속 면밀하게 정찰하여 앞으로는 5시간 간격으로 보고를 하라."

그때 문이 열리며 지휘관들이 다 모였다고 했다. 미나미는 자리에서 일어섰다. 장교들은 회의장으로 가고 미나미는 옆방으로 갔다. 일본 공사 이노우에 방이었다.

"소좌 미나미, 공사 각하께 용무가 있어 왔습니다."

미나미는 공사 이노우에한테 차려 자세로 쪼개지게 거수경례를 했다.

"어서 오시오."

"작전회의 소집이 완료됐습니다. 회의 시작 전에 한 가지 용건을 말씀드리겠습니다. 지난번에도 말씀드렸듯이 가장 큰 문제는 비도들이 가지고 있는 모제르 소총과 실탄입니다. 지금 출발한 부대들이 새로 소총 실탄을 보급받았다면 작전은 장기화될 수밖에 없으며, 실탄의 양과 출처가 밝혀질 때까지는 앞으로 작전계획 자체를 수립할 수가 없는 실정입니다. 그 출처는 우리 첩보기구의 활동 범위 밖인 것으로 사료됩니다. 출처가 보다 높은 데 있는 듯하오니 엄중한 조처를 바랍니다."

"조선 놈들 하는 짓이 모두가 그렇소. 나라라는 것이 법도 없고 기강도 없고 관리들은 그저 제 뱃속만 채우기에 정신이 없소. 다른 것은 모르지만 외국에서 구걸하다시피 한 실탄을 팔아먹는 놈들이 있다면 도대체 이것을 나라라고 하겠소? 실탄이 새어나간 구멍을 밝히라고 감사와 조정에 엄하게 지시를 하겠소."

이노우에는 지시라는 말을 쓰고 있었다.

"감사합니다."

"작전회의에 감사도 참석하라 했소."

이노우에가 일어섰다. 미나미는 이노우에 뒤를 따라 감영 선화당에 마련된 회의장으로 들어갔다. 앞자리 한쪽에 감사 박제순이 잡혀 온 사람처럼 가슴을 좁히고 앉아 있다가 벌떡 일어났다.

"전원 기립!"

모리오 대위가 버럭 소리를 질렀다. 모두 벌떡 일어섰다. 그가 제일 선임이었다. 미나미가 앞으로 나섰다.

"작전회의 전원 집합 완료!"

모리오 대위가 거수경례를 붙이며 미나미에게 보고를 했다.

"작전회의를 시작하겠다. 먼저 주조선 대일본 공사 이노우에 각하께서 여러분에게 격려 말씀이 있으시겠다."

이노우에가 앞가슴을 펴고 근엄한 표정으로 앞으로 나섰다.

"차렷. 주조선 대일본 공사 이노우에 공사각하께 경례!"

모리오 대위의 구령에 따라 모두 절도 있게 거수경례를 붙였다. 이노우에도 거수경례로 답례를 하고 모두 앉으라 했다. 역관이 이노우에 곁으로 나갔다.

"우리 영용한 대일본 군대는 조선의 왕실과 조선의 안녕과 질서를 위하여 지금 밖으로는 청나라 군대를 몰아내고 있으며 안으로 동학 비도들을 소탕하고 있습니다. 청나라는 조선의 종주국이라는 위세로 조선의 왕권을 농단하여 왔으며, 동학 비도들은 왕실의 위엄에 도전하여 나라를 어지럽히고 있습니다. 조선 정부로서는 힘이 미치지 못하는 까닭에 우리 대일본 정부는 조선에 대한 선린과 우호의 정신으로 군대를 출동시킨 것입니다. 미나미 소좌의 탁월한 지휘에 따라 일본군과 조선군은 능티고개 전투를 화려한 승리로 장식했습니다. 앞으로도 일본군은 조선 군사들을 계속 잘 이끌어 작전을 수행할 것이며 조선 군사들은 명령에 절대 복종하여 일사불란하게 작전을 수행하기 바랍니다. 동학 비도들을 최후의 일인까지 전원 소탕하여 일본 군사들은 대일본 군대의 명예를 빛내줄 것이며 조선 군사들은 왕실과 나라를 지킨 영광을 빛내기 바라는 바입니다."

이노우에 말은 짤막했으나 힘이 있고 자신에 차 있었다. 다시 미나미가 앞으로 나섰다.

"향후 전개할 작전을 지시하겠다. 지금 동학 비도들은 예상했던 대로 공주를 총공격할 태세로 부대를 이동시키고 있다. 특히 전봉준 직속 주력부대가 모두 우금고개 주변으로 이동 중이다. 이번에는 우금고개를 주공격목표로 삼고 공격을 할 것으로 예상된다. 현재 모제르 소총과 실탄이 가장 많은 김달주 부대와 이싯뚜리 부대도 그쪽으로 이동하고 있다. 양총과 기타 무기도 그 부대가 가장 우수하다."

미나미는 카랑카랑한 목소리로 말했다. 그는 해라를 했다. 장위영 영관급은 자기와 비슷하거나 높은 급이었으나 지휘체계로는 모두 자기 휘하에 있으므로 위세를 과시하는 것 같았다.

"현재 비도들은 모제르 소총으로 무장한 부대는 실탄을 다시 지급받은 것으로 사료된다. 화승총과 기타 중화기는 별로 두려워할 것이 없으나 모제르 소총은 주의를 요한다. 지금 비도들은 10여 일간 전력을 보강한 다음 사기가 매우 높아졌으므로 마지막 발악을 할 소지가 있다. 그들은 그만큼 무모하게 공격을 할 것이다. 이 점 유의하고 다음 사항을 명심하여 작전 수행에 착오 없기 바란다."

미나미는 단단히 뜸을 들인 다음 말을 계속했다.

"이번 전투는 어떠한 전투와도 전혀 다르다. 본관의 지시에 각별히 유념하여 착오 없기 바란다. 첫째, 이 전투의 기본 개념은 적이 화력을 되도록 많이 소모하도록 하는 데 있다. 따라서 적의 사살은 부차적인 개념이다. 둘째, 경우에 따라 적을 추격하되 멀리 격퇴하는 것은 금기사항이다. 격퇴는 금기사항이라는 사실을 특히 명심하라. 다시 정리한다. 이 전투에서는 적의 화력 소모가 기본 개념이고 사살은 부차적인 개념이며 격퇴는 금기사항이다. 이 사실을 명심하고 다음과 같이 작전을 수행한다. 첫째, 기관총과 소총을 적절히 구사하여 적이 화약을 되도록 많이 소모하도록 할 것이며, 둘째, 사살은 아군이 위험에 빠졌을 때만 한다. 셋째, 적을 일정한 범위 이상으로 멀리 쫓지 않는다. 이 세 가지 원칙에 유념하여 유리한 지형을 잡아 그 범위 안에서 소총수들이 공격을 하다가 적이 공격할 때는 기관총 사정 범위까지 유인한다. 적이 기관총 사정 범위 안으로 들어오면 기관총으로 물리친 다음 다시 소총수들이 공격하여 다시 적의 공격을 유도한다. 이렇게 일정 범위 안에서 공격과 유인을 되풀이할 것이며 절대로 적을 멀리 격퇴시켜서는 안 된다. 이 전투의 목적은 적의 사살이 아니고 화력의 소모라는 사실을 명심하라."

미나미는 카랑카랑한 목소리로 계속했다.

"다시 강조하거니와 비도들이 화약을 다 소모할 때까지 일정 범위를 벗어나서 적을 추격해서는 절대로 안 된다. 우리가 추격하지 않으면 비도들은 화약을 다 소모할 때까지 공격을 계속할 것이다. 비도들은 지금 전라도에 있는 화약을 거의 전부 끌어모아 이리 가지고 왔으므로 여기서 모두 소모해버리면 그들은 화약을 조달할 길이 없다. 따라서 비도들은 화약의 소모와 함께 소멸된 것이나 마찬가지다. 이빨 없는 독사는 *무자수만 못하고 이빨 없는 호랑이는 개보다 못하며 무기가 없는 비도는 천 명이든 만 명이든 까마귀 떼에 불과하다. 그때부터 섬멸은 시간문제이다. 그들이 화약을 가지고 있는 상태로 후퇴하여 각 지역에 박혀버리면 그만큼 위험하다."

미나미는 또박또박 말을 했다. 장교들은 숨을 죽이고 듣고 있었다.

"우금고개로 공격해오는 전봉준 부대 이외의 여타 부대는 화력이 전반적으로 빈약한 것으로 판단된다. 여타 부대는 우금고개에 있는 아군 병력을 분산시키려고 허장성세를 부려 양동작전을 펼 가능성이 있다. 그 점에 유념하고 각 부대는 전투 개시와 동시에 무엇보다 먼저 할 일이 있다. 포로를 붙잡아 적의 무기와 화약 등 전투력을 정확히 평가하는 일이다. 그런 다음에 적절히 대응하도록 하라. 다시 강조하거니와 적을 열 명 백 명 사살하는 것보다 실탄 한 발을 소모하게 하는 것이 중요하다. 이 점에 유념하고 작전 수행에 차질이 없도록 하라. 이상이다. 질문이 있으면 하라."

미나미는 자리를 훑어보았다. 모두 말이 없었다. 마치 나무로 깎아서 세워놓은 병정들 같았다.

"한 가지 과외의 임무를 주겠다. 작전 중 가능하면 대장급을 하나 붙잡는다. 중요한 정보를 알아낼 것이 있으므로 대장을 붙잡은 전공은 매우 크다. 그럼 본관이 본국을 떠날 때 본국 육군 대본영이 본관에게 내린 훈령을 귀관들에게 전달하며 작전 지시를 끝낸다. '동학 비도 초멸은 엄렬嚴烈함을 요한다.' 이상!"

미나미는 일본 대본영의 훈령을 한 마디 한 마디 또박또박 되새겨 말한 다음 이상 소리를 크게 질렀다. 농민군 대장을 잡으라고 한 것은 양총 실탄의 출처를 캐려고 그런 것 같았다. 모리오 대위가 쪼개지게 거수경례를 붙였다. 미나미가 단에서 내려갔다. 장교들은 바로 자리를 떴다.

"대장님 계책에 정말 놀랐습니다."

박제순은 미나미에게 허리를 잔뜩 굽히며 굽실거렸다.

"어쩌면 비도들 속마음까지 그리도 깊이 꿰뚫어보고 계십니까? 대장님 말씀을 듣고 나니 마음이 툭 놓입니다. 대장님 혜안에 놀랄 뿐입니다."

박제순은 미나미 손을 잡으며 치사에 침이 발랐다. 역관은 빠른

말로 통역을 했다.

"천만의 말씀입니다."

미나미는 가볍게 퉁기고 이노우에 곁으로 갔다. 그때 아까 적정 보고를 했던 중위가 시퍼렇게 굳은 얼굴로 달려왔다.

"이인으로 진출했던 성하영 영관이 우금고개 아래서 방금 참패를 당했습니다."

"뭣이?"

이노우에와 미나미가 동시에 소리를 질렀다.

"적의 기습에 포위되어 80명 이상의 병력 손실과 함께 소총을 탈취당했습니다."

"80명 이상?"

이노우에가 입을 딱 벌렸다.

"조선 놈들 하는 꼴은 도대체 매사가 이 꼴이란 말이야. 왜 명령대로 후퇴를 않는 거야?"

미나미는 악을 썼다. 박제순은 겁먹은 표정으로 역관을 봤다. 역관은 주눅이 들어 통역을 못했다. 박제순은 무슨 소리인지는 모르지만 큰일이 난 것 같아 눈알을 뒤룩거렸다. 두 사람은 박제순은 돌아보지도 않고 자기들 방으로 들어가버렸다. 박제순은 명색일망정 공주 전투의 책임자였다.

11월 9일, 이른 아침 농민군은 어제 전봉준의 지시대로 자기가 맡은 지역에 포진하여 공주부를 포위했다. 전봉준은 아침 일찍 김덕명 등 두령들과 함께 임군한 부대를 거느리고 송희옥 진으로 왔다. 경천점 도소에는 임군한 부대 일부만 남아 있었다.

"부대 배치는 끝났소?"

"모두 명령대로 제자리에 배치되었습니다."

송희옥은 부대 배치 상태를 죽 설명했다. 전봉준은 고개를 끄덕이며 두령들을 거느리고 달주 부대가 진을 치고 있는 음달뜸 위쪽 주미산 줄기로 올라갔다. 주미산 꼭대기 바로 아래 등성이에 멈췄다. 농민군 진뿐만 아니라 관군 진까지도 환히 내려다보였다. 관군들은 산줄기에 이중삼중으로 붙고 저만큼 성황당이까지 진을 치고 있었다. 능티고개 쪽에서 은은하게 대포 소리가 들려왔다.

송희옥이 가리키는 곳에는 농민군 여러 부대 지휘기가 꽂혀 있었다. 이쪽에서 명령을 내릴 영기는 각 부대에 한 가지씩 5가지 색이었다. 황색기는 전면에 있는 송희옥 부대 선봉진, 청색은 동쪽에 있는 달주 부대, 붉은 색은 서쪽에 있는 이싯뚜리 부대, 흑색은 유한필 부대, 흰색은 북접부대였다. 각 부대는 여기서 기로 신호를 보내면 모두 볼 수 있도록 배치를 하고 있었다. 전봉준과 김덕명, 김원식, 김시만 등 두령들은 한참 동안 부대 배치 상태를 보고 있었다. 임군한은 양달뜸 아래에 부대를 거느리고 멈춰 있었다.

"산줄기에 촘촘히 붙은 것 같지?"

송늘남이 건너편 등성이를 뚫어지게 보며 옆에 있는 대원한테 물었다.

"50명도 넘는 것 같다."

송늘남 부대는 골짜기 하나를 사이에 두고 관군과 마주보고 있었다. 바로 아래는 김승종 부대가 붙어 있고 위에는 김장식 부대와 장진호 부대였다.

"저놈들 수가 너무 많은걸."

송늘남이 속삭였다. 공격명령이 떨어지면 양총은 엄호하고 화승총들은 골짜기로 뛰어내려가서 다시 산등성이로 붙어야 하는데, 골짜기로 내려가는 사이 50명이 갈겨대면 희생이 상당히 클 것 같았다.

"저쪽에서는 회선포로 지져댈 것 같잖아?"

곁에서 속삭였다.

"글쎄 말이야."

송늘남이 연방 위쪽을 쳐다보며 꽹과리채 든 오른손으로 땅바닥 흙을 후비며 건성으로 대답했다. 잎을 벗어버린 나무들은 앙상한 가지만 드러내고 있었다. 농민군은 초조하게 진격명령을 기다렸으나 명령이 떨어지지 않았다. 전선은 태풍을 안은 정적에 가득 차 있었다. 관군들도 제자리에서 숨을 죽이고 있었다.

─ 징징 징징 징징.

드디어 공격명령이 떨어졌다. 황색, 청색, 붉은색, 검정색 기도 세차게 흔들렸다. 이쪽 부대 가운데서 북접부대를 제외하고 네 부대에 공격명령이 떨어진 것이다.

"공격하라!"

─ 깽깽 깽깽 깽깽.

달주가 소리를 지르며 힘껏 꽹과리를 두들겼다.

"가자!"

─ 깽깽 깽깽 깽깽.

위아래서 김장식과 김승종이 소리를 지르며 꽹과리를 쳤다.

"진격!"

― 깽깽 깽깽 깽깽.

송늘남도 악을 쓰며 꽹과리를 쳤다.

― 빵빵.

농민군 양쪽 양총이 불을 뿜고 화승총들이 골짜기로 뛰어내려갔다. 그 사이 화승총 둘이 쓰러졌다. 상처가 크지 않은 듯 그대로 절룩거리며 뛰어내려갔다. 모두 골짜기에서 비탈로 붙었다. 관군이 산등성이를 향해 비탈에 납작납작 붙었다.

"다행이다."

송늘남은 손으로 흙을 후비며 한숨을 내쉬었다. 그 무지막지한 총탄 속을 둘만 다치고 무사히 뚫고 간 것이다. 농민군들은 사방에서 공격을 하고 있었다. 총소리가 콩 볶는 소리였다.

"올라가라."

― 깽깽 깽깽 깽깽.

송늘남이 악을 썼다. 골짜기에 붙었던 화승총 부대가 위로 기어 올라가기 시작했다. 다람쥐처럼 날래게 올라갔다. 위쪽 관군들은 아래가 보이지 않으므로 그대로 기다리고 있었다. 화승총들은 비탈을 반 가까이 올라갔다. 관군들 총이 불을 뿜기 시작했다. 이쪽 양총도 다시 불을 뿜었다.

"돌진!"

― 깽깽깽깽깽.

송늘남이 악을 쓰며 꽹과리가 깨져라 두들겼다. 화승총 대원들이 돌진을 했다.

"물리쳤다."

송늘남이 자리에서 발딱 일어나며 팔짝 뛰었다.

"가자!"

양총들한테 소리를 지르며 뒤를 돌아보던 송늘남이 깜짝 놀랐다. 저만큼 뒤쪽 다복솔 밑에 병사 하나가 얼굴이 새파랗게 질려 숨을 씨근거리고 있었다. 어젯밤에 총 맞는 꿈을 꾸었다고 아침밥도 제대로 먹지 않은 병사였다. 송늘남의 한 동네 젊은이였다. 그는 죄지은 놈처럼 겁먹은 눈으로 송늘남을 보고 있었다. 송늘남은 그대로 두고 건너편 등성이로 뛰어갔다. 관군들은 저 건너편 등성이에 붙어 있었다. 다른 데서는 계속 총소리가 콩을 볶고 있었다.

"저 산줄기만 빼앗으면 저놈들은 저 뒤로 밀릴 것이다."

송늘남의 말이 끝나기도 전이었다.

— 드드드드드.

느닷없이 위쪽에서 회선포 소리가 났다. 회선포는 오늘 처음으로 불을 뿜었다. 양총 소리도 엄청났다. 관군이 김장식 부대를 반격했다. 총소리가 어마어마했다. 이내 김장식 부대가 물러났다. 거기는 산줄기가 만나는 곳이었다.

— 드드드드드.

"아이고!"

회선포가 이쪽으로 갈기고 있었다. 두 대가 갈겼다. 송늘남 부대 전부가 회선포 앞에 드러나고 말았다. 어디 숨을 만한 바위 하나도 없었다.

"물러가자!"

－깽 깽 깽 깽 깽.

송늘남이 악을 썼다. 전 대원들이 정신없이 내달았다. 아까 공격
했던 자리를 향해 죽을 둥 살 둥 모르고 뛰었다. 모두 산등성이를 넘
어 엎드렸다. 김승종 부대는 건너편 산등성이에 그대로 있었다. 거
기는 거리가 멀어 회선포가 미치지 못했다.

위에서는 계속 총소리가 났다. 김장식 부대와 장진호 부대가 관
군하고 제대로 붙은 것 같았다. 좀 만에 회선포 소리가 그쳤다. 총소
리가 나는 방향이 옮겨가고 있었다. 관군을 물리친 것 같았다. 총소
리가 그쳤다. 송늘남 부대는 이쪽으로 도망쳐오는 사이 두 명이 크
게 다쳤다. 하나는 다리에 맞고 하나는 팔이 맞았다.

"부상자들을 데리고 내려가라!"

송늘남이 소리를 질렀다. 다복솔 밑에 있는 젊은이한테도 같은
소리를 질렀다. 그는 살았다는 듯이 달려나갔다. 무지막지한 총탄
속으로 두 번이나 왔다갔다했던 깐으로는 믿어지지 않을 만큼 피해
가 적었다.

"송늘남 부대 다시 공격하라!"

달주가 소리를 질렀다. 송늘남 부대는 아까와 똑 같은 모양으로
공격을 했다. 아까처럼 관군을 모두 물리치고 다시 산줄기를 빼앗았
다. 관군들은 싱거울 만큼 쉽게 물러났다. 관군들도 아까하고 똑같
은 모양으로 건너편 등성이로 물러가서 엎드리고 있었다.

우금고개 건너 이싯뚜리 부대도 맹렬하게 싸우고 있었다. 금학동
큰골 이유상 부대 쪽에서도 총소리가 엄청나게 났다.

"야, 이싯뚜리 부대도 밀고 내려간다."

병사들이 소리를 질렀다. 이싯뚜리 부대가 허옇게 몰려 내려갔다.

"너무 내려간 것 같은데……."

송늘남이 혼잣소리를 하며 벌떡 일어섰다.

"아이고."

관군들이 밑에서 무지막지하게 갈겼다. 이싯뚜리 부대는 다시 산 줄기를 타고 물러갔다. 병사들이 여러 명 쓰러졌다. 이싯뚜리 부대도 다시 제자리로 붙었다.

"좀 이상하지 않습니까?"

전봉준이 김덕명을 보며 물었다.

"뭣이 말입니까?"

"오늘은 포격을 않고 있습니다."

전봉준이 고개를 갸웃거렸다.

"그것도 그렇습니다마는 회선포도 제대로 공격을 하지 않고 아까 회선포가 반격을 할 때는 충분이 이쪽 등성이까지 진격을 할 수 있었는데 하지 않았습니다."

김시만이었다.

"저 작자들이 농민군을 가지고 노는 것 같지 않습니까?"

김원식이 말했다.

"무엇 때문일까요?"

전봉준이 눈살을 모았다. 모두 서로 보고만 있었다.

"전투를 중지시켜 놓고 생각해 봅시다. 그 사이 점심을 들도록 합시다."

전봉준이 결단을 내렸다. 전투 중지 신호를 보내라 했다.

－ 징징 징 징징 징 징징 징 징.

징을 치고 기를 흔들었다. 좀 만에 전 전선에 총소리가 멎었다. 멀리 능티고개 쪽에서만 총소리가 났다. 전봉준은 각 부대에 점심을 먹으라고 한 다음 송희옥과 이싯뚜리에게 이리 오라는 신호를 하라며 조금 아래로 내려갔다. 점심은 모두 괴나리봇짐에 싸 짊어지고 있었다.

"좀 이상한 구석이 있소."

송희옥이 올라오자 전봉준은 아까 말했던 점을 설명했다.

"그러고 보니 그렇습니다."

달주도 고개를 끄덕였다.

"양총 실탄은 얼마나 남았느냐?"

전봉준이가 달주한테 물었다.

"많이 쏜 부대는 30발 가운데서 10여 발 이상씩 쏜 것 같습니다."

"저자들이 노리는 것은 바로 양총 실탄 아니겠습니까?"

김시만이 말했다. 다른 두령들은 어리둥절한 표정이었으나 전봉준은 크게 고개를 끄덕였다.

"그런 것 같습니다. 달주 부대만 하더라도 저 산줄기 하나 차지하고 물러났다가 다시 차지하는 사이에 벌써 10발 이상씩 써버렸습니다. 우리 양총 실탄은 지금 나눠준 것이 전부입니다."

전봉준이 침통한 표정으로 말했다. 모두 멍청한 얼굴로 전봉준만 보고 있었다.

"이제 총공격밖에 길이 없을 것 같습니다. 양총 실탄이 떨어지는 순간 저자들은 바로 밀어붙일 것 같습니다. 지금 보십시오. 우리가 공격을 않으니까 저자들도 공격을 해오지 않습니다. 저자들은 오로지 양총이 무서울 뿐입니다."

김시만이 말했다. 두령들은 모두 침통한 표정이었다. 그때 이싯뚜리가 달려왔다. 전봉준이 방금 했던 이야기를 했다. 이싯뚜리도 그런 것 같다며 고개를 끄덕였다.

"이쪽 부대만 총공격을 하겠소. 저 아래 성황당이를 빼앗습니다. 양총 실탄은 더 아끼고 주로 화승총으로 공격합니다."

전봉준이 말했다. 전봉준은 제자리로 갔다. 큰골 이유상 부대에도 파발을 띄웠다. 성황당이는 우금고개 골짜기와 큰골 골짜기가 부내 쪽으로 내려가 만나는 곳에 외따로 뭉쳐 있는 조그마한 산이었다. 거기를 점령하면 부내를 공격할 수 있는 교두보가 될 수 있었다. 거기서 1마장 조금 더 내려가면 능티에서 내려오는 골짜기와 만난다.

"기가 올랐다."

병사들이 주미산 쪽을 보며 소리를 질렀다. 황색, 파란색, 붉은색, 셋이었다. 송희옥 부대, 김달주 부대, 이싯뚜리 부대, 세 부대에 공격 준비 명령이 떨어진 것이다.

"공격이다. 준비하라!"

저 위에서 달주가 소리를 질렀다. 저 너머 이유상 부대에는 저쪽 등성이에 기를 들고 있는 병사들이 따로 이쪽 영을 받아 전하고 있었다. 이쪽에 있는 부대는 두리봉 주변에 있는 유한필 부대와 뒤에 있는 북접 부대만 빼고 전 부대에 공격 준비 명령을 내린 것이다.

"화승총 나갈 준비!"

송늘남이 소리를 지르며 꽹과리채를 든 손으로 또 흙을 후볐다.

흙이 푹푹 패었다.

－징징 징징 징징.

이내 공격신호가 울렸다.

"공격이다. 진격!"

－깽깽 깽깽 깽깽.

달주가 소리를 질렀다.

"아까처럼 화승총 부대가 먼저 간다. 뛰어라."

송늘남이 명령을 했다. 화승총이 뛰어나갔다. 저쪽 산줄기에서
양총이 불을 뿜고 이쪽 양총도 불을 뿜었다. 송늘남은 조그마한 바
위 뒤에 머리를 숨기고 아래를 내려다봤다.

"워매!"

화승총이 셋이나 쓰러졌다. 나머지는 골짜기에 제대로 붙었다.
바로 비탈을 기어올라갔다. 반쯤 기어올라갔다. 화승총이 불을 뿜기
시작했다.

"돌진!"

－깽깽깽깽깽.

화승총 부대가 산줄기를 향해 돌진했다. 이내 관군 총소리가 멎
었다. 화승총이 산등성이를 점령했다. 양총 부대가 달려갔다. 관군
들은 벌써 저 건너 줄기에 붙어 이쪽으로 총을 갈겼다. 저 등성이만
차지하면 성황당이를 내려다보는 곳이었다.

"송늘남, 김승종 부대 진격해라!"

달주가 위에서 명령을 내렸다. 두 부대는 아까처럼 건너편 산줄
기를 향해 진격을 했다. 양총 엄호를 받으며 화승총이 나가고 화승

총이 등성이를 기어올라 관군을 물리쳤다. 관군들은 벌써 저만큼 도망치고 있었다. 관군들은 양총 사거리를 벗어나버렸다. 김승종 부대도 아래 등성이를 점령했다. 성황당이가 건너다보였다.

— 드드드드드.

오른쪽 저 앞쪽에 치솟은 산줄기에서 회선포가 불을 뿜었다.

"엎드려라!"

송늘남이 소리를 질렀다. 모두 엎드렸다. 김장식 부대가 회선포를 향해서 산줄기를 타고 내려갔다. 회선포는 계속 불을 뿜었다. 김장식 부대가 돌진을 했다. 좀 만에 양총의 엄호를 받으며 회선포가 도망치고 있었다. 장진호 부대와 김장식 부대는 그 산줄기 양쪽으로 관군을 뒤쫓았다. 주미산에서 성황당이 쪽으로 흘러내린 산줄기였다. 그 산줄기 너머는 이유상 부대가 있는 큰골이었다. 두 부대는 아래로 돌진을 했다. 관군들이 집중사격을 했다. 어마어마하게 퍼부었다. 두 부대는 수없이 쓰러지면서도 앞으로 내달았다. 이내 관군이 물러났다. 두 부대는 쫓아 내려가다 멈추었다.

"우금고개도 빼앗는 모양이다."

우금고개 쪽에서 총소리가 콩을 볶았다. 이내 관군이 우금고개에서 성황당이 쪽으로 달려갔다. 2,30명이었다. 그들은 성황당이 앞 논에다 회선포를 설치했다.

큰골 쪽에서 회선포 소리가 진동했다. 그쪽 이유상 부대도 밀고 내려오는 것 같았다. 총소리가 엄청났다. 이내 그쪽에서도 회선포 소리가 멈췄다. 송늘남이 부상자를 점검했다. 3명이 죽고 5명이 부상이었다. 부상자 가운데는 팔을 관통당한 병사도 있고, 다리를 관통당한 병사도 있었다. 중상자는 뒤로 떠메 갔다.

─ 징징 징 징징 징.

본진에서 징소리가 났다. 전진하지 말고 그 자리에 멈추라는 신호였다. 이내 총소리가 모두 멎었다. 전선은 폭풍이 지난 것 같이 조용했다. 김장식과 장진호 부대한테 쫓겨 내려간 관군은 성황당이 앞 논에다 회선포를 설치했다. 송희옥 부대도 우금고개를 점령하고 이유상 부대도 큰골에서 관군을 물리친 것 같았다. 관군은 성황당이로만 밀린 셈이었다. 이제 농민군은 성황당이를 공격할 차례였다. 오늘 전투의 최대 고비였다.

성황당이에는 이쪽으로 논이 있고 산자락에는 동네가 붙어 있었다. 성황당이만 점령하면 관군은 물안주골에서 내려오는 길을 지나 부내 들머리까지 밀릴 수밖에 없었다. 지금 우금고개 저쪽 등성이에 붙어 있는 이싯뚜리 부대가 거기에서 감영 쪽으로 흘러내려간 산줄기를 타고 그대로 쏠려 내려가서 일락산을 점령하면 바로 일락산은 물안주골에서 내려오는 골짜기를 건너다보는 병 모가지와 같은 곳이므로 관군은 성황당이에 꼼짝없이 포위되기 때문이다. 그렇게만 된다면 두리봉을 중심으로 포진하고 있는 유한필 부대는 그대로 시어골로 굴러내려가 감영을 들이칠 수도 있었다.

그러나 이쪽에서 성황당이를 공격하기란 이만저만 어렵지 않을 것 같았다. 그쪽으로 흘러내린 산비탈도 완만하고 중간에 논이 있으므로 거기까지 돌진하는 사이, 저쪽에서는 회선포를 엄청나게 쏘아 댈 판이었다. 여기서 성황당이까지는 몸을 가릴 데가 전혀 없었다. 관군의 회선포와 양총 앞에 몸뚱이를 내놓고 돌진을 해야 할 판이었다. 관군들은 바로 그런 지형의 이점을 믿고 그리 붙은 것 같았다. 관군은 모두 성황당이를 등지고 산자락과 논에 빙 둘러 포진을 하고 있었다. 우금고개를 향해 새가 날개를 펴고 있는 진형이었다. 성황 당이에 몰린 관군은 5백 명도 넘을 것 같았다. 모두 숨을 죽이고 있었으나 좀처럼 공격 신호가 울리지 않았다. 전봉준은 그만큼 고민을 하고 있는 것 같았다. 이 지형에서 성황당이를 공격한다는 것은 전봉준이 내세운 '산에서만 싸운다. 고개에서 붙는다. 숨을 데를 보고 움직인다'는 전투 3원칙에 모두 어긋나는 일이었다. 지난번 능티전 투 때 총공격을 앞두고 물안주골 들판에서 참패를 했던 것도 바로 이 원칙에 어긋났기 때문이었다.

"실탄이 반도 안 남았는데, 이것 떨어지면 어쩌까?"

아껴 쓴다고 썼지만 안 쏠 수가 없었다. 화승총 탄약도 푼푼한 것 은 아니었다. 실탄을 물 쓰듯 하는 관군이 부럽기 짝이 없었다.

"우리 부대가 밀고 가면 우금고개에서도 밀고 올 것이다."

"무작정 밀어붙여야겠지?"

저기까지 돌진하는 사이 사람이 얼마나 죽을까 하는 소리 같았다. 모두 숨을 죽이고 있었다. 성황당이까지 완만한 비탈과 논 사이가 천리만리나 아득하게 보였다. 송늘남은 성황당이에다 눈을 박은 채 꽹과리채 쥔 손으로 흙만 후비고 있었다.

"돌진을 할 때는 말이다. 갈 지 자, 갈 지 자로 달린다. 갈 지 자 잊지 마라."

연방 흙을 후비던 송늘남이 생각난 듯이 큰소리로 외쳤다. 송늘남은 위쪽을 보며 더 거세게 흙을 후볐다. 손끝에 피가 내배고 있었다.

"기가 올랐다."

이싯뚜리 부대, 송희옥 부대, 김달주 부대기였다.

― 징징징징징.

징이 두 개가 한꺼번에 울렸다.

"돌진! 달려라."

― 깽깽깽깽깽깽깽깽깽.

송늘남은 악을 쓰며 꽹과리가 깨져라 두들겼다.

"달려라!"

병사들은 소리를 지르며 산비탈을 달려내려갔다. 삼면에서 성황당을 향해 물밀 듯이 내려갔다.

"달려라!"

송늘남이 거듭 악다구니를 쓰며 달려갔다. 드디어 성황당이 회선포가 불을 뿜었다.

"아이고매."

송늘남을 앞서 달리던 병사가 나동그라졌다. 다리를 맞은 것 같았다. 같이 달리던 병사가 조그마한 바위 뒤로 끌고 갔다.

"아이고."

끌고 가던 병사도 쓰러졌다. 끌려가던 병사는 그대로 맥을 놨다. 총알 한 방이 두 사람을 관통한 것 같았다. 회선포는 미친 듯이 갈겨댔다.

"아이고매."

또 저쪽에서 쓰러졌다.

"멈추면 죽는다. 달려라!"

송늘남이 들판을 가로지르며 악을 썼다. 여기저기서 픽픽 쓰러졌다. 이러다가는 성황당이에 다다르기 전에 다 죽을 것 같았다.

"도망친다."

이내 관군들이 도망치기 시작했다.

"양총을 쏴라."

이쪽 양총이 불을 뿜기 시작했다. 관군 서너 명이 쓰러졌다.

"죽여라."

병사들은 정신없이 쫓았다. 이유상 부대도 큰골에서 나와 저쪽에 모습을 드러냈다. 이싯뚜리 부대도 비탈을 구르듯 내려오고 있었다. 관군은 정신없이 도망쳤다. 달주 부대는 성황당이에 붙었다. 성황당이산을 넘어 쫓았다. 관군은 성황당이에서 부내 쪽 들판으로 도망쳤다.

"쏴라!"

달주 부대는 도망치는 관군을 향해 정신없이 쏘아댔다.

─징징 징 징징 징 징징 징.

주미산 등성이에서 징소리가 났다. 더 쫓지 말라는 신호였다.

"더 쫓지 마라."

달주가 소리를 질렀다. 농민군들이 멈췄다. 관군들은 저만큼 들판에 진을 쳤다. 들판을 이용해서 방어를 하려는 속셈이었다. 우금고개를 넘어오던 부대는 얼마 내려오지 못하고 산비탈에 붙어버린 것 같았다. 이싯뚜리 부대는 산줄기에서 싸우고 있었다. 일락산으로 뻗어내린 산줄기에 관군이 포진하고 있었던 것이다. 이싯뚜리 부대 쪽에서도 이내 총소리가 멎었다.

관군 회선포 10여 문이 저쪽 산비탈과 들판에서 이쪽으로 총구를 향하고 있었다. 총소리가 그친 전장은 다시 가라앉을 것 같이 조용했다. 여기저기서 부상자들 신음소리만 났다.

— 뻥 뻥.

성황당이에 포탄이 떨어졌다. 계속 터졌다. 이싯뚜리 부대가 내려가다가 멈춘 산자락에도 떨어졌다. 우금고개 바로 아래 산비탈에도 떨어졌다. 여태 조용하던 포탄이 이제 우리 차례라는 듯이 비 오듯 쏟아졌다. 어마어마했다. 큼직큼직한 구덩이가 파이고 병사들이 공중으로 튀어 올랐다. 온 천지가 뒤집히는 것 같았다. 도대체 정신을 차릴 수 없었다. 달주 부대는 그대로 땅바닥에 딱 붙어 있었다. 다른 데는 그치고 성황당이에만 집중했다. 이싯뚜리 부대 쪽에서 총소리가 났다. 그쪽으로는 관군들이 올라붙었다. 회선포가 집중적으로 쏘아댔다. 그 등성이 저쪽 시어골 골짜기에서도 이싯뚜리 부대를 공격하는 것 같았다. 산줄기가 흘러내리다 잘록하게 좁혀진 곳이었다. 성황당이에 떨어지는 포탄은 쏘는 것이 아니라 숫제 퍼부었다. 포소리와 회선포 소리와 총소리에 땅덩어리가 뒤집히는 것 같았다.

— 징 징 징 징 징 징.

포탄 소리 속에서 징소리가 들렸다. 주미산 바로 아래 등성이에 파란 기와 붉은 기만 올라와 있었다. 달주 부대와 이싯뚜리 부대만 후퇴하라는 신호였다.

"돌아가자. 큰골 쪽으로 물러가라!"

송늘남이 소리를 질렀다. 김승종과 장진호도 소리를 질렀다. 달주 부대는 큰골 쪽을 향해 포탄 속을 뛰었다. 그 사이에도 병사들이 하늘로 튀어 올라갔다. 모두 죽을 등 살 등 모르고 뛰었다. 비탈에 붙자 이내 포가 그쳤다. 병사들은 그 자리에 고개를 처박고 있었다. 이내 한 사람씩 고개를 들었다. 이유상 부대도 큰골로 후퇴하고 이 싯뚜리 부대도 물러섰다.

전봉준은 두령들과 함께 음달뜸 등성이로 내려왔다. 송희옥도 올라갔다.

"저 사람들 전술은 우리 실탄을 소모시키자는 것이 틀림없습니다. 지 사람들은 양총 사거리만 아슬아슬하게 벗어나며 물러났다가 우리가 성황당이를 점령하자 처음으로 포격을 했습니다. 거기서는 더 물러나지 않겠다는 전술입니다. 성황당이 공격부대는 양총 실탄이 얼마 남지 않았을 것입니다."

모두 전봉준만 보고 있었다.

"그럼 어떻게 해야지요?"

송희옥이 물었다.

"그걸 의논하자고 모이라 했소."

그때 주미산 등성이에서 병사들이 여남은 명 내려왔다. 한 사람을 부축하고 왔다. 이유상이었다.

"많이 다쳤소?"

전봉준이 다가가며 물었다.

"많이 다친 것 같지는 않은데 도무지 힘을 못 쓰겠습니다."

이유상 얼굴이 하였다.

"김두령께서 우리 부대를 좀 맡아주시오."

이유상이 김원식을 보고 말했다.

"나는 경험이 없어서 부대는 못 맡습니다."

김원식이 손사래까지 치며 팔팔 떨었다.

"여보시오. 당신은 부사까지 지낸 사람이잖소? 부하를 다뤄본 경험으로 치면 여기서 당신만한 사람이 누가 있단 말이오?"

이유상이 버럭 소리를 지르며 눈알을 부라렸다.

"그 부대는 이지택 씨한테 맡깁시다. 중요하게 의논할 일이 있습니다."

전봉준이 얼른 자리를 수습했다. 전봉준은 조금 아래 편편한 곳에 자리를 잡아 앉았다. 그때 이싯뚜리와 달주가 달려왔다.

"양총 실탄이 얼마나 남았는가?"

전봉준이 두 사람을 보며 물었다.

"우리 부대는 한 사람 앞에 여남은 발씩 남았습니다."

"우리도 비슷할 것입니다."

전봉준은 늦게 온 세 사람을 보며 관군의 전술을 설명했다.

"지금 장군님 심정이 어떠하신지 대충 짐작을 하겠습니다. 그러나 지금 우리는 여기서 싸우는 길밖에 다른 길이 없습니다. 마음을 든든하게 잡수십시오."

이유상이 말했다.

"어떻게 대처를 해야겠습니까?"

전봉준은 침통한 표정으로 이유상을 보며 물었다.

"저한테 물으신 그 말씀에 대한 확실한 대답은 장군님께서 이미 하신 적이 있습니다. 지난번 삼례서 남북접 두령들이 회의를 하실 때 장군님께서 김연국 씨한테 불을 뿜듯 하셨다는 말씀을 전해들은 일이 있습니다. 죽어도 이기는 싸움이 있고 살아도 지는 싸움이 있다고 하셨다고 들었습니다. 그 이상 확실한 대답이 어디 있겠습니까?"

이유상이 차근하게 말했다.

"옳은 말씀입니다. 총진격을 합시다."

이싯뚜리가 맞장구를 쳤다.

"그렇지만 여기서 더 싸운다는 것은 저 무지막지한 화력 앞에 무작정 몸뚱이를 내던지자는 소리밖에 안됩니다. 죽더라도 싸운 것 같이 싸우다가 죽어야지 그렇게 죽으면 그 죽음이 무슨 뜻이 있습니까? 저 사람들 총을 빌린 것일 뿐 자결하는 것과 똑같습니다. 지금은 그렇게 자결을 할 때는 아닙니다."

송희옥이었다.

"그럼 앞으로 제대로 싸울 방도를 한번 말씀해 보십시오. 여기서 밀리면 우리한테 양총이 있습니까, 대포가 있습니까?"

이싯뚜리가 따지고 나섰다.

"우리가 총을 들고 나선 것은 나라를 건지자는 일입니다. 나라를 건지는 길이 이 자리에서 죽는 길 한 가지밖에 없습니까?"

비슷한 말이 한참 오갔다.

"제가 한 말씀 올리겠습니다."

손여옥이 나섰다.

"혹시 여기서 물러난다면 병사들은 아까 왜 총진격을 하지 않았느냐고 탓을 할 것입니다. 지난번 능티에서도 그랬습니다. 이제 어차피 마지막입니다. 총공격을 해서 부내로 쳐들어가서 싸우다 죽으면 죽어도 한이 없을 것입니다. 그때는 더 싸우자 해도 싸울 길이 없으니 막보기로 싸울 것입니다. 그렇게 싸우면 우리가 이길 수도 있습니다."

"저도 바로 그 이야깁니다."

이싯뚜리가 대번에 찬성을 하고 나왔다.

"나는 명색 대장으로서 그런 무모한 명령을 내릴 수 없소. 총진격, 총진격, 두령들이나 병사들이나 건뜻하면 총진격인데, 총진격은 적을 이길만한 힘이 있거나 그만한 계책이 있을 때 다소 희생을 무릅쓰고 결판을 내버리자는 작전입니다. 호랑이굴에 들어갈 때는 호랑이를 잡을 만한 확실한 승산이 있을 때 들어가야 합니다. 그냥 맨몸으로 들어가는 것은 방금 송두령 말씀대로 저 사람들 무기를 빌려 자살하자는 소리밖에 안됩니다. 저 사람들은 지금 자신이 있습니다. 그들은 금강에 둘러싸여 배수진을 치고 있는데도 여유만만하게 나오고 있습니다. 우선 수가 3천여 명이나 됩니다. 우리가 두고 쓰는 말로 3천 명이라는 소리는 양총이 3천 자루라는 소립니다."

전봉준이 조용하게 말했다.

"그럼 물러서자는 말씀이신데 장군님께서 말씀하셨듯이 농민군이 물러설 자리가 이 천지에 어디 있습니까? 우리는 이기든 지든 앞으로 나가는 길밖에 물러설 데가 없는 군대입니다."

손여옥이 단호하게 말했다.

"저는 총진격을 하면 승산이 있다고 생각합니다. 어젯밤에 우리가 이긴 것은 산에서 한 사람 한 사람 맞붙었기 때문입니다. 거기서는 총도 제대로 맥을 추지 못했습니다. 수로 결판이 났습니다. 이제 우리는 양총 실탄도 다 떨어져 갑니다. 총공격을 할 때는 바로 지금입니다."

이싯뚜리가 자신 있게 말했다. 두령들은 저마다 한마디씩 했다. 총공격을 하자는 쪽으로 의견이 기울었다. 전봉준은 곤혹스런 표정이었다. 전봉준이 이렇게 곤혹스런 표정을 지은 것은 여태까지 별로 없던 일이었다.

"다시 한 번 생각해 봅시다. 총진격은 마지막 싸움입니다. 총진격을 하더라도 작전을 면밀하게 짜서 진격을 해야 합니다. 그럼 오늘은 늦었으니 총공격을 하더라도 내일 하도록 하겠습니다. 오늘은 세다리 아래 태봉동으로 물러납시다."

전봉준이 아퀴를 지었다. 해가 어지간히 기운 것 같았다. 찌뿌드드 웅크려들던 하늘에서는 눈발이 흩날리기 시작했다.

8. 양총과 화승총

　농민군은 소록소록 내리는 눈을 맞으며 태봉동 쪽으로 물러났다.
여러 동네로 나뉘어 들어갔다. 동네가 거의 텅텅 비어버렸으므로 아
무 집에나 들어가 부엌에서 밥을 해먹고 사랑방에 뜨끈하게 불을 지
폈다.

　밤이 이슥했을 때였다. 월공이 스님 두 사람을 데리고 왔다.

　"김개남 장군께서 내일 진격할 준비를 하고 계신답니다. 청주로
쳐들어간다는 것 같습니다."

　"누구한테 들었소?"

　"병사들한테 들었습니다. 진격 준비를 하느라 전부대가 어수선했
습니다."

　"그 사람 움직이든 말든 우리하고 무슨 상관입니까?"

　송희옥이 툭 쏘았다.

"*이레 제사에 여드레 병풍인가?"

손여옥도 픽 웃었다. 요사이 두령들은 김개남이라면 고개부터 돌렸다.

"금산에 들어간 지 얼마만이지요?"

송희옥이 손가락을 꼽았다.

"내일 움직일지 안 움직일지 모르지만 내일 움직인다 하더라도 금산에 들어간 지 자그마치 17일 만입니다. 그동안 잠을 실컷 자다가 심심해서 슬슬 한번 움직여보는 모양이지요."

송희옥의 핀잔이었다.

"남이 하는 일을 그렇게 쉽게들 말하는 게 아니오. 내가 무슨 성인군자여서 김개남 장군을 자꾸 감싸는 것이 아닙니다. 김개남 장군은 만여 농민군 생명을 쥐고 있는 사람이오. 여러분은 직접 관군하고 싸워봤으면서도 김개남 장군 심정을 아직도 모르겠소?"

전봉준이 진지한 표정으로 말했다.

"김개남 장군 군대가 아무리 막강하다고 하지만 그 부대에 화승총 말고 무기가 무엇입니까? 무기 구실할 만한 것이라고는 엽총 1백 정 남짓입니다. 그런 무기 가지고 회선포에 양총하고 상대를 하겠소? 김개남 장군은 우리가 싸운 소식을 훤하게 듣고 있습니다. 여기서 금산은 백 리 안팎입니다. 관군하고 싸워봤자 승산은 뻔하지 않소."

전봉준 말에 모두 눈이 둥그레졌다.

"김개남 장군은 금산에 가만있었지만 실은 나가서 싸우는 것보다 훨씬 더 큰 구실을 했습니다. 농민군은 김개남 장군이라는 엄청난 부대 하나가 금산에 든든하게 버티고 있으니까 그것을 믿고 여러 고을에서 그만큼 거세게 움직였던 것이고, 관군은 관군대로 김개남 부대가 움직일 것에 대비해서 그쪽에 그만큼 군대를 파견하고 있습니다. 생각해 보십시오. 우리가 오늘도 관군하고 싸워보니 어쨌습니까? 우리가 힘을 쓴 것은 겨우 양총이었습니다. 김개남 장군은 화승총이 8천 정이라지만 양총과 회선포 앞에 화승총은 8천 정이 아니라 8만 정인들 어떻게 맥을 추겠습니까? 우리가 여기서 싸울 때 김개남 장군은 관군을 그쪽에다 그만큼 묶어논 것만으로도 자기 구실을 한 것입니다. 여기 장기 둘 줄 모르는 분 안 계실 것입니다. 장기 이치를 생각해 보십시오. 한쪽에 가만히 있는 말은 아무 구실도 않고 그냥 죽어 있는 것입니까?"

전봉준 말에 두령들은 머쓱해지고 말았다. 정말 그렇구나 하는 표정들이었다.

"만약에 김개남 장군이 그 사이 나가서 싸우다가 허망하게 패했다면 어떻게 되었겠습니까? 지난번 우리가 능티에서 물러났을 때 그가 나가서 그 꼴이 되었더라면 우리는 오늘 이리 와서 싸워보지도 못했을 것입니다."

전봉준이 차근하게 말했다.

"김개남 장군은 관군하고 싸움이 붙으면 거의 실속이 없을 것이란 말씀입니까?"

손여옥이 둥그런 눈으로 물었다. 진다는 말은 피했다.

"나보다 당신들이 관군 무기하고 더 가까이 싸워보셨으니 당신들이 더 잘 아시겠지요. 김개남 장군은 화승총이 8천 정이라 하지만 양총 한 자루에 화승총이 몇 자루가 붙어야 상대가 되겠던가요? 회선포는 또 어떻습니까? 거기다가 관군은 대포가 있습니다."

모두 말이 없었다. 그렇게 따지고 보니 계산이 뻔했다. 평소에 김
개남을 가장 심하게 비난하던 최대봉이나 이싯뚜리는 눈만 끔벅이
고 있었다.

"두령들께서 김개남 장군을 비난한 심정을 낸들 모르는 바 아닙
니다. 김개남 장군 부대는 막강하다고 생각하기 때문에 그렇게들 비
난했지만 따지고 보면 사실은 너무도 뻔합니다. 이제 김개남 장군이
움직인다니 사실은 사실대로 드러날 수밖에 없습니다. 우리가 당해
본 회선포나 대포의 위력만큼 냉혹하게 드러납니다. 세상 사람들은
김개남 장군을 여러분들보다 더 비난하고 있을 것입니다. 전봉준은
저렇게 싸우는데 김개남은 무엇을 하고 있느냐고 야단법석이었을
것입니다. 김개남 장군인들 그것을 모르겠습니까? 자기한테 쏟아지
고 있는 온갖 비난을 뻔히 알면서도 전국적인 판세를 유지하려고 17
일 동안이나 꾹 참고 눌러 있었다고 보아야 합니다. 이제 김개남 장
군은 자기 역할이 다 끝났다고 판단했기 때문에 움직인 것 같습니
다. 김개남 장군이 움직이면 앞으로 사실은 너무도 엄혹하게 드러납
니다. 이제 우리도 엄혹하게 드러날 그 사실을 바탕으로 그에 맞추
어 작전계획을 세워야 할 것입니다."

전봉준은 냉혹이니 엄혹이니 하는 말을 썼다. 두령들은 *지청구
들은 아이들처럼 전봉준만 보고 있었다. 그러니까 김개남은 전봉준
군이 관군과 싸우는 것을 보고 자기가 나서보았자 승산이 뻔했으므
로, 세상 사람들이 막강하다고 생각하는 허상이라도 깨지 않아야 전
국의 판세를 유지할 수 있겠다 생각하고 그대로 버티고 있었다는 이

야기이며, 그것으로 싸운 것보다 더 크게 자기 몫을 했다는 것이고, 이제 남은 일은 그 허상이 깨지는 일밖에 남지 않았다는 이야기가 되었다. 전봉준 말을 듣고 보니 여태까지 관군하고 가장 가까이서 싸워본 두령들 스스로가 전봉준 말마따나 누구보다 엄혹하게 실감할 수 있는 일이었다. 두령들은 말이 없었다. 전봉준의 이야기를 듣고 보니 새삼스럽게 자기들까지 고립무원의 허허벌판에 나선 것 같은 느낌이 들면서 김개남이 새로운 모습으로 떠올랐다. 성질이 급하고 과격하기로 소문난 김개남이 악역을 자임하고 전국의 판세를 유지하려고 지금까지 꾹 참아온 것이다. 그 고독을 17일 동안이나 견디고 있다가 이제 패할 것이 빤한 전쟁마당으로 나가는 김개남의 비장한 모습이 덩실하게 떠올랐다.

"우리 농민군은 이제 김개남군이나 우리나 마지막 결전을 앞에 두고 있습니다. 우리는 공주를 총공격하여 공주 관군을 섬멸하느냐 여기서 패주하느냐는 싸움을 앞에 두고 있고, 김개남 장군은 첫 싸움이자 마지막 싸움이 될지도 모르는 결전을 앞에 두고 진격을 준비하고 있습니다. 이제 농민군은 더 미루재도 미룰 수가 없고 피하재도 피할 수가 없는 막바지에 이르렀습니다. 우리는 화약 때문에 더 미룰 수가 없고, 김개남 장군은 견제 임무가 끝났기 때문에 이제 그들도 결전을 하지 않을 수 없습니다."

두령들은 손끝 하나 움직이지 않고 듣고 있었다.

"오늘 관군들이 나오는 것으로 미루어보면 그들은 우리에게 양총 실탄이 남아 있는 한 공주 경계를 넘어 추격하지 않을 것 같습니다. 저 사람들은 다른 곳은 우리보다 지리에 서툰데다가 우리가 추격을 당하면 우리는 유리한 장소에서 반격을 할 것이기 때문입니다. 그런 점에서 지금 작전 주도권은 우리가 잡고 있는 셈입니다. 내 생각에는 김개남 장군이 내일 움직인다니 우리는 그들이 청주에 다다를 때까지 기다렸다가 싸우는 것이 어떨까 싶습니다. 우리가 이기면 다행이지만 뜻대로 되지 않는다면 그 영향이 청주까지 미칠 것입니다. 여러분 의견은 어떤지 말씀해 보시오."

두령들은 고개를 끄덕였으나 아무도 입을 열지 않았다.

"내일 싸움을 걸지 않는 것이 좋겠다는 말씀입니다. 말씀들 해보시오."

전봉준이 거듭 채근했다. 두령들은 아무도 입을 열지 않았다. 김개남에 대한 말을 듣고 모두 주눅이 들어버린 것 같았다.

"장군님 말씀대로 하는 것이 좋겠습니다."

유한필이 입을 열었다. 이유상이며 다른 두령들도 좋겠다고 했다.

"그러면 그렇게 하기로 합니다. 군사들을 잘 먹이도록 하겠으니 두령들께서는 군사들을 따뜻하게 격려하십시오."

전봉준이 말을 맺었다.

"장군님, 한 말씀 물어보겠습니다."

여태 한쪽에서 눈만 끔벅이고 있던 최대봉이 나섰다.

"장군님 말씀을 듣고 보니 저는 김개남 장군을 크게 잘못 본 것 같습니다. 그러나 장군님 말씀대로 생각을 해도 이해할 수 없는 대목이 있습니다. 김개남 장군이 청주로 가실 것이라고 말씀하셨는데, 여기 사정을 뻔히 알면서 어째서 이리 오지 않고 청주로 가는 것입니까? 양쪽 군사 3만여 명이 공주로 밀어닥치면 승산이 있습니다.

그 수가 몰려가면 공주에 있는 관군들은 배수진인 까닭에 완전히 섬멸할 수가 있습니다. 그렇게 짓밟아버리고 그 무기와 화약을 우리가 차지한다면 청주는 하루아침 거리고 그 다음은 한양입니다. 이런 뻔한 사실을 놔두고 청주로 움직여야 할 까닭이 무엇인지 도무지 이해할 수가 없습니다."

최대봉은 제물에 다시 목소리가 커졌다.

"김장군이 이리 움직이면 김장군 길목을 지키고 있는 관군도 공주로 올 게 아닙니까?"

"정탐병들 말을 들어보면 그 수는 얼마 안 됩니다. 청주에는 얼마나 있는지 모르지만 길목에는 교도중대하고 일본군 1백여 명이 회덕에 있을 뿐입니다."

"하여간 지금 분명한 것은 김개남 장군은 청주로 진격한다는 사실입니다. 지금 우리가 의논할 것은 김개남 장군이 청주로 움직이면 우리는 어떻게 대처해야 할 것이냐 이것이지 김개남 장군의 잘잘못을 따질 때가 아닙니다. 그 잘잘못은 한가할 때 후일담으로나 할 이야기입니다."

전봉준이 잘라 말했다.

"알겠습니다. 장군님 말씀은 김개남 장군더러 지금 이리 오라고 해도 절대로 이리 오지 않을 것이라는 말씀이신데 바로 그런 오기가 문제입니다. 지금 나라가 결딴이 나느냐 마느냐 하는 중대한 판국인데 그런 오기를 부리고 있을 때입니까?"

최대봉이 목소리를 높였다.

"저는 그보다 청주까지 가는 사이에 어디 들판에서 회선포 공격이라도 받으면 어떻게 될까 안타까운 생각이 앞섭니다. 일본군은 만만치가 않습니다. 오늘날 장군님께서 저 작자들 작전을 간파하셨기 망정이지 자칫했더라면 큰일 날 뻔했습니다."

이유상이 고개를 절레절레 저었다.

"밤이 늦었습니다. 모두 자기 진으로 돌아갑시다."

두령들은 일어섰다. 전봉준은 방금 결정한 사실을 적어 효포 고영숙한테 파발을 띄웠다.

밖에는 지금도 눈이 소록소록 소리 없이 내리고 있었다. 달주는 자기 부대 대장들하고 같이 자려 했으나 이싯뚜리가 같이 자자고 끄는 바람에 이싯뚜리 방으로 갔다. 달주 부대는 이싯뚜리 부대하고 이웃 동네에 들었고 두 부대 도소는 두 동네 중간쯤에 있었다. 바로 옆동네는 김확실 부대가 들어 있었다. 불을 많이 지펴 방이 뜨끈했다. 방에는 접시에 아주까리 불이 켜져 있었다. 그때 막동이 큼직한 오지병을 안고 킬킬거리며 들어왔다. 한손에는 김치 보시기와 잔이 들려 있었다.

"뭐냐?"

이싯뚜리가 놀라 물었다. 막동은 손가락으로 조용히 하라는 시늉을 하며 연방 킬킬거렸다.

"임마, 장군님한테 들키면 어쩌려고 그래?"

이싯뚜리가 눈을 크게 떴다.

"사침에도 용수가 있더라고 이런 용납도 없으면 사람이 어떻게 살아? 자!"

막동이 낮은 소리로 튀기며 이싯뚜리한테 잔을 디밀었다. 이싯뚜리는 실없이 창문 쪽을 힐끔거리며 뜨거운 것 받듯 손을 내밀었다. 오지병을 기울였다. 노란 청주였다. 술구더기가 둥둥 떴다. 막동은 달주 잔에도 따르고 자기 잔에도 채웠다.

"들어!"

막동이 채근하며 잔을 입으로 가져갔다. 세 사람은 술을 들이켰다.

"어디서 났냐?"

이싯뚜리가 술을 반만 마시고 입가를 훔치며 물었다. 아직도 겁먹은 눈이었다.

"내가 누구여? 화적 아녀. 화적 솜씨 몰라?"

막동의 말에 두 사람은 비로소 얼굴이 풀렸다.

"우리 부대 도소로 잡아논 집으로 들어가다 이만한 집이면 틀림없이 뭐가 있겠다 싶어 뒤졌더니 헛간 바닥 한쪽에 *중두리가 묻혀 있더라구. 자기들 깐에는 머리를 쓴다고 헌 멍석조각을 깔아놨는데 화적 눈에야 그게 바로 여기 뭐가 있소 하는 소리지 뭐겠어? 제삿술인 것 같아."

막동이 킬킬거리며 이싯뚜리한테 잔을 넘겼다. 술이 잘 익어 한 잔에 속이 화끈했다.

"화적 화적 하니까 시또하고 기얻은복 생각이 난다. 그 자식들은 왜 안 오지?"

이싯뚜리가 물었다.

"보성에서 싯뚜리 형이 너무했더만."

"그때는 집강소를 둘러보고 다니는 때였다. 집강소 돌아가는 꼬라지를 보는 우리 심정이 어쨌는 줄 아냐?"

"그거야 누가 모르간? 하여간, 그런 일 때문에 안 올 놈들이 아닌데 좀 이상하구만."

거푸 두 잔째 마시고 나자 술기가 올랐다.

"너희 작은 대장 어디서 주무시냐?"

"그 동네 들머리집."

"내가 갔다 올까?"

가까운 거리였다. 막동이 제가 가겠다고 했으나 이싯뚜리가 나섰다.

"이거 내가 가져왔다고 하지 마."

막동이 지레 방색을 했다.

"오늘 김원식 씨 골로 가려다 김확실 두령 덕분에 살았구만."

막동은 달주한테 엉뚱한 소리를 했다. 달주는 깜짝 놀라 막동을 봤다.

"당마루 김오봉 두령께서 전부터 노리고 있었던 모양이야. 처음부터 농민군에 들어올 작자가 아닌데 들어왔다며 전세가 기울었으니 무슨 짓을 할지 모른다고 처치해버리겠다는 걸 김두령께서 말렸어. 그래도 한 구실했으니 놔두라고 하더구만. 김두령님한테 그런 구석이 있는 줄 몰랐어."

달주는 고개를 끄덕였다. 좀 만에 김확실이 왔다.

"이놈 자식들, 장군님 아시면 너희들은 살았달 것이 없다."

김확실이 웃으며 들어섰다.

"그래서 문선왕을 끼우자는 거 아니오?"

이싯뚜리가 자리를 잡아 앉으며 오지병 주둥이를 디밀었다.

"이놈 자식, 네가 벌인 짓이지?"

김확실이 술잔을 입으로 가져가다 말고 막동을 노려봤다.

"두령님께서 가르친 솜씨 아니오?"

이싯뚜리 말에 두 사람은 소리 죽이며 킬킬거렸으나 막동은 움츠러들어 김확실 눈치를 봤다. 화적들은 두령들 앞에서는 어디서나 고양이 앞에 쥐었다.

"솜씨는 잘 가르치셨지만 평소에 너무 조진게 알속은 이렇게 옆으로 빠지지 않소? 김두령님도 전봉준 장군님을 너무 닮아간다고 말이 많소. 맑은 물에는 고기가 안 노요. 오늘 저녁만 하더라도 두령들을 모아놓고 그런 이야기를 할 때는 눈도 오겠다 한잔씩 마시면서 하면 얼마나 좋소?"

이싯뚜리가 웃으며 김확실이한테 잔을 넘겼다.

"이놈들아, 술 한 잔이 문제가 아녀. 나는 오늘 장군님이 김개남 장군 말씀 하시는 것 보고 또 한 번 놀랐다. 저런 분을 군자라고 하는 거냐, 영웅이라고 하는 거냐. 나는 우리 임두령님만 보고도 항상 감탄을 했더니 전봉준 장군님은 천하에 영웅이다, 영웅."

김확실은 고개를 절레절레 저었다.

"누가 아니랍니까? 장군님이나 임두령님은 기왕에 호가 나신 분이지만 그런 분들을 알아보고 모시는 두령님 같은 분도 알아모셔야지요."

"자식, 오랜만에 고운 소리 한번 하네. 임마, 너는 아가리는 그렇게 놀리지만 우리를 보는 네놈 눈구멍에는 아직도 모서리가 안 죽었어. 우리가 화적인게 그냥 화적인 줄 아냐? 우리는 전봉준 장군님보다 먼저 일어나서 못된 놈들 닦달하고 다닌 사람들이다. 네놈한테는 할애비뻘이여."

김확실이 한껏 벋대는 가락으로 족쳤다.

"아이고, 이제부터 조부님으로 모실라요."

이싯뚜리는 김확실이 내민 잔을 무릎을 꿇고 두 손을 받으며 엉너리를 쳤다. 김확실은 껄껄 웃으며 이싯뚜리 잔에 술을 따랐다.

"그런데 말이다. 아까 우리 솜씨란게 말인데 지금 내가 생각하고 있는 것이 한 가지 있다. 양총 실탄 말이다."

김확실이 웃음을 거두고 눈을 가늘게 떴다.

"양총 실탄이오?"

이싯뚜리가 대번에 눈을 밝혔다.

"이유상 씨 부대에서 관군을 한 놈 잡았거든. 그놈을 족쳐서 일본군 실탄 창고를 대충 알아냈다. 실탄 창고를 한바탕 털면 어쩌겠냐?"

"아이고, 저도 나서겠습니다."

이싯뚜리가 눈을 밝히며 김확실 곁으로 한걸음 다가앉았다.

"임마, 그런 일을 아무나 하는 줄 아냐? 하찮은 장작 하나를 패는데도 솜씨가 있는 법이여. 나뭇결을 보아 도끼날을 제자리에 내리찍기가 쉽더냐?"

김확실이 잔뜩 뻗대는 가락이었다.

"압니다. 시키는 대로 할 것인게 우리한테는 짊어지고 내빼는 일이라도 맡겨주십시오."

"두고 보자. 이런 일에는 임두령만한 선생이 없는게 의논해 보겠다."

"한탕만 제대로 칩시다. 그러면 우리 농민군은 사요."

이싯뚜리가 흥분했다.

"사람이란 것이 염불도 뭣뭣 쇠뿔도 각각이더라고 이런 전쟁을 할 때도 다 제 솜씨껏 전쟁을 해야 한다 이 말이다. 내 말이 시방 먼 말인지 알아먹겠냐? 내 말이 먼 말이냐 하면, 우리는 그런 쪽으로 솜씨를 익힌 사람들인게 그런 일을 해야 하고, 너 같은 놈은 꽉꽉 꼼지름시로 사람들 기죽이는 솜씨가 있은게 그런 쪽으로 일을 해야 쓴다 이 말이다. 하여간에 한번 기다려봐라."

김확실은 단단히 결심을 한 것 같았다.

다음날 농민군은 태봉동을 중심으로 우금고개를 향해 진을 쳤으나 전투는 하지 않았다. 어젯밤 내린 눈에 햇빛이 눈부셨다. 농민군들은 눈에 덮인 동네와 들판을 바라보며 모두 고향 생각을 하는 것 같았다.

관군들은 모두 산줄기에 붙어 이따금 포를 한 방씩 날렸다. 그러나 포는 농민군 진까지는 미치지 못했다. 점심을 먹은 다음 능티고개 쪽에서 포 소리가 나기 시작했다. 엄청나게 퍼부어대는 것 같았다. 이쪽에서 공격을 하지 않자 그쪽을 공격하는 것 같았다. 포 소리는 해가 한참 기울어서야 그쳤다.

금산에 갔던 병사들이 돌아왔다. 김개남은 오늘 진격을 하지 않았다고 했다. 두령들은 어리둥절한 표정으로 전봉준을 봤다.

"우리가 여기서 결판을 볼 때까지 기다리자는 것 아닙니까?"

유한필이 물었다. 전봉준은 고개만 갸웃거리고 있었다. 전봉준은 곤혹스런 표정으로 다음 정탐병이 오기를 기다렸다. 해거름에 효포

쪽 사정을 살피러 갔던 김시만이 돌아왔다. 피해가 예상보다 훨씬 컸다. 관군은 포격에 이어서 효포 동네까지 진출했다는 것이고 납다리 쪽을 지키던 군사들은 포위를 당해 4,50명이나 죽었다고 했다.

"화력 소모도 많은 것 같습니다."

김시만의 보고를 들은 두령들은 얼굴이 굳었다.

"이러고 있다가는 가만히 앉아서 당하는 게 아닙니까? 약한 데만 골라 치면 그만큼 피해가 클 것 같습니다."

두령들은 공격을 하자는 쪽으로 기울었다. 전봉준도 더 기다리자고 할 수가 없었다. 그때 김개남한테서 파발이 왔다. 김개남이 편지를 보내온 것이다. 전봉준이 바삐 겉봉을 뜯었다.

"김개남 장군이 내일 청주로 진격하겠답니다."

두령들은 김개남이 청주에 갈 때까지 기다릴 수가 없지 않느냐고 했다. 내일 출발하더라도 청주까지 이틀은 걸릴 것인데 중간에서 전투가 붙으면 언제 갈지 알 수가 없었다. 관군이 다시 능티를 칠지 모르는데 그러다가 그쪽이 허물어지면 그만이었다.

"그럼 내일 공격을 하지요."

전봉준이 어렵게 결심을 했다. 공격 방법을 의논했다. 여러 사람이 이야기를 했다. 전봉준이 마지막 정리를 했다.

"그럼 지금까지 이야기한 것을 아우르겠습니다. 내일 공격을 합니다. 오늘 산줄기를 올라왔던 관군들은 밤이 되자 모두 내려갔습니다. 내일 날이 새면 다시 올라올 테니 우리가 미리 산줄기를 차지해야겠습니다. 서둘러 새벽에 밥을 먹고 날이 새기 전에 점령을 해야 합니다."

낮에 산줄기로 붙었던 관군들은 밤에는 방어하기가 그만큼 어렵기 때문에 산줄기를 모두 내놓고 내려간 것이다.

"각 부대는 어제 싸웠던 자리에서 싸웁니다. 북접군만 진을 옮겨 두리봉에서 곰나루 쪽으로 흘러내린 산줄기가 끝나는 한산소 근처에 진을 치시오. 밥은 점심과 저녁밥까지 쌉시다. 처들어갈 때 양총 실탄은 지금 가지고 있는 것 반만 써야 합니다. 산줄기만 차지하고 있다가 공격은 해질 무렵에 하겠습니다. 어두울 때라야 우리가 유리합니다."

어두울 때 부내를 휘젓자는 작전이었다.

"총공격을 하기 전에 우선 성황당이하고 일락산을 점령하겠습니다. 어제처럼 공격을 해서 성황당이와 일락산을 점령한 다음에 능티쪽 형편 보아 총공격 명령을 내리겠습니다. 총공격 명령이 떨어지면 일락산을 점령한 이싯뚜리 부대는 능티 쪽 고영숙 부대나 우금고개쪽 부대가 밀고 내려오면 같이 부내로 들어가고, 두리봉 유한필 씨부대는 바로 봉황산으로 몰려 내려가 감영을 들이치고, 북접 부대는 한산소에서 봉황산으로 몰려옵니다."

전봉준은 몇 가지 더 구체적인 작전 지시를 했다.

"공격은 미리 저녁밥을 먹고 하겠습니다."

전봉준은 말을 마쳤다. 두령들은 모두 자기 부대로 돌아갔다. 전봉준은 효포 고영숙한테 파발을 띄웠다.

이때 이싯뚜리와 김확실은 병사 20여 명을 거느리고 금학동 큰골로 내려가고 있었다. 이유상 부대가 진을 쳤던 곳이다. 달이 짙은 구름에 가려 숲속에서 움직이기에 안성맞춤이었다. 눈이 녹아 낙엽 소리도 나지 않았다. 조심스럽게 앞장서 가던 김확실이 걸음을 멈췄다. 뒤따르던 병사들도 걸음을 멈췄다.

"꾸르르."

김확실 졸개가 새소리 흉내를 냈다. 영락없는 새소리였다.

"꾸르르."

저 아래서 화답이 왔다. 미리 졸개들을 보내놓은 것이다.

"가자. 저 아래까지는 안심이다."

조심조심 비탈을 타고 내려갔다. 김확실 뒤를 따르는 병사들 모습은 꼭 줄줄이 엉덩이를 물고 어미를 따라가는 두더지 새끼들 같았다. 대원들 모습은 그늘에 가리면 곁에서 봐도 잘 보이지 않을 지경이었다. 옷을 진흙으로 흙감태기를 만들었기 때문이었다.

"꾸르르."

조금 아래서 새소리가 났다. 그쪽으로 갔다.

"조심해서 오시오."

아래서 말했다. 모두 조심조심 내려갔다. 몸을 웅크리고 앉았다.

"관군이 이 아래 두 군데 매복을 하고 있소. 저기 산굽이하고 그 산굽이 바로 이 안쪽이오."

매복하고 있던 졸개가 속삭였다.

"다녀올 테니 잘 지켜보고 있어라."

김확실이 속삭여놓고 다시 앞장을 섰다. 20명은 족제비처럼 날렵하게 움직였다. 그들은 관군이 매복하고 있다는 산굽이를 멀리멀리 돌아 한참 아래로 내려갔다.

"꾸르르."

"꾸르르 꾹꾹, 꾸르르 꾹꾹."

저 아래서 화답을 했다. 위험하니 오지 말라는 신호였다. 모두 숲 속에 납작 엎드렸다.

"꾸르르 꾸르르."

좀 만에 아래서 다시 신호가 왔다. 그들은 조심스럽게 움직였다. 신호 보낸 졸개 곁으로 갔다.

"바로 저기가 관군 본부이고 그 주변으로 빙 둘러 파수를 섰습니다. 파수는 여남은 군데 선 것 같고, 이따금 대장들이 순라를 도는 것 같습니다."

김확실과 이싯뚜리는 알았다며 잘 살피고 있으라는 소리를 남기고 아래로 움직였다.

"저 집 같습니다. 여기서 지켜봅시다."

이싯뚜리가 김확실한테 속삭였다. 관군 포로한테서 들은 대로 일본군 중대본부가 들어있는 집이었다. 뒤란에 새로 움막을 짓고 움막 속에 구덩이를 파서 구덩이에다 실탄을 재어두고 있다는 것이다.

"저게 틀림없지?"

"틀림없습니다."

그들은 지금 두 가지 모험을 하고 있었다. 이렇게 적진에 들어간다는 것도 모험이지만 저기에 정말 실탄이 있을는지 확실하지 않아 그것도 모험이었다. 오늘 임군한한테 계획을 말하자 임군한은 말이 채 끝나기도 전에 고개를 저었다. 지금이 어느 판이라고 그렇게 변두리에다 화약 창고를 두겠으며 더구나 조선 병사들이 아는 데다 두

겠느냐는 것이다. 조그마한 부대 화약이라면 몰라도 그렇게 많은 화
약을 그런 데다 재어놓을 리가 없다는 것이다. 그러나 두 사람은 미
련을 버릴 수가 없었다. 그 포로 말이 너무도 자세했기 때문이었다.
부상을 심하게 당한 포로는 고통을 참지 못했으므로 이쪽 부상자들
과 함께 강경으로 보내버려 임군한이 만나보게 할 수도 없었다. 포
로는 자기가 실탄 배급을 받으러 가봐서 안다는 것이다. 움막 바닥
에 구덩이를 파고 실탄과 포탄을 가득 재어놨는데 구덩이 속에다 화
약을 재어놓은 깃은 화약이 폭발했을 때를 대비해서 그런 것 같다는
말까지 했다. 일본군은 조선 군대한테는 매일 50발씩만 배급을 주는
데 그나마 탄피를 가지고 가야 준다는 것이었다. 일본군은 조선 군
대를 개보다 더 험하게 취급을 한다고 작자는 욕설을 퍼부으며 부러
꼬아바치기라도 하듯 자세하게 말했다.

"이판사판입니다. 한번 가봅시다."

이싯뚜리가 가자고 우겼다. 김확실은 임군한 명령이라 처음에는
팔팔 잡아뗐었다. 두령의 명령을 어긴다는 것은 화적들로서는 상상
도 할 수 없는 일이었다. 이싯뚜리는 그렇다면 자기 혼자 가겠다고
했다. 그럼 임군한한테 가서 다시 한 번 말을 해보라고 하여 이싯뚜
리가 겨우 허락을 얻어낸 것이다.

"누구여, 군호?"

저쪽에서 관군들이 소리를 질렀다. 각 초소로 순찰을 도는 것 같
았다.

"1초, 보초 근무 중 이상 없음."

절도 있게 소리를 질렀다.

"누구여, 군호?"

또 뭐라고 군호를 대는 것 같았다.

"2초, 보초 근무 중 이상 없음."

역시 똑같이 소리를 질렀다. 포로한테서 들은 것하고 똑같았다.

"군호를 알려면 더 가까이 가야겠소."

이싯뚜리가 조심스럽게 아래로 움직였다. 김확실과 막동이 따라 왔다.

"누구여, 군호?"

"우시!"

"이누!"

"제3초, 보초 근무 중 이상 없음."

서로 군호를 확인한 다음 보초는 어느 보초나 똑같은 소리로 이상 없다고 보고를 했다.

"2초하고 3초 사이가 너무 멀잖아?"

"일본 장교들이 정해준 자리입니다."

순찰하는 사람은 둘이 다 조선군 고참 병사 같았다. 그들은 저쪽으로 갔다.

"군호가 뭐라 하지요? 무시, 이누?"

이싯뚜리가 낮은 소리로 김확실한테 물었다.

" '무시'라고 한 것도 같고 '우시'라 한 것도 같소. '이누'는 틀림없는 것 같은데 무신지 우신지 모르겠소."

막동이 끼어들었다. 김확실도 자신이 없는 것 같았다. 조선 군대도 일본말 군호를 쓰고 있었다. 세 사람은 '무시'와 '우시'를 한참 뇌고 있었다. 군호가 중요한데 답답한 일이었다.

"'시'자는 틀림없소. '무시'라고 해두고 저 사람들처럼 '시'에다 힘을 주어 대답합시다."

달이 상당히 기울고 있었다.

"우리는 저리 가겠소. 잘 하시오."

이싯뚜리가 김확실한테 말하고 자리에서 일어섰다. 막동이 따라 나섰다. 그들은 저쪽으로 돌아 밭두렁 아래 도랑으로 내려갔다. 도랑을 기었다. 부내에서 오는 큰길에도 작은 도랑이 나 있었다. 거기도 기어 넘었다. 저쪽 산자락으로 붙었다. 집 있는 쪽으로 밭두렁을 타고 갔다. 큰길 밑에 멈췄다. 좌우를 살폈다. 아무도 없었다. 큰길로 사푼 올라섰다. 이싯뚜리와 막동은 1초 있는 데로 의젓하게 다가갔다. 막동이 앞서 달려갔다.

"1초!"

막동이가 미리 크게 불렀다.

"예! 군호!"

"무시!"

막동이 무도 아니고 우도 아닌 소리로 시자에만 힘을 주어 대답했다.

"이누!"

이싯뚜리가 1초 곁으로 갔다.

"1초, 보초 근무 중 이상 없음."

1초가 큰소리로 외쳤다.

"대관님이시다."

막동이 말했다. 이싯뚜리가 다가왔다.

"고생한다. 조을지 말고 잘 서라."

초병이 예 하고 대답하는 순간 막동은 초병 목을 감았다. 단검으로 옆구리를 푹 쑤셨다. 막동이 몇 번 더 쑤셨다. 1초 초병은 막동의 팔에서 보리자루처럼 밑으로 내려앉았다. 이런 모양으로 사람 죽이기에 이골이 난 솜씨였다. 2초 초병은 귀를 쫑그리고 있을 터였다.

"조을지 마라. 조금 있으면 대거리한다."

"옛!"

이싯뚜리가 큰소리로 말하고 막동이 큰소리로 대답했다. 2초가 들릴 만큼 컸다. 두 사람은 2초 쪽으로 갔다. 똑같은 방식으로 2초도 처치했다. 3초도 처치했다. 4초 역시 쉽게 처치했다. 두 사람은 계속 5초 쪽으로 갔다.

그때 김확실이 졸개 2명을 달고 집 쪽으로 갔다. 대담하게 대문 앞으로 갔다.

"누구여? 군호!"

대문에는 초병이 2명이었다.

"무시!"

그들도 이싯뚜리와 막동이 한 것과 똑같은 수작으로 초병을 처치해 버렸다. 김확실이 대문으로 썩 들어섰다. 집안은 조용했다. 뒤란으로 돌아갔다. 움막이 나타났다.

"누구여? 군호!"

초병 2명이 화약고 앞에 앉아 있다가 벌떡 일어나며 소리를 질렀다.

"무시!"

김확실 패는 그들도 쉽게 처치해버렸다. 어제 김확실은 이싯뚜리한테 솜씨 자랑을 했는데 정말 자랑할 만한 솜씨들이었다. 그들 손에 걸렸다 하면 모두가 끽소리도 못하고 보릿자루처럼 무너졌다. 김확실은 졸개 하나를 달고 화약고로 들어가서 실탄 상자를 꺼내고 하나는 담으로 올라가서 거기 와 있는 패한테 넘어오라는 시늉을 했다. 세 사람이 넘어왔다. 김확실 패가 실탄 상자를 꺼내면 다른 패는 미리 준비해온 끈으로 묶어서 담으로 넘겼다. 한참만에 일이 끝났다. 모두 담을 넘기고 김확실과 졸개 하나만 화약고에 남아 짚북데기를 그러모아 불을 붙였다. 타들어갔다. 두 사람은 초병이 떨어뜨린 총을 주워들고 담을 넘었다. 담을 넘는 솜씨도 다람쥐 같았다. 굽이마다 화적 솜씨가 본때 있게 드러났다. 그들은 아까 왔던 데로 정신없이 내달았다. 등성이로 붙었다. 화약고 안에서 불빛이 훤해졌다.

"불이야!"

집안에서 병사들이 소리를 질렀다.

"화약고에 불이다."

여기저기서 악을 쓰며 달려갔다.

— 뻥.

불기둥이 하늘로 치솟았다. 주변이 대낮같이 밝아졌다. 엄청난 광경이었다.

"저놈들이다."

병사 하나가 산자락을 향해 악을 썼다. 화약고가 폭파한 불빛에 산자락에 붙은 김확실 패의 모습이 훤하게 드러났던 것이다. 김확실과 이싯뚜리 등 네 사람은 탄약을 지지 않고 총만 들고 달리고 있었다. 탄약을 짊어진 농민군 병사들은 무작정 산으로 올라붙었다.

"저쪽이다."

관군들은 산자락을 향해 총을 쏘며 달려왔다. 총구에서 불이 나가는 방향이 환하게 보였다.

"쫓아라!"

일본말이 악다구니를 쓰기도 했다. 관군들이 골짜기로 올라붙었다. 탄약을 짊어진 농민군들은 죽을 둥 살 둥 모르고 뛰었다. 구름에서 벗어난 달빛이 휘영청했다.

"빨리 가라."

뒤따르던 김확실이 소리를 지르며 아래를 향해 총을 갈겼다. 네 사람은 무작정 아래로 총을 갈겨댔다. 관군들은 저쪽 골짜기로 올라붙었다. 위쪽 산줄기 가까이서 총소리가 났다. 그쪽에 매복해 있던 관군들 같았다. 탄약을 짊어진 사람들이 발견된 모양이었다. 총소리와 함께 총구에서 나가는 불빛이 칼날같이 번득였다.

"이쪽으로 가자!"

김확실은 졸개한테 소리를 지르며 물안주골 쪽 등성이로 달렸다. 이싯뚜리는 따라오지 않았다. 바로 앞에서 총소리가 났다. 매복하고 있던 관군들이었다. 졸개 하나가 쓰러졌다. 김확실은 당황했다.

"나를 따라라!"

김확실이 아래쪽으로 길을 잡아 내달았다. 두 사람은 깜깜한 어둠 속을 정신없이 내달았다. 가시가 얼굴을 할퀴고 덩굴에 발이 걸려 나동그라졌다. 저쪽 산등성이를 향해 골짜기를 가로질렀다. 그때였다.

"잡아라."

느닷없이 바로 앞에서 악다구니가 쏟아졌다. 후닥닥 아래쪽으로 튀었다. 총소리가 콩을 볶았다.

"윽!"

졸개가 비명을 지르며 쓰러졌다. 김확실은 무작정 뛰었다. 뒤에서는 총이 계속 불을 뿜었다. 대여섯 자루에서 불이 쏟아졌다.

"이놈아!"

앞에서 느닷없이 총구가 배를 찔렀다. 순간 김확실이 배를 싸안고 앞으로 고꾸라졌다. 10여 명이 둘러쌌다. 김확실의 양쪽 팔을 잡아 비틀었다. 김확실은 그대로 팔을 맡겼다. 두 명이 양쪽에서 팔을 꼈다. 김확실이 몸뚱이를 내맡겼다. 산에서는 여기저기서 총소리가 콩 볶는 소리였다.

김확실은 공주 감영으로 끌려갔다. 작청으로 끌고 갔다. 대청마루에서 비명 소리가 났다. 마루에서는 주리를 틀고 있었다. 다른 데서도 농민군들이 잡혀온 모양이었다.

"너도 금방 저 꼴이 될 것이다."

병사들은 김확실을 마루 토방에다 앉혀놓고 총을 겨누며 이죽거렸다. 처마에 걸린 *장명등에 비친 김확실 꼴은 말이 아니었다. 옷은 걸레처럼 찢어지고 솔뿌리 같은 손등은 가시에 긁혀 피투성이였다. 맹꽁이처럼 꽁꽁 묶인 김확실은 자기 꼴을 보고 나서 피글 웃었다.

"왜 웃어?"

총을 겨누고 있던 병사가 소리를 질렀다. 김확실을 지키는 병사들은 그를 잡아온 병사들이 아니라 감영 나졸들이었다.

"이놈아, 목이 말라 죽겠다. 가서 물 한 바가지 떠온나."

김확실이 소리를 질렀다.

"야, 이놈아, 여기가 느그 집 안방인 줄 아냐?"

"이 자식아, 죽일 사람도 먹여서 죽이는 법이다."

김확실이 버럭 고함을 질렀다.

"음, 그래도 쌍통값 하느라고 제법이구나."

총을 겨눈 나졸이 피글 웃으며 같이 총을 겨누고 있던 나졸한테 물을 떠오라고 했다. 마루에서는 비명 소리가 귀를 찔렀다. 뭐라고 한참 묻다가 또 주리를 틀었다. 바가지에다 물을 떠왔다. 바가지를 김확실 앞에다 댔다. 김확실이 꿀꺽꿀꺽 들이켰다.

"아따 살겠다. 고맙다."

"이 자식아, 누구한테 자꾸 해라냐?"

나졸이 눈알을 부라렸다.

"이놈아, 내가 잡혀오기는 했다마는 이래봬도 농민군 대장이다."

"미친놈아, 염라대왕 앞에 가서 벼슬 자랑을 해라."

작자는 피글 웃었다. 마루에서 비명 소리가 그쳤다. 그때 저쪽에서 일본군 장교가 병사들을 달고 시퍼렇게 들어왔다. 김확실을 마루로 끌고 나갔다.

"오늘 몇 놈이 기습을 나왔냐?"

일본군 장교가 묻고 통사가 통역을 했다.

"이놈아, 내가 누군지 그것부터 묻고 그런 것을 물어야 할 것 아니냐?"

김확실이 버럭 소리를 질렀다.

"어라, 이 자식 봐라."

장교는 픽 웃었다.

"나는 농민군 대장이다. 전에는 전봉준 장군님 호위를 하고 다니던 호위군 대장이고, 이참에는 군사를 5백여 명이나 거느리고 싸운 대장이다. 내 말이 시방 먼 말인지 알아먹겠냐? 나는 썩은 나라를 바로잡고 너희 왜놈 쪽발이 새끼들을 전부 몰아내려고 일어난 의군이고 그 가운데서도 대장이다 이 말이다. 지금 네놈들은 우리나라를 털도 안 뜯고 삼키려고 한다마는 쉽잖을 것이다. 너희 일본 놈들은 날강도들이고, 조정 놈들은 외국 놈들한테는 꼴랑지밖에 흔들 줄 모르는 강아지들이다. 민가들은 청나라 강아지고 개화파 놈들은 너희 일본 놈들 강아지들이여."

"이 자식아, 묻는 말에나 대답해."

따라온 조선 장교가 곁에 있는 매잡이한테서 몽둥이를 빼앗아 으르며 악을 썼다.

"이놈아 내 말 더 들어. 느그들 관군 놈들은 뭣인 줄 아냐? 왜놈 군대 똥강아지들이다. 강아지 중에서도 똥강아지, 똥이나 처묵는 똥강아지들이여. 시방 나를 문초하려고 하는 모양이다마는 안 될 것이다. 내 말이 시방 먼 말인지 알아먹겠냐? 나라를 건지려고 일어난 의군 대장이 저런 때려죽일 왜놈들이나 너 같은 똥강아지들하고 상종을 할 수 없다 이 말이다. 너희들이 묻는 소리가 내 귀에는 똥강아지들이 짖는 소리다."

"이런 때려죽일 놈."

장교가 몽둥이로 김확실 등짝을 사정없이 후려갈겼다. 김확실은 끄떡도 하지 않았다. 장교는 화가 머리끝까지 치솟아 있는 힘을 다해서 후려갈겼다.

"이 똥개야, 그것이 시방 매라고 치고 자빠졌냐? 치지 말고 물어라, 물어. 개는 물어얄 것 아니냐? 하하하."

김확실이 껄껄 웃으며 소리를 질렀다.

"이놈의 새끼 죽어봐라."

장교는 얼굴이 새빨개지며 있는 힘을 다해서 몽둥이를 휘둘렀다. 정신없이 내리쳤다. 거푸 네댓 대를 갈기고 나서 가쁜 숨을 내쉬었다.

"물어뜯으란 말이다, 이 똥개야."

김확실이 벼락같이 소리를 질렀다. 장교는 다시 몽둥이를 들어올렸다. 그 순간이었다. 김확실이 자리에서 훌쩍 퉁겨 일어났다. 머리로 장교 가슴을 받아버렸다. 장교가 뒤로 벌렁 나가떨어졌다. 김확실이 발뒤꿈치로 작자 면상을 내리찍었다.

"이놈아!"

곁에 섰던 나졸들이 몽둥이를 휘둘렀다. 뒷결박이 지어진 김확실이 몽둥이를 피하며 나졸 배를 걷어찼다. 나졸들이 뛰어들어 드잡이판이 벌어졌다. 몽둥이가 수없이 날았다. 이내 김확실의 뒷결박이 끊어졌다. 김확실은 몽둥이를 빼앗아 휘둘렀다. 조선군 장교부터 후려쳤다. 일본 장교도 갈겼다. 그대로 널브러졌다. 봉술 가락이 제대로 나왔다. 김확실이 사정없이 몽둥이를 휘두르며 마당으로 내려섰다. 여남은 명이 나동그라지며 길이 열렸다.

— 빵 빵.

저쪽에서 총을 쏘았다. 김확실이 정신없이 몽둥이를 휘두르며 나졸들을 쫓았다. 강아지 속에 든 한 마리 호랑이 같았다.

　― 빵 빵.

　김확실이 휘청했다. 계속 총을 갈겼다. 이내 김확실이 쓰러졌다. 병사들은 김확실 몸뚱이에다 계속 총을 쏘아댔다.

9. 공주대회전

11월 11일(양력 12월 7일). 농민군들은 새벽부터 부지런히 움직였다. 이싯뚜리는 대원들을 들판에 모았다. 장명등에다 불을 밝혀 간 짓대 끝에다 걸었다.

"우리는 오늘 마지막 결전을 한다. 오늘 공주 일본군과 관군을 몰살시키지 못하면 우리는 그만이다. 조선 팔도 농민군도 그만이고 나라도 그만이다. 우리는 여기서 지면 다 죽는다. 저놈들은 우리를 이 잡듯이 잡아서 다 죽일 것이다. 공주로 총공격을 할 때 우리 부대는 제일 앞장을 서서 쳐들어간다. 모두 죽을 각오를 했겠지만 그 가운데서도 제일 앞에 설 사람을 뽑겠다. 결사대다. 나하고 맨 앞에 설 사람은 이쪽으로 나온다. 눈치 보지 말고 나올 사람은 바로 나온다."

이싯뚜리가 힘있게 말했다.

"나가자. 어차피 다 죽는다."

우르르 저쪽으로 몰려나갔다. 계속 나갔다. 2,3백 명쯤 되는 것 같았다.

"됐다. 그만!"

이싯뚜리가 소리를 질렀다.

"우리 부대 전부가 움직일 때는 내가 전부를 거느리지만 결사대가 나설 때는 나는 결사대만 거느리고 나머지는 고달근이 거느린다. 지금 간다. 결사대부터 앞선다. 가자."

이싯뚜리가 앞장서서 우금고개를 향했다. 새벽밥을 먹고 점심과 저녁밥을 싸 짊어진 농민군들은 싸늘한 새벽길을 정신없이 내달았다. 서산에는 새벽달이 걸쳐 있었다. 발목에 총상을 입은 이유상은 어제저녁에도 몸이 불덩이 같았으나 조금 열이 내리자 기어코 일어나 앞장을 섰다.

전봉준은 두령들을 거느리고 두리봉으로 올라갔다. 유한필 부대가 벌써 올라가 봉우리를 차지하고 양쪽 산줄기에 포진을 하고 있었다. 날이 부옇게 새기 시작했다. 날씨가 갑자기 추워져 나뭇가지에는 상고대가 허옇고 산비탈을 거슬러오는 바람은 가시로 찌르듯 매서웠다.

저 아래서 관군들 움직임이 보였다. 그들은 오늘도 그제처럼 성황당이를 중심으로 진을 치고 있었다. 그제 농민군이 성황당이를 공격할 때처럼 새가 날개를 편 모양으로 진을 쳤다. 머리 쯤인 성황당이는 우금고개를 향하고 양쪽 날개가 큰골 쪽과 새재 쪽을 향하고 있었다.

저 건너 봉수대에는 벌써 고영숙 부대기가 올라 있었다. 이쪽에

서 기를 흔들자 저쪽에서도 기를 흔들어 화답을 했다. 큰골 뒤 이유
상 부대에도 기가 올랐다. 기를 흔들자 거기 역시 화답을 했다. 주미
산 아래 달주 부대와 양달뜸 송희옥 부대, 새재 이싯뚜리 부대도 화
답을 했다.

"저기구나."

이싯뚜리는 아까 날이 샐 때부터 성황당이 한참 아래 한 군데를
뚫어지게 보고 있었다. 어제저녁 김확실하고 실탄을 탈취했던 곳이
었다. 집은 반쯤 날아가 버리고 구덩이가 크게 입을 벌리고 있었다.

"김두령이 혹시 옥에 갇혀 있지 않을까?"

어젯밤 일이 악몽같이 다가왔다. 20명 가운데 막동하고 겨우 세
사람이 살아 왔다. 이싯뚜리는 쓰러지는 부하들 실탄을 짊어지고 말
그대로 총알이 빗발치는 지옥을 빠져나왔던 것이다. 큰 산줄기까지
어떻게 올라챘는지도 모를 지경이었다. 세 사람이 가져온 실탄은
1천여 발이었다. 실탄 1천 발과 김확실을 비롯한 17명의 생명을 바
꾼 것이었다.

"김두령님, 살아만 계십시오. 오늘 쳐들어가면 내가 제일 먼저 감
옥으로 치고 들어가겠소."

이싯뚜리는 혼자 뇌며 푹 파인 구덩이를 내려다보고 있었다.

— 뺑.

두리봉 아래에서 포가 터졌다. 연거푸 두 발이 터졌다. 더 터지지
않았다.

"저 자식들이 아침 인사를 한다냐?"

고달근이 이죽거렸다. 지휘부가 두리봉에 있는 줄 알겠다며 드레

질을 해보는 것 같았다.

"두고 보자!"

이싯뚜리가 입을 앙다물었다. 전선은 쥐죽은 듯 조용했다. 아침 참 때가 되도록 서로 건너다보고만 있었다. 관군들은 이따금 포만 한 발씩 터뜨렸다. 치고 내려오지 않고 무얼 꾸물거리고 있느냐는 비아냥 같았다. 이싯뚜리 부대 1차 공격목표는 일락산에 포진하고 있는 관군이었다. 우금고개에서 부내로 내려가는 길옆으로 뻗어 내린 산줄기를 타고 곧장 달리면 그 끝이 일락산이고 그 건너가 감영 뒷산 봉황산이었다. 일락산만 점령하면 일락산 바로 오른쪽은 물안 주골에서 내려오는 길이므로 그쪽 길도 뚫리고, 또 성황당이 쪽 관군은 포위된 것이나 마찬가지다. 그때 유한필 부대는 두리봉에서 비탈을 타고 바로 내려와 봉황산에 붙어 감영을 들이칠 수 있다. 그제는 중간쯤 내려갔다가 성황당이에서 물러나는 바람에 이싯뚜리 부대도 같이 물러났지만 오늘은 사정이 달랐다. 이판사판 마지막 결전을 하기로 했기 때문이다.

"모두 들어라. 공격을 하다가 관군을 잡으면 무작정 두들겨패면서 화약고를 묻는다. 고달근 패는 다른 것 다 놔두고 화약고를 치고 들어가야 한다."

— 뻥.

금학동 큰골 위쪽에 포가 터졌다. 계속 터졌다. 관군들이 공격을 할 모양이었다. 포는 정신없이 터졌다. 이내 회선포 소리가 났다. 제대로 공격을 하는 것 같았다. 좀 만에 그쳤다. 이번에는 능티고개에서 포 소리가 나다가 그쳤다. 전선은 다시 조용했다. 산새 소리만 쩩

쨋거렸다. 그때 이싯뚜리 저만큼 앞에서 병사 하나가 일어섰다.

"조선 관군 병사들은 내 말 들어라!"

성황당이 쪽을 향해 나팔손을 하고 악을 썼다.

"시방 조정에 버티고 있는 김홍집 개화파란 놈들은 폴쌔 일본 놈들 강아지가 되어버렸다. 상감을 윽박질러서 일본 놈들한테 나라를 팔아먹을 작정이다. 당신들이나 우리나 똑같이 이 나라 백성이다. 우리는 시방 일본 놈들을 쫓아내고 나라를 건지자고 일본 놈들하고 싸우는 것이다. 너희들도 이 나라 백성이라면 우리한테 총을 쏠 것이 아니라 그 총을 바로 옆에 있는 일본 놈들한테 갈겨라. 이 나라 백성이 모두 힘을 합쳐 갖고……."

— 드드드득.

관군 쪽에서 회선포를 갈겨댔다. 해가 중천에 올랐다. 점심때가 된 것 같았다. 점심을 먹고 또 눈을 밝히고 있었다. 가슴을 졸이며 기다리는 판이라 한나절이 열흘 같았다. 해가 한참 기울었다.

— 뻥.

멀리 능티고개 쪽에서 포가 터졌다. 계속 터졌다. 엄청나게 쏟아졌다. 이내 회선포 소리가 났다. 제대로 공격을 하는 것 같았다.

— 뻥.

곰나루 쪽 한산소 근처에도 포가 터졌다. 북접 부대를 공격하는 것 같았다. 거기도 포 소리가 엄청났다.

"저런!"

두리봉에서 능티를 건너다보고 있던 김덕명이 비명을 질렀다. 능티 아래 관군이 산등성이로 붙고 있었다. 관군들이 시커멓게 등성이로 붙었다. 물안주골에서 관군들이 위로 올라갔다. 포는 고개 너머로 떨어지는 것 같았다.

"아이고, 저기도 물러납니다."

김원식이 한산소를 내려다보며 말했다. 북접군들이 정신없이 물러나고 있었다. 관군들이 추격을 했다.

"저자들이 우리 작전을 간파한 것 같습니다."

김덕명이 말했다. 전봉준은 한산소 쪽을 내려다보고 있었다. 관군들은 추격을 그쳤다. 능티고개에서는 관군이 봉수대로 붙고 있었다. 관군들이 시커멓게 봉수대로 올라붙었다. 봉수대 주변에서 한참 싸우는 것 같았다.

"아이고!"

관군들이 봉수대로 올라챘다. 봉수대 농민군들이 저 너머로 물러난 것 같았다. 고영숙 부대가 완전히 밀리고 있었다.

"안 되겠습니다. 약한 데부터 격파하자는 작전입니다. 저녁까지 못 기다릴 것 같습니다. 공격을 하지요."

김시만이 다급하게 말했다.

"공격을 해야 할 것 같습니다."

김덕명이었다. 능티 쪽만 보고 있던 전봉준은 고개를 돌려 해를 보았다. 해가 아직도 많이 남아 있었다. 지금 공격하면 밤에 쳐들어간다는 작전에 차질이 생길 판이었다. 모두 전봉준만 보고 있었다. 전봉준은 다시 능티 쪽을 봤다. 포탄은 고개 너머 효포에 계속 떨어지고 있는 것 같았다.

"우금재로 공격해오면 우리는 마지막 실탄을 산에서 허비하게 될니다."

김시만이었다.

"공격 준비 봉화를 올려라!"

전봉준이 영을 내렸다. 이내 봉화가 한 줄기 올랐다.

"공격 준비 봉화다. 채비를 해라."

이싯뚜리가 일어서며 소리를 질렀다.

"결사대가 먼저 나간다. 징을 치거든 산줄기를 타고 무작정 일락
산으로 뛴다."

이싯뚜리는 양쪽을 보며 소리를 질렀다. 대원들은 숨을 죽이고
있었다.

"봉화가 두 줄기다."

— 징징징징징징징.

사방에서 징소리가 울렸다.

"죽여라!"

— 깽깽깽깽깽깽.

병사들은 함성을 지르며 쏠려 내려갔다. 이싯뚜리 부대는 산줄기
양쪽으로 붙어 정신없이 내달았다. 병사들은 구르듯 뛰어내려갔다.
시어골 골짜기가 시작되는 잘록한 목에서 회선포가 불을 뿜었다. 이
싯뚜리 부대를 맞바로 보고 맷돌질을 했다.

"아이고!"

이싯뚜리 앞에 달리던 병사들이 쓰러졌다. 병사들은 시체를 뛰어
넘어 내달았다. 관군 양총이 불을 뿜고 회선포가 달아났다. 이쪽 양
총도 불을 뿜으며 내달았다.

"양총은 회선포를 쏴라."

양총이 회선포를 향해 갈겼다. 회선포를 떠메고 가던 병사들이 둘이나 거꾸러졌다. 회선포를 내던지고 달렸다.

"죽여라!"

병사들이 함성을 지르며 돌진했다.

"회선포 챙겨라."

병사들이 회선포를 끌고 비탈로 달렸다. 회선포에는 실탄이 줄줄이 달려 있었다. 일락산 가기 전 조그마한 봉우리에서 회선포 세 대가 갈겨댔다. 방금 빼앗은 회선포가 불을 뿜기 시작했다. 이쪽 양총들이 관군 회선포에다 집중사격을 했다. 서너 명이 쓰러졌다.

"뛰어라."

병사들이 정신없이 뛰었다. 저쪽 회선포 병사들이 픽픽 쓰러졌다. 곁에 있던 관군들이 회선포를 메고 도망쳤다. 관군 양총이 무지막지하게 불을 뿜었다.

"돌진!"

— 깽깽깽깽깽깽.

이싯뚜리는 악을 쓰며 깨져라 꽹과리를 두들겼다. 병사들은 총알 속을 멧돼지처럼 돌진했다. 픽픽 쓰러지며 뛰어갔다. 시체를 한꺼번에 두 구 세 구 뛰어넘으며 돌진했다. 관군 양총들이 도망쳤다. 병사들이 정신없이 뛰어갔다. 관군들이 총을 쏘던 봉우리로 올라챘다. 저쪽 일락산 꼭대기에서 회선포가 불을 뿜었다. 대여섯 대가 마구 뿜어댔다. 일락산 꼭대기에는 관군들이 엄청나게 몰려 있었다.

"엎드려라!"

이싯뚜리가 소리를 질렀다. 진격을 그쳤다. 뒤에는 병사들이 즐비하게 쓰러져 있었다. 수십 명이 죽은 것 같았다. 성황당이 쪽에서도 총소리가 엄청났다. 능티 쪽에서는 지금도 회선포 소리와 총소리가 콩을 볶았다. 고영숙 부대가 다시 고개로 올라붙는 모양이었다.

"우리는 여기서 기다리다가 능티나 우금티 양쪽 어느 쪽에서나 한 군데서만 밀고 내려오면 일락산을 공격한다."

이싯뚜리가 큰소리로 말했다. 일락산만 빼앗으면 관군은 부내로 물러갈 수밖에 없었다. 그러나 일락산 봉우리에는 관군이 숫제 더뎅이가 져 있었다. 이쪽 회선포에는 실탄이 50여 발 물려 있었다.

"오냐, 이것으로 결판을 보자."

이싯뚜리는 회선포를 내려다보며 주먹을 쥐었다. 여기서 일락산 봉우리 사이는 민틋했다. 몸을 가릴 데가 없었다. 맨몸으로 뛰어야 할 판이었다. 풀이나 나뭇잎이라도 우거졌다면 얼마나 좋을까 싶었다.

"여기서 양총하고 회선포를 쏠 때 결사대는 한달음에 일락산까지 뛰어야 한다. 뛰어가서 작살을 내고 회선포를 전부 빼앗는다. 회선포만 다 뺏으면 우리는 이긴다. 결사대가 반쯤 가면 나머지가 전부 몰려간다. 모두 신들메를 단단히 매라."

조금 잠긴 듯한 이싯뚜리 목소리는 쇳덩어리가 구르는 소리였다. 이싯뚜리 부대가 일락산을 점령하면 두리봉 근처 유한필 부대가 비탈을 쏠려 내려와 봉황산에 붙기로 되어 있었다.

성황당이 쪽과 능티 쪽에서는 총소리가 계속 콩을 볶았다. 고영숙 부대는 아직 능티고개로 붙지 못한 것 같았다.

"야, 물러난다."

성황당이 쪽을 보며 병사들이 소리를 질렀다. 관군들이 물러나고 있었다. 관군들은 물안주골에서 내려오는 길 근처에 멈췄다. 등성이에 회선포를 설치했다. 바로 일락산을 건너다보기도 하는 곳이었다. 관군들은 계속 몰려와 물안주골 입구에 진을 쳤다. 3,4백 명이었다. 부내를 등진 최후의 방어선이었다. 그러나 성황당이에서는 계속 총소리가 콩을 볶았다. 관군 주력은 그대로 남고 일부만 뒤로 물러선 것 같았다. 능티 쪽에서도 총소리가 어마어마했다.

"회선포가 열 대다."

병사들이 물안주골 입구에 진을 친 관군을 건너다보며 속삭였다.

"저놈의 회선포!"

병사들은 주먹을 쥐었다. 성황당이와 능티 쪽에서는 계속 총소리가 콩을 볶고 있었다.

"관군이 물러난다."

성황당이에서 관군이 물러나고 있었다. 그들은 조금 내려오다가 능티 쪽 산자락에서 들판으로 포진을 했다. 5백 명도 넘는 것 같았다.

"몰려온다."

성황당이에서 농민군 2,3천 명이 몰려왔다. 농민군들이 양쪽 산자락에 붙어 한참 몰려왔다. 이내 관군 회선포가 불을 뿜었다.

"지금 오는 농민군이 저기만 뚫고 오면 우리는 일락산을 점령한다."

이싯뚜리가 소리를 질렀다. 회선포 소리와 소총 소리가 엄청났다.

"아이고!"

고달근이 비명을 질렀다. 성황당이에서 몰려오던 농민군들이 갈대 무너지듯 했다. 그쪽 회선포와 양총이 무지막지하게 갈겨댔다.

"아이고, 저러다가 다 죽겠다."

이싯뚜리 대원들은 넋 나간 꼴로 건너다보고 있었다. 성황당이에서 들판을 가로지르는 사이 농민군이 엄청나게 쓰러졌다.

"우리부터 일락산을 점령하자."

이싯뚜리가 계획을 바꾸었다.

"이 회선포가 일락산을 공격할 테니 모두 산줄기 옆으로 뛴다. 결사대부터 나간다. 준비해라."

이싯뚜리가 악을 썼다.

"결사대 나간다. 뛰어라!"

— 깽깽깽깽깽깽.

이싯뚜리가 소리를 지르며 꽹과리를 쳤다. 결사대가 뛰어나갔다. 일락산 회선포가 불을 뿜었다. 여남은 대가 무지막지하게 뿜어댔다. 대원들이 쓰러지기 시작했다. 이쪽 회선포도 불을 뿜었다. 대원들은 수없이 쓰러지며 뛰어갔다. 본대가 뛰어나갔다. 결사대가 봉우리 가까이 갔다. 관군은 소총만 불을 뿜고 회선포는 도망쳤다.

"죽여라!"

결사대가 봉우리로 붙었다. 관군들이 도망치기 시작했다. 회선포를 떠멘 관군들이 저만큼 달려가고 있었다.

"회선포 잡아라!"

이싯뚜리가 악을 썼다. 대원들이 쫓아갔다. 관군들은 회선포를 내던지고 도망쳤다. 회선포가 세 대나 나뒹굴었다. 물안주골 입구 회선포가 이쪽으로 갈겨댔다.

"그만 가거라!"

― 깽 깽 깽 깽 깽.

이싯뚜리가 소리를 지르며 꽹과리를 쳤다. 병사들이 회선포를 떠메고 일락산으로 왔다. 그러나 회선포에는 실탄이 없었다. 실탄은 거둬간 모양이었다. 회선포를 떠메고 온 병사가 회선포를 내동댕이쳐버렸다. 일락산에서 물러간 관군들은 봉황산 자락에 진을 쳤다. 물안주골 입구 회선포가 일락산을 향해 갈겨댔다.

"엎드려라!"

모두 엎드렸다. 그들이 달려왔던 산등성이에는 시체가 허옇게 누워 있었다. 1백 명도 넘을 것 같았다. 성황당이 쪽 회선포가 조용했다. 농민군들은 양쪽 산자락으로 붙었다. 들판에는 시체가 허옇게 널려 있었다. 이유상 부대는 능티 쪽으로 붙고 달주 부대와 송희옥 부대는 이싯뚜리 부대가 내려온 산줄기로 붙었다.

"실탄 몇 발 남았나?"

이싯뚜리가 양총 가진 병사한테 말했다.

"세 발!"

"너는?"

"다섯 발!"

모두 그 정도였다. 마지막 남은 실탄이었다.

"내려온다."

두리봉에서 유한필 부대가 내려왔다. 가파른 비탈을 마치 바윗돌이 구르듯 쏠려 내려왔다. 봉황산에서 회선포와 양총이 불을 뿜었다. 총소리가 어마어마했다. 유한필 부대는 관군 화력을 감당하지

못하고 한산소 쪽 비탈로 달려갔다. 시체를 허옇게 남기고 한참 저
쪽 산비탈로 붙었다.

"이따 우금티에서 밀고 올 때 결사대는 저 회선포로 돌진하겠다.
너희들은 봉황산으로 뛰어라."

이싯뚜리가 물안주골 입구 회선포를 가리키며 고달근한테 속삭
였다.

"저리 오는구나."

대원들이 뒤를 돌아보며 소리쳤다. 달주 부대와 송희옥 부대가 이
싯뚜리 부대가 내려왔던 일락산 줄기를 넘어 시어골로 붙고 있었다.

"저기도 관군이다."

봉황산 뒤쪽 골짜기에서 관군들이 엄청나게 몰려왔다. 5백 명쯤
되는 것 같았다. 달주 부대와 송희옥 부대를 막으려는 병력이었다.
자칫하면 이싯뚜리 부대까지 포위될 판이었다. 능티 쪽은 아직도 고
개에서 싸우고 있었다.

— 깽깽 깽깽 깽깽.

성황당이 쪽 이유상 부대에서 진격 신호가 울렸다. 달주 부대와
송희옥 부대는 시어골로 들어오지 않고 다시 길을 바꾸어 아까 오던
길로 부내를 향해 돌진했다.

— 드드드드드.

사방에서 회선포가 불을 뿜었다. 달주 부대와 송희옥 부대는 총
알 속으로 돌진했다. 엄청나게 쓰러졌다. 꼬리 쪽에서는 뒤로 물러
서는 병사들이 있었다. 이유상 부대에서도 마찬가지였다. 수백 명이
도망쳤다. 그러나 선두는 정신없이 내달았다.

"워매, 저러다가는 다 죽겠다."

시체가 시체 위에 겹으로 쌓였다. 선두도 갈팡질팡하다가 돌아서기 시작했다.

－징 징 징 징 징 징.

두리봉에서 징이 울렸다. 후퇴 신호였다. 세 부대가 모두 돌아섰다. 관군 회선포와 양총은 물러가는 농민군 뒤에다 그대로 뿜어댔다. 농민군들은 계속 쓰러지며 후퇴했다. 뒤에는 시체가 허옇게 남았다. 관군들이 이쪽 산줄기로 붙고 있었다.

"조금만 더 있으면 우리도 포위당해."

고달근이 소리를 질렀다. 봉황산 관군들도 몰려오고 있었다.

"물러가자!"

이싯뚜리가 소리를 질렀다.

－깽 깽 깽 깽 깽 깽.

고달근이 꽹과리를 치며 달려갔다. 대원들은 아까 왔던 산줄기로 정신없이 뛰어갔다. 회선포와 양총 소리가 땅덩어리를 떠메고 하늘로 올라가는 것 같았다. 대원들은 시어골이 시작되는 목을 벗어나 비탈로 붙었다. 바로 아래서 회선포가 이쪽을 향해 갈겼다.

"이것 나 주고 뛰어라!"

이싯뚜리가 아까 다섯 발 남았다던 병사 양총을 낚아채며 돌아섰다.

"양총은 여기서 막는다. 이리 엎드려라!"

이싯뚜리가 소리를 지르며 바로 아래 관군을 향해 엎드렸다. 30여 명이 엎드렸다. 관군들이 일락산과 성황당이 양쪽에서 몰려왔다.

― 빵 빵.

이싯뚜리 양총 부대도 불을 뿜었다.

"아이고!"

곁에서 쓰러졌다. 여남은 명이 쓰러졌다.

"실탄 떨어진 사람은 물러가라!"

이싯뚜리는 소리를 지르며 갈겨댔다.

"워매!"

이싯뚜리가 비명을 질렀다. 어깻죽지에서 벌겋게 피가 솟았다.

"물러가거라!"

이싯뚜리가 소리를 질렀다.

"두령님!"

곁에서 소리를 질렀다. 관군들은 계속 몰려왔다.

"나는 안 돼. 어깨가 망가졌어."

이싯뚜리 어깻죽지에서 가슴팍으로 피가 벌겋게 흘러내렸다. 그쪽 팔을 움직이지 못했다. 이싯뚜리는 몸뚱이를 옆으로 기울이며 한 손으로 총을 겨냥했다.

"얼른 가!"

이싯뚜리가 악을 썼다. 피가 벌겋게 옷을 적셨다.

"두령님 죄송하요."

병사들은 소리를 지르며 도망쳤다. 이싯뚜리는 총을 쏘고 나서 발로 총을 버티며 한 손으로 노리쇠를 당겼다. 회선포 사수를 겨냥했다. 쏘았다. 맞지 않았다. 그쪽에서 이리 총탄이 집중했다. 이싯뚜리는 이를 악물고 다리로 총을 버티며 노리쇠를 당겼다. 총알을 물고 들어갔다. 몸을 틀어 다시 회선포 사수를 겨냥했다. 이마에 송알송알 맺힌 땀이 속눈썹으로 흘러내렸다. 손을 들어 땀을 닦았다. 다시 숨을 죽이고 사수를 겨냥했다. 쏘았다. 맞았다. 이싯뚜리는 숨을 씨근거리며 머리를 잠시 총신에 눕혔다. 어깻죽지에서 흘러내린 피가 앞가슴을 전부 적셨다. 이싯뚜리는 다시 이를 악물고 몸을 비틀며 있는 힘을 다해서 노리쇠를 당겼다. 노리쇠를 놨다. 텅, 노리쇠가 공허하게 울렸다.

"실탄이 떨어졌구나!"

이싯뚜리 머리가 총대 위로 툭 떨어졌다. 볼을 총대에 뉘고 숨을 씨근거렸다.

"어무니, 죄송하요."

이싯뚜리가 힘없이 뇌었다.

"어무니, 오래오래 사시오."

이싯뚜리 입술이 힘없이 들썩였다.

을식과 거꾸리 등 장성 젊은이들은 부상자들을 부축하고 이인 쪽으로 한참 도망치다가 날이 어두워지자 외딴 동네로 들어갔다. 아무 집에나 들어 방에 불을 지피고 생고구마로 배를 채웠다.

"괜찮냐?"

"씀벅씀벅 쑤셔."

"그래도 뼈 안 상하기 다행이다. 상처만 아물면 제대로 힘을 쓸 것이다."

을식이 점박의 이불깃을 여며주며 말했다.

"눈이 더 많이 온다. 모두 이인까지 못 가고 중간에 들었겠다."

밖에 나갔던 대원이 들어오며 말했다.

"우리도 아침 일찍 이인으로 가자."

모두 이인으로 퇴각하라 했던 것이다.

"불쌍한 자식, 논 닷 마지기가 제 것이 되었다고 그렇게 좋아하더마는……."

거꾸리가 무슨 종이쪽지를 내려다보며 중얼거렸다.

"뭐냐?"

을식이 물었다.

"들창코 부적이여."

거꾸리가 부적을 내밀며 눈물을 떨어뜨렸다. 을식이 부적을 받아 들었다. '궁궁을을' 부적이었다. 부적에 피가 묻고 구멍이 나 있었다.

"숨을 헐떡거리며 그 부적을 빤히 보고 있드만. 그 구멍은 총알이 뚫고 간 구멍 같아. 가슴에 총을 맞았거든."

총이 가슴에 맞으며 부적을 뚫고 가버린 모양이었다. 전쟁에 나올 때 동네 할아버지가 이걸 안섶에 차고 다니면 총을 맞아도 안 죽는다고 백여 장 그려주었다. 을식은 시답잖은 소리라 여기면서도 영감의 정성이 고마워 대원들한테 나눠주었다. 들창코는 헝겊으로 싸서 누구보다 정성스럽게 차고 다녔다.

"이것이나 들창코 어머니 갖다 드려야겠구만."

거꾸리는 들창코 부적을 챙겼다.

"여기서 지면 김가 같은 놈이 다시 심을 쓰겠제?"

거꾸리는 먼지 날리는 소리로 힘없이 웃었다.

"지기는 왜 져? 안 진다. 전라도는 말할 것도 없고 충청도나 경기도도 전부 농민군이 차지하고 있다. 천하 백성이 다 일어났는데 저놈들이 천하 백성을 다 죽이겠냐?"

을식이 자신 있게 말했다.

"아무리 그래도 저놈들 양총에다 회선포, 대포를 어떻게 당하겠어?"

거꾸리는 힘없이 말했다.

"인사부터 전술을 바꿀 것이다."

"전술을 바꾸다니, 도술을 부린다는 소리여?"

거꾸리가 놀라 물었다.

"도술 같은 것은 없어. 두령들은 아무도 도술을 부릴 줄 몰라."

"그럼?"

"천하 백성이 전부 나섰은게 방도를 바꿔서 싸우는 것이다."

"아녀. 더 몰리면 두령님들이 틀림없이 도술을 부릴 거여. 아직 부릴 때가 안 되어서 그렇지 나중에는 도술을 부린다구. 두고 봐."

"도술? 부적? 흐흐."

을식이 웃으며 자기 봇짐을 당겼다. 무얼 꺼냈다. 부적이 여남은 장 구겨져 있었다.

"왜 그걸 안 나눠주고 가지고 있어?"

거꾸리가 물었다. 을식은 아주까리 등잔불에다 부적을 디밀었다.

"왜 태워?"

거꾸리가 깜짝 놀라 소리를 질렀다.

"부적이 우리 몸을 지켜주기는커녕 총알이 부적까지 뚫고 나갔잖아? 이런 허망한 것 믿지 말어. 부적도 효험이 없고, 도술 같은 것도 없어."

을식이 웃으며 말했다.

"그럼 뭣을 믿어?"

"뭣을 믿냐고? 이거!"

을식이가 품속에서 단검을 꺼냈다. 거꾸리가 깜짝 놀랐다.

"금방 김가 걱정했지? 가면 그 자식부터 없애버리자. 이제 그런 놈들을 하나씩 하나씩 없애는 방도밖에 없다."

"장군님이 보복을 말랬잖아?"

"임마, 그때하고는 달라."

을식이 단호하게 말했다.

대자암 뜰에는 눈발이 흩날리고 있었다. 연엽이 바랑을 챙기고 있었다. 경옥은 태산만한 배를 안고 곁에 앉아 연엽을 보고 있었다.

"김개남 부대까지 무너지다니 이제 나라는 끝장이 났구만. 그 많은 군사를 거느린 김개남 장군까지 그렇게 허망하게 무너질 줄을 누가 알았나?"

옆방에서는 노인네들이 탄식을 하고 있었다. 아랫동네 신도들이었다.

"들어보니 김개남 장군은 전봉준 장군보다 수가 한수 아래더만. 전봉준 장군은 한사코 산에서만 싸웠는데 김개남 장군은 들판에서 싸웠으니 그 무지막지한 회선포를 당해낼 재간이 있겠나?"

"그래도 꼬박 하루를 버텼다지 않아?"

"군사들이 천여 명이나 죽었다는데 하루를 버틴들 무슨 소용인가? 이제 나라꼴은 뭐가 되지?"

노인들은 탄식을 했다. 김개남은 11월 13일 청주성을 공격하다 참패를 하고 말았다. 하루 종일 처절하게 싸웠으나 일본군 무기 앞에는 당해낼 재간이 없었다.

"관군이 농민군을 뒤쫓고 있다는데 괜찮겠어요?"

경옥이 근심스런 표정으로 연엽한테 물었다.

"이렇게 차리고 가면 설마한들 여승을 죽이기야 하겠어?"

연엽이 가볍게 웃으며 대답했다. 머리를 깎은 연엽의 머리는 하얗다 못해 파래 보였다.

"애 낳거든 몸조리 잘 하고 세상이 조용해질 때까지 서둘지 말고 차분하게 여기 있다가 나가."

"저는 염려마시고 조심해서 가세요. 그리고 이다음에 꼭 우리 집에 오세요."

"꼭 갈게."

"이것 노자로 쓰세요."

경옥이 종이에 싼 것을 내밀었다. 은자 같았다.

"전에 준 것도 그대로 있는데 무얼 또?"

"이런 때일수록 이런 거라도 든든해얄 거예요."

연엽은 멈칫거리다 돈을 받았다. 바랑에 돈을 챙긴 연엽은 염주와 방갓을 챙겨들며 일어섰다. 경옥도 무겁게 몸을 일으켰다. 다음 달이 산달이었다. 경옥은 아이를 낳으면 전에 의논했던 대로 이쪼르르 집에 맡기고 고향으로 가기로 했다. 두 처녀 모두 아직 가랑잎만 굴러도 히히덕거릴 나이였으나 고운 얼굴 바탕 뒤에는 어느새 중년 여인의 성숙과 억척마저 배어 있었다.

연엽이 법당으로 향했다. 경옥도 따라갔다. 법당에서는 거월 스님이 목탁을 치며 독경을 하고 있었다. 연엽은 법당으로 들어서며 손에 든 것을 한쪽에 놨다. 거월 스님이 자리에서 일어섰다. 연엽이 불상 앞으로 갔다. 향그릇에서 향을 집어 향로에 넣었다. 연엽이 부처님 앞에 절을 하기 시작했다. 거월 스님은 곁에서 독경을 했다. 연엽은 한참 절을 했다. 거월 스님이 독경을 끝냈다. 연엽도 절을 그쳤다. 연엽이 바랑을 짊어지고 방갓을 들었다. 마당으로 내려섰다. *요사채 방에서는 노인들이 지금도 전쟁담이 한창이었다.

"스님, 경옥 아씨 잘 부탁합니다."

"그런 것은 염려 말고 몸조심하라구."

요사채 부엌에서 보살할머니가 나왔다. 연엽이 보살할머니한테 그동안 신세 많이 졌다며 깊이 고개를 숙였다.

"몸조심하셔. 아이고, 웬 놈에 세상이 이런 세상도 있을까?"

보살할머니가 연엽 손을 잡으며 한 손으로 치맛귀를 잡아 눈물을 훔쳤다.

"경옥이 아가씨 잘 거들어주셔유."

"염려 말고 자네나 몸조심혀."

보살할머니는 연방 콧물을 훔치며 뇌었다.

"스님이랑 보살할머님께서 잘 해주실 거로구만."

연엽이 경옥 손을 잡으며 말했다.

"몸조심하시오."

경옥의 눈에 그렁거리던 눈물이 양쪽 볼로 주르르 흘러내렸다.

"마음 차근하게 먹고 몸 생각해."

연엽은 경옥의 손을 놓고 스님한테로 돌아섰다.

"스님, 안녕히 계십시오."

연엽이 스님한테 절을 하고 돌아섰다. 연엽은 눈길을 내려갔다. 방갓을 쓰자 성큼한 키가 산길에 묻힐 듯 작아 보였다. 바랑을 지고 방갓을 쓴 연엽의 뒷모습이 너무나 애처로워 보였다. 경옥의 볼에는 눈물이 끝없이 흘러내리고 보살할머니도 연방 치맛귀로 눈물과 콧물을 훔쳤다. 산까치가 깍깍거렸다. 스님은 연방 관세음보살을 뇌며 내려다보고 있었다. 한참 내려가던 연엽이 굽잇길에서 뒤를 돌아보았다. 경옥이 눈물을 훔치며 손을 들어주었다. 연엽은 고개를 또 한 번 숙이고 돌아섰다. 연엽의 모습이 사라졌다.

연엽은 전봉준 부대가 전주로 갔다는 말을 듣고 서둘러 길을 떠났다. 관군은 곧장 농민군을 뒤쫓지 않고 온갖 노략질을 다 하며 천연보살 아직도 함열 근처에서 충그리고 있다는 소문이었다. 기왕 깎기로 마음먹은 것 머리를 깎기로 결심했다. 여승 차림이면 우선 신변이 안전할 것 같고 잠자리도 얻어들기가 쉬울 것 같았다.

경천점에 이르렀다. 농민군이 도소로 쓰던 용배 집은 잿더미가 되어버렸고, 주변 집들도 여남은 채가 타버리고 재만 남아 있었다. 피난 갔던 사람들이 모두 돌아온 것 같았고 길에도 행인들이 예사 때처럼 다니고 있었다.

"말씀 좀 묻겠습니다."

남쪽에서 오는 행인한테 말을 걸었다.

"저는 남쪽으로 먼 길을 갑니다. 지금도 전주 근방에서는 전쟁을 하는가유?"

"모르겠소. 농민군은 지난 열아흐렛날 전주로 들어갔다고 합디다."

"관군이 바로 뒤쫓아가지 않았나요?"

"지금 그 사람들은 다른 장 보고 있소."

"다른 장이라니요?"

"멀라고 그런 험한 데를 갈라고 그려요. 노략질 재미에다 겁탈 재미에다……."

사내가 핀잔을 주다가 말을 뚝 그쳤다. 곁에서 옆구리를 찔벅한 것이다. 이따금 눈을 번득이며 오는 사람도 있었다. 땟국에 찌든 옷이며 눈알을 번뜩이는 게 농민군에서 빠져나온 사람들이 틀림없었다. 그들은 무얼 물어도 모른다고 한결같이 고개를 저었다.

11월 11일, 공주에서 물러난 전봉준군은 노성에서 논산으로 옮겼다. 11월 14일 논산에 모인 3천여 명은 관군의 추격을 받아 한바탕 싸우고 황화대에서 또 한 번 싸운 다음 19일 전주로 들어갔다. 그러나 황화대 싸움 뒤로 관군은 곧장 농민군을 추격하지 않고 마을마다 들쑤시고 다니며 농민군에 나갔던 사람들을 잡는다고 분탕질을 치고 있었다.

전봉준 부대가 공주에서 패하고 전주로 내려갔다는 소문이 퍼지자 충청도와 경기도 농민들은 새삼스럽게 분통을 터뜨렸다. 공주에서 이기기만을 손에 땀을 쥐고 기다리던 농민들은 전국 각 지역에서 새삼스럽게 벌떼같이 일어나 관아를 휩쓸며 분풀이를 했다. 전봉준 부대가 정작 공주에서 전투를 벌이고 있을 때보다 몇 배나 더 드세고 거칠었다.

충청도 해안 지역 농민군들은 해미성에서 이두황군에게 패한 다음에도 계속 관아를 습격하며 기세를 올리다가 전봉준 부대가 패하고 내려갔다는 소식을 듣자 미친 듯이 관아를 들이치고 지금 내포와 홍성 지역을 휩쓸고 있었으며, 역시 전봉준 부대의 북상을 기다리던 경기도 농민군들도 동에 번쩍 서에 번쩍 유격전을 벌이며 관아를 휩쓸었다. 공주에서 싸웠던 충청도 동남부 지역 농민군들은 금산으로 빠져 영동과 옥천으로 나가며 관아를 휩쓸고, 충청도 중부 지역 농민군들은 연기 지역으로 나가며 관아에 분풀이를 했다.

경상도에서도 마찬가지였다. 좌도 쪽에서는 상주와 예천 등지에서 일어나 금산까지 휩쓸고 왔다가 계속 여기저기서 출몰했으며, 우도 농민군들은 진주와 하동을 비롯해서 지리산 주변을 휩쓸었다. 강원도 농민군들도 홍천과 정선으로 몰려 강릉을 압박했고, 황해도 지역에서도 해주 지역에서 크게 일어나 역시 관아를 들이쳤다. 한강 이남은 한양에서 수원과 천안으로 이어지는 중부 지역만 치안이 웬만큼 확보되었을 뿐 거의 전 지역을 농민군이 휩쓸었다.

전국이 이렇게 무섭게 들썩이자, 일본군 지휘부는 깜짝 놀라 심하게 일어난 지역으로 군대를 급파했다. 일본군 한 부대는 경리청 홍운섭 부대를 거느리고 진잠과 목천을 거쳐 안성으로 진격하라 했으며, 다른 일본군 부대는 성하영군을 거느리고 내포와 서천 등지로 진격하라고 했다. 그리고 황해도와 경상도, 강원도에는 한양 용산에 주둔하고 있는 일본군을 파견하고 대구, 부산, 원주 등에 주둔하고 있는 일본군 및 그 지역 영병도 각 지역으로 파견했다. 전국 각 지역에서 새로 피가 튀기는 싸움이 벌어지고 있었다.

연엽이 함열에 이르렀다.

"웬 스님이 어디를 가시오?"

저쪽에서 청등삼태기를 옆구리에 끼고 바삐 오던 할머니가 물었다.

"금구까지 가구만유."

"금구? 아이구, 못 가!"

할머니는 깜짝 놀라며 손을 저었다.

"관군들이 험하게 설친다매유?"

"아이고 말도 말게. 나도 절에 다니네. 무슨 일로 가는지 모르겠네마는 가더라도 우리 집에서 며칠 묵었다 가게."

할머니는 저 동네가 자기 동네라며 옆 동네를 가리켰다. 앞뒤로 눈을 휘뜩이는 것이 몹시 불안해 보였다. 아들이라도 농민군에 나간 게 아닌가 싶었다. 할머니 동네는 30여 호쯤 되었다. 할머니 집은 초가삼간이었으나 마당이 깨끗하게 쓸려 있고 가축이 여간 정갈해 보이지 않았다. 며느리와 서너 살짜리 손주가 기다리고 있다가 똥그란 눈으로 내다봤다. 할머니가 연엽을 데리고 온 경위를 말하자 며느리도 반갑게 맞았다. 할머니는 관군들이 얼마나 험하게 설치고 다니는지 이웃 동네서 듣고 온 소문을 늘어놨다. 그래도 다행히 이 근처 동네는 괜찮은 것 같았다. 다음날 아침밥을 먹고 났을 때였다.

— 빵 빵 빵.

느닷없이 동네 앞에서 총소리가 났다. 모두 깜짝 놀라 마루로 뛰어나갔다.

"우리는 관군이다. 이 동네 사람들은 모두 정자나무 밑으로 모여라. 만약 도망치거나 나오지 않으면 총으로 쏴죽인다. 남자, 여자, 어린이, 늙은이 할 것 없이 다 나온다."

정자나무 아래서 고래고래 악을 썼다. 관군은 대여섯 명쯤 되는 것 같았고, 옆에는 평복을 한 사람들 여남은 명이 대창을 들고 서 있었다. 요사이 설친다는 민보군 같았다. 여기 온 사람들은 옷이 유독 깨끗한 게 민보군, 가운데서도 글줄이나 읽었다는 유회군 같았다. 관군들은 또 총을 빵빵 갈기며 같은 말을 되풀이했다.

"열을 셀 때까지 모두 나온다. 열을 셀 때까지 안 나오는 놈은 쏴죽인다. 열을 셀 때까지다."

"하나!"

─빵.

"두울!"

─빵.

여기저기 골목에서 사람들이 뛰어나갔다. 할머니는 제정신이 아니었다. 며느리더러 어서 나가자고 했다. 연엽도 따라나갔다. 동네 사람들이 새파랗게 질려 정신없이 뛰어나오고 있었다.

"여덟!"

─빵.

관군은 아홉을 세었다. 거의 다 나온 것 같았다. 동네 사람들이 150여 명쯤 몰려나와 발발 떨고 있었다. 아이들이 울었다. 부모들은 질겁을 하고 입을 틀어막았다.

"여얼!"

— 빵.

그때 저쪽에서 늙은 할아버지가 며느리 부축을 받으며 달려나오고 있었다. 관군들은 할아버지를 향해 총을 빵 갈겼다. 발 앞에서 풀썩 먼지가 났다. 할아버지는 그 자리에 덜퍽 주저앉았다. 부축하고 나오던 며느리가 얼른 할아버지를 일으켰다. 부축하고 바삐 달려왔다.

"모두 가서 집을 뒤져라."

장교가 명령을 했다. 작자는 키가 장승만했다. 관군들은 총을 들고 골목으로 쏠려 들어갔다. 유회군들도 대창을 들고 따라갔다. 관군은 둘만 남았다.

"동학군 나갔던 놈은 이 앞으로 나오고 그 식구는 저쪽으로 서라. 두 번 말하지 않는다."

모두 망설이다가 하는 수 없이 나가기 시작했다. 앞으로 나온 사람은 없었고 50여 명이 저쪽으로 나갔다. 연엽이 들었던 집 할머니도 발발 떨고 있다가 며느리와 손주를 데리고 나갔다.

"동임이 누군가?"

모두 말이 없었다.

"동임 어디 갔어?"

장교는 곁에 있는 몽둥이를 꼬나들며 앞에 있는 노인을 가리켰다.

"없소."

"동학군 나갔지?"

그렇다고 했다.

"그놈 애비 이리 나와!"

가족들 속에서 파파 늙은 할아버지가 나왔다.

"당신 저리 가 있어."

노인을 정자나무 밑으로 보냈다. 전 동임을 나오라고 했다.

"없소."

"어디 갔소?"

말이 없었다. 동학군 나갔냐고 물었고 노인은 모기 소리만하게 그렇다고 했다. 그 아비도 나오라 했다. 없다고 했다. 마누라 나오라 했다. 아내가 나오자 역시 정자나무 밑으로 세웠다. 그 앞 동임을 나오라 했다. 농민군 가족 가운데서 60세 가까운 노인이 나갔다.

"누가 나갔어?"

아들이 나갔다고 했다. 왜 말리지 않았느냐고 했다. 말렸지만 듣지 않고 나갔다고 했다.

"아들 한나도 못 말리는 것이 애비야?"

장교는 버럭 악을 썼다. 자기 곁에 서 있으라고 했다.

"당신은 누가 나갔어?"

장교는 농민군 가족을 한 사람씩 가리키며 물었다. 아버지가 없는 사람은 아내를, 아내가 없는 사람은 어머니를 골라냈다. 연엽이 들었던 집 며느리도 발발 떨며 나갔다. 여남은 명을 골라냈다.

"당신들도 이리 나와!"

농민군 가족 아닌 사람들도 한 사람씩 불러냈다.

"이 사람 식구 가운데 동학군 나갔소, 안 나갔소? 나중에 들통나면 당신 가족을 몰살시켜!"

전 동임한테 물으며 을렀다.

"여기 있는 사람들 식구는 동학군 나간 사람이 한 사람도 없소."

전 동임이 말했다. 정말이냐고 을렀다. 틀림없다고 했다.

"거짓말이면 다음에 알지?"

총을 들이대며 을렀다. 사실이라고 했다. 그때 동네로 들어갔던 관군과 유회패들이 나왔다. 한 사람도 잡혀온 사람이 없었다.

"말뚝을 박아라!"

장교가 병사들한테 말하자 병사들은 남자들 여남은 사람을 몰고 갔다. 길가에 있는 집 울타리를 뜯고 울목을 뽑아냈다. 논에다 말뚝을 박았다. 여남은 개를 쇠전 쇠말뚝처럼 늘늘히 박았다.

"모두 저리 끌고 가!"

장교가 말뚝 쪽을 가리켰다. 병사들이 총을 겨누며 가려낸 사람들을 말뚝 곁으로 몰고 갔다. 병사들은 사람들 손을 뒤로 돌려 새끼로 뒷결박을 지웠다. 말뚝 앞에 앉힌 다음 손을 말뚝 밑동에다 단단히 묶었다. 여남은 명을 다 묶었다. 병사들은 물은 한 동이 떠오라 하여 손 묶은 새끼에다 뿌렸다. 곁에 있는 짚벼늘을 헐어내어 짚뭇을 풀어 묶인 사람들 주변에 쌓으라 했다. 짚벼늘을 풀어 쌓았다. 짚이 목까지 차올랐다. 동네 사람들이 엉엉 통곡을 터뜨리기 시작했다.

"조용히 안 해. 떠들면 다 쏴죽인다."

장교가 빵 공포를 쐈다. 동네 사람들은 울음을 뚝 그쳤다.

"너는 웬 중놈이냐?"

동네 사람들을 노려보던 장교가 연엽을 보고 소리를 질렀다.

"저기 갑사 비구니온데 길을 가다가 여기 신도 집에서 하루저녁 신세를 졌습니다."

연엽이 방갓을 조금 걷어올리며 말했다.

"지금이 어느 판이라고 중년까지 덤벙거려. 얼른 꺼져!"

작자는 연엽한테 총을 들이대며 악을 썼다.

"관세음보살."

연엽이 합장을 하며 물러섰다.

"불을 붙여라!"

장교가 소리를 질렀다. 병사들은 짚에다 성냥불을 켜댔다. 불이
붙었다. 불이 타들어갔다. 묶인 사람은 살려달라고 악을 쓰고 가족
들도 악다구니를 썼다.

"어무니!"

"아부지!"

가족들이 뛰어갔다.

― 빵빵.

장교가 뛰어가는 가족들한테 총을 갈겼다. 맨 앞에 뛰어가던 가
족들이 둘이나 널브러졌다. 동네를 빠져나가던 연엽이 뒤를 돌아봤
다. 짚더미가 연기를 뭉게뭉게 피워올리며 타들어가고 있었다.

10. 여승

11월 24일, 원평에는 근방 고을 농민들이 엄청나게 몰려들고 있었다. 전봉준 부대가 전주로 들어갔다는 소문과 함께 원평에서 한바탕 싸운다는 소문이 난 것이다. 하루 사이에 3천여 명이 모여들었다.

"여기서 싸우지 않습니다."

김덕명이 농민들 앞으로 나가 말했다.

"왜 안 싸운단 말이오? 저놈들 갈아 마십시다."

농민들은 소리를 질렀다.

"일본군 무기는 도저히 당할 수가 없소. 지금까지도 너무 많이 죽었소. 이제 더 죽어서는 안 됩니다. 어떻게든 살아 다음을 기약합시다. 우리도 지금 해산을 할 작정입니다."

김덕명이 말했으나 농민들은 싸워야 한다고 악다구니를 썼다. 전봉준 부대 3천여 명은 지금 전주에 있었다. 논산과 황하대에서 마지막으로 싸우고 전주로 들어간 전봉준은 원평에 농민들이 모이고 있다는 소문을 듣고 김덕명을 보낸 것이다.

"이대로 죽을 수는 없습니다. 지금 관군 놈들은 애먼 가족들을 무지막지하게 죽이고 내려옵니다. 저놈들은 짐승입니다. 저놈들을 그대로 둘 수 없습니다."

농민들은 악다구니를 썼다. 눈에는 모두 핏발이 서 있었다. 두령들은 농민들 서슬을 감당할 수가 없었다. 농민군들이 처음 일어날 때보다 기세가 더 거셌다. 악에 받친 농민들 기세는 무서웠다. 가족들이 관군한테 벌써 당한 함열이나 익산, 만경 사람들은 부드득부드득 이를 갈았다. 이 근방 사람들도 그에 못지않았다. 관가에 쳐들어가 화약을 긁어오고 쌀을 섬으로 짊어지고 왔다. 원평에는 금방 쌀만도 4,5백 섬이 쌓였다. 모두가 자기 집 쌀을 제 사날로 지고 온 것이다. 무엇이든지 아낄 것이 없다는 서슬이었다.

관군들은 지금도 논산과 전주 사이 각 고을을 들쑤시고 다니며 농민군 가족을 잡아 죽이고 집에 불을 지르고 있었다. 그들은 사람을 죽여도 그냥 죽이지 않았다. 함열에서 연엽이 보았던 것처럼 별의별 방법을 다 짜내서 되도록 험하게 죽였다. *덕석에 몸뚱이를 말아 단단히 묶은 다음 덕석에 불을 붙여 태우기도 하고, 머리만 남겨놓고 땅에다 몸뚱이를 묻어 정수리에 말뚝을 박기도 하고, 소 몸뚱이를 새끼로 단단히 얽어 새끼 끝에 사람 발목을 묶어놓고 소꼬리에 기름 묻힌 헝겊을 단단히 매어 불을 붙이기도 했다. 꼬리에 불이 붙은 소는 사람을 달고 미친 듯이 뛰어갔다. 그렇게 죽여도 동네 사람들 앞에서 죽였으므로 가족들이나 동네 사람들은 그 자리에 까무러

290

쳤다. 관군들은 낮에는 그런 짓을 하고, 밤에는 지지고 볶아 잔치판을 벌이고, 부녀자들을 겁탈했다. 졸병들은 신명이 나서 장롱만 뒤지고 다녔다.

"원평에서 싸우실 생각이십니까?"

감사 김학진이 선화당 앞 홍살문까지 나와 원평으로 떠나는 전봉준을 배웅하며 물었다. 전봉준은 군사들을 앞에 보내놓고 한참 뒤에 선화당을 나서고 있었다. 관군이 전주로 몰려온다는 말을 듣고 떠나는 참이었다. 전주로 들어온 지 5일 만이었다.

"아직 결정하지 않았습니다."

전봉준이 무거운 목소리로 대답했다.

"제 생각에는 귀한 목숨만 상할 것 같습니다. 장군님 밑에 모인 사람들이야말로 얼마나 귀한 사람들입니까?"

"감사합니다. 그동안 참으로 고마웠습니다."

전봉준은 김학진 손을 놓고 돌아섰다. 김학진과 총서 김성규는 멀어지는 전봉준의 뒷모습만 보고 있었다. 김성규 눈에서는 굵은 눈물이 뺨으로 흘러내렸다. 감사 김학진은 지금 파면이 되고 후임 감사에는 이도재가 임명되어 그는 후임이 오기를 기다리고 있는 참이었다. 전봉준이 전주로 돌아오자 김학진은 전하고 똑같이 환대를 했다. 전처럼 장군님 장군님 하고 깍듯이 예우를 했고 툭 터놓고 나라 앞일을 이야기했다. 전봉준은 거의 말이 없었으나 김학진은 이제 이 나라에는 희망이 없다고 탄식을 했다.

원평에는 농민들 수천 명이 모여 창의기를 앞세우고 풍물을 치며 기세를 올리고 있었다.

"전봉준 장군이다. 전봉준 장군 만세!"

농민들은 전봉준이 나타나자 만세를 부르며 몰려왔다.

"전봉준 장군 만세."

"녹두장군 만세."

전봉준은 농민들 기세에 잠시 어리둥절했다.

"관군 놈들 쳐죽입시다."

"씨를 말립시다."

농민들은 대창을 치켜들며 악다구니를 썼다. 전봉준은 길이 막히고 말았다. 김덕명 등 두령들이 전봉준한테로 다가왔다.

"싸우지 않는다고 해도 막무가냅니다. 가족들이 당하고 집이 불탄 사람들이라 감당을 할 수가 없습니다."

일행은 도소로 정해놓은 집으로 향했다.

"우리가 안 싸우면 자기들끼리 싸우겠다고 대듭니다. 공주에서 집으로 갔다 다시 온 사람도 있고 처음 나온 사람들도 있습니다. 제 사날로 지고 온 쌀만도 지금 4,5백 섬입니다. 그들은 고을 관아 무기고를 뒤져 화약과 연환도 가져오고 녹슨 포도 떠메고 왔습니다."

농민군들은 거의 못 쓰게 된 포를 수십 문 떠메고 왔다고 했다. 지난번에 거둬갈 때 버리고 간 것들이었다.

"두령들 생각은 어떻소?"

"두령들은 반반으로 갈립니다."

"지금 모두 분에 받쳐 저 야단이지만 더 싸워봤자 이대로 죽자는 이야기밖에 더 되겠습니까?"

유한필이 말했다.

"그러면 저 사람들이 어디로 피해서 살아남는다는 말이오? 피하다 잡혀 죽으면 죽어도 험하게 죽고 추한 꼴로 죽습니다. 마지막 한 사람까지 깨끗하게 피를 뿌리고 죽읍시다."

최대봉이었다.

"때가 오면 할 일이 있습니다. 뒷날을 기약하고 목숨을 부지하면 피는 언제 뿌려도 뿌립니다. 더 싸우재도 이제 화약이 없습니다. 여기저기서 화약을 긁어온 것 같습니다마는 싸래기 주워온 꼴입니다. 어떻게든 살아서 때를 기다려야 합니다. 오소리가 굴속에서 겨울잠을 자는 것은 혹독한 엄동을 피하고 봄을 기약하자는 것입니다. 우리도 오소리의 지혜로 울분을 누릅시다."

송희옥이었다.

"오소리 지혜도 좋습니다마는 싸움 상대를 바꿉시다. 일본 놈들하고 승산 없는 싸움을 할 것이 아니라 승산 있는 싸움을 합시다. 지금 당장 우리도 각 고을로 돌아가서 양반이나 부자 놈들 씨를 말립시다. 지금 양반하고 부자들은 제 놈들이 우리한테 한 것은 생각하지 않고 함열이나 여산에서는 그자들이 관군 앞잡이가 되어 설치고 있습니다. 미리 손을 써서 그 작자들을 다 죽여버립시다. 우리가 죽더라도 그 자들을 죽이고 죽으면 그자들 자손들이라도 정을 다실 것입니다."

고영숙이었다.

"안 돼요. 그자들 한 명 죽이면 우리 식구들은 열 명이 죽소. 우리는 죽더라도 자식들이나 식구들은 살려야 합니다. 함열이나 여산서도 아이들은 안 죽였소."

찬반이 엇갈려 이야기가 오래 계속되었다. 똑같은 말만 되풀이될 뿐 관군에 대항할 그럴싸한 전술이나 방법은 나오지 않았다. 그때 밖이 떠들썩했다. 농민들 여남은 명이 몰려왔다.

"장군님한테 드릴 말씀이 있어서 왔습니다."

들어오라고 했다.

"장군님, 싸우는 것이지요? 두령님들은 안 보셔서 모릅니다. 우리 동네에서는 목만 남기고 묻어놓고 머리에 말뚝을 박아 죽였습니다. 우리 아버님은 여든 살인데 그런 늙은이들까지 다 죽였습니다."

"저놈들 갈아 마셔야 합니다. 우리는 화약이랑 연환도 가져왔습니다."

그들은 들어오지 않고 밖에 서서 소리를 질렀다.

"알겠습니다. 의논을 하고 있습니다."

전봉준이 조용히 말했다.

"장군님께서 나서지 않으면 우리끼리 싸울 것입니다."

그들은 뒤를 단단히 눌러놓고 물러섰다.

"싸웁시다. 우리가 물러나도 저 사람들은 싸울 것입니다."

손여옥이 말했다.

"싸우지요. 새로 모인 농민들을 각 부대로 배속시키시오."

전봉준이 결정을 내렸다. 두령들은 어리둥절한 표정이었다.

다음날(11월 25일) 일본군과 관군이 원평으로 몰려왔다. 농민군은 원평에서 멀찍이 떨어진 야산에다 진을 치고 기다렸다. 관군과 일본군은 크루프포를 쏘았다. 여기저기 포탄이 떨어졌다. 구덩이가 파이고 사람이 날아갔다. 이쪽에서도 천보총을 쏘고 녹슨 포에다 화약을 넣고 연환을 재어 불을 붙였다. 그래도 화약에 불이 붙자 포가 뻥뻥 소리를 내며 터졌다. 포탄은 백여 보 날아가다 떨어지는 것도 있고, 녹이 슨 포는 옆구리가 터져버리기도 했다. 천보총도 마찬가지였다.

관군은 진격을 해오지 않고 계속 포만 쏘았다. 전봉준도 진격명령을 내리지 않고 포만 쏘라 했다. 아침부터 점심때까지 서로 포만 쏘아댔다. 그 사이 농민군은 몇 부대가 돌진을 했으나 관군 회선포 세례를 받고 모두 물러나고 말았다. 그때마다 4,5명씩 죽었다.

"관군이 밀고 올 것 같습니다. 뒤에 있는 부대부터 멀리 빼시오."

전봉준이 영을 내렸다. 포탄도 거의 바닥이 났다.

"우리 부대는 저리 물러갑니다. 물러가시오."

두령들이 소리를 질렀다.

"왜 물러가요? 저놈들 다 죽입시다."

"돌진합시다."

악다구니가 쏟아졌다. 아무도 물러서려 하지 않았다. 오늘 아침에는 여기 쌓여 있는 쌀을 태인으로 빼라 했으나 왜 빼냐며 그 말도 듣지 않았다.

—드드드드드.

이내 관군들이 회선포를 앞세우고 진격을 했다. 관군은 이쪽 포탄이 바닥이 난 것을 알아챈 것 같았다.

—징 징 징 징 징.

"태인으로 물러가자."

전봉준이 후퇴명령을 내렸다. 그러나 저쪽에서 돌격을 하는 부대가 있었다. 2,3백 명이었다. 회선포에 수없이 쓰러졌다. 20여 명이나 쓰러졌다. 그들도 물러서고 말았다. 모두 물러가기 시작했다. 무슨 속셈인지 관군은 더 추격하지 않았다. 오늘 싸움은 싸움이라 할 것도 없었지만 여기서도 4,50명이 죽었다.

태인에 이르자 농민들은 더 많이 몰려들었다. 저녁에도 계속 몰려들었다. 특히 함열, 여산 등 북부 지역 농민군들이 많이 몰려왔다. 그들도 구식 대포 연환과 화약을 2,3백 발 분량이나 가져왔다. 하룻밤 사이에 농민들 수가 2천여 명이나 불어났다.

전봉준은 두령들을 모았다. 새로 온 사람들까지 대소 두령들을 모두 모이라 했다. 50여 명이 모였다.

"새로 뵙는 분들도 많은 것 같은데 여기서 다시 여러분을 만나니 감개무량합니다."

전봉준은 무겁게 입을 열었다.

"우리는 공주에서도 패했고 어제도 패했습니다. 그런데 또 농민들이 수없이 몰려들고 있습니다. 제 말씀을 깊이 새겨들으시기 바랍니다. 지금 일본군이 농민군을 토벌하는 작전 명칭은 청야작전淸野作戰입니다. 우리는 논산과 황화대에서 패하고 전주로 물러났는데, 그 사람들은 곧바로 우리를 뒤쫓지 않고 열흘 가까이 갖은 만행을 다 부리고 있다가 어제야 일부가 전주에 들어오고 일부는 원평으로 왔습니다. 지금 관군들이 그런 만행을 저지르고 있는 것은 다 이긴 싸움이라고 자만해서 그런 것이 아닙니다. 그 만행이 바로 일본군의 중요한 작전입니다. 청야작전의 청야라는 소리는 들판을 깨끗이 한다는 소리인데 이 나라를 들판에 빗대어 이 나라를 깨끗이 청소한다는 소리입니다. 이 나라에서 자기들한테 덤비는 세력은 뿌리까지 모조리 뽑아 깨끗하게 청소를 한다는 뜻입니다. 저자들은 농민군 가족을 죽여도 그냥 죽이지 않고 별의별 험한 방법을 다 써서 되도록 무지막지하게 죽이고 있습니다. 그것은 지금 피해서 숨어버린 농민군들 가슴에 불을 질러 자기들한테 덤벼들게 하려는 수작입니다. 농민군들이 다음을 기약하고 깊이 숨어버리면 뿌리가 남아 위험하기 때문입니다. 농민군들이 분을 이기지 못하고 너 죽고 나 죽자고 제 발로 뛰쳐나와 한 덩어리로 모여 자기들한테 덤벼들어 주어야 전부 소탕을 할 수 있지 않겠습니까? 가족들을 그렇게 무자비하게 죽이는 것은 바로 이 때문입니다."

전봉준은 담담하게 말했다. 모두 눈이 주발만하게 벌어졌다. 몽둥이라도 얻어맞은 꼴이었다.

"그러면 우리는 어째야겠습니까? 우리는 먼저 일본 사람들이 어떤 사람들인지 그것부터 알아야 하겠습니다. 그 사람들 역사를 보면 그 사람들은 매양 싸움으로 지새운 사람들이라 모든 것을 군대식으로 이기느냐 지느냐로만 생각하는 사람들입니다. 그만큼 표독스럽고 교활합니다. 지금 사람 죽이는 것 보십시오. 우리는 지금까지 듣지도 보지도 못했고 꿈에도 생각할 수 없을 만큼 잔혹하고 표독스런 방법으로 사람을 죽이고 있습니다. 우리나라 사람들은 조병갑이나 이용태같이 아무리 악독한 사람들이라도 고작 몽둥이로 패 죽였지 그런 방법은 상상도 못했습니다. 지금 죽이고 있는 잔혹한 방법은 모두가 일본 사람들이 우리 관군들한테 가르친 방법입니다. 그러면서도 일본 사람들은 자기들은 직접 죽이지도 않을 뿐만 아니라 죽이는 현장에도 얼굴을 내놓지 않고 뒷전에 있습니다. 여기 오신 분들 가운데 관군들이 사람을 죽일 때 일본 사람들이 현장에 있었다는 소리를 들은 사람은 없을 것입니다."

전봉준이가 좌중을 둘러보며 말했다.

"오매, 그 때려죽일 놈들!"

한쪽에서 부드득 이를 갈았다. 입만 떡 벌리고 있는 사람들도 있었다.

"현장에 나서지 않는 것도 모두가 정확한 계산속에서 하는 짓입니다. 조선 사람이 조선 사람을 험하게 죽이게 하여 조선 사람들끼리 서로 원수가 되어 물고 뜯게 하고 자기들은 뒤로 빠지자는 수작입니다. 얼마나 교활한 사람들입니까? 농민군을 불러내려고 가족들을 그토록 잔혹하게 죽이도록 하는 수작이나, 조선 사람들끼리 서로 원수가 되어 물고 뜯게 하는 짓이나, 이런 것이 모두 대대로 싸움만 하면서 그 사람들이 조상들한테서 물려받아 몸에 밴 방법입니다. 지금 관군들은 그런 속셈도 모르고 그 사람들 손아귀에서 놀고 있는 꼭두각시들입니다. 따지고 보면 관군들도 불쌍한 사람들이지요."

모두 넋 나간 꼴로 전봉준 말을 듣고 있었다. 새로 온 사람들도 그랬지만 지금까지 같이 싸웠던 두령들도 다 넋이 나간 표정이었다.

"지금 우리가 가지고 있는 화승총과 구식 대포 가지고는 일본군하고 상대가 안 됩니다. 우리는 공주에서 수십 번 싸우다 물러난 사람들입니다. 싸워봤자 우리만 죽는다는 것을 뻔히 알면서 분에 못 이겨 덤빈다면 그것은 덫이 있는 줄을 알면서 덫에 치여주는 것하고 다를 것이 없습니다."

전봉준은 계속 담담한 목소리였다.

"그렇지만 저 때려죽일 놈들을 어떻게 그냥 두겠습니까?"

저 뒤에서 악을 썼다.

"장군님 말씀은 너무나 정확한 말씀입니다. 분이 난다고 저자들한테 덤비는 것은 저자들 수작에 그대로 말려드는 것입니다. 저놈들이 저렇게 험한 짓을 하는 것은 우리를 한군데 끌어모아 죽이자는 것인데 그것을 뻔히 알면서 모여주어야 하겠습니까?"

송희옥이 말했다.

"워매, 환장하겠네."

뒤에서 이를 갈며 주먹으로 방바닥을 쳤다.

"우리는 이제 어떻게든 죽지 말고 목숨을 부지해야 합니다. 어떻게든 목숨을 부지해서 때를 기다립시다."

송희옥이 큰 소리로 말했다.

"그렇지만 지금 나온 사람들은 그런 소리를 듣고 돌아가지 않습니다. 절대로 돌아가지 않을 것입니다. 죽으나 사나 싸워야 합니다."

뒤에서 악을 썼다. 두령들은 말이 막히고 말았다.

"여기 모인 두령급들도 저러는데 밖에 모인 사람들 귀에 그런 소리가 들어갈 것 같지 않습니다. 지금도 한없이 모여들고 있습니다. 만 명도 넘을 것 같습니다."

김덕명이 낮은 소리로 말했다. 전봉준은 고개를 끄덕이고 나서 다시 좌중을 향했다.

"피는 지금까지 뿌릴 만큼 뿌렸습니다. 공주에서만 천여 명이 죽고 청주에서도 천여 명이 죽었으며 그밖에도 숱하게 죽었고, 앞으로도 저자들한테 그 몇 배가 죽을지 모릅니다. 여기 모인 여러분은 모두가 귀한 사람들입니다. 이 귀한 사람들은 살아 씨를 남겨야 합니다. 여러분의 목숨은 여러분 개인의 목숨이 아닙니다. 멀지 않아 우리한테는 이보다 더 절급한 때가 옵니다. 그때를 생각하고 은인자중 목숨을 부지합시다."

"허허, 환장하겠네."

저 뒤에서 주먹으로 땅바닥을 꽝꽝 치며 소리를 질렀다. 부드득 부드득 이를 가는 사람도 있고 통곡을 터뜨리는 사람도 있었다.

"내 말씀 더 들으십시오."

전봉준이 또 입을 열었다. 조용해졌다.

"지금은 전하고 달라지고 있습니다. 유생들이나 양반들이 수그러드는 것 같습니다. 함열과 익산 근방에서 관군들이 처음 설칠 때는 유회군들이 관군 앞장을 서서 농민군을 잡으러 나섰습니다. 그러나 이 며칠 사이에는 그 사람들이 나서지 않았습니다. 전에 충청도에서 양반 불알을 바르는 일이 번져나가자 우리 농민군을 지지하던 식자층들이 등을 돌렸듯이 관군들이 너무 잔혹하게 나오니까 이번에는 그 사람들한테 등을 돌린 것 같습니다. 앞으로 혹시 무슨 일이 있더라도 유생들은 더 건드리지 말기 바랍니다. 그리고 지금 관군들이 위에서 쫓으니까 모두 남쪽으로만 몰려오는데 어디로든 너무 한군데로 몰리지 마십시오. 손화중 장군이나 이방언 장군께도 저자들 속셈을 적어 보내고 한군데로 몰리지 않도록 하라고 이르겠습니다."

전봉준이 말을 마쳤다.

"피하더라도 바로 그 점 조심해야 하겠습니다. 하찮은 물고기나 짐승도 잡으려고 몰면 반대쪽으로 도망칩니다."

손여옥이 거들었다.

"워매, 저 원수를 어떻게 갚을까?"

"모두 부대로 돌아가서서 분을 참고 목숨을 도모하자고 이르십시오."

두령들이 이를 갈며 일어섰다. 이를 갈고 한숨을 쉬면서 밖으로 나갔다. 전봉준은 따로 임군한을 불렀다.

"갈재 산채가 지금 어떤가?"

"그동안 가축을 해왔습니다. 아이들이 거기를 지날 때마다 들러서 청소도 하고 손볼 데가 있으면 손도 보아왔습니다."

임군한이 눈을 둥그렇게 뜨고 대답했다.

"아이들을 먼저 그리 보내게. 며칠 거기서 저자들 동태를 지켜본 다음에 움직이는 게 좋겠네. 이 근방에는 거기만큼 안전한 데가 없네."

임군한은 알았다며 밖으로 나갔다. 전봉준은 달주를 불러오라 했다. 그는 보자기를 풀어 큼직한 봉투에서 편지를 꺼내 훑어보았다. 전주에서 미리 써온 것 같았다. 달주가 들어왔다.

"너는 내일 아침에 해산을 하거든 바로 내려가서 광주 손화중 장군을 뵙고 이 편지를 전하고 바로 장흥으로 가서 이방언 장군한테도 이 편지를 전해라."

전봉준은 편지를 보자기에 싸서 달주한테 건넸다.

"너는 몇 사람만 데리고 앞으로 섬으로 들어가서 은신을 해라. 은신하기에는 섬이 제일 안전하다. 이방언 장군 편지에 네가 가서 은신할 만한 데를 지시하여 달라는 말도 적었다. 어디를 가든 가볍게 움직이지 말고 자중자애하여야 한다. 나는 너를 볼 때마다 너의 아버지를 생각한다. 훌륭한 분이셨다."

전봉준은 아버지같이 애정이 넘치는 소리로 말했다.

"그럼 장군님께서는 어디로 가시렵니까?"

달주가 눈을 둥그렇게 뜨고 물었다.

"알지 않는 것이 좋다."

"제가 호위를 해야 하지 않겠습니까?"

"그것은 염려 마라. 임두령도 있고 만수도 있지 않느냐?"

"그렇지만."

"내 말대로 해라."

"이판에 제가 어떻게 장군님 곁을 떠나겠습니까?"

달주는 다급하게 말했다.

"원래 피난을 떠날 때 부자는 같이 가지 않는 법이다."

"그렇지만 장군님……."

달주는 목이 메고 눈물이 주르르 흘러내렸다.

"사람은 다 헤어질 때가 있는 법이니라. 중심을 실하게 가지고 자중자애하여라. 이만 가보거라."

달주는 소리 내어 흐느꼈다. 전봉준은 말없이 한쪽만 보고 있었다. 달주는 눈물을 그치려고 안간힘을 썼으나 그치지 못하고 처참하게 흐느꼈다. 한참만에 달주가 눈물을 닦으며 일어섰다.

"장군님, 절 받으십시오."

달주는 전봉준 앞에 너부죽이 절을 했다.

"장군님, 몸조심하십시오."

달주는 곁에 있는 보자기를 집어들고 도망치듯 밖으로 나왔다. 문 앞에서 다시 눈물을 수습하고 토방으로 내려섰다. 달주 눈에서는 계속 눈물이 쏟아졌다. 달주는 이를 악물고 다시 눈물을 닦았다.

전봉준은 송희옥과 손여옥 등 심복들을 한 사람 혹은 두 사람씩 불러 한참 동안씩 이야기를 했다. 전봉준이 마지막 김덕명하고 이야기를 하고 있을 때였다. 밖이 떠들썩했다. 농민군이 이리 몰려오는 것 같았다. 농민군이 마당으로 가득 몰려들었다.

"장군님 싸웁시다. 일본 놈들 씨를 말립시다."

"죽어도 싸우다 죽읍시다."

농민군들이 아우성을 쳤다.

"우리가 물러나면 어디로 물러나겠습니까? 이판사판입니다."

수백 명이 몰려왔다. 마당이 가득 차고 골목까지 찼다.

"포탄도 가져왔습니다. 싸웁시다."

두령들이 다시 몰려들었다.

"수천 명이 몰려들고 있습니다. 어쩌지요?"

송희옥이 말했다. 모두 전봉준을 봤다.

"어떻게 해야겠습니까?"

전봉준이 두령들을 둘러보았다.

"한번 더 싸우지요. 저 서슬을 어떻게 감당하겠습니까? 새로 온 사람들이 더 거셉니다. 마지막 원이나 없게 한 번 더 싸웁시다."

고영숙이 말했다.

"싸워봤자 사람만 상하지 않습니까?"

송희옥이 받았다. 한참 같은 말이 오갔다.

"한 번 더 싸우지요."

전봉준이 아퀴를 지었다.

"가서 싸운다고 말하시오."

전봉준이 고영숙한테 말했다. 고영숙이 나갔다.

"싸우기로 했습니다. 내일 아침에 진을 칠 테니 준비들을 하십시오."

"와, 전봉준 장군 만세!"

농민군들은 대번에 환성을 지르며 물러갔다. 다시 두령회의가 시작되었다.

"마지막 싸움입니다. 관군이 몰려오면 이렇게 진을 칩시다."

전봉준은 붓을 들어 태인 봉황산 근방 지도를 그리며 진을 칠 자리와 방법을 지시했다.

"총을 든 사람만 앞으로 봉황산에 진을 치게 하고 대창 든 사람들은 한참 뒤로 빼서 진을 치도록 하시오."

다음날 아침 농민군들은 서둘러 밥을 먹고 진을 쳤다. 태인에는 봉황산, 간가산, 도리산 등이 있고 그 사이에 자잘한 봉우리가 아홉 개 있었다. 총 가진 사람만 천여 명을 앞에다 세우고 나머지는 뒤로 빼서 진을 쳤다. 그러나 관군은 오지 않았다.

관군은 다음날(11월 27일) 점심을 먹은 다음 원평에서 진격해왔다. 농민군은 재빠르게 전투 준비를 했다. 이틀 사이에 농민군은 계속 불어나 거의 만 명에 가까웠다.

─ 뻥.

관군은 포격부터 시작했다. 관군과 일본군은 그제보다 많았다.

농민군은 구식포로 맞섰다. 양쪽에서 포가 계속 터졌다. 농민군 포는 2백 보쯤 날아간 것도 있고 백 보쯤 날아가다 터진 것도 있었다. 농민군은 포격에 대비해서 군사들을 널리 흩어 진을 쳤으므로 피해가 그렇게 크지 않았다. 관군은 한참 포를 갈겨댔다.

― 드드드드드.

관군은 이내 회선포를 갈기며 진격해왔다. 대창부대는 미리 뒤로 뺐으므로 그제처럼 무모하게 돌진하는 사람들은 없었다. 관군들은 양총을 쏘며 계속 육박해왔다.

―징 징 징 징 징.

후퇴 명령이 떨어졌다.

농민군은 뒤로 물러섰다.

―징 징 징 징 징.

전봉준은 계속 징을 치라 했다. 농민군은 정신없이 도망쳤다. 관군은 추격을 하지 않았다.

―징 징 징 징 징.

김만수는 계속 징을 치고 있었다. 각 부대 두령들은 대원들을 거느리고 정신없이 후퇴를 했다. 갈재 쪽으로 곧장 가기도 하고 동쪽과 서쪽으로 내닫기도 했다. 전봉준은 멀어지는 농민군들을 멀거니 건너다보고 있었다. 전봉준 곁에는 3,40명이 서서 멀어지는 농민군을 보고 있었다. 김덕명, 임군한, 정백현 등 두령들과 김만수, 정길남을 비롯한 호위군들, 그리고 김만수 아버지 김일두, 을식과 거꾸리, 그리고 임군한의 졸개 등이었다.

―징 징 징 징 징.

징소리는 빈 들판을 계속 울리고 있었다.

연엽은 금구를 지나 원평을 향해 천연스런 걸음걸이로 가고 있었다. 이번에도 아래로 내려가는 할머니가 있어 동행이 되었다. 원평에 사는 작은아들 안부가 궁금해서 간다고 했다. 연엽이 발걸음은 천연스러웠으나 가슴은 참새가슴이었다. 잔뜩 찌푸린 하늘에서는 진눈깨비가 휘날리기 시작했다.

"오매, 저 동네도 불을 지르는 모양이네."

할머니가 저쪽을 보며 뇌었다. 불길이 오르고 동네 사람들이 아우성을 쳤다. 네댓 채에 불이 붙었다. 불길은 눈 내리는 하늘로 거세게 치솟고 있었다. 연엽은 전주 근처에서 자고 여기까지 오는 사이 집이 불탄 동네만도 여남은 동네나 지났다. 길에는 관군들뿐 사람들이 거의 다니지 않았다. 세상 사람들은 농민군들이 외치던 좋은 세상을 찾아 모두 그런 세상으로 가버리고 관군들만 도깨비들처럼 설치고 다니는 것 같았다.

"오매, 저기 또 오네."

할머니가 겁먹은 소리로 뇌었다. 저쪽 동네 쪽에서 관군들이 이쪽으로 오고 있었다. 연엽은 등줄기에 찬물이 쏟아지듯 섬뜩했다. 대여섯 명이었다. 사람을 셋이나 묶어오고 있었다. 묶여온 사람은 옷이 깨끗했다. 부자인 것 같았다. 재산을 우려내려고 잡아오는 듯 싶었다. 관군들은 멀리서부터 웬일인지 떠들썩하게 웃으며 오고 있었다. 벙거지들은 길이 합쳐지는 삼거리에 이르자 거기 멈춰 서서 이쪽을 보며 웃었다. 모두 얼굴이 불콰하고 벙거지가 삐딱했다. 두 사람은 천연스럽게 다가갔다. 관군들은 그 자리에서 연방 웃고 있었다.

"중놈이냐, 중년이냐?"

관군 하나가 앞으로 썩 나서며 소리를 질렀다. 일행은 뒤에서 연방 낄낄거리고 있었다.

"관세음보살."

연엽이 관군 앞에 합장을 했다.

"재수대가리 없는 소리 씨부리지 말고 방갓이나 벗어라!"

연엽이는 방갓 끝을 조금 위로 올렸다.

"계집년이다. 내 것이다. 내 것!"

앞에 나선 작자가 턱없이 크게 소리를 지르며 웃었다.

"웬 중년이냐?"

작자가 물었다. 뒤에서는 벙글거리고 있었다.

"관세음보살. 계룡산 갑사 대자암에 있는 비구니올시다. 광주 중심사에 계시는 우리 은사 스님께서 입적을 하셨기로 극락왕생을 빌어드리려고 가는 길이옵니다. 관세음보살."

연엽이 차근하게 말을 하며 공손하게 합장을 했다. 승복을 입었는데도 야료를 부리는 자가 있거든 그렇게 둘러대라고 거월 스님이 가르쳐준 말이었다. 상사라면 승속을 가릴 것 없이 모두 사위스러워하는 법이니 웬만한 자들은 물리칠 수 있을 것이라 했다.

"중놈이 죽었단 말이냐?"

"은사 스님께서 입적하셨사옵니다. 관세음보살."

"얼굴이 삼삼한 년이 어쩌다가 중이 되어버렸을까? 볼수록 얼굴 아깝네. 어쨌냐? 사내 맛이나 보고 중이 되었냐, 사내 맛도 못 보고 중이 되어버렸냐? 그러잖아도 네가 여승이면 내가 잡수시겠다고 저 사람들하고 여승인가 남승인가 내기를 걸었는데 내가 이겼다. 이것도 인연이구나. 나는 여자 다루는 솜씨가 소문난 놈이다. 먼데서부터 척 보고 남승인지 여승인지 알아낸 것 봐라. 재수 좋은 과부는 앉아도 요강 꼭지에 주저앉더라고 너는 서방 복 하나는 타고난 년이다."

작자는 거침없이 내뱉으며 깔깔거렸다. 뒤에서는 연방 낄낄거리고 있었다.

"불제자를 능욕하면 자손들까지 대대로 초열빙결지옥에 떨어지는 법이오. 나무관세음보살."

연엽이가 낮은 소리로 또렷하게 말하며 정중하게 합장을 했다. 이런 자들을 만난 것이 벌써 두 번째였다.

"멋이 으쩌? 말을 해도 재수대가리 없는 소리만 씨부리고 자빠졌네."

작자가 대번에 상판을 으등그리며 노려봤다. 자손까지 들먹이자 취한 김에도 화들짝 정신이 나는 모양이었다. 할머니는 말없이 그냥 서 있었다.

"부처님 말씀을 올려드렸을 뿐이오니 부질없이 죄를 짓지 마시옵소서. 관세음보살."

연엽이 거듭 조용하게 뇌며 고개를 주억거렸다.

"저년 수상하다. 이 판이 어느 판이라고 아무 데나 휘지르고 다녀? 난군 놈들 첩자다. 묶어라!"

우두머리인 듯한 자가 뒤에서 소리를 질렀다. 연엽은 가슴이 철렁했다.

"오늘은 재수가 없을라고 만나도 재수대가리 없는 것을 만났네."

수작하던 작자는 얼른 붙잡아 묶을 수도 없고 난감한지 우두머리를 돌아봤다.

"불제자들한테 은사 스님은 세속의 부모와 같사옵니다. 우리도 이런 무서운 난리 속을 다니기가 끔찍하오나 부모나 진배없는 은사 스님께서 세상을 뜨셨사온데 불문에 이름을 올린 몸으로 어찌 이만한 일에 안위를 가려 도리를 저버리겠습니까? 승속 간에는 소관사가 다르기로 그것만 믿고 길을 나섰을 뿐이옵니다. 너그러이 길을 열어주십시오. 나무관세음보살."

연엽은 들은풍월로 그럴싸하게 뇌며 한껏 정중하게 합장을 했다.

"아이고, 적선하십시오."

할머니도 절을 하며 뇌었다.

"에이 재수 없는 것들, 오늘 잘 나가다가 재수 없는 것들을 만났네. 보내버려!"

우두머리는 혀를 차며 소리를 질렀다. 연엽이 관세음보살을 뇌며 그들 앞을 지나쳤다. 마치 호랑이 아가리에서 빠져나온 것 같았다. 두 사람은 날 듯이 원평으로 내달았다. 벙거지들은 연방 낄낄거리며 저만치 따라오고 있었다. 두 사람은 원평 거리에 들어섰다. 할머니 작은아들 집은 원평을 지나 십여 리 어간이라 했다. 관군들이 다니고 있었으나 신칙을 하지 않았다. 연엽의 눈앞에는 전봉준의 모습이 여기저기서 어른거렸다. 전봉준이 골목에서 자기를 부르며 뛰어나올 것만 같았다.

농민군들이 여기서는 나흘 전에 싸우고 태인에서는 그제 싸웠다는데, 바로 그 들판에는 눈발만 휘날리고 겨울바람이 감나무 가지에 쇳소리를 내며 찢어지고 있었다. 원평 거리를 빠져나올 무렵이었다. 길갓집 화장벽에 방이 하나 붙어 있었다. 연엽은 얼핏 걸음을 멈추었다. 방을 읽어가던 연엽은 하마터면 주저앉을 뻔했다.

관문을 부수고 무기를 탈취하여 나라를 어지럽히던 동학 비도들은 무슨 죄로 다스려야 옳을 것인가? 다행히 우리 정토군의 위세 앞에 비도들은 스스로 궤멸이 되었으나 아직 괴수 전봉준은 종적을 모르고 있다. 전봉준을 잡아 관문에 바치는 자에게는 일등지 군수를 봉할 것이요 상금 삼천 냥을 줄 것이다. 다투어 전봉준을 잡아다 바쳐 나라의 화근을 없애도록 할지어다.

갑오 11월
순무영 도순무사 신정희

연엽이 방에서 눈을 떼고 발걸음을 옮겼다. 발이 땅 위에 둥둥 뜨는 것 같았다. 연엽은 할머니를 따라 그이 작은아들 집으로 갔다.

"오매 오매, 어디서 이러고 오시오?"

며느리가 뛰어나왔다.

"애아범은 안 들렀더냐?"

"나흘 전에 여기서 싸울 때 잠깐 들렀다가 도로 가셨소."

식구들은 모두 사색을 뒤집어쓰고 있었다. 아직 이 동네는 들쑤시지 않은 것 같았으나 모두가 제정신들이 아니었다. 이 동네는 농민군에 나가지 않은 집이 거의 한 집도 없다고 했다. 벌써 동네 사람들은 반 가까이 피난을 가버렸다며 안절부절못했다.

그 집에서 들은 이야기는 함열에서 본 광경과 비슷했다. 전라도 천지가 지옥이 된 것 같았다. 연엽은 바늘방석에 앉은 기분으로 그 집에서 끼여 자고 다음날 아침 일찍 길을 떠났다.

관군들은 논산에서 전주까지 내려올 때 그랬듯이 지금 전주에서 고부와 정읍까지 각 고을을 구석구석 쓸고 다녔다. 농민군에 나간 사람들뿐만 아니라 집강소 때 앞장섰던 사람들까지 죽이거나 험하게 족치고, 돈푼깨나 있어 보이는 부자들은 그들대로 잡아다가 농민군한테 돈을 주지 않았느냐고 닦달했다.

관군들은 이랑이랑 가닥을 잡아 포기포기 김을 매듯 마을마다 휩쓸고 있었다. 그들은 죽이고 태울 뿐만 아니라 도둑질에도 재미를 붙여 정신이 없었다. 병사들은 여염집에서 도둑질을 하고 장교들은 부자들을 붙잡아 곤장으로 재물을 우려냈다. 부자들은 부자들대로 은자 구하기에 정신이 없었다. 패물과 은자만 받았기 때문이다. 특히 남원 쪽으로 내려가는 이두황이는 이틀거리로 바리바리 은자와 패물을 강경으로 실어 보낸다는 소문이었다.

관군들은 이렇게 미쳐 날뛰었으나 일본군들은 그런 일에는 일체 손을 대지 않았다. 일본군 본영의 지시였다. 농민군 토벌만 할 뿐 일반 백성한테는 일체 원성을 사지 말라고 엄한 지시를 내린 것이다. 이런 지시는 그들이 우리나라에 첫발을 디딜 때부터 내렸다. 그래서 그들은 관군들이 차려다 준 진수성찬에 진창만창 먹고 마시고 역시 관군들이 잡아다 바친 여자들을 끼고 해롱거렸다.

연엽은 천원역을 지나 장성 갈재를 바라보며 길을 재촉했다. 그
사이에도 관군한테 서너 번 걸렸으나 똑같은 수작으로 빠져나왔다.
아직 정읍은 불탄 동네는 없었으나 동네가 텅텅 비어 있는 것 같았
다. 이따금 할머니나 할아버지들만 서성거리고 있었다. 마치 귀신이
서성거리고 있는 것 같았다.

연엽이는 잠시 발길을 멈추고 갈재를 건너다보았다. 저 재를 무
사히 넘을 수 있을 것인가 아뜩했다. 저 재만 넘으면 바로 그 아래
월공이 잘 아는 미륵집이 있다는 소리를 들은 적이 있었다. 그 집에
가면 전봉준 소식을 들을 수 있겠고 월공 행방도 알 수 있을 것 같았
다. 그러나 혼자 재를 넘기가 너무 끔찍했다. 해는 아직 충분했으나
아득한 재를 쳐다보니 깜깜 오밤중에 혼자 들판에 나선 기분이었다.
뒤를 돌아보았다. 재를 넘을 사람들이 한 패쯤 있을 법했으나 길에
는 아무도 보이지 않았다.

ㅡ왕왕.

"우매."

멍청하게 갈재를 보고 있던 연엽이 비명을 질렀다. 언제 왔는지
송아지만한 개가 바짝 다가와서 짖어댔다. 연엽은 그 자리에 굳어버
렸다. 개는 눈알이 시뻘겠다.

"관세음보살."

연엽이 두 손을 모으고 눈을 감으며 염불을 외웠다. 개는 왕왕 짖
으며 다가왔다. 연엽이는 눈을 딱 감고 염불만 외웠다. 개가 송장을
뜯어먹으면 미친다더니 눈이 시뻘건 것이 미친개 같았다. 개는 정신
없이 짖어댔다. 그러고 보니 여기서도 벌써 사람을 죽인 것이 아닌

가 싶었다.

— 왕왕왕.

금방 물 듯이 대들었다. 색다른 차림을 보고 더 짖는 것 같았다.

"관세음보살."

연엽은 꼼짝 않고 서서 염불만 외웠다. 개 소리가 나지 않았다. 눈을 떠보았다. 개는 공중을 향해 허투루 짖으며 저쪽으로 달려갔다. 연엽은 살았다 싶었다. 꼭 저승에라도 갔다 온 것 같았다. 연엽이 뒤를 돌아보며 바삐 재로 붙었다. 얼씬거리고 있으면 개가 또 쫓아올 것 같았다. 관세음보살을 외며 내달았다.

숨을 헐떡이며 재 꼭대기에 올라섰다. 등에 땀이 후줄근했다. 위쪽을 쳐다봤다. 임군한의 산채가 여기에 있다는 소리를 얼핏 들은 적이 있는데 그 사람들은 혹시 이런 데 은신하고 있을지 모르겠다는 생각이 들었다. 그제 태인에서 물러났으니 산채에 은신하고 있을 법도 하다는 생각이 들어 연엽은 자꾸 산꼭대기를 쳐다보며 샛길을 내려갔다. 목란에 이르렀다. 주막 앞에 웬 젊은이들이 네댓 명 서 있었다. 연엽이 저도 모르게 걸음을 멈췄다. 농민군은 아닌 것 같았다.

"중님이 어디를 가시까? 화상이나 제대로 내놔야 할 거 아녀?"

민보군 같았다. 말씨부터 껄렁기가 치렁치렁했다. 연엽이가 방갓 끝을 조금 걷어올렸다.

"오매, 여승이네. 아이고, 이렇게 삼삼한 것이 어짜다가 머리를 깎아부렸으까?"

여승이란 소리에 패거리들이 눈을 밝혔다. 방갓을 더 벗겨보라고 소리를 질렀다.

"오매, 아까운 거어!"

패거리들이 다가오며 감탄을 했다. 연엽은 말없이 그대로 서 있었다.

"이 판이 어느 판이라고 시방 어디를 가시는 거여? 쪼깨 수상하구만."

"저는 계룡산 갑사 비구니온데 은사 스님께서……."

연엽은 한껏 차분한 목소리로 여태 둘러대던 소리를 그대로 뇌었다.

"그렇게 시방 말을 쉽게 새기면 선생이 차디차게 식어버려서 조문 가신다 이 말씀이시구만."

"관세음보살."

"그놈의 염불소리, 재수대가리 없다. 보내버려!"

뒤에서 소리를 질렀다. 작자들은 상소리를 험하게 늘어놓으면서 쓴 외 꼭지 버리듯 내쳤다.

"관세음보살."

연엽은 호랑이 아가리에서 빠져나오듯 그들 앞을 빠져나왔다. 부자들이 모아들인 건달들 아닌가 싶었다. 이 근방 부자들은 거의가 쌀이나 돈을 보내 농민군을 거들었으므로 농민군을 붙잡아 그런 약점을 벌충하자는 수작이 아닌가 싶었다. 두령급이라도 한 사람 걸려들면 덤으로 벼슬자리도 한 자리 얻을지 모른다는 속셈도 있을 터이다.

산 그림자가 골짜기를 덮고 있었다. 연엽이 목란 동네에서 한참 내려갔다. 길가에 저만큼 미륵이 보였다. 살았다 싶었다. 미륵집을 향해 걸음을 재촉했다. 연엽이 미륵집 사립문을 들어가려 할 때였다. 읍내 쪽에서 대창 든 사람들이 달려왔다. 그들은 목란 쪽으로 달려갔다. 언뜻 보매도 건달들은 아니고 농민군들 같았다. 달려가는 서슬이 심상치 않았다. 연엽은 그들을 돌아보며 미륵집으로 들어갔다. 미륵집 토방에는 짚신이 여러 켤레 놓여 있었다. 오밀조밀 놓여 있는 여자들 신을 보자 마치 자기 집에라도 온 것같이 마음이 푹 놓였다.

보살할머니가 나왔다. 연엽을 보자 대뜸 경계하는 눈초리였다. 젊은 여승이 이런 험한 북새통에 혼자 다니다니 만만찮은 사연이 있겠다고 생각하는 것 같았다.

"어디서 오시오?"

"월공 스님을 찾아갑니다."

연엽이 속삭이듯 말했다.

"월공 스님? 오매 어서 들어가세."

보살할머니는 연엽이 말이 떨어지기가 바쁘게 손을 덥석 잡으며 훔친 것 감싸듯 옆방으로 등을 밀었다.

"자네가 연엽이라는 처잔가?"

그렇다고 하자 월공 스님은 어제 여기를 지나갔다는 것이다. 스님들 서너 명과 함께 능주 운주사로 간다고 내려갔다고 했다. 북도 지방은 무섭던데 거기를 어떻게 왔느냐, 목란 주막에도 지주 앞잡이 왈패들이 설친다던데 시비나 붙지 않더냐, 정신없이 물었다. 보살할머니 말에 미처 대답도 하기 전이었다.

— 빵 빵.

"이놈들아, 거기 서지 못하느냐?"

큰길 쪽에서 악다구니가 쏟아졌다. 보살할머니는 마루로 뛰쳐나갔다. 연엽도 뛰어나갔다. 저쪽 방에서 할머니들도 내다봤다. 여남은 명이 장성 쪽으로 쫓겨가고 있었다. 50여 명이 총을 뺑뺑 쏘며 쫓아갔다. 아까 그쪽으로 갔던 농민군들이 건달들한테 쫓겨가는 것 같았다. 도망치는 사람들은 죽을 둥 살 둥 모르고 쫓겨갔다. 건달들이 산모퉁이를 돌아갈 때였다.

─ 빵 빵.

"처라!"

논두렁 밑에서 50여 명이 퉁겨나왔다.

"한 놈도 남기지 마라!"

산에서도 1백여 명이 쏟아져내려왔다. 쫓겨오던 사람들도 뒤돌아서서 반격을 했다. 쫓아오던 건달들은 꼼짝없이 포위되고 말았다. 목란 주막에 있는 왈패들을 치려고 농민군들이 미리 매복을 하고 20여 명이 가서 유인을 해온 것 같았다. 창칼을 휘두르며 드잡이판이 벌어졌다. 삽시간에 길에 시체가 수십 구 널브러지고 계속 창칼이 부딪쳤다. 창으로 쑤시고 총 개머리판으로 후려갈겼다. 대여섯 명이 이쪽으로 도망쳐왔다. 할머니들은 모두 방으로 뛰어들었다. 연거푸 총소리가 났다.

"아이고, 살려주시오."

바로 집 앞에서 드잡이판이 벌어졌다. 두 명이 산으로 도망쳤다. 농민군들이 쫓아갔다. 이내 붙잡아 끌고 내려왔다. 거의 죽이고 대여섯 명만 사로잡은 것 같았다.

"한 번만 살려주시오."

붙잡힌 사내 하나가 손을 싹싹 비비며 살려달라고 애원을 했다.

"살려달라고? 이놈아, 농민군이 밀린게 금방 네 세상이 된 줄 알

왔더냐? 네놈 아가리로 네 논을 소작인들한테 거저 준다고 목숨만 살려주라고 한 것이 언제냐? 그런 놈이 벌써 여기까지 와서 농민군을 잡아?"

나이가 지긋한 사내가 시퍼렇게 다그쳤다. 모두 빙 둘러서서 창을 겨누고 있었다.

"아이고, 잘못했소. 목숨만 살려주시오."

"잘못했어? 이놈아, 네놈이 미친놈인가 총한 놈인가 생각이나 한번 해봐라. 아무런들 하루 사이에 건달을 모아서 나와도 여기까지 나와서 설치다니 네가 총한 정신 가진 놈이냐?"

"에라 이 때려죽일 놈!"

곁에서 대창으로 등짝을 후려갈겼다.

"이놈아, 우리 말 잘 듣고 저승에 가서 염라대왕이 왜 왔냐고 묻거든 똑똑히 꼬아바치기나 해라."

나이 든 사내가 의젓하게 말했다.

"너 같은 더러운 놈이 수천 석을 가지고 별의별 못된 짓을 다해도 이 세상 법도도 징치를 못하고 염라대왕도 안 잡아가는 까닭에 우리 농민군들이 잡아 보내더라고 꼬아올려라. 썩어 문드러진 세상 법도를 다 뜯어 고칠 때까지 우리는 자손 대대로 일어나고 또 일어나서 너 같은 놈을 잡아 보내고 또 잡아 보낼 테니 그리 알라더라고 꼬아바쳐."

"아이고, 한번만 살려주십시오."

"에라 이 더러운 놈!"

곁에서 대창을 휘둘렀다. 처참한 비명이 겨울 하늘을 찢었다. 농민군들은 사정 두지 않고 후려갈겼다. 다섯 명 모두 대창으로 갈겨 죽였다. 농민군들은 시체가 널린 들판으로 나갔다. 시체를 하나하나 둘러보며 미심쩍은 사람한테는 다시 창질을 했다. 그들은 저 아래로 사라져버렸다.

"읍내 월평 김부자 같구만. 건달들을 모아서 설친다더니 작자가 겁 없이 여기까지 왔던 게로구만."

보살할머니가 뇌었다.

"작인들한테 소작을 내났다던 그 사람 말인가요?"

연엽이 놀라 물었다. 아까 소작 어쩌고 하는 소리를 들었지만 그 김가가 설마 여기까지 와서 설치랴 싶었는데 그게 김가라니 연엽은 벌린 입을 닫지 못했다. 아까 험하게 설치던 건달들 모습이 떠올랐다. 바로 그 사람이 한 식경도 지나지 않아 저렇게 험하게 죽다니 연엽은 이럴 수도 있는 것인가 잠시 보살할머니만 보고 있었다.

들판에 시체가 가득했으나 여자들은 발발 떨기만 할 뿐 어떻게 손을 쓸 수가 없었다. 모두 숨도 크게 쉬지 못하고 죄어 앉아 밤을 새웠다.

연엽은 그런 속에서도 보살할머니한테서 여러 가지 소식을 들었다. 태인전투 뒤에 전봉준은 광주 손화중과 장흥 이방언한테 더 싸우지 말고 해산하라는 파발을 보내고 어디론가 사라졌다고 했다. 송희옥과 달주 같은 전봉준 심복들도 아래로 내려갔다는 소문인데 전봉준이 아래로 내려갔다는 소문은 없다고 했다.

"그럼 전봉준 장군께서는 어디로 가셨대유."

연엽이 놀라 물었다.

"전봉준 장군은 부안 쪽으로 가셨다는 소문도 있고, 남원으로 김개남 장군을 만나러 가셨다는 소문도 있어 종잡을 수가 없구만. 아래로 내려가시려면 송희옥 씨나 그런 분들하고 같이 가셨을 것 같은데 아래로는 내려가시지 않은 것 같아."

연엽이 보살할머니를 한참 건너다보고 있었다. 제일 알고 싶은 전봉준 소식이 막히고 말았다. 연엽은 혼란에 빠졌다. 지금 농민군들이 물러간 길은 남원 쪽과 여기 두 길이므로 전봉준은 틀림없이 이리 물러났을 것이라 생각했는데 알 수 없는 일이었다. 손화중 장군과 이방언 장군한테도 해산하라고 했다면 자기는 아래로 내려가지 않았다는 이야기가 되고, 그렇다면 김개남 장군을 만나러 갔다는 말이 그럴듯하게 느껴지기도 했다. 그러나 그 심복들이 남도로 내려갔다면 언젠가는 자기도 남도로 내려간다는 이야기가 될 법도 했다.

11. 삭풍

11월 29일 밤, 전봉준은 방갓을 쓰고 갈재 산채를 나와 입암산성으로 향했다. 방갓은 전부터 임군한 산채에 있던 것이었다. 전봉준은 이틀 동안 산채에서 관군 동향을 살피다가 산채를 나섰다. 광주 손화중도 전봉준 부대가 태인에서 마지막 싸우던 그제 민종렬군과 광주에서 한바탕 싸우고 어제 해산을 했다고 한다. 전봉준을 따르던 호위병은 임군한, 김일두 등 20여 명이었다. 모두 양총을 메고 실탄도 20여 발씩 지녔다. 임군한이 마지막까지 아끼고 아껴오던 실탄이었다. 호위병들은 임군한 졸개와 김만수 부하가 반반이었다. 임군한 졸개는 김갑수, 장호만, 이천석, 막동, 왕삼, 을식 등 여덟 명에 장성 거꾸리까지 끼였다. 일행은 갈재 위아래 매복해 있는 민보군들 눈을 피해 숲 속으로 빠져나왔다. 한밤중에 입암산성에 다다랐다. 임군한은 일행을 한쪽에 세워놓고 먼저 산성 비장 박종록을 만났다.

320

"어디서 오십니까?"

박종록이 깜짝 놀라며 반색을 했다.

"순창 쪽으로 가는 길입니다."

"안 됩니다."

박종록이 거세게 고개를 저었다.

"지금 갈재 위아래도 민보군들이 지키고 있지만, 내장사에서 백양사로 넘어오는 길에도 곳곳에 민보군이 쫙 깔렸습니다. 정읍 김진사하고 김달이란 자가 민보군 1백여 명을 모아 눈에 불을 켜고 있답니다."

박종록은 다급하게 속삭였다. 임군한은 난감한 표정이었다. 김달은 유월례의 옛날 주인으로 유월례 어머니 면천 때문에 정읍 집강소에서 안 죽을 만큼 얻어맞았던 자였다.

"그렇지만 지체할 수가 없소. 좋은 방도가 없겠소?"

전봉준은 얼굴이 드러날까 싶어 여기서 지체할 수가 없었다. 전봉준 목에는 일등지 군수 자리와 상금이 걸려 있었다. 박종록도 군사가 30여 명이나 되었으므로 마음만 먹으면 대번에 전봉준을 잡을 수 있었다. 그가 잡지 않는다 하더라도 병졸들이 눈치를 채면 병졸들이라고 가만있으란 법이 없었다. 임군한이 전봉준한테로 갔다. 박종록한테 들은 말을 했다.

"그럼 여기서 형편을 살핀 다음에 가지."

전봉준이 결정을 내렸다. 임군한은 전봉준과 김일두는 그 자리에 은신하고 있으라 한 다음 졸개들만 데리고 갔다. 박종록은 자기 병사들은 저쪽 막사에 새로 불을 때고 자라고 내보내고 큼직한 방을 하나 비워주었다. 임군한은 한참만에 전봉준과 김일두를 데리고 왔다. 임군한은 눈을 붙이지 않고 졸개들을 데리고 주변 경계를 하다가 날이 새자 김일두한테 경계를 맡기고 김갑수와 장호만 등 졸개 다섯 명을 데리고 길을 살피러 나섰다.

두 패로 나누어 한 패는 김갑수한테 달려 순창 쪽으로 보내고, 자기는 백양사에서 내장사로 넘어가는 길을 잡아 섰다. 길에서 서성거리는 사람들이 있었다. 거동이나 눈짓으로 보아 매복하고 있는 사람들이라는 걸 느낄 수 있었다. 임군한은 다시 길을 되짚었다. 틀림없이 매복을 하고 있었다. 해거름에 산성으로 돌아왔다. 김갑수 패도 왔다. 그쪽에도 두세 군데 매복을 하고 있는 것 같다고 했다.

"아무래도 안 되겠습니다. 여기서 더 기다리며 틈을 보아야겠습니다."

"저 사람들이 벌써 눈치를 챘을지 모르는데 어떻게 더 기다립니까?"

김일두가 고개를 저었다.

"그래도 여기가 더 낫습니다. 우리 수도 만만찮으니 비장이 혹시 눈치를 챘다 하더라도 섣불리 나오지는 못할 것입니다."

김일두는 고개를 갸웃거렸으나 달리 방법이 없었다. 임군한은 산성 병졸들 눈치도 볼 겸 혼자 산성 안을 서성거렸다. 박종록이 다가왔다.

"저기 계신 분이 누구신지 알고 있습니다. 나도 몸은 명색 관문에 있지만 마음은 농민군 편에 있는 사람입니다. 안심하시오. 병사들한테는 내 친구가 와서 며칠 묵어간다고 해두었소. 술을 한잔 마련했으니 금방 가지고 갈 것입니다."

박종록이 천연스럽게 말했다.

"나중에라도 들통이 나면 박비장께서 무사하지 못할 텐데 이거 너무 폐가 큽니다."

"각오했소. 천하 영웅을 여기 모시다니 내 생애의 영광이오."

박종록은 여유 있게 말했다. 지난번 그를 만난 다음 뒷맛이 여간 신선하지가 않아 관속들 가운데도 이런 사람이 있구나 했는데 오늘 보니 예사 사람이 아닌 것 같았다. 그렇다고 안심할 수는 없지만 궁지에 몰린 판이라 달리 방법이 없었다. 임군한이 전봉준한테 박종록 이야기를 했다. 그때 산성 병졸들이 음식을 가지고 왔다. 닭을 세 마리나 삶고 머루주가 한 바탱이었다. 전봉준은 닭 두 마리는 졸개들한테 보내라고 한 다음 임군한더러 박종록을 데려오라 했다.

"고맙소."

박종록이 오자 전봉준이 먼저 입을 열었다. 김일두와도 수인사를 하고 술을 따랐다. 임군한은 잔을 들면서도 눈알을 날카롭게 번득였다.

"장군님 휘하로 농민군들이 한창 몰려들 때는 이 나라 앞날에 훤하게 서광이 비치는 것 같더니 이제 다시 깜깜 오밤중이 되는 것 같습니다. 이제 이 나라는 어떻게 되는 것입니까?"

박종록이 침통한 표정으로 말했다.

"희망이 있습니다. 천하 백성이 있지 않소? 겨울이 지나면 봄이 옵니다."

전봉준은 박종록한테 잔을 넘기며 말했다. 전봉준이 입을 연 것은 며칠 만에 처음이었다. 박종록은 전봉준보다 나이가 많아 보였으나 다소곳이 무릎을 꿇고 잔을 받았다.

"그것은 저도 그렇게 생각합니다. 저는 이번에야 처음으로 백성 힘을 알았습니다. 이제 비로소 백성이 어슴푸레 눈을 뜬 것 같습니다."

기껏 병졸 30명을 거느린 산성 비장이었으나 세상을 보는 눈이 여간 넓고 날카롭지 않았다.

전봉준 일행은 다음날 새벽 산성을 나섰다. 산성에서 더 있을 수가 없었다. 병졸들 눈치가 달랐다. 백양사 가는 샛길로 내려갔다. 백양사를 지나 내장사 쪽으로 빠지기로 한 것이다. 세 패가 전봉준 앞뒤로 서서 갔다. 김갑수가 졸개 5명을 거느리고 앞장서 가고, 김만수는 5명을 거느리고 저만큼 뒤를 따라왔으며, 임군한과 김일두는 4,5명씩 거느리고 전봉준 앞뒤로 바짝 붙어서 갔다. 민보군들은 잘해야 엽총이나 화승총 여남은 자루일 것이므로 웬만하면 물리칠 자신이 있었다. 백양사에 이르자 날이 샜다. 내장사로 빠지는 재를 넘었다. 눈발이 흩날리기 시작했다.

─빵.

느닷없이 뒤쪽에서 총소리가 났다. 일행은 납작 엎드렸다. 엽총 소리였다. 임군한이 몸을 낮추고 날카롭게 주변을 살피며 뒤쪽으로 달렸다. 장호만 등 졸개들이 뒤따랐다. 앞서 가던 김갑수 패도 놀라 몸을 낮추고 뒤를 돌아봤다. 뒤에서는 총을 계속 쏘았다. 사람들이 움직이는 것이 보였다. 장호만이 총을 쏘았다. 하나가 보기 좋게 쓰러졌다. 뒤에서는 이쪽으로 계속 다가왔다.

"빨리 가시오."

임군한은 김일두한테 소리를 질렀다. 저쪽에서 한꺼번에 여남은 발을 쏘았다. 수가 꽤나 많은 것 같고 엽총도 여러 자루 같았다. 이쪽에서도 응사를 했다. 그 사이 전봉준은 김일두와 함께 가던 길로 내달았다. 김진사 패가 후닥닥 뛰어왔다. 30여 명쯤 되었다. 총을 든 자들이 20여 명이었다. 엽총은 10여 자루쯤 되는 것 같았다. 임군한 패가 총을 쏘았다. 둘이 고꾸라졌다.

"쏘아라."

배자를 입은 우두머리가 바위 뒤에서 소리를 질렀다.

— 빵 빵.

대창을 든 사람들이 산등성이 쪽으로 올라붙었다. 임군한은 졸개들한테 뒤쪽 산굽이로 물러서라고 했다. 모두 날쌔게 자리를 옮겼다.

"저놈이 정읍 김진사 같소."

졸개 하나가 말했다. 김진사 패는 계속 쏘며 다가왔다.

"잘 겨눠서 쏴라."

김진사 패가 몰려왔다. 이쪽 총구 네댓 개가 한꺼번에 불을 뿜었다. 서너 명이 나가떨어졌다. 김진사 패가 쫙 엎드렸다.

"더 가까이 가서 쏴라. 한 놈 죽이는 데 쌀 열 섬씩 주겠다."

김진사가 소리를 질렀다. 병사들이 몸을 사리자 현장에서 상금을 걸었다. 열 섬 소리가 떨어지기 바쁘게 대여섯 명이 앞으로 뛰어왔다. 한참 총격전이 벌어졌다. 그때 전봉준이 가던 쪽에서도 총소리가 났다. 포위된 것 같았다.

"여기 잘 지켜!"

임군한은 명령을 내려놓고 그쪽으로 뛰어갔다. 10여 명이 앞에서 총을 쏘았다. 한참 총격전이 벌어졌다. 이쪽에서는 하나가 총에 맞고 저쪽에서는 대여섯 명이 맞은 것 같았다. 김진사 패가 뒤로 물러나기 시작했다. 임군한이 패는 총을 쏘며 쫓았다. 곁에 따르던 임군한 졸개가 쓰러졌다. 임군한은 총 쏘는 쪽을 향해 기어올라갔다. 김진사 패는 몇 명 남지 않은 것 같았다. 그들은 몇 발 쏘다가 도망쳤다. 세 명이었다. 제대로 겨누어 쏘았다. 둘이 쓰러졌다. 이천석이 쫓아가며 쏘았다. 마지막 도망치던 자가 고꾸라졌다. 모두 죽은 것 같았다. 김진사 패는 총만 들었지 총 쏘는 것이나 싸움은 여간 서툴지 않았다. 이쪽에서 쏘아대자 도망칠 구멍부터 찾았다.

"빨리 가시오."

임군한은 전봉준한테 소리를 지르며 뒤로 달렸다. 김진사 패가 맹렬하게 총을 갈겼다.

"죽여라. 열 섬이다. 열 섬!"

김진사가 악다구니를 쓰며 바위 뒤에서 바위 뒤로 뛰어왔다. 임군한 패도 정신없이 쏘아댔다. 저쪽에서는 대여섯 명이 고꾸라지고 이쪽에서도 둘이나 맞았다. 김진사 패는 위아래로 몰려오며 쏘았다.

"물러가시오. 내가 엄호하겠소."

장호만이 소리를 질렀다. 임군한이 김만수 등 네댓 명을 데리고 뒤로 물러섰다.

"죽여라. 한 놈에 열 섬이고 전봉준을 잡으면 백 섬이다!"

바위 뒤에서 김진사가 소리를 질렀다. 김진사 패 여남은 명이 뛰어왔다. 장호만 패 다섯 명은 정신없이 갈겼다. 김진사 패 대여섯 명이 쓰러졌다.

"어서 오너라. 여기 열 섬 많다."

장호만이 소리를 질렀다. 김진사 패는 더 다가오지 못했다.

"한 놈에 스무 섬이다."

김진사가 소리를 질렀다. 김진사 패가 위아래서 우르르 뛰쳐나오며 쏘아댔다.

"물러가서 엄호해라!"

장호만이 총을 갈기며 뒤에다 소리를 질렀다. 셋이 뛰어가다 한 사람이 쓰러졌다. 나머지 둘이 총을 쏘았다. 장호만과 졸개가 뒤로 뛰었다. 김진사 패가 집중사격을 했다.

"아이고!"

장호만과 같이 뛰던 졸개가 비명을 질렀다.

— 빵·빵·빵.

양쪽에서 엄청나게 쏘아댔다.

"어라!"

장호만의 왼팔에서 피가 벌겋게 옷을 적셨다. 몸을 한번 뒹굴어 자리를 옮겼다. 장호만은 얼른 상처를 처매고 한손으로 쏘았다. 저위에서 쏘던 자가 나가떨어졌다. 김진사 패가 정면과 위아래 삼면에서 쏘았다.

"또 물러가서 엄호해라."

장호만이 뒤에다 소리를 지르는 순간 위와 아래서 몰려왔다.

"아이고!"

장호만은 실탄이 떨어지고 말았다. 장호만은 죽은 듯이 엎드려 있었다. 위아래서 총을 겨누며 조심조심 다가왔다. 그때 장호만이 벌떡 일어서며 아래서 올라오는 자 하나를 발로 걷어찼다. 총을 떨어뜨리며 나가떨어졌다. 장호만이 바로 아래 바위 뒤로 몸을 날렸다. 같이 가던 자들이 달려왔다. 장호만 손에서 표창이 날았다. 얼굴에 꽂혔다. 장호만이 아래로 뛰었다. 장호만한테 집중사격을 했다. 장호만은 그대로 무릎을 꿇었다.

김진사 패가 저쪽으로 쫓아갔다.

"저놈들만 죽여라! 한 놈에 스무 섬이다."

김진사가 소리를 질렀다. 임군한 총이 불을 뿜었다. 그때 갑자기 위에서 총소리가 났다.

"아이고!"

김만수가 총을 떨어뜨렸다. 왼손 손목이 맞았다. 김만수는 붕대를 꺼내 한쪽 끝을 입으로 물고 손목을 묶었다.

"돌진해라!"

김진사는 악을 썼다. 김진사 패가 총을 갈기며 달려왔다. 임군한 패도 정신없이 갈겨댔다. 김진사 패 서너 명이 쓰러졌다.

"어라."

임군한이 무릎을 내려다봤다. 무릎에서 금방 피가 배어나왔다. 무릎이 으깨진 것 같았다. 김만수가 붕대를 던져주었다. 임군한은 무릎 위를 붕대로 동여맸다. 이를 악물고 단단히 동여맸다. 김만수는 한 손으로 총을 바위에 걸치고 갈겼다. 저쪽에서 총성이 멎었다.

"여기는 우리한테 맡기고 모두 뒤따라가거라. 빨리!"

임군한이 뒤를 돌아보며 졸개들한테 소리쳤다. 막동이 잠시 멈칫했다.

"두령님 죄송합니다."

막동은 처절한 소리로 인사를 하며 졸개들을 달고 내달았다. 저쪽에서 총을 갈겼다. 임군한도 응사를 했다. 하나가 보기 좋게 고꾸라졌다. 옆에 움직이던 사람이 위로 내달았다. 또 쏘았다. 거꾸러졌다. 그때 서너 명이 마구 갈기며 앞으로 내달았다. 또 하나를 쏘았다. 실탄이 떨어지고 말았다. 임군한이 단검과 표창을 챙겼다.

"돌진해라."

김진사가 소리를 질렀다. 대여섯 명이 튀어나왔다.

"손들어!"

임군한은 총을 놨다. 김만수도 손을 들었다.

"전봉준을 쫓아라!"

김진사는 악을 썼다. 예닐곱 명이 쫓아가고 대여섯 명이 남았다.

"아까 간 놈이 전봉준이지?"

김진사가 임군한한테 총을 겨누며 물었다.

"전봉준 장군을 잡으러 나선 자들이구나. 그렇다면 허탕이다. 앞에 간 이는 순천 하길동 두령이다. 그 사람 잡아봤자 상금 백 냥도 못 된다."

임군한이 엉뚱한 이름을 들이댔다.

"거짓말 마라. 바른 대로 대!"

김진사가 쏠 듯이 임군한 머리에 총을 들이대며 을렀다.

"나는 화적패 두목 임군한이다. 내 목에 걸린 상금도 적잖을 것이다. 끌고 가서 상금이나 타거라."

임군한이 태연하게 말했다. 거물이래야 쏘지 않을 것 같아 신분을 드러낸 것 같았다.

"묶어!"

김진사가 악을 썼다.

"묶을 것 없다. 무릎이 으깨져서 도망칠 수가 없다."

김진사는 두 사람에게 이놈들을 끌고 오라며 자기는 나머지를 데리고 돌아섰다. 김진사가 네댓 발짝 갔을 때였다.

―슛!

임군한 손에서 표창이 날았다. 표창이 김진사 뒤통수에 보기 좋게 꽂혔다. 김진사는 손으로 목을 싸안으며 무릎을 꿇었다. 표창이 목뼈에 제대로 꽂힌 것 같았다.

―슛!

김진사 곁에 섰던 자도 얼굴을 싸안고 나동그라졌다. 김만수 손에서 단검이 난 것이다. 김만수 곁에 있던 자가 김만수한테 총부리를 들이댔다. 김만수가 옆으로 몸을 비틀며 작자 발을 후딱 낚아챘다. 표창으로 작자 배를 찔렀다. 그때 김진사 곁에 섰던 자가 김만수를 향해 갈겼다. 김만수가 나동그라졌다. 그때 임군한 옆에 섰던 자개머리판이 임군한 볼따구니로 날아들었다. 임군한은 몸을 홀쩍 굴렸다. 작자가 개머리판을 헛치며 휘청하는 순간 임군한의 단검이 작자 옆구리를 찔렀다. 모두 총만 가졌지 뚝머슴들이었다. 김진사 곁에 있던 자가 임군한을 향해 총을 겨누었다. 순간 임군한 손에서 또 표창이 날았다. 총구가 불을 뿜은 것과 작자가 총을 떨어뜨리며 얼굴을 싸안은 것은 거의 동시였다. 쳇바퀴 속 다람쥐 같던 임군한 몸뚱이가 비로소 푹 가라앉았다. 김진사 곁에는 하나만 남았다.

330

"아야, 아야, 뽑지 마라!"

김진사 패가 김진사 목에서 표창을 뽑으려 하자 김진사가 악을 썼다. 눈발은 거칠게 흩날리고 있었다.

"저기 온다. 여기가 좋다. 이런 자리면 우리 둘이 저놈들 스무 명도 막겠다. 막동이 너는 빨리 장군님 따라가!"

을식이 소리를 질렀다. 가파른 잿길이 갈 지 자로 심하게 구부러진 곳이었다. 가파른 데로 길이 옹색하게 나 있어 길로 오지 않고는 기어오를 데가 없었다. 을식과 거꾸리는 아래다 총을 겨누고 있었다.

"잘 막아!"

막동이 눈발 속으로 뛰어갔다.

— 빵빵.

전봉준이 가는 쪽에서 총소리가 났다. 전봉준 일행은 잿길을 오르다가 우뚝 멈췄다.

"전봉준은 들어라."

저 위에서 소리를 질렀다.

"나는 정읍 유생 김달이다. 우리 군사는 20명이다. 너는 갈 데가 없다. 순순히 항복해라."

김달이 고함을 질렀다.

"장군님, 바로 이 아래 옆으로 빠질 데가 있습니다. 여기는 우리가 지킬 테니 빨리 그리 빠지십시오."

김갑수가 다급하게 속삭였다. 김일두가 그게 좋겠다고 했다.

"미안하다."

전봉준은 호위병 셋을 달고 아래로 내려갔다. 위에서 총을 갈겨댔다. 김갑수 등 졸개들이 언덕에 딱 붙어 응사를 했다. 아래 을식과 거꾸리가 있는 데서도 총소리가 났다. 위아래서 총소리가 콩을 볶았다. 아래쪽에서 총소리가 멎었다.

"세 놈이 고꾸라졌다. 여기라면 백 놈도 지키겠다."

을식 말이 미처 끝나기도 전이었다.

ㅡ 빵.

엉뚱한 데서 총소리가 났다.

"아이고!"

을식이 왼쪽 어깨를 내려다봤다.

"저 자식!"

ㅡ 빵.

거꾸리가 바위 뒤에 있는 자를 발견하고 총을 겨누는 순간 저쪽 총구가 먼저 불을 토했다. 빗나갔다. 도대체 저기를 어떻게 올라왔는지 알 수가 없었다. 거꾸리는 그쪽에다 총을 겨누고 있었다. 바위 뒤에서 다시 얼굴이 나타났다. 쏘았다. 작자 총구도 불을 토했다. 그러나 작자는 총 위에 고개를 떨어뜨렸다. 이두황 부대에 들어갔던 거꾸리는 총 솜씨가 어지간했다.

"많이 다쳤냐?"

거꾸리가 을식 쪽으로 달려갔다. 을식은 수건을 찢어 한쪽 끝을 입으로 물고 상처를 처매고 있었다.

"너도 피!"

"아이고!"

거꾸리가 깜짝 놀라 다리를 내려다보았다. 다리에 피가 벌겠다.

거꾸리는 바삐 수건을 찢어 자기 상처부터 묶었다. 정강이 위로 총알이 길게 스치고 간 것 같았다. 피가 엄청나게 쏟아졌다. 거꾸리는 을식 곁으로 가서 어깨를 처매주었다. 을식의 상처는 바로 어깻죽지 아래여서 제대로 묶을 수가 없었다. 위아래로 얽었으나 피가 엄청나게 쏟아졌다. 위쪽에서는 계속 총소리가 났다. 두 사람은 그대로 아래다 총을 겨누고 있었다. 거꾸리 상처에서도 피가 멎지 않고 계속 옷을 적셨다. 바람이 쌩쌩 나뭇가지에 찢기고 눈발이 거칠게 휘날렸다. 김진사 패거리가 움직였다. 그러나 얼른 공격해 오지 못했다. 이쪽 사정을 제대로 알지 못해 망설이고 있는 것 같았다.

"을식아, 나는 틀린 것 같다. 전봉준 장군님은 무사하시겠지?"

거꾸리가 총신에 볼을 기대며 힘없이 말했다.

"아직도 안심 못한다."

"장군님은 군사를 모아서 언젠가 또 싸우시겠지?"

"그려. 이 세상이 백성 세상이 될 때까지 싸울 것이다."

"너는 전부터 임두령 졸개였지? 나는 진즉 눈치 채고 있었다."

"미안하다."

"어쩌다가 졸개가 되었냐?"

"집이 가난해서 오입나가다가 임두령님을 만났다."

두 사람은 잠시 말이 없었다. 눈발은 더 거세게 뿌렸다.

"을식아, 나는 죽을 것 같다. 우리 논에 나락이 누렇게 익어가는구나."

거꾸리가 뇌고 있었다. 가물가물한 거꾸리 눈앞에 누렇게 익어가는 가을 들판이 나타나는 모양이었다.

"다리를 더 꽉 묶어라. 피를 많이 흘려서 그런다."

을식이 소리를 질렀다. 나뭇가지에 바람이 쌩쌩 찢기는 사이로 을식의 말이 토막말로 들려왔다.

"나는 틀렸어."

거꾸리 말은 힘이 없었다.

"나도 틀린 것 같다. 저승길도 둘이 같이 가자. 저승에 가서 돈 벌면 너한테 먼저 논 사주께. 너도 열 마지기, 나도 열 마지기 열 마지기씩만 장만하자."

을식이 힘없이 말했다. 거꾸리는 대답이 없었다. 을식이 거꾸리 눈을 감겨주어야 한다고 생각했으나 그도 몸을 움직일 수가 없었다. 가을 들판이라도 바라보듯 멀겋게 눈을 뜨고 총신에 얼굴을 떨군 거꾸리 검은 댕기에 눈이 허옇게 쌓여가고 있었다. 을식도 이내 총신 위에 얼굴을 떨어뜨렸다. 두 사람 총구는 그대로 저쪽 길목을 향하고 있었다.

다음날 아침 미륵집 앞에는 사람들이 몰려와서 시체를 치웠다. 가족인 듯한 사람들이 여남은 명 몰려와서 시체를 한군데로 모아놓고 일부는 떠메고 갔다.

미륵집에는 불공드리러 오는 할머니들이 계속 몰려들었다. 거의가 농민군에 나간 자식들이 무사하기를 빌러 오는 할머니들이었다. 어떤 할머니는 추위도 아랑곳없이 낮부터 밤중까지 미륵 앞에 수백 자리 절을 했다. 삼대독자 외아들이라며 제발 목숨만 돌봐달라고 비는 할머니도 있고, 부자간에 나갔다며 멀리멀리 피하도록 인도해달라고 비는 할머니도 있었다. 그런 할머니들이 갈재 너머 정읍이나 고부에서도 왔다. 할머니들은 뜬소문일망정 갖가지 소문을 물고 왔다. 연엽은 새로 할머니들이 올 때마다 귀를 쫑그렸으나 전봉준 소문은 하도 여러 갈래여서 종잡을 수가 없었다. 광주로 가서 손화중, 최경선과 다시 일어날 준비를 하고 있다는 소문도 있고, 김개남을 만나러 남원으로 갔다는 소문도 있고, 한양으로 쳐들어가려고 변산에서 배에다 정예군을 싣고 떠났다는 소문도 있었다.

다음날 아침밥을 먹고 났을 때 할머니 한 사람이 머리에 허옇게 눈을 이고 바삐 들어섰다.

"아이고, 지금 주천서 오시는 길이오? 관군은 지금 어디 있나요?"

보살할머니가 반색을 하며 다급하게 물었다. 주천에서 오느냐는 소리에 방에 있던 할머니들이 깜짝 놀라 방문을 열었다. 주천은 갈재서 위로 올라가는 길이 정읍으로 갈리는 삼거리였다.

"관군보다도 시방 내가 들어도 못 들을 소문을 듣고 온 것 같소."

주천 할머니는 마루에 털썩 주저앉으며 떡심이 탁 풀린 소리로 말했다.

"먼 소문인데 그러시오?"

보살할머니가 놀란 표정으로 다그쳤다.

"김개남 장군이 어제 관군한테 잡혔다는 것 같소."

"멋이라우, 김개남 장군이 잡혀라우?"

보살할머니가 깜짝 놀라 물었다.

"태인 종송리(현 산내면 종성리)라든가 그 동네 친척집에 숨어 있다가 잡혔다고 안 그래요."

"그것이 뭔 소리라요?"

보살할머니가 다그쳤다. 연엽은 마치 전봉준이 잡혔다는 소리를 들은 것만큼이나 머리가 띵했다.

"새로 온 감사 영을 받고 강화도에서 온 병정들이 잡아갔다는 것 같소. 관군들은 장군을 잡아서 둥우리에다 태워가지고 감시로 대꼬쟁이를 깎아서 그냥 그냥……."

할머니는 진저리를 치며 말을 잇지 못했다.

"대꼬쟁이를 어쩌라우?"

곁에 할머니가 다그쳤다.

"아이고, 묻지도 마시오. *징상스러워서 입에 올리기도 싫소."

할머니는 얼굴을 찡그리며 머리를 저었다. 곁에 할머니들은 주천할머니만 보고 있었다. 연엽도 숨을 죽이고 있었다.

"잡아가는 사이에 도술을 부릴지 모른다고, 도술을 부릴지 모른게 힘을 못 쓰게 해야 쓴다고 열 손가락 열 발가락 손끝 발끝마다 대꼬쟁이를 그냥……."

할머니는 또 진저리를 쳤다.

"도술을 부릴지 모른다고 그런게 대꼬쟁이를, 오매 오매."

할머니들은 찬물에 들어간 사람들처럼 진저리를 쳤다.

"관세음보살."

할머니는 그 소문을 듣고 전쟁에 나간 자기 아들 생각에 도무지 집에 앉아 있을 수가 없어 달려왔다고 했다.

김개남은 그 동네 느티마을 매부집에 숨어 있는데 그 아랫동네 사는 임병천이라는 옛날 친구가 찾아와 자기 집이 더 안전할 테니 자기 집에 숨어 있으라 해놓고 뒷구멍으로 감영에 사람을 보냈던 것이다. 며칠 전에 전라 감사로 도임한 이도재는 강화영 중군 황헌주를 보내 김개남을 쉽게 붙잡았다. 지난번 1차 봉기 때 원병으로 왔던 강화영병은 지금도 일부가 전주에 주둔하고 있었다. 이도재가 전라 감사로 도임한 것은 11월 29일이고 김개남을 잡은 것은 바로 어제인 12월 2일이었다.

"전봉준 장군님 소문은 못 들었나유?"

연엽이 천 길 낭떠러지에서 벼랑으로 한발 내치는 기분으로 용을 쓰며 물었다.

"전봉준 장군님도 하마터면 잡힐 뻔했다가 용케 피했다는 것 같네."

"오매, 그것은 또 먼 소리라요?"

할머니들이 기겁을 했다.

"정읍 김진사하고 김달이란 작자한테 잡힐 뻔했다가 무사히 피했다요. 그 작자들이 읍내 건달들을 수백 명 돈으로 사서 내장산 근방에 숨어 있는데 장군님은 아무것도 모르고 그리 지나가셨던 모양입디다. 수백 명이 뛰어나감시로 총을 갈겼는데 그때 장군님이 도술을 부렸던가 어쨌던가 장군님이랑 장군님 부하들은 한 방도 안 맞고 김진사 떨거지들만 장군님 부하들 총에 다 맞아 죽었다요. 건달들은 하나도 안 남고 다 죽고 김진사는 목숨을 구했는데 목에 총을 맞고 시방 집에 와서 숨이 꼴딱꼴딱한다요."

할머니는 말주변이 여간 호들갑스럽지 않았다.

"오매, 그런게 전봉준 장군은 무사히 피했그만이라우?"

모두 안심하는 표정이었다.

"거기서는 피했제마는 그 뒤로 무사한가 모르겠다고 시방 우리가 그 걱정들이오. 김개남 장군이 잡힌 것도 어제 아침나절이고, 내장사 뒤에서 전봉준 장군이 김진사 패거리하고 싸운 것도 어제 아침나절이라거든이라. 소문대로 전봉준 장군이 김개남 장군을 만나려고 찾아가시는 길에 그 작자들을 맞닥뜨린 것 같은데 그 뒷소문은 아직 모르요."

"그런게 전봉준 장군님이 김개남 장군님을 진즉 만나신 것이 아니라 어제사 만나러 가셨던 모양이그만이라. 오매, 그러면 전봉준 장군님은 김개남 장군님이 잡힌 줄도 모르고 그 동네로 가셨을 게 아니오?"

곁에 할머니가 추스르며 눈을 두리번거렸다.

"그래서 시방 모두가 걱정들이 그 걱정이오."

할머니들은 눈이 둥그레졌다. 연엽은 가슴이 밤송이처럼 옥죄어 숨이 막힐 지경이었다. 가슴 속에서 빠직빠직 소리가 나는 것 같았다. 주천 할머니는 추운데 문 닫으라며 미륵 앞으로 바삐 갔다. 절을 하기 시작했다. 연엽이 어쩔 줄을 모르고 마루에서 서성거렸다. 그때 또 썰렁한 얼굴로 바삐 들어서는 할머니들이 있었다.

"아이고, 저이들도 정읍에서들 오시는구만. 전봉준 장군님 어떻게 되었다요?"

보살할머니가 달려들며 물었다. 연엽은 두 손을 모아 쥐고 할머니들 앞으로 갔다.

"전봉준 장군님은 무사한 것 같소. 광주 쪽으로 가셨다는 것 같소."

할머니들은 머리에 허옇게 쌓인 눈을 털며 속삭이듯 말했다.

"오매, 광주로라우?"

연엽이 다가서며 물었다.

"그려. 광주 쪽으로 가셨다는 것 같구만. 손화중 장군을 만나러 가신 모양이네."

할머니들은 누구 들을세라 낮은 소리로 속삭였다. 보살할머니는 이것저것 다급하게 캐물었다. 어제 전봉준이 부하들을 거느리고 순창 쪽으로 가다가 김진사와 김달 패와 싸웠다는 이야기는 주천 할머니 이야기와 거의 같고, 전봉준이 광주 쪽으로 피했다는 것과 김진사는 목에 총이 아니라 창을 맞았다는 것이 다를 뿐이었다.

연엽은 이대로 있을 수가 없었다. 광주로 가기로 작정했다. 보살할머니한테는 운주사로 가겠다고 서둘렀다.

"광주는 민종렬이 차지하고 있다는데 거기 지나가기가 괜찮을까?"

연엽은 상관없다며 바삐 행장을 수습하고 나왔다.

"광주를 비켜서 운주사를 가려면……."

보살할머니는 광주를 비켜서 운주사로 가는 길을 자세하게 일러주었다. 연엽은 건성으로 고개를 끄덕이며 바삐 길을 떠났다. 전봉준이 광주로 갔다면 그쪽으로 가야 자세한 소식을 들을 수 있을 것 같았다. 광주 근처가 위험하면 운주사로 갈 참이었다. 운주사에 가면 월공을 만날지도 몰랐다.

진눈깨비가 심하게 흩뿌리고 있었다. 그래도 여기는 아직 관군들이 몰려오지 않아 불에 탄 동네는 없었고 사람을 묶어가는 광경도 보이지 않았다. 앞으로 험하게 몰아닥칠 폭풍을 앞두고 세상이 온통 숨을 죽이고 있는 것 같았다. 진눈깨비 속에 잔뜩 옹송그리고 있는 마을들은 꽁꽁 얼어붙어 사람 사는 세상은 이미 끝나버리고 저승과 이승 중간쯤에 있는 세상 같기도 했다. 길에는 사람들이 거의 없고 꼬부랑 할머니나 할아버지 들이 지팡이를 짚고 이따금 한두 사람씩 다니고 있었다. 자식들이나 가까운 피붙이들 안부를 알아보러 다니는 사람들 같았다. 지금 이 세상에는 저런 노인들만 남은 것 같았고, 저 노인들도 저렇게 서성거리다가 얼어 죽어버릴 것만 같았다.

연엽은 바람같이 내달았다. 장성 읍내를 지나 못재를 넘자 날이 저물었다. 짧은 해에 거의 백 리 가까이를 온 것이다. 길가 가까운 동네 아무 집으로나 들어갔다. 방문이 조심스럽게 열리며 머리가 하얀 할머니가 빠꼼하게 내다봤다.

"북쪽에서 오는 비구니올시다. 하루 저녁 신세를 질까 합니다."

방갓을 젖히며 합장을 했다.

"어서 오셔."

할머니가 문을 활짝 열며 근친 오는 딸이라도 맞듯 반갑게 맞았다. 며느리인 듯한 젊은 여자도 반갑게 맞았다. 세상이 온통 지옥이라 여승이 나타나자 부처님이라도 나타난 듯 반가운 모양이었다. 이 집에도 남자들은 없고 여자들과 아이들뿐이었다.

"윗녘에서는 농민군 나간 식구들도 다 죽인다는데 참말이란가?"

할머니는 윗녘 소식부터 물었다. 그렇다며 전봉준 장군 소식 못 들었냐고 했다. 못 들었다고 했다. 어이며느리는 전봉준이나 김개남 소식에는 관심이 없었다. 집에 불 지르고 사람 죽인 이야기만 물었다. 연엽은 듣고 본 대로 대충 전해주었다.

"여기 월평 김부자가 사거리 근처에서 죽었다는데 그 소문은 못 들었는가?"

할머니가 눈을 크게 뜨고 물었다. 죽었다더라고 했다.

"오매 오매, 참말이구만. 인자 장성 사람들은 다 살았네."

그들 표정은 처참했다.

"농민군 나간 집은 식구들이 도망치면 집에다 불을 지른다고 하길래 우리는 피난도 못 가고 이러고 있네."

이 알량한 집을 지키느라 어디로 피하지도 못하고 집에 묶여 있는 모양이었다. 연엽은 다음날 새벽길을 나섰다. 주룩주룩 눈물을 흘리는 할머니 손을 놓고 바삐 길을 떠났다. 아이들도 일어나 새장에 갇힌 참새들처럼 까만 눈을 말뚱거리며 연엽을 보고 있었다. 연엽은 마치 지옥에다 식구들이라도 떨궈놓고 떠나는 것처럼 가슴이 찢어졌다. 연엽이 한참 내닫다가 뒤를 돌아보았다. 어이며느리는 그때까지 사립께서 멀거니 연엽을 건너다보고 있었다. 방갓을 벗으며 다시 고개를 꾸벅해주고 길을 재촉했다.

광주가 가까워지자 사람들이 띄엄띄엄 다니고 있었다. 연엽은 나이든 사람들만 골라 전봉준이 광주로 왔다는데 그 소문 못 들었느냐고 물었다. 모두 고개를 저었다. 광주에는 나주 관군들이 들어앉았다고 했다. 연엽은 만나는 사람마다 물었으나 한결같이 고개를 저었다. 여기에는 전봉준이 김진사 패거리하고 싸운 소문도 아직 내려오지 않은 것 같았다. 연엽은 광주 근처에서 조금 서성거리다가 광주를 비켜 남평으로 빠졌다. 광주를 지나자 농민군들이 떼를 지어 아래로 내려갔다. 농민군들은 여남은 명, 많으면 2,30명씩 내려가고 있었다. 연엽은 그들에게도 전봉준 소식을 물었다.

"남원으로 갔다는 소문도 있고 장흥으로 내려갔다는 소문도 있고 소문이 가지가지요."

그들은 들에 나온 산짐승처럼 불안한 모습으로 쭈뼛쭈뼛 주변을 살피며 길을 재촉했다. 괴나리봇짐만 지고 겁먹은 눈을 뒤룩거리며 내닫는 사람도 있고 화승총과 대창을 꼬나쥐고 이를 악물고 내닫는 사람도 있었다. 연엽이가 남평에서 중장터 쪽으로 길을 잡아 섰을 때였다.

"아니, 이게 누구래유?"

연엽이 깜짝 놀라 방갓 끝을 올렸다.

"아이고, 연엽 아가씨 아니오?"

설만두였다. 설만두가 뒤따라오는 사람들을 돌아보자 두 사람도 깜짝 반색을 했다. 오기창과 최낙수였다.

"어디로 가시오?"

오기창이 물었다. 운주사로 간다고 했다.

"전봉준 장군님이 장흥으로 가셨다는 소문이 있던데 그리 가셨나요?"

오기창은 그런 소문 못 들었다고 했다.

"그러면 어디로 가셨지요?"

소문이 여러 갈래여서 종잡을 수 없다고 했다.

"모두 내려가는데 왜들 돌아오시지요?"

"사람들이 너무 아래로 몰리는 것 같아서 우리는 위로 가는 거요. 모두 장흥에 모여서 싸운다는데 우리는 따로 할 일이 있소. 혹시 전봉준 장군님 만나시거든 장군님한테 전해주시오. 오기창이 그러더라고 그동안 죄송했다는 말씀을 먼저 전해주시고, 우리는 깊이 숨어있다가 제일 못되게 구는 양반이나 부자 놈들을 하나씩 하나씩 처치하겠다더라고 전해주시오. 지금은 전하고 형편이 달라졌으니 장군님께서도 탓을 않을 것이오. 우리가 그 무지막지한 전쟁판에서 살아난 것은 목숨을 여벌로 얻은 것이나 마찬가진게 뒤꼭지에 사잣밥을 싸짊어지고 다닐 참이오. 전봉준 장군님께 오기창이 전에는 많이 죄송했다더라고 꼭 그 말씀 전해주시오."

오기창은 침착하게 말했다. 항상 살기가 번득이던 오기창이 다른 사람이 되어버린 것같이 차분했다. 오기창 일행은 어서 가보라며 작별을 했다.

연엽은 중간에 있는 절에서 자고 다음날 새벽에 길을 나서 아침참에 운주사에 당도했다.

"아이고, 이게 누구야?"

월공이 방에서 퉁기듯 뛰어나오며 반색을 했다. 연엽은 월공을 보자 친정 오라버니라도 만난 것 같았다.

"어디서 오는 길이지? 장군님 소식 들었나?"

"아래로 내려가지 않으셨나요?"

연엽이 다급하게 되물었다.

"확실하지 않아. 내장산 근처에서 김진사 패 물리쳤다는 소식은 들었지?"

연엽이 고개를 끄덕였다.

"그자들을 물리친 것은 확실한 것 같은데, 그 다음에 어떻게 되었는지 알 수가 없구만. 장흥으로 가면 소식을 들을 수 있을 것 같아 지금 장흥으로 가려던 참이야. 같이 가지."

월공은 스님들과 이야기를 하다 나왔다고 잠깐 기다리라며 바삐 방으로 들어갔다. 월공이 들어간 방문 앞에는 짚신이 여남은 켤레 놓여 있었다. 연엽이 절 밖으로 나왔다. 금방 지나온 돌집 앞으로 갔다. 요사채 조금 앞에 있는 돌집에는 엄청나게 큰 돌부처 둘이 남북 으로 등을 맞대고 앉아 있었다. 크고 젊어 보이는 게 미륵부처 같았다. 남쪽에 앉아 있는 부처 앞에는 멍석이 깔려 있고 촛농이 더뎅이가 져 있었다. 운주사는 대웅전이나 요사채는 작고 볼품이 없었으나 엄청나게 큰 탑과 자잘한 돌부처가 길가며 산등성이 여기저기 지천으로 널려 있었다. 돌부처는 석공들이 깎다가 잘못 깎아 내던져버린 것 같기도 하고 처음부터 서툰 솜씨로 그렇게 깎아놓은 것 같기도 했다. 연엽은 돌집 앞에 깔려 있는 멍석 위로 신을 벗고 올라섰다. 합장을 하고 절을 했다. 절을 세 자리하고 나서 다소곳이 합장을 하고 앉았다.

"영험하신 미륵부처님, 전봉준 장군님을 지켜주십시오. 전봉준 장군님을 지켜서 살려주십시오. 무슨 일이 있으면 저를 대신 데려가 주십시오. 제 생애를 열 번 백 번도 바치겠습니다."

연엽이 간절한 목소리로 빌었다. 이런 흥정 비슷한 소리가 법도에 맞는 것인지 어쩐지 가리고 말고 할 경황이 없었다. 아이들이 서툴게 빚은 흙사람처럼 투박하게 생긴 돌부처는 그만큼 *이무럽게 느껴져 까다로운 법도나 법식을 가리지 않고 소원을 들어줄 것 같았다. 연엽이 다시 일어나 절을 했다. 절을 하고 나서 똑같은 소리로

344

빌었다. 대자암에서도 부처님 앞에 불공을 드렸으나 부처님에 의지하는 마음이 그때와는 또 달랐다. 연엽은 몸놀림 하나하나에 정성을 다해서 절을 하고 빌었다. 절을 하고 빌고 절을 하고 또 빌었다.

연엽이 저쪽 바위 밑에 있는 부처들 앞으로 갔다. 크고 작은 돌부처들이 바위 밑에 여럿 모여 있었다. 연엽은 맨 가에 있는 부처부터 그 앞에 합장을 했다.

"부처님, 부처님, 자비로우신 부처님. 영험하신 법력으로 전봉준 장군님을 지켜주십시오."

그때 월공이 왔다. 스님 네 사람이 따르고 있었다. 일행은 중장터를 지나 장흥 쪽으로 내달았다. 가파른 재를 넘어 유치 운월리 골짜기로 들어섰다. 장흥 경계에 들어선 것이다. 스님들 걸음은 이만저만 빠르지 않았다. 연엽이 달음질을 치듯 내달았다. 연엽은 이렇게 바삐 걸어본 적이 없었으나 지치는 줄 몰랐다. 스님들은 거의 말이 없이 걸었다. 보림사 도명 스님 암자에서 점심을 먹고 곧바로 길을 떠났다. 거기서도 도명 스님과 다른 스님 하나가 따라나섰다.

장흥 가까이 가자 북쪽에서 내려오는 사람들이 많아졌다. 10명 20명씩 떼를 지어 몰려들고 있었다. 월공은 만나는 사람마다 붙잡고 전봉준 소식을 물었으나 거의가 장흥으로 가지 않았겠느냐고 했다.

*해동갑으로 장흥에 당도했다. 월공은 전봉준 장군이 여기 오셨느냐고 물었다. 오지 않았다고 했다. 연엽은 손발에 힘이 쭉 빠졌다.

건산이란 동네 뒷산 펑퍼짐한 등성이에 농민군들이 엄청나게 몰려 있었다. 마치 지난 봄 백산을 뒤덮었던 모습이었다. 탐진강을 사이에 두고 장흥성을 5리쯤 거리로 건너다보는 곳이었다. 그 아래 동네 앞 들판에는 더 많이 모여 있었다. 북쪽에서 내려온 사람들이 전부 이리 모인 것 같았다. 2만 명도 넘어 보였다. 깃발이 수백 개 나부끼고 풍물패가 여남은 패와 들판을 휘젓고 있었다.

연엽은 전혀 다른 세상에 온 것 같았다. 논산과 강경을 거쳐 함열에서 보았던 그 무지막지한 꼴이며 원평과 태인을 거쳐 갈재를 넘어올 때 보았던 세상 모습과는 너무도 다른 세상이었다. 연엽은 지옥에서 갑자기 사람 사는 세상으로 온 것 같았다. 풍물 소리는 귀가 아니라 가슴으로 뜨끈뜨끈하게 안겨왔다. 하늘에 나부끼는 깃발도 너무나 평온하고 병사들도 여유가 있었다. 날씨마저 봄 날씨로 푸근하게 풀려 병사들은 봄을 맞은 초목처럼 활기가 넘쳤다. 어디로 갑자기 사라져버렸던 농민군들이 갑자기 다시 돌아온 것 같았다.

월공은 또 전봉준 장군이 여기 왔느냐고 물었으나 오지 않았다고 했다. 들머리에는 농민군 3백여 명이 모여 있고 그 앞에서 대장인 듯한 사람이 무얼 지시하고 있었다. 금방 어디로 쳐들어갈 사람들 같았다.

"아이고, 저이구나."

스님들 뒤를 따라가던 연엽이 발을 멈추었다. 작두칼을 등에 진 만득이가 부하들을 모아놓고 무얼 지시하고 있었다. 만득이 모습은 사천왕 같았다.

"우선 만득이부터 만나봐. 나는 도소로 가야겠어."

월공도 만득이를 알아보고 연엽한테 말했다. 월공은 바삐 저쪽으로 갔다. 만득이는 대원들한테 말을 계속하고 있었다.

"전봉준 장군님이 이리 오시면 우리는 다시 치고 올라갑니다. 오

346

늘 우리 부대가 맡은 일이 얼마나 중대한 일인지 알지요? 오늘 밤에 우리 부대는 진짜로 목숨을 내놓고 싸워야 하요. 말로만 목숨을 내놓고 싸우는 것이 아니라 진짜로 목숨을 내놓고 싸워야 합니다. 그래야 우리는 죽더라도 우리 아들과 딸들이 천대 안 받고 떳떳하게 살 수가 있소. 그럼 지금부터 우리는 억불산으로 갑니다."

만득이 눈에서는 불이 이글이글 타고 있었다. 그는 말하는 것이며 뭐며 옛날에 비하면 완전히 다른 사람이었다. 억불산은 바로 동남쪽에서 장흥 들판을 내려다보고 있는 높은 산이었다. 부대가 출발했다. 연엽이 만득이를 쫓아갔다.

"오매, 이것이 누구라요?"

만득이가 깜짝 반색을 했다. 만득이는 어디서 오냐며 제정신이 아니었다. 사천왕 같던 만득이가 금방 어린애가 되어버린 것 같았다.

"전봉준 장군님 소식 없나요?"

"아직 없소. 이리 오신다는 소문이오. 마침 달주가 저기 오요."

연엽은 달주란 소리에 눈을 희번덕거렸다. 만득이가 달주를 불렀다. 달주가 이쪽을 봤다. 김승종도 같이 가다가 달려왔다.

"아이고, 어디서 오시오?"

모두 얼싸안을 듯 반겼다.

"장군님 소식 들었소?"

달주가 다급하게 물었다.

"장군님이 이리 오시나요?"

연엽이 되물었다.

"잘 모르겠소. 가서 쉬고 계십시오."

달주는 김승종한테 연엽을 맡겨놓고 아까 가던 데로 바삐 갔다. 만득이도 자기 아내를 보내겠다며 저쪽으로 달려갔다. 풍물을 치고 있는 병사들과는 달리 만득이와 달주는 바삐 움직이고 있었다. 김승종은 동네 가운데 조금 널찍한 집으로 들어갔다. 연엽이 방에 들어서며 방갓을 벗었다.

"진짜요?"

김승종이 연엽 머리를 보며 깜짝 놀랐다. 연엽은 그냥 웃으며 다시 전봉준 장군은 왜 같이 오시지 않았느냐고 물었다.

"우리한테만 이리 가라 하셨소. 장군님이 이리 오신다는 소문은 어떻게 난 소문인지 종잡을 수가 없소."

"그럼, 장군님은 어디로 가신다고 하셨나요?"

"그런 말씀은 안 하셨소. 하여간 장군님은 임두령께서 20명 가까이 거느리고 호위를 하고 있으니까 어디로 가시든 염려할 것 없습니다."

김승종이 자신 있게 말했다. 연엽은 어리둥절했다.

"오늘 저녁에 장흥성을 칩니다. 이방언 장군께서도 광주 손화중 장군처럼 해산을 하려고 했는데……."

농민군들이 싸워야 한다고 하도 거세게 몰아붙이는 바람에 농민군 기세에 밀려 하는 수 없이 싸우기로 결정을 했다는 것이다. 달주와 자기는 태인에서 별동대를 해산시킨 다음 손화중 장군한테 해산하라는 전봉준 장군 편지를 전하고 이방언 장군한테도 같은 편지를 가지고 왔는데 별수 없이 싸움에 끼어들게 되었다고 했다. 자기들은 싸울 생각이 없었으나 이방언을 비롯한 두령들이 같이 나서자고 사정을 하는 바람에 거절할 수가 없었다고 했다. 달주는 지금 젊은이 2

348

천여 명을 모아 부대를 편성했다는 것이다. 고부 젊은이들은 태인에서 뿔뿔이 흩어지고 여기는 달주하고 자기만 왔으며 용배는 순창으로 갔다고 했다.

연엽은 김승종 말이 제대로 들리지 않았다. 도대체 전봉준은 어디로 갔으며 지금 어떻게 되었는지 가슴이 죄었다. 혹시나 하고 달려왔는데 한밤중에 길을 잃어버린 것 같이 아뜩했다.

"오매 오매, 귀한 사람도 보겠네."

유월례가 방으로 뛰어들며 연엽의 손을 잡았다. 유월례는 머리깎은 연엽 모습을 보고도 별로 놀라지 않았다. 험한 세상이라 눈속임을 좀 심하게 한 것이거니 치부하는 듯 싶었다. 만득이는 자기 아내만 이리 보내놓고 자기 부대를 쫓아간 것 같았다. 그때 열네댓 살쯤 되는 계집아이가 애를 안고 와서 유월례한테 넘겼다. 유월례가 애를 받아 안고 돌아앉으며 젖을 물렸다.

"애를 낳구만요?"

연엽이 포대기를 젖히고 애 얼굴을 봤다. 아들이라며 두 달 되었다고 했다.

"이름이 미륵이래요."

김승종이 웃으며 끼어들었다.

"이놈이 크면 이 세상이 몽땅 용화세계가 될 판이오. 옛날 후백제 견훤 장군도 자기가 미륵이라며 나를 따르라고 군사를 모았다거든요."

김승종 말에 유월례는 오달진 표정으로 아이를 내려다봤다.

"부모가 아버지는 작두장사에다 어머니는 여장군이라 이놈이 크면 틀림없이 이 세상을 뒤엎을 거요."

김승종이 거듭 웃으며 말했다.

"저 집은 한 집에서 두 장군이 났소. 남편은 작두장사, 저이는 어산 여장군. 이놈이 커서 또 장군이 되면 한 집에서 세 장군이 날 판이오."

김승종이 거듭 웃었다. 연엽은 건성으로 따라 웃었다. 전봉준 생각에 이야기는 들어도 마음은 딴 데 있었다.

유월례는 지난 9월 장흥 농민군이 봉기할 때부터 곧바로 젊은 여자들을 모아 농민군 밥을 짓고 옷을 마르는 등 농민군을 거들었다. 장흥에는 접이 셋이 있었는데 자기가 속한 어산접뿐만 아니라 용반접, 곰재접까지 다니며 여자들을 끌어내는 등 하도 열성이라 어산 여장군이라는 별호가 붙은 것이다. 이방언은 장흥 어산에서 제일 먼저 접을 일으켰는데 수가 많아지자 접을 세 곳으로 나누었던 것이다. 유월례는 산달에도 태산만한 배를 붙안고 이리 뛰고 저리 뛰고 억척으로 뛰었으며 애를 낳은 다음에도 열성이 조금도 식지 않았다. 유월례는 얼굴이 조금 말라보이기는 했으나 눈에서는 남자들 못지 않게 빛이 번득였다. 아까 만득이처럼 유월례도 다른 사람이 되어버린 것 같았다.

이방언은 지난 9월부터 봉기하여 장흥을 비롯한 강진, 보성 관군과 민보군들을 누르고 있었다. 장흥 농민군은 줄잡아 5천 명이었다. 그러나 이 근방 관군과 민보군 세력도 만만찮았다. 각 관아 세력도 그랬고 강진 김한섭이 이끄는 민보군 세력은 1천여 명이 넘었으며 해남, 보성, 영암 등지 유생들도 만만찮았다. 무엇보다 두려운 것은 병영성에 있는 전라병영 군사 1천여 명이었다. 전봉준이 공주로 진출할 때 여기서 올라가기는커녕 되레 원병을 청했던 것도 병영 군사들이 움직일 낌새를 보였기 때문이다. 영병은 정규군인데다 병영성에는 무기와 화약이 엄청나게 많았다. 그러나 김방서가 농민군 3천 명을 이끌고 오자 기세가 움츠러들었다.

달주 편에 전봉준 편지를 받은 이방언과 김방서는 여기서도 해산을 하자고 장흥 두령들과 합의를 보았다. 그러나 잔뜩 몰려든 외지 농민군들이 도소로 들이닥쳤다. 싸워야 한다고 아우성을 쳤다. 기세가 지난번 원평이나 태인에서와는 또 달랐다.

"당신들이 안 싸우면 우리만이라도 싸우겠소."

눈에 핏발이 선 농민군들은 제정신이 아니었다. 농민군들은 남원에서도 몰려왔고 엊그제 영암에 모여 있던 1만여 명도 이규태 선봉진에 밀려 거의가 이리 왔다. 남원성은 김개남의 심복 유복만과 남응삼이 3천여 명을 거느리고 지키다가 운봉 박봉양한테 무너졌던 것이다. 전봉준이 태인 전투에서 패한 다음날이었다. 이방언과 김방서 이하 농민군 두령들은 그들을 달래며 하루를 버텼으나 수는 점점 불어나고 기세도 더 거칠어졌다. 하루에 수천 명씩 모여들어 금방 2만여 명이 되고 말았다. 여기 있는 두령들이 나서지 않으면 정말 자기들끼리 새로 뭉쳐 싸울 기세였다. 그사이 능주 접주 조종순과 화순 접주 김수근도 농민군을 천여 명씩 이끌고 왔다.

"싸웁시다. 우리가 지금 관군한테 밀리고 있지만 우리 백성이 만만찮다는 것을 보여주어야 합니다. 죽더라도 우리 기세를 보여주고 죽어야 합니다."

조종순이 단호하게 말했다. 찬반양론이 불꽃을 튀겼다.

"저자들 나오는 것으로 보아 우리는 거의 잡혀 죽습니다. 쫓겨다니고 숨어다니다 죽으면 죽어도 추하게 죽습니다. 더구나 정수리에 말뚝이 박히고 짚불에 타서 죽는 것보다는 총이나 대포에 맞아 죽는 것이 백번 낫고 떳떳합니다."

"그렇습니다. 여기는 원평이나 태인하고는 다릅니다. 막바지입니다."

화순 김수근도 동조를 하고 나왔다.

"지금 바다에는 지난 9월부터 일본 군함이 여러 척 떠 있습니다. 일본 사람들도 우리 조선 백성을 아주 도륙을 내자고 작정을 했습니다. 더 밀리더라도 저들한테 타격을 줄 만큼 주고 밀립시다."

이내 김방서도 동조를 하고 나왔다. 이방언은 결정을 내리지 못하고 있었다. 그러나 김방서까지 싸우자는 쪽으로 기울자 싸우자는 쪽으로 의견이 모아지기 시작했다.

"그럼 계책을 한번 세워봅시다."

마침내 이방언이 결단을 내렸다. 이방언이 결단을 내리자 두령들은 본격적인 전투 준비에 들어갔다. 부대는 기왕에 편성되어 있는 장흥의 3개 부대와 김방서 부대에다 능주와 화순 부대를 합쳐 한 부대를 더 만들어 그 부대는 능주 조종순이 지휘하기로 하고 외지에서 온 사람들은 이 5개 부대에다 고루 편입시키기로 했다.

장흥 3개 부대는 장흥에 있는 3개 접이 9월부터 각 접 단위로 부대를 편성하여 각 지역을 맡고 있던 부대였다. 이인환은 어산접을 거느리고, 이사경은 장흥 북부 용반접, 구교철은 장흥 동부 곰재접을 거느렸다.

"전봉준 장군 휘하에서 별동대를 거느렸던 김달주는 그전에도 잘 싸웠지만 공주에서는 일본군과 관군을 두 번이나 여지없이 격파했다고 합니다. 나이는 젊지만 용병술과 지도력이 뛰어난 장량지재 같습니다. 그런 용병술을 여기서도 살리도록 하면 어떻겠습니까?"

장흥 이사경 말에 두령들은 모두 고개를 끄덕이며 한쪽에 앉아 있는 달주를 보았다.

"여기서도 젊은이들로 별동대를 만들어 싸우는 것이 어떻겠는가?"

김방서가 달주를 보며 물었다. 달주는 갑작스런 제의에 적잖이 당황했다.

"어떤가? 여기서도 한번 싸워주게. 젊은이들은 자네 마음대로 골라 모으게."

이방언이 말했다.

"우리 두령들 가운데 실전 경험이 가장 많은 사람은 자네뿐일세. 자네는 고부봉기 때부터 황토재전투, 황룡강전투, 전주전투, 공주전투, 우리에다 대면 백전노장일세."

김방서였다. 두령들이 모두 달주를 보고 있었다. 달주는 전봉준의 지시가 생각났다. 그는 이방언한테 편지를 전한 다음 피신할 섬을 지시받아 그 섬사람까지 만난 다음이었다. 장흥 농민군 가운데는 완도 농민군도 2,3백 명 끼여 있었다.

"저야 그저 전봉준 장군님 지시에 따라 싸웠을 뿐입니다마는 두령님들 말씀이니 부족한 대로 저도 한몫 거들겠습니다."

달주는 겸손하게 승낙을 했다. 형편이 형편이므로 나설 수밖에 없다고 생각했다. 두령들은 고맙다며 병사들도 마음대로 뽑으라고 했다.

달주는 젊은이들만 모으기로 했다. 발을 붙이자 3천여 명이 몰려들었다. 30살 40살 먹은 사람들도 지원했다. 달주는 결혼한 사람과 독자들은 손을 들라고 하여 가려냈다. 나이 먹은 사람들은 저절로 가려졌다. 2천 명에 가까웠다. 만득이 부대도 들어오겠다 하여 통째로 받아들였다.

그러나 장흥성을 지키고 있는 관군은 만만찮았다. 조정군과 일본군은 아직도 나주에 머물고 있었으나 장흥 부사 박헌양은 그동안 성을 개축하고 벽사역 역졸들도 성안으로 끌어들였으며 병영성 병사 서병무에게 원군을 청하여 원군 4백여 명이 바로 어제저녁 도착했다. 역졸들은 농민군이 몰려오자 미리 겁을 먹고 반 이상 도망쳐버리고 찰방 김일원은 남은 역졸들을 끌고 성안으로 들어간 것이다.

공격은 내일 새벽이었다. 저녁밥을 일찍 먹은 농민군들은 모닥불을 피우고 여기저기서 흥겹게 풍물판을 벌였다. 관군을 안심시키기 위해서였다. 동네로 들어가 일찍 잠자리에 든 사람도 있었다. 한밤중이 되었을 때였다.

"불이다!"

건산리 뒷산 모정등에서 소리를 질렀다. 농민군들이 모두 몰려나갔다. 벽사역 쪽에서 불길이 솟아오르고 있었다. 불길이 엄청나게 솟아올랐다. 보성으로 나가는 쪽 역졸들이 사는 동네였다.

"허허."

모두 허탈하게 웃었다. 고부 사람들이 전에 당한 분풀이로 역졸들 집에다 불을 지른 것 같았다. 이방언은 지난 집강소 기간 때부터 일체 보복을 못하게 엄명을 내려 전혀 보복이 없었는데 고부 사람들이 오자 그런 지시가 허사가 되고 말았다.

"깨진 그릇입니다. 전쟁을 앞두고 고사지낸 셈 칩시다."

김방서가 이방언을 보며 웃었다. 이방언은 말없이 불길만 건너다 보고 있었다. 불길은 엄청나게 치솟고 있었다. 이방언은 고추 먹은 소리를 하며 돌아섰다. 역졸과 가족들은 모두 장흥 성안으로 들어갔거나 피해버렸으므로 사람 피해는 없을 것 같아 그나마 다행이었다. 장흥 역졸들은 전에 고부에 가서 설친 죄가 있기 때문에 봄에 농민군이 일어날 때부터 도무지 기를 펴지 못했다. 그러나 이방언의 엄한 지시로 지금까지 무사했는데 결국 당하고 만 것이다.

벽사역 쪽 불길이 잦아지고 나자 첫닭이 울었다. 첫닭을 신호로 동네서 자던 농민군들은 들판으로 몰려들었다. 농민군은 모이는 족족 부대별로 탐진강을 건너가서 성을 둘러쌌다. 탐진강은 남도에서는 영산강과 섬진강 다음으로 치는 꽤나 큰 강이었으나 겨울이라 강물이 강바닥에 말라붙어 낮은 데는 강물이 정강이밖에 차지 않았다.

─뚜우우.

강둑에서 대각소리가 길게 꼬리를 끌었다. 공격 준비 신호였다. 달주 부대는 성 동문 앞에서 숨을 죽이고 있었다. 만득이 부대는 수십 명이 엄청나게 큰 통나무를 어깨에 멨다. 통나무는 길이가 무려 10여 길 가까운 아름드리였다. 끝을 뾰족하게 깎은 통나무에다 한 발 간격으로 동바리 20여 개를 지네발처럼 묶어 동바리 한쪽에 병사들이 두 명씩 80명이 붙어 떠메고 있었다. 성문을 부술 통나무였다.

─ 징징 징징 징징.

이내 진격 신호가 울렸다.

"진격하라!"

사방에서 총소리가 하늘을 찢었다.

─ 깽 깽.

"박아라. 조져라."

통나무는 만득이 꽹과리 소리에 맞춰 소리를 지르며 내달았다.

─ 깽 깽.

"박아라. 조져라."

관군들이 성루에서 통나무를 향해 총을 갈겼다. 달주 부대도 성루를 향해 총을 갈겼다. 화승총과 천보총, 회룡총이었다. 시뻘건 불이 새벽하늘에 꽃무늬를 놓았다.

─ 깽 깽.

"박아라. 조져라."

통나무 부대는 점점 빨라졌다. 총소리가 양쪽에서 콩을 볶았다. 통나무가 성문 앞 *가풀막을 올라챘다. 통나무는 마지막 속력을 냈다.

─ 쿵.

통나무 끝이 성문을 들이받았다. 성문이 박살이 났다. 한쪽 문짝은 *지도리가 박힌 문설주 생살이 찢기며 뒤로 넘어졌다. 농민군이 물밀 듯이 밀려들어갔다. 성안에서는 총소리가 콩을 볶고 함성 소리가 하늘을 찔렀다. 관군들은 쥐구멍을 찾았다. 2만여 명이나 되는 농민군이 들이닥치자 좁은 성안이 가득 차버렸다. 날이 부옇게 샜다.

이방언 직속 이인환이 동헌으로 들어갔다. 부사 박헌양은 칼을 차고 마루에서 부들부들 떨고 있었다. 이인환이 앞으로 나갔다.

"부사 박헌양은 들어라. 우리는 천하 의군 농민군이다. 어서 내려와서 무릎을 꿇지 못하는가?"

이인환이 버럭 고함을 질렀다. 부사는 새파랗게 질려 벌벌 떨고만 있었다.

"이놈아, 귀에다 말뚝 박았냐?"

젊은이 하나가 마루로 뛰어올라 대창으로 등짝을 후려갈겼다.

"무엄하다!"

박헌양은 숨을 헐떡거리며 소리를 질렀다. 새파랗게 질린 깐으로는 제법 위엄을 갖추었다.

"무엄? 똥 싸고 자빠졌네."

병사들이 우르르 올라가서 대창으로 사정없이 후려갈겼다. 박헌양은 그대로 주저앉았다. 농민군들은 박헌양 허리에서 칼을 끌러 이인환한테 넘겼다.

"묶어라."

이인환이 칼을 받으며 소리를 질렀다.

"이놈들, 하늘이 무섭지 않은가?"

박헌양은 거듭 고함을 질렀다.

"매화타령 작작 해라, 이 똥개야."

농민군들은 주먹으로 박헌양 볼을 쥐어박으며 꽁꽁 묶었다. 마당으로 끌고 와서 꿇어앉혔다. 그때 병사들이 웬 시루를 들고 달려왔다. 큼직한 시루를 두 개나 들고 왔다. 박헌양 곁으로 갔다.

"이놈 별명이 뭣인 줄 아요. 떡보 사또요. 떡이라면 환장하는 놈이라 우리 골 사람들은 이놈을 떡보 사또라고 부르요. 떡보 사또라 내사에 가본게 떡시루가 서너 개나 있습디다. 이놈아, 뒈질 때도 네가 좋아하는 떡시루나 쓰고 뒈져라."

병사들이 낄낄거리며 떡시루를 부사 머리에다 씌웠다. 시루가 어찌나 크든지 박헌양은 소쿠리 덫에 치인 참새처럼 시루 속에서 몸뚱이가 보이지 않았다. 병사들이 모두 웃었다.

이방언이 들어왔다. 병사들은 부사한테 씌워놨던 떡시루를 벗겼다. 이방언은 여러 두령들과 함께 동헌 마루로 올라갔다. 농민군들이 마당으로 가득찼다. 이방언은 부사 의자에 앉고 다른 두령들은 모두 곁으로 섰다. 꽁꽁 묶인 박헌양은 그대로 꿇어앉아 있었다.

"장흥 부사 박헌양은 듣거라. 나는 장흥 농민군 대장 이방언이다. 조정이 썩고 수령과 방백은 더 썩어 안으로는 백성 참상이 말이 아니요, 밖으로는 외적의 무리들이 침략하여 지금 나라는 *누란의 위기에 처해 있다. 권세에 눈이 어두운 개화파 무리들은 외적에 빌붙어 일본 오랑캐 총칼로 위로는 임금을 협박하고 아래로는 백성을 도륙하고 있다. 우리는 썩어가는 나라를 바로잡고 외적의 무리를 쫓아내려고 일어선 의군들이다. 우리 농민군이 지금 비록 밀리고 있다마는 우리는 마지막 피 한 방울까지 이 땅에 뿌릴 작정이다. 너도 우리와 손을 잡고 왜적을 물리칠 생각은 없는가?"

이방언은 준엄하게 말했다.

"무엄하다."

박헌양은 고개를 들고 수염을 부르르 떨었다.

"저런 찢어 죽일 놈."

농민군들이 소리를 질렀다. 당장 목을 치라고 악다구니가 쏟아졌다.

"벌레 눈에 나라가 보일 턱이 없다. 너 한 사람을 떼어놓고 따지기로 하면 너는 죽을 만한 죄를 지은 일이 없고, 방금 싸우다 죽은 관군들 또한 마찬가지다. 그러나 너희들은 개화파 조정의 수족인 까닭에 우리는 그들의 수족을 자를 뿐이다. 잘 들어라. 우리 농민군은 개화파 수족 박헌양의 목을 베어 굽힘 없는 우리 농민군 의지를 만천하에 보이고자 한다. 마지막으로 할 말이 있느냐?"

이방언이 차분한 목소리로 물었다.

"너희들은 나라의 법을 짓밟은 난도들이다. 참회하고 목숨을 빌어라."

박헌양이 호기 있게 소리를 질렀다.

"말 같잖은 소리라 대답할 값어치가 없다. 참수를 하겠다."

이방언은 박헌양 목을 치라고 했다. 칼 잘 쓰는 장정이 목을 쳤다. 시체를 치우라며 이방언은 두령들을 거느리고 자리를 떴다. 장흥 농민군들은 떡시루를 가지고 곁으로 갔다.

"떡보 사돈게 떡보 사또답게 모셔주마."

장흥 농민군들은 큰 시루에다 박헌양 몸뚱이와 목을 담고 작은 시루로 뚜껑을 씌워 담 밖으로 내다냈다.

"저런!"

성안 여기저기서 불길이 오르고 있었다.

"불을 지르지 못하게 해라. 장흥 농민군은 빨리 가서 불을 더 지르지 못하게 하고 불을 꺼라!"

　이방언이 고함을 질렀다. 장흥 두령들이 병사들을 거느리고 달려
갔다. 불은 여남은 데서 타고 있었다. 장흥 농민군들은 구역을 나누
어 골목으로 뛰어들었다. 두령들은 오늘 공격하기 전에 집에 불을
지르지 말라고 엄하게 영을 내렸지만 외지에서 온 병사들한테는 먹
혀들지 않았다. 이미 가족과 집을 잃은 병사들과 아직 당하지 않은
병사들은 달랐다. 시커먼 연기가 꺼멓게 성안을 덮고 있었다. 불길
이 더 번지지는 않았다.

12. 최후의 불꽃

다음날도 농민군은 수없이 몰려오고 있었다. 농민군들은 새로 사람이 올 때마다 우르르 몰려들어 전봉준 소식부터 물었다. 오늘은 아침부터 전봉준이 순창에서 잡혔다는 소문이 나돌고 있었다.

"전봉준 장군이 잡혀서 나주로 실려가라우? 당신이 봤소?"

바삐 고방으로 들어가던 연엽은 깜짝 놀라 발을 멈췄다. 이웃집 짚벼늘 밑에서 하는 소리가 울타리 너머로 들려왔다. 아침밥을 먹고 햇볕바라기라도 하고 있던 병사들 같았다. 연엽은 밖에 나갔다가 전봉준이 잡혔다는 소문을 듣고 제정신이 아니었다. 나주로 잡혀갔다니 나주로 가야겠다고 지금 바랑을 가지러 오던 참이었다.

"내 눈으로 보든 안 했소마는 담양에서 본 사람한테서 똑똑히 들었소. 순창서 잡혔다고 가마에 태우고 나주로 가더랍디다."

"여보시오, 헛소문 듣고 와서 함부로 입 놀리지 말어. 장군님을 잡았으면 전주로 가제 어째서 나주로 가냐 말이여?"

사내는 큰소리로 깡깡 을러멨다. 쉰 듯한 목소리가 쇠토막이 구르는 것 같았다. 연엽은 손을 말아쥐고 귀를 쫑그리고 있었다. 가슴에서는 방망이질 소리가 났다.

"초토영인가 그런 것이 나주에 있는게 그리 잡아간다더라고 합디다."

나주에는 진즉 초토영이 설치되어 민종렬이 초토사에 임명되었다.

"시방 관군 놈들이 우리 기를 죽이려고 헛소문을 퍼뜨리고 있어요. 일본 놈들이 어떤 놈들인 줄 아시오. 여우 간을 내먹어도 두 벌세 벌로 내먹을 놈들이 일본 놈들이여."

"아니라우, 본 사람이 있소."

"여보시오, 일본 놈들이 거짓말을 하라고 그런 놈들을 내세운 것이라 이 말이오. 당신도 아가리 함부로 놀렸다가는 턱주가리가 온전하들 못할 것인게 조심혀!"

쉰 목소리가 단단히 을렀다. 말하던 사내는 주눅이 들어 입을 다물었다. 전봉준이 잡혔다는 소문과 함께 일본군이 퍼뜨린 헛소문이라는 소리가 금방 나돌았는데 여기서도 마찬가지였다.

연엽은 바삐 방으로 들어가 벽에 걸어놓은 옷가지를 다급하게 개어 바랑에 넣었다. 바랑을 지려다 보니 바랑 끈 실밥이 터져 끈이 떨어질 것 같았다. 얼른 바늘을 꺼내 꿰맸다. 손이 몹시 떨렸다.

"이 양반 이야기 좀 들어봐. 순창 김경천이란 놈이 장군님을 밀고해서 장군님이 잡혔다잖아?"

짚벼늘 밑으로 누가 새로 사람을 데리고 온 것 같았다. 연엽이 바늘을 멈추고 귀를 쫑그렸다.

"장군님이 순창으로 김경천이란 작자를 찾아갔는데 그 작자가 장군님을 발고해버렸다지 않소? 그 작자 동네가 순창 복흥면(현 쌍치면) 피로리라요."

연엽은 김경천이란 소리에 가슴에서 기둥나무 내려앉는 소리가 났다. 설마 했던 마지막 발판이 무너지고 있었다. 손발에 힘이 쭉 빠졌다.

"김경천이라면 장군님한테 백마 바쳤다는 그 작자 말이오?"

"그런게 김경천 동네서 잡혔단 말이오?"

곁에서 거듭 다그쳤다.

"맞소. 그 동네에 전에 전주 감영 장교 살던 한신현이란 작자가 사는데 김경천이 그 작자한테 달려가서 전봉준이 지금 주막에 있다고 발고를 했다요. 한가는 주막에 강도가 들었다고 거짓말로 떠벌려서 그 동네 머슴들이야 젊은이들을 몽땅 끌고 가서 주막을 에워싸고 잡았다지 않소. 장군님께서는 김경천이 옛날 부하라 안심하고 막걸리 잔을 들고 계셨던 모양인데 장정들이 갑자기 몽둥이를 들고 집을 둘러싸자 그제야 눈치를 채고 담을 뛰어넘다가 한가란 놈이 내두르는 몽둥이에 발목을 맞고 잡혔다지 않소."

"오매."

이야기를 듣던 사람들이 비명을 질렀다. 연엽의 몸뚱이가 공중으로 둥둥 떠오르고 있었다. 쉰 목소리도 말이 없었다.

"그날 낮에는 산내 종송리란 동네서 김개남 장군이 잡혔는데 전봉준 장군이 잡힌 것은 그날 저녁이라요. 장군님이 잡힌 피로리는 종송리하고 20리 상관이라는데 그런게 두 장군님들끼리는 서로 연통이 있었던지 장군님께서 김개남 장군님을 만나러 가시다가 중간에서 김개남 장군이 잡혔다는 말을 듣고 다급한 김에 김경천을 찾아가신 것 같소."

"당신은 어디서 그런 소리를 들었소?"

목쉰 소리가 시퍼렇게 내질렀다.

"바로 그 자리에 몽둥이 들고 나갔던 머슴한테서 들었소."

"머슴?"

"예, 그 동네 머슴이오. 주막에서 잡히신 것을 보면 김경천 그 작자가 주막으로 모시고 가서 술상까지 들여보내 안심을 시켜놓고 뒤로 달려가서 그런 벼락 맞을 짓을 한 것 같습니다."

"허허, 환장하겠구만. 그 때려죽일 놈!"

모두 기가 막힌다는 소리였다.

"김경천 그 놈, 그래놓고도 무사했단 말이오? 하늘은 벼락 됐다가 어디가 쓸라고 그런 놈을 가만두까?"

연엽은 사내들이 하는 소리가 어디 먼데서 들려오는 것같이 머리가 얼얼했다.

"그 작자는 벼락을 맞은 것이나 다름없습디다."

"벼락을 맞은 것이나 다름없다니 그것은 또 먼 소리요?"

"장군님하고 같이 잡힌 장군님 부하가 김경천한테 '여보시오, 경천 씨 당신이 발고했소? 설마 당신이 발고하지는 않았겠지? 누가 발고를 했지요?' 이러고 물은게 김경천이 두 손으로 얼굴을 싸쥐고 저쪽으로 피하더라고요. 장군님 부하는 '경천 씨 누가 발고했지요?

그것만 말하고 가시오' 이러고 뒤에다 대고 연방 소리를 지르는구만이라."

사내는 침통한 소리로 부하 말소리까지 흉내 냈다.

"아, 그런데 두 손으로 얼굴을 싸고 몇 발짝 가던 김경천이 느닷없이 땅바닥에 덜컥 무릎을 꿇지 않겠소? 멀쩡하던 사람이 땅에 무릎을 꿇더니, 오매 세상에 먼 일이 이런 일이 있겠소? 얼굴을 싸안았던 손에다 피를 한 바가지나 쏟더마는 그 자리에 픽 고꾸라지더라요."

사내는 겁먹은 소리로 말했다.

"뭐요, 피를 한 바가지나 토하고 죽어라우? 어떻게 되어서 피를 토하고 죽었단 말이오?"

쉰 목소리가 다급하게 물었다.

"그놈 지벌을 맞았구만. 하늘이 있기는 있어."

모두 잠시 말이 없었다. 연엽도 어리둥절한 표정이었다.

"나한테 이야기를 해준 그 머슴은 여물을 썰다가 강도라는 소리에 멋모르고 몽둥이를 들고 나갔더라요. 그런데 잡아놓고 나서 들어본게 전봉준 장군이라지 않소? 작자는 어떻게나 겁나고 무섭고 기가 막히든지 벼락 맞은 놈처럼 그 자리에 멍청하게 서 있었더라요. 그런데 이참에는 김경천이 피를 토하고 쓰러지지 않겠소? 아이고매, 이 자리에 더 있다가는 이참에는 영락없이 하늘에서 벼락이 떨어지겠구나 하고 하늘을 쳐다본게 구름이 시커먼 것이 틀림없이 벼락을 때릴 것만 같더라요. 그래서 그때까지 들고 있던 몽둥이부터 얼른 내던지고 그 길로 정신없이 그 동네를 내빼 나왔다요."

"그 사람은 어디서 만났소?"

"가까운 데 있으면 틀림없이 벼락을 때릴 것만 같아서 정신없이 내빼왔다고 구례서 만났소."

"그런게 순창서 구례까지 내뺐단 말이오?"

"거기까지 내빼와서도 눈은 놀란 퇴깽이 눈입디다. 내가 막걸리를 한잔 받아준게 꿀꺽꿀꺽 마시고 나서 또 하동 쪽으로 달려갑디다. 정신없이 달려가는 것이 제주도나 어디 깊은 데로 들어갈 것 같습디다."

사내들은 모두 한참 말이 없었다.

"그런게 장군님께서 나주로 잡혀가셨단 말이 참말이구만."

"당장 나주로 쳐들어갑시다. 모두 도소로 갑시다."

"갑시다."

목쉰 사내가 소리를 지르자 모두 밖으로 뛰어나갔다. 연엽은 그 자리에 멍청하게 앉아 있었다. 이게 꿈속이었으면 싶었다. 그러나 꿈이 아니었다.

"나주로 가자."

연엽은 혼자 중얼거리며 바삐 바랑을 메고 밖으로 나갔다. 도소 앞으로 농민군들이 몰려들고 있었다. 엄청나게 몰려들었다. 연엽이 그쪽으로 발걸음을 옮겼다.

"나주로 쳐들어갑시다."

농민군들은 고래고래 악을 썼다. 군중은 와글와글 들끓었다. 이를 갈며 나주로 쳐들어가자고 악을 쓰는 사람, 이제 일판은 끝났다고 땅바닥에 주저앉는 사람, 우리 운수가 이뿐이냐고 눈물을 줄줄 흘리는 사람, 우리 식구들은 다 죽었다고 땅을 치는 사람, 가지가지였다.

그때 사내 하나가 단으로 올라갔다.

"전봉준 장군님이 잡혔다는 소문은 백지 거짓말이오. 모두 내 말 씀 들어보시오."

사내가 악을 썼다. 군중은 깜짝 놀라 사내를 봤다.

"일본군하고 관군들은 우리 농민군 기를 죽일라고 거짓말을 퍼뜨리고 있소. 일본 놈들은 백여우 간 내먹을 놈들이오. 나주로 가마에 실려갔다는 전봉준 장군은 가짜요. 바로 그저께 순천서 장군님을 본 사람이 있소. 지금 순천서 김인배 두령하고 일을 도모하고 계신 것 같소."

사내가 고래고래 악을 썼다.

"여기 본 사람이 있소. 그 사람 말을 들어봅시다."

나이 지긋한 사내 하나가 단으로 올라갔다. 군중은 바짝 단 앞으로 죄어들었다.

"나는 남원에서 하동으로 갔다가 순천으로 해서 우리 동네 사람들 찾아 오늘 이리 왔소. 순천 들어가는 주막에서 술 한 잔 마시다가 내가 전봉준 장군을 봤소. 방갓을 쓰시고 부하들을 거느리고 순천으로 들어갑디다. 이 두 눈으로 똑똑히 봤소."

사내는 손가락으로 자기 두 눈까지 가리키며 소리를 질렀다.

"그것이 참말이오?"

군중 속에서 소리를 질렀다.

"내가 순천서 나올 때는 전봉준 장군이 순천 왔다는 소문이 쫙 깔려서 들썩들썩합디다. 내 말이 거짓말이면 당장 이 자리에서 벼락을

칵 때리라 하시오."

사내는 이번에는 손가락으로 하늘을 가리켰다가 자기 머리를 가리키며 칵하고 악을 썼다. 농민군들은 웅성거리기 시작했다.

"전봉준 장군이 살았다. 만세. 전봉준 장군 만세."

농민군들은 함성을 질렀다.

"저런 허풍쟁이 말을 듣고 저 야단들이구만. 나주로 가마에 실려가는 것을 우리 눈으로 똑똑히 봤는데 무슨 소리여?"

"순창서 나주까지 가는 사이에 본 사람이 얼마라고 허풍쟁이도 가직가지구만."

일행인 듯한 사람들이 맥살없이 웃었다.

"장군님이 잡혀가시는 것을 보셨어요?"

연엽이가 다가서며 물었다.

"예, 똑똑히 봤소. 뚜껑 없는 가마에 태워갖고 가는 것을 우리가 보고 오는 길이오."

연엽은 그들을 빤히 보고 있다가 바삐 돌아섰다. 연엽이 군중 속을 빠져나왔다. 어제 왔던 길로 내달았다. 농민군들은 지금도 어제보다 더 많이 몰려오고 있었다. 연엽은 이제 더 묻고 말고 할 것도 없었다.

"발목을 다쳤으면 어떻게 다쳤을까?"

연엽은 혼자 중얼거리며 정신없이 내달았다. 그런 중죄인도 밥을 넣어줄 수 있을까? 《춘향전》에 보면 밥도 가져다주고 중죄인도 면대가 되었어. 밥을 가지고 가면 얼굴을 볼 수 있겠지. 옥사쟁이한테 인정을 쓰면 더 쉬울 거야. 옥사쟁이 집으로 찾아가서 돈을 푼푼히

주고 그 집에서 지내면서 밥을 해 나를 수도 있겠지. 그 집에서 옷도 지어다 드리고, 여러 가지로 그런 집이 좋겠구나. 연엽은 한시라도 빨리 가야 할 것 같았다. 연엽이 발에 불단 걸음으로 내달았다.

"나 좀 봐라!"

누가 뒤에서 소리를 질렀다. 뒤를 돌아봤다. 월공이었다. 월공이 정신없이 달려왔다.

"어디 가는 거야?"

월공이 헐떡거리며 물었다.

"나주 가는 길이에요. 밥을 넣어 드려야겠어요."

연엽이 다급하게 말했다.

"그게 정신이 있는 소리야? 거기부터 잡아들일 텐데 밥을 넣어 드려?"

월공이 버럭 소리를 질렀다.

"상관없어요."

연엽이 단호하게 말했다.

"장군님은 벌써 한양로 이송해버렸어. 농민군이 쳐들어갈지도 모르는데 오래 두겠어? 배로 실어갔든지 벌써 이송해버렸다구."

"그럼 한양으로 갈래요. 한양에도 옥바라지할 사람이 없잖아요?"

연엽은 다급하게 말하며 가로막고 있는 월공을 비켜섰다.

"가볍게 움직여서는 안 돼. 거기 얼굴은 널리 알려졌잖아? 자기 목숨 살려고 밀고할 사람이 한둘이 아닐 거야."

월공은 거듭 소리를 질렀다.

"머리를 깎으니까 거의 몰라봤어요."

"제대로 안 걸려서 그래. 거기도 농민군을 거든 중죄인이야. 한양 가더라도 조금 기다렸다가 잠잠해지거든 움직여. 내가 스님들하고 데려다줄 테니까 잠시만 기다려. 지금 움직여서는 안 돼."

월공이 목소리를 낮춰 달랬다.

"염려 마세요. 공주에서 여기까지도 왔습니다."

"그것은 요행이었어. 지금은 더 험해. 내려오는 사람들한테 들어 보라구. 재판을 하려면 몇 달이 걸릴지 모르니까 가더라도 나중에 가. 지금은 안 돼. 지금 무리해서 가다가 무슨 일이 생기면 그때는 정말 옥바라지할 사람이 아무도 없잖아?"

연엽이 잠시 월공을 건너다보고 있었다. 자기한테 무슨 일이 생기면 그때는 정말 옥바라지할 사람이 아무도 없다는 말에 마음이 움직였다.

그때 강진 쪽에서는 전단이 터지고 있었다. 강진 쪽에 진을 치고 있던 김방서 부대가 강진으로 쳐들어갔다. 거기서도 전봉준이 잡혔다는 소식에 병사들이 잔뜩 흥분하고 있는 판인데 강진으로 정탐을 나갔던 김방서 부대 병사들 5명이 민보군한테 잡혀가자 싸움이 붙은 것이다. 김방서 부대 5천여 명이 강진으로 돌진했다. 강진성은 토성이 시늉만 남아 있었다. 김방서 부대는 거의가 북도 사람들이라 기세가 더 무시무시했다. 대번에 강진읍을 휩쓸어버렸다. '진멸난당(盡滅亂黨 난당을 모두 죽이자)' '격살동비(擊殺東匪 동학비도들을 쳐죽이자)' 등 격렬한 깃발을 요란스럽게 휘날리고 있던 김한섭 부대도 달걀섬에 절구질하듯 무지막지하게 짓밟아버렸다. 김한섭은 대창이 수십 개 꽂혀 형체도 알아볼 수 없었다.

다음날(12월 10일). 병영도 짓밟아버렸다. 강진과 장흥 양쪽에서 2만여 명이 쳐들어갔다. 병영성은 성은 조그마했으나 석성인데다 한 군데도 허물어진 데가 없이 단단했고, 성 주변에는 빙 둘러 통나무로 목책까지 쳐놓고 있었다. 기둥나무만한 소나무와 참나무를 잘라다가 윗부분을 가새질러 꺾쇠를 박은 다음 그 위아래로 통나무를 가로질러 거기도 단단히 꺾쇠를 박아 목책은 이만저만 튼튼해 보이지 않았다. 목책은 성벽 위에서 내려다보고 총을 쏘기에 알맞은 거리였다. 성벽은 그만두고 통나무 목책도 뛰어넘기가 만만찮을 것 같았다. 병영성은 장흥이나 강진처럼 만만하게 볼 수가 없었다. 성도 그랬지만 우선 정규군이 1천여 명이나 되었고, 9월부터 근방에서 민병들을 뽑아다 조련을 시켜 전투를 거들게 하고 있었다. 얼마 전에 장흥으로 지원 나갔던 군사들도 모두 도망쳐 왔을 터였다. 그리고 여기에는 화약이 엄청나게 많았다.

농민군들은 한참 서성거리다가 목책에다 나뭇단을 쌓아 목책부터 태웠다. 나뭇단으로 숫제 벼늘을 쌓아 불을 질렀다. 통나무가 타서 내려앉기까지 한나절이 걸렸다. 목책이 내려앉자 한달음에 쳐들어갔다. 악에 치받친 농민군 기세는 무서웠다. 조그마한 성은 대번에 쑥대밭이 되고 말았다.

— 뻥.

그때 한쪽에서 엄청난 폭발음이 났다. 땅이 홍청 움직였다. 화약고가 폭발한 것이다. 병영 감관 김두흡이 화약고에 들어가 화약에 불을 던져 화약을 폭파하고 스스로도 폭사했다. 병영 우후라는 구실

아치 정규찬도 서문 쪽에서 끝까지 싸우다 죽고 전관 박창현도 창에 찔린 시체로 발견되었다. 병사만 보이지 않았다.

"병사는 어디 있느냐?"

두령들은 항복한 장교들을 닦달했다.

"벌써 도망쳤소."

두령들은 깜짝 놀랐다. 아까 농민군들이 들이닥칠 때 서병무는 혼자 말을 타고 북문으로 도망쳐버렸다는 것이다. 헌 두루마기에 패랭이로 변장을 하고 피난민들 틈에 끼여 달아난 것이다.

"명색 병사란 작자가 변장을 하고 도망을 쳐? 강아지 새끼구만."

농민군들은 무기와 탄약, 그리고 군량을 몽땅 챙긴 다음 오색기를 휘날리며 풍물 소리도 요란스럽게 장흥으로 돌아왔다. 장흥과 강진 두 고을을 함락하고 전라도 군사 요충지까지 짓밟아버리자 농민군은 장흥, 강진, 해남, 진도, 완도 등 전라도 서남부 해안 지방을 손에 넣은 셈이었다.

그러나 전국 형편은 거의 기울었다. 경기도, 강원도와 황해도는 물론 충청도와 경상도가 모두 관군과 일본군에게 평정되고, 김인배가 거느리고 있던 순천 지역 농민군도 무너지고 말았다. 이제 농민군은 남쪽 끝 여기에만 몰려 있었다.

12월 11일(양력 1월 6일). 농민군이 병영을 친 다음날 아침이었다. 일본군 미나미 소좌는 나주 초토영에서 일본군과 조선 관군에게 명령을 내리고 있었다.

"지금 우리는 우리가 의도한 작전대로 비도들을 조선남도 최남단에 몰아붙였다. 지금 난도들은 좁은 웅덩이에 물고기처럼 잔명을 헐떡이고 있다. 비도들은 장흥과 강진을 치고 병영성까지 함락시키며 마지막 발악을 하고 있다. 그러나 이것은 웅덩이 속에서 일어난 폭풍일 뿐이다. 우리는 이제 장흥에서 마지막 전투를 벌인다. 비도들은 장흥에서 밀리면 그들이 물러날 데는 남해바다뿐이다. 장흥 전투 다음에는 섬멸이 있을 뿐이다. 바다에는 우리 군함이 수십 척 기다리고 있다."

미나미는 차분한 목소리로 말을 이었다.

"우리는 장흥을 향해 세 길로 진격을 한다. 통위영부대는 영암을 거쳐 병영을 경유 장흥 읍내 서부 쪽으로 진격하고, 교도중대는 능주를 거쳐 장흥 동쪽으로 진격하고, 나머지 부대는 내가 거느리고 장흥 유치를 거쳐 장흥 읍내로 진격한다. 각 부대는 부대에 배치된 장흥 향병의 안내를 받아 부대 간의 연락을 긴밀하게 하며 잔격한다. 영암과 능주 쪽으로 나가 있는 각 부대 선발대에게는 장흥으로 진격하라는 명령을 이미 내렸다. 지금 바로 출동한다. 난군들은 마지막 발악을 할 것이므로 특별한 주의를 요한다. 궁지에 몰린 쥐가 고양이를 문다는 속담은 조선에도 있다."

미나미는 *하관이 쭉 빨린 여우같은 상판으로 여유만만하게 말했다. 그는 곧바로 출동명령을 내렸다. 미나미가 지금 모아놓고 명령을 내린 병력은 광주와 영광을 거쳐 나주로 집결한 주력부대였다. 통위영병과 교도중대의 선발대는 영암과 능주 쪽으로 이미 진출했다. 그동안 본대는 나주에서 농민군 움직임을 지켜보면서 법성포를 통해서 조달받은 탄약과 군수품으로 무장을 가다듬었다. 각 부대에는 장흥에서 온 나졸과 장교 등 향병들이 10여 명씩 배속되어 있었다. 지난번 장흥 싸움에서 패하고 나주로 도망쳤던 병사들이었다. 출동명령을 받은 각 부대는 징발한 농민들에게 무기와 화약을 잔뜩 지워가지고 출발했다.

12월 13일(1895년 1월 8일) 새벽 장흥 모정등에 포탄이 터졌다. 크루프 야포 포탄이었다. 보성 쪽에서 날아오고 있었다.

"아이고, 벌써 왔네."

포탄은 계속 모정등과 그 앞 들판에만 터졌다. 농민군이 오늘도 거기 집결해 있는 줄 알고 거기다 퍼붓는 모양이었다. 그러나 거기에는 농민군이 1백여 명밖에 없었다. 관군이 혹시 서남쪽에 올지 몰라 파수 세워놓은 셈치고 시늉으로 배치해둔 부대였다. 포탄은 2,30발 터지다 그쳤다. 성 안팎에 주둔하고 있는 농민군들은 바짝 긴장하고 있었다. 보성 쪽에 주둔하고 있던 구교철 부대가 쫓아갔으나 포를 쏜 관군은 종적을 알 수 없었다. 포격을 했던 부대는 미리 능주 쪽으로 진출했던 교도중대 선발대 백낙중 부대였다. 병사 30여 명을 거느리고 그리 진출했던 백낙중은 샛길로 와서 포격만 한바탕 해놓고 종적을 감춰버렸다. 그들은 점심때까지 아무 기척이 없었다.

오늘까지 몰려든 농민군은 3만여 명이었다. 농민군들은 나주로 쳐들어가자고 악다구니를 쓰다가 관군이 이리 온다는 바람에 여기서 마지막 대판거리로 한번 붙자고 벼르고 있었다. 관군은 해가 질 때까지도 소식이 없었다. 농민군들은 긴장이 풀어지기 시작했다.

"잡혀갈 때 본게 전봉준 장군님은 진짜 장군님이더만. 관군 수백 명이 둘러싸고 가마에 태우고 가는데 잡혀가는 사람이 낯빛 하나 변하지 않고 눈은 화등잔같이 빛이 번쩍거리더만. 잡혀가는 것이 아니라 되레 그 군사들 끌고 전쟁에 나가는 장수 같더라구."

사내 하나가 대창을 무릎에 끼고 말했다.

"어디서 봤소?"

"담양 주막에서 봤소. 오다가 주막에서 점심을 먹고 막 길을 나서려는 참인데 느닷없이 작자들이 들이닥치잖겠소? 오도 가도 못하고 갇혀 있다가 겁김에 그 주막집 머슴처럼 나무도 나르고 불도 때고 수선을 피웠지라."

사내는 입담이 걸쭉했다.

"머리 한번 기차게 굴렸소그려."

"주막으로 들어온 관군들이 장군님더러 가마에서 내리라 하더니 장군님 앞에도 점심상을 차려다 주더만요. 장군님은 스스럼없이 점심을 잡수십디다. 한 그릇을 다 잡수시더만요."

"그 경황 중에 한 그릇을 다 잡수셔요?"

"눈도 끔쩍 안하고 다 잡수십디다. 꼭 이웃집에 온 사람 같더만요."

그때 그 집 늙은 할머니가 방에서 내다보았다.

"오매 오매, 장군님. 이것이 뭔 일이라요?"

할머니는 관군들 눈치를 보며 애가 타는 소리로 말했다. 관군 병사들은 장교를 보았으나 장교는 돌아앉아 모른 척 밥만 먹고 있었다.

"우리가 당하는 것 너무 한탄 마십시오. 우리 후손들 대에는 틀림없이 백성의 세상이 옵니다. 가정 하나를 바로잡자 해도 힘이 드는데 세상을 바로잡기가 쉬운 일이겠습니까?"

전봉준은 숭늉을 마시며 천연스럽게 말했다. 관군 병사들은 장교를 힐끔거렸으나 장교는 노상 모른 척 밥만 먹고 있었다. 할머니는 주룩주룩 눈물을 흘렸다.

"더 무슨 말씀은 안 하셨어?"

"그 말씀 한마디만 하시고는 입을 꾹 다물고 계시다가 가시더만요."

"우리 후대에는 틀림없이 백성의 세상이 온다고 하셨단 말이지요?"

그렇다고 했다.

"그려. 그 양반은 세상을 멀리 보고 계셔."

곁에서 한마디 끼어들었다.

"발목을 다치셨다던데 발목은 어쩌던가요?"

"많이 다쳤는지 병사들 부축을 받고 움직입디다."

"김경천 그 때려죽일 놈."

한참 말이 없었다.

"들어본게 김개남 장군님도 잡혀가실 때 눈 하나 끔쩍 않고 잡혀가시더랍디다. 김개남 장군님은 하필 뒷간에 계시는데 관군들이 들이닥쳤구만. 집안에 장군님이 안 계시니까 관군들이 어쨌겠어? 가족들을 훑트리고 난리가 났구만. 그러자 뒷간에 계시던 장군님이 나 여기 있다, 일 보고 나갈 테니 기다려라. 이러시는구만."

그러나 관군들이 변소를 빙 둘러쌌다는 것이다.

"장군님은 관군들을 뒷간 근처에다 빙 둘러 세워 놓고 그 속에서 차근하게 일을 보시고 나오시더랴."

"허허, 모두가 천하에 영웅들이신데 때를 잘못 만났어."

병사들은 한탄을 했다.

다음날도 관군은 나타나지 않았다. 연엽은 유월례와 함께 순지라
는 동네서 숨을 죽이고 있었다. 순지는 읍내서 들판 쪽으로 한참 떨
어진 동네였다. 관군들이 치고 오면 탐진강에 놓인 징검다리를 건너
유월례 동네 쪽 산으로 빠질 수 있는 곳이었다. 며칠 사이 연엽은 좀
차분해졌다. 월공 말마따나 조금 가라앉은 뒤에라야 안심하고 움직
일 수 있을 것 같았다. 여기서 싸움이 끝나면 잠시 피했다가 위로 올
라갈 참이었다.

오늘도 해가 넘어가는데 관군은 소식이 없었다. 열나흘달이 덩실
올랐다. 농민군들은 어제 포진한 자리에서 그대로 지키고 있었다.

"달도 밝다. 보름만 있으면 설이지?"

"그래 설이다."

고산 김쥐불이 동네 친구 말에 맥살없이 대답했다. 김쥐불은 공
주 전투에서 입은 상처가 아직도 제대로 아물지 않았다. 조종순 부
대에 배속된 고산 사람들은 동북쪽 성벽에 배치되었다. 여기는 읍내
에서도 한참 올라온 곳이라 성벽이랬자 시늉뿐이었다. 이 근래 흙을
져다 조금 돋우기는 했으나 성벽이랄 것도 없었다. 더구나 여기는
성벽 아래가 가파른 비탈이어서 관군이 하필 이런 데로 쳐들어올 것
같지도 않았다. 병사들은 몇 사람만 띄엄띄엄 성벽에 앉아서 아래를
내려다보고 나머지는 모두 성벽 아래 옴팍한 곳에 옹송그리고 앉아
달을 쳐다보고 있었다.

농민군들은 장흥성을 중심으로 두 겹으로 포진을 하고 있었다.

동쪽 보성 쪽은 장흥 곰재 접주 구교철 부대, 북쪽 유치 쪽은 용반 접주 이사경 부대, 서쪽 병영 쪽은 김방서 부대가 포진하고 있었다. 모두 장흥성에서 5리쯤 외곽지대였다. 그리고 성 정문인 동문에는 달주 부대, 남문에는 이인환 부대, 고산 사람들이 소속된 조종순 부대는 성 동북쪽에 포진하고 있었다.

고산 사람들은 공주 1차 공격 뒤 김쥐불 말을 듣고 그 길로 밤실로 쫓아가 대번에 김진사 부자를 죽이고 김진사 집까지 몽땅 불을 질러버렸다. 그 뒤부터 고산 사람들 40여 명은 한 동아리로 똘똘 뭉쳐 다니다가 여기까지 온 것이다. 그들은 모두가 패거리에서 한 발짝이라도 떨어질세라 두더지 새끼들처럼 붙어다녔다.

"강진 다음이 해남이고 그 다음은 바다랬지?"

김쥐불 친구가 물었다.

"그 다음은 바다고 자잘한 섬이라더만."

"바다는 얼마나 넓을까? 너 바다 구경했냐?"

"아니, 강경 가서 금강으로 들어온 바닷물은 봤어. 물이 시커멓고 맛은 되게 짜더라."

모두 한참 말이 없었다.

"기러기다."

기러기 떼가 끼룩끼룩 남쪽으로 날아갔다. 모두 기러기를 찾아 하늘로 눈을 희번덕거렸다. 고산 사람들은 북쪽에서 날아오는 기러기 떼를 보며 또 한참 말이 없었다. 요사이 고산 사람들은 식구 걱정이나 고향 이야기는 한마디도 하는 사람이 없었다. 약속이라도 한 듯이 그런 소리라면 아무도 입에 올리지 않았다. 이내 첫닭이 울었다. 닭들은 여기저기서 요란스럽게 울어댔다.

"저것이 뭣이여? 저기 뭣이 뵈네."

성벽 위에서 지키고 있던 병사들이 아래를 내려다보며 속삭였다.

"뭣이냐?"

모두 성벽으로 올라붙었다.

— 빵 빵.

느닷없이 아래서 총을 갈겼다. 다행히 바로 아래 부대 쪽이었다. 관군들은 사정없이 양총을 갈기며 시커멓게 올라챘다. 수가 엄청나게 많았다. 관군들은 성벽을 넘어 성안으로 내달았다. 농민군들이 화승총에 장약을 하여 채 불을 붙이기도 전이었다.

"워매!"

관군들은 바람같이 성안으로 내달았다. 모두 닭 쫓던 강아지들처럼 도망치는 관군을 보고 있었다. 남문 쪽으로 달리는 것 같았다. 그쪽에서 한참 총소리가 났다. 총소리가 엄청났다.

"후퇴하라!"

관군들은 총을 갈기며 남문 쪽에서 물러나는 것 같았다. 이내 총소리가 뚝 그쳤다. 총소리가 더 나지 않았다.

— 빵 빵.

느닷없이 바로 앞에서 총소리가 났다. 관군은 총을 갈기며 다시 성벽으로 올라챘다. 이번에도 다행히 위쪽 성벽으로 몰려갔다.

"죽여라!"

그쪽 농민군들이 악을 썼다. 관군들은 무지막지하게 갈기며 성을 넘어가버렸다. 너무도 번개 같아 농민군들은 제대로 정신을 차릴 수

가 없었다. 그쪽 농민군들도 화승총에 장약을 하고 탄환을 잴 겨를
도 없었다.

"아이고, 아이고."

위쪽에서 부상자들이 신음을 했다.

"저놈들이 저렇게 도로 내빼려면 뭣하러 왔지?"

고산 사람들은 성벽 너머로 아래를 내려다보며 속삭였다. 도대체
알 수 없는 일이었다.

"오냐, 이놈들 또 올라오기만 해라."

고산 농민군들은 눈을 부릅뜨고 아래를 내려다보고 있었다. 희부
옇게 날이 샜다. 그러나 관군은 공격해오지 않았다. 아침밥을 먹을
때까지 아무 데서도 나타나지 않았다. 점심때까지 기척이 없었다.
하늘에는 잔뜩 구름이 끼어 금방 눈이라도 쏟아놓을 것 같았다. 점
심을 먹고도 한참 지났을 때였다.

— 뻥.

북쪽 유치 쪽에서 포가 터졌다. 이사경 부대 진영에 떨어졌다. 계
속 포가 터졌다. 이내 동쪽 구교철 부대에도 터졌다. 엄청나게 쏟아
졌다. 이방언은 화순 김수근과 함께 성벽 위에서 건너다보고 있었
다. 조종순이 달려왔다. 포탄은 양쪽 부대에 수백 발이 터졌다. 땅덩
어리가 뒤집히는 것 같았다.

— 뻥.

이내 서쪽 석대 근처에서도 포탄이 터졌다. 김방서 부대에 퍼붓
고 있었다. 관군은 세 방면에서 쳐들어오고 있었다. 이사경 부대와
구교철 부대 쪽에서 포가 멈추고 관군들이 모습을 드러냈다. 드디어

회선포를 쏘아대며 진격해 왔다. 두 부대는 들판으로 허옇게 물러나고 있었다. 물러나고 있는 부대 위에 포가 터졌다. 석대 근처에도 계속 터졌다.

"으음."

이방언 입에서 신음소리가 비져나왔다. 농민군은 정신없이 물러나고 있었다. 일본군과 관군들은 계속 회선포를 갈기며 진격해 왔다. 그들은 양쪽 다 2,3백 명쯤 되는 것 같고 뒤에는 짐꾼들이 짐을 지고 따랐다. 짐꾼들 수가 군사들보다 훨씬 많았다. 농민군 두 부대는 성을 향해서 정신없이 몰려오고 있었다. 이내 이사경 부대 5천여 명이 강물을 튀기며 강을 건너왔다. 건너편 강둑을 향해 이쪽 강둑에 늘어붙었다. 보성 쪽 구교철 부대도 강을 건너왔다. 그들은 이사경 부대 아래쪽으로 역시 강둑에 붙었다. 장터 강둑이었다. 관군들은 거침없이 진격해 왔다.

"포를 쏘아라!"

이방언이 영을 내렸다. 이쪽에서도 구식포가 날아갔다. 관군 진영에 떨어졌다. 크루프포에 비하면 벼락에 성냥불이었다.

이사경 부대를 쫓아오던 관군은 이사경 부대를 건너다보며 저쪽 강둑에다 진을 쳤다. 구교철 부대를 쫓아오던 부대 역시 구교철 부대를 건너다보고 진을 쳤다. 관군들은 강둑에 회선포를 설치했다. 이쪽 강둑은 관군 회선포 사거리에 들었다. 그러나 관군은 공격을 하지 않고 건너다보고만 있었다. 이쪽 포도 그쳤다. 더 쏘면 관군이 더욱 무지막지하게 쏠까 싶어 제물에 그친 것 같았다. 농민군은 성을 중심으로 몰려들었고 일본군과 관군은 외곽을 싸고 있으므로 농민군은 성을 중심으로 포위당한 꼴이었다. 사방이 조용했다. 세상이 온통 숨을 그친 것 같았다.

— 뻥.

성안에 포탄이 떨어졌다. 한 방만 터지고 더 터지지 않았다. 그때였다.

— 빵빵.

엉뚱한 데서 양총 소리가 났다. 바로 남문 근처였다.

— 빵빵.

이인환 부대는 깜짝 놀랐다. 남문 안쪽 대밭에서 난데없는 관군 1백여 명이 쏟아져나오며 이인환 부대 배후를 공격했다. 느닷없는 기습을 받은 이인환 부대는 정신을 차리지 못했다. 관군들은 총을 갈기며 남외리 동네 큰길로 내달았다. 이인환 부대는 정신없이 도망쳤다. 관군은 무작정 갈기며 큰길을 휘질러 석대 쪽으로 내달았다. 김방서 부대 배후를 공격할 모양이었다. 농민군들은 화승총에 장약을 하고 지름승에 불을 붙였으나 지름승이 미처 타들어가기도 전에 관군은 저만큼 내닫고 있었다.

"죽여라!"

한참만에야 제대로 정신을 차린 이인환 부대는 악다구니를 쓰며 쫓아갔다. 관군은 김방서 부대 배후로 가지 않고 석대고개를 넘어 석대들로 내달았다.

"석대들로 내뺀다. 저놈들 몰살을 시켜라!"

이인환이 악을 썼다.

"죽여라!"

느닷없는 기습을 받은 이인환은 화가 머리끝까지 치솟아 병사들을 들판으로 몰아붙였다. 이인환 부대 3천여 명은 정신없이 들판으로 내달았다. 남문 밖에는 2천여 명만 남아 있었다. 관군들은 들판을 가로질러 저쪽 탐진강 강둑에 붙었다. 둑을 의지하고 들판을 향해 회선포를 설치했다. 농민군들은 정신없이 쫓아갔다.

— 드드드드드.

회선포가 불을 뿜기 시작했다. 눈 깜짝할 사이에 수십 명이 쓰러졌다. 회선포 5대가 정신없이 뿜어댔다.

"후퇴다. 물러나라!"

— 깽 깽 깽 깽 깽.

이인환이 꽹과리를 치며 소리를 질렀다. 농민군들은 뒤돌아 도망치기 시작했다. 회선포 사거리를 벗어나는 사이 엄청나게 쓰러졌다. 들판이 편편했으므로 몸을 가릴 논두렁 하나 없었다. 말 그대로 허허벌판이었다. 이내 회선포가 그쳤다. 들판에는 시체가 허옇게 널렸다. 백여 명이 죽은 것 같았다. 부상자도 많았다.

"저놈들 계략에 걸렸구나."

이인환이 발을 굴렀다. 대밭에서 나온 부대는 교도중대였다. 새벽에 고산 농민군이 지키고 있는 쪽으로 쳐들어왔다가 남문 쪽을 잠깐 휘젓고 물러갔던 부대였다. 그들은 모두 물러가는 것처럼 도망쳤으나 실제로 도망친 것은 일부였고 주력은 대밭으로 숨었던 것이다. 대밭이 엄청나게 크고 대가 촘촘히 들어찼으므로 숨기에는 안성맞춤이었다. 관군에 합류한 장흥 향병들한테서 이쪽 사정을 소상히 듣고 그런 작전을 짰던 모양이었다. 농민군이 강둑에 붙어 방어를 하면 강을 건너기가 그만큼 어렵기 때문에 강 이쪽에다 교두보를 마련하려는 작전 같았다. 관군은 이쪽에다 교두보를 확보했을 뿐만 아니라 장흥성을 완전히 포위한 셈이었다.

그때 달주가 이방언한테로 올라왔다.

"어찌했으면 좋겠는가?"

이방언이 물었다.

"농민군은 들판에서 붙으면 맥을 출 수가 없습니다. 그런데 이 근방에는 산도 농민군이 붙을 만한 산이 없습니다. 산은 많지만 모두 높은 산이고 골짜기가 길고 넓기 때문에 들판이나 마찬가집니다. 김개남 장군께서 청주에서 패한 것도 청주를 직접 들이치려고 들판에서 붙었기 때문이라고 합니다."

이방언도 그 소리를 듣고 있었으나 직접 당해보니 실감이 갔다. 관군은 멀리서는 야포로 퍼붓고 가까이서는 회선포와 양총으로 갈겨댔다. 이방언은 당장 이사경 부대와 구교철 부대가 하릴없이 물러난 것이나 이인환 부대가 당한 것을 눈으로 보고 있었다. 여기는 산줄기가 오밀조밀한 공주와는 전혀 달랐다. 억불산, 사자산, 제암산 등 높은 산이 큰 산줄기만 길쭉길쭉하게 늘어뜨리고 있었다.

"그렇다고 성안에서 방어를 할 수도 없지 않겠는가?"

조종순이었다.

"그렇습니다. 공주에서도 그랬습니다마는 더구나 여기는 성안이 비좁아 농민군들이 성안으로 몰려들면 우리한테 포격을 하라고 모여주는 꼴이 됩니다. 그렇잖아도 이다음은 성안에다 포격을 할 것 같습니다."

달주가 말했다. 너무도 빤한 일이었다. 모두 잠시 말이 없었다. 달주는 공주에서 수없이 의논하고 당해본 일이었다.

"어차피 관군 무기 앞에서는 도리가 없습니다. 치고 빠지는 길밖에 없을 것 같습니다."

김수근이 말했다.

"방도가 없을 것 같소. 저자들이 성안에다 포격을 하기 전에 성안에 있는 부대부터 빠져나갑시다."

이방언이 조종순과 김수근을 보며 말했다.

"치고 빠지더라도 문제가 있습니다. 지금 관군은 강진 쪽만 터놨습니다. 바다 쪽으로 밀어붙이자는 계책 같습니다. 빠지더라도 산지 사방으로 빠져야 할 것 같습니다. 전봉준 장군께서도 한군데로 몰리지 말라고 했다지 않습니까?"

김수근이었다.

"그것은 무리입니다. 이사경 부대나 구교철 부대가 어떻게 다시 강을 건너 치고 가서 유치나 보성 쪽으로 빠지겠습니까?"

조종순이었다.

"그러면 강진 쪽으로 빠지다가 위로 빼는 방도도 있겠습니다."

달주였다.

"그럼 강진과 남상 쪽으로 치고 빠지기로 합시다."

이방언이 아퀴를 지었다. 남상면(용산면)은 성의 서남쪽으로 순지를 지나 자울재라는 가파른 재를 넘어 거기를 지나면 고읍면(관산면)을 경유 바닷가 회령진으로 빠지는 곳이었다.

"각 두령들에게 파발을 띄우겠소. 성안에 있는 조두령 부대부터 지금 바로 남문으로 나가 김방서 부대 엄호를 받으며 강진으로 빠져나가시오."

조종순은 알겠다며 돌아섰다. 조종순 부대는 곧바로 강진 쪽으로 빠지기 시작했다. 동문 앞 강둑에 진을 치고 있던 구교철 부대가 석대들을 왼쪽으로 끼고 빠져나갔다. 구교철 부대가 내려가자 저쪽 강둑에 진을 쳤던 관군도 강둑으로 내려가고 있었다. 위쪽 강둑에 포진하고 있던 이인환 부대도 내려갔다. 그쪽 건너편 관군들도 둑을 타고 내려갔다. 구름발이 북쪽으로 치달으며 눈발이 흩날리기 시작했다. 벌써 해가 설핏한 것 같았다.

"저 작자들이 징검다리를 건너올 것 같지?"

달주 눈에 빛이 번쩍했다. 강 건너 관군이 강둑에서 자갈밭으로 내려오고 있었다.

"우리 부대는 저쪽에 매복하고 있다가 저놈들이 징검다리를 건널 때 한판 붙자."

달주가 김승종과 이또실을 보며 주먹을 쥐었다. 모두 좋다고 했다. 만득이가 달려왔다. 만득이한테 말하자 만득이도 좋다고 했다.

"이사경 부대가 강둑으로 빠져나갈 때 모두 강둑 가까운 집에 매복을 합니다. 화승총 가진 사람들은 강둑으로 더 가까이 매복을 합니다. 내가 꽹과리를 치면 화승총에 장약을 하고 불을 붙입니다. 그때는 꽹과리를 딱 한번만 치고 지름승이 타들어갈 때쯤 돌진 신호를 하겠습니다. 그때 화승총은 바로 뛰쳐나가 갈기고 대창 부대도 뒤따라나갑니다. 집집마다 들어가서 단단히 숨으시오."

달주가 영을 내렸다. 달주 부대는 화승총이 2백여 자루였다. 달주 부대는 이사경 부대가 빠져나가는 사이 강둑 근처 집으로 숨어들었다. 집이 텅텅 비어 있었다.

관군들이 징검다리 쪽으로 왔다. 30여 명만 건너오고 나머지는 멈춰 있었다. 30여 명은 선발대인 것 같았다. 선발대는 징검다리를 건너와서 장터 근방을 한 바퀴 둘러보았다. 건성으로 둘러보는 것 같았다. 강둑으로 가서 저쪽 본대에다 신호를 했다. 본대가 징검다리를 건너오기 시작했다. 선발대는 강둑에 늘어서서 뒤쪽을 경계했다. 관군 본대 선두가 징검다리를 건너 강둑으로 올라오기 시작했다.

─ 깽.

꽹과리가 한번 울렸다. 관군 선발대는 깜짝 놀랐다. 그러나 꽹과리가 딱 한번 울리고 말자 어리둥절한 표정으로 그대로 서 있었다.

"돌진!"

─ 깽깽깽깽깽.

달주가 악을 쓰며 꽹과리가 깨져라 두들겼다.

─ 빵빵.

화승총에 불을 붙인 병사들이 뛰어나가며 선발대를 향해 갈겼다. 2백여 발이 집중사격을 했다. 선발대 30여 명이 거의 널브러졌다.

"죽여라!"

달주 부대는 징검다리 쪽으로 내달았다. 2천여 명이 몰려가자 관군들은 뒤돌아 도망쳤다. 농민군들은 정신없이 쫓아갔다. 관군들은 물로 뛰어들었다. 강물 속에서 드잡이판이 벌어졌다. 농민군들은 화승대와 대창으로 갈기고 찌르고 내리쳤었다. 만득이 칼날은 바람개비처럼 휘돌았다.

"다 죽여라!"

뒤에 오던 관군들은 저만치 강물을 튀기며 도망쳤다. 만득이를 선두로 쫓아갔다. 만득이는 작두칼을 정신없이 휘둘렀다. 맨 뒤에 회선포를 떠메고 오던 관군들은 저쪽 자갈밭에다 회선포를 설치했다. 그러나 양쪽 병사들이 뒤엉켜 있기 때문에 쏘지는 못했다. 5대가 총구만 벌리고 있었다. 관군들은 화승대에 대가리를 맞고 물속에 널브러지고 대창에 등이 찔려 물속에 주저앉았다. 드디어 회선포가 불을 뿜기 시작했다. 농민군들은 갈대처럼 쓰러졌다. 농민군들은 회선포를 향해 돌진했다. 회선포 쪽으로 도망친 관군들이 이쪽으로 총을 갈겼다.

"돌진!"

— 깽깽깽깽깽.

달주는 악을 썼다. 여기서 물러나면 회선포에 전멸할 판이었다. 회선포는 소총 엄호를 받으며 도망치기 시작했다. 농민군은 방금 빼앗은 양총을 갈겼다.

— 펑.

"오매."

총을 쏘던 농민군 병사들이 총구를 내려다봤다. 총이 이상했다. 총열이 벌어져버렸다. 총구 속에 물이 들어갔기 때문에 총구가 파열한 것이었다.

"물 묻은 총은 쏘지 마라. 터져버린다."

한쪽에서 악을 썼다. 농민군들은 그대로 쫓아갔다. 관군들은 강둑을 넘어 도망쳤다.

"화승총은 강둑에 붙어라."

달주가 소리를 질렀다. 관군들은 들판으로 도망치다 되돌아섰다.

"화승총만 남고 대창 부대는 전부 돌아가라. 빨리 가야 한다."

달주가 악을 썼다. 농민군들은 무춤했으나 달주가 거듭 악을 쓰자 되돌아 다시 강물로 뛰기 시작했다. 강물에는 관군 시체가 3,40구 떠 있었다. 관군은 이쪽으로 회선포만 겨눈 채 반격은 해오지 않았다.

"화승총 부대도 이쪽 반은 돌아간다. 빨리!"

달주가 악을 썼다. 화승총 부대 반이 일어나서 뛰었다. 아직도 관군은 공격해 오지 않았다. 화승총 부대 나머지도 되돌아 뛰었다. 모두 무사히 강을 건넜다. 달주 부대는 관군 30여 명을 죽이고 양총을 40여 정 빼앗았다. 달주 부대도 50여 명은 죽은 것 같았다. 부상자들은 그대로 두고 올 수밖에 없었다. 잠시 멈춰 있던 이사경 부대는 석대 모퉁이를 돌고 있었다. 석대는 장흥 읍내 쪽에서 흘러나온 산부리로 일부러 돌을 쌓아 올린 듯하대서 석대石臺였다.

"우리도 빨리 가자!"

달주가 소리를 질렀다. 병사들은 옷에서 물을 질질 흘리며 뒤뚱뒤뚱 뛰었다. 솜을 두껍게 넣은 핫옷이 몽땅 물에 젖어버리자 멍석을 뒤집어 쓴 것처럼 몸뚱이가 뒤뚱거렸다. 물에 빠진 생쥐가 아니라 물에 빠졌다 나온 날짐승 같았다.

"내 양총은 썽썽하다."

양총을 빼앗은 병사들은 옷이 쫄딱 젖어 발발 떨면서도 총을 들고 기고만장이었다.

"에이, 내 것은 터져버렸어."

총열이 파열된 병사들은 터진 꽈리 보듯 총을 내려다보며 아쉬워했다. 공주에서는 물에 들어간 총을 쏘면 파열한다는 사실을 가르쳤으나 여기 병사들한테는 그런 걸 가르칠 틈이 없었다. 그래도 20여자루는 괜찮았다. 총구가 파열되지 않은 병사들은 발발 떨며 뒤뚱뒤뚱 걸어가면서도 화승총 꽂을대로 총구에서 물을 닦아내고 파열된병사들은 실탄을 뽑아 그쪽으로 넘겼다. 어두워지는 하늘에서는 눈발이 더 거칠게 뿌렸다.

아직도 관군은 오지 않았다. 느닷없는 기습에 물에서 허우적거리다 나온 관군은 아직도 정신을 못 차린 것 같았다. 농민군 병사들은길옆으로 나가 옷을 벗어 물을 짜기도 했다.

"옷을 벗어 물을 짜고 가자. 얼른 짜라."

달주가 뒤를 돌아보며 영을 내렸다. 병사들은 옷을 벗어 물을 짜기 시작했다. 모두 홀랑 알몸으로 두 사람씩 짝을 지어 옷을 잡고 비틀었다.

― 뼁 뼁.

이내 포탄이 터지기 시작했다. 미처 옷을 주워 입기도 전이었다. 포탄은 계속 터졌다.

"길 아래로 엎드려라!"

달주가 소리를 질렀다. 길 아래 봇도랑으로 엎드렸다. 알몸으로옷을 들고 도랑으로 뛰어드는 병사도 있었다. 널찍한 들판을 적시는보라 봇도랑이 깊었다. 도랑은 비쩍 말라 있었다. 이사경 부대는 그대로 석대 모퉁이로 달렸다.

― 뼁.

이사경 부대에도 포탄이 터졌다. 병사들이 엄청나게 쓰러졌다. 그들도 논바닥에 엎드렸다. 포탄은 정신을 차릴 수 없을 만큼 터졌다. 기습을 당했던 관군은 보복전으로 나오는 것 같았다. 무지막지하게 쏘아댔다. 병사들이 수없이 날아가고 들판이 벌집이 되었다. 날이 어두워지기 시작했다. 저쪽 강둑에는 관군이 시커멓게 붙었다. 포는 계속 터졌다.

"빨리 빠져나가라!"

이방언이 소리를 질렀다. 강둑 관군이 들판으로 몰려왔다.

"빨리 가자, 포위된다."

달주가 소리를 지르며 뛰쳐나갔다.

— 드드드드드.

갑자기 정면 석대봉우리에서 회선포가 이쪽으로 불을 뿜었다. 농민군들이 수없이 쓰러지며 들판으로 내달았다. 병영 쪽으로 온 관군이 정면에서 공격을 한 것이다. 강둑 관군들도 시커멓게 몰려왔다.

"양총은 회선포를 작살내라!"

— 깽깽깽깽깽깽깽.

달주가 소리를 지르며 꽹과리를 깨져라 두들겼다. 양총 든 병사들이 돌진했다. 뒤쪽 관군들은 들판으로 죄어왔다. 양총부대는 회선포를 향해 석대를 기어올라갔다. 작두칼을 등에 진 만득이도 양총을 들고 기어올라갔다.

— 드드드드드.

10여 명이 석대봉우리로 올라챘다. 회선포를 향해 총을 갈기며 돌진했다. 회선포 쏘던 병사들이 회선포를 내던지고 도망쳤다. 농민군이 회선포를 차지했다.

― 드드드드드.

농민군이 회선포로 들판 관군을 향해 불을 뿜었다. 관군들이 무춤했다. 농민군 나머지 양총부대도 석대 모퉁이를 돌며 마구 갈겨댔다. 그쪽 관군들도 도망쳤다. 농민군들은 관군을 뒤쫓으며 갈겼다.

"빨리 가자!"

농민군이 정신없이 빠져나갔다. 강진 쪽과 남상 쪽으로 물밀 듯이 내달았다. 날이 껌껌해졌다. 이내 관군 총소리가 멎었다. 농민군이 쏘던 석대 회선포도 멎었다. 관군은 농민군을 쫓아오지 않았다. 어두워지자 추격을 포기한 것 같았다. 어둠에 싸인 들판은 총소리가 멎자 꺼질 듯 조용했다. 어지럽게 달리는 구름발 사이로 달이 언뜻언뜻 얼굴을 내밀었다. 농민군들은 양쪽으로 정신없이 내달았다.

"미륵이 아부지!"

순지 앞에서 유월례가 소리를 지르고 있었다. 유월례는 호롱불을 들고 달려가는 농민군 쪽을 향해 연방 소리를 질렀다. 곁에는 연엽이 서 있었다. 농민군들은 계속 몰려왔다. 관군 공격이 그치자 농민군 발걸음이 조금 늦춰지고 있었다.

― 뻥.

농민군들이 몰려오고 있는 쪽에서 또 포탄이 터졌다. 계속 터졌다. 엄청나게 쏟아졌다. 농민군들은 정신없이 달려왔다. 등에 미륵을 업은 유월례는 계속 만득이를 불렀다. 여기는 사정권 밖이었다. 포가 멎고 회선포 소리가 났다. 아까 달주 부대한테 당한 관군 부대가 홧김에 뒤쫓아와서 퍼붓는 것 같았다. 한참만에 회선포 소리도

392

멈췄다. 농민군들은 계속 몰려왔다. 절뚝거리고 오는 사람도 있고 부상자를 부축하고 오는 사람도 있었다.

"돌쇠야, 돌쇠 오냐?"

달려오던 농민군이 멈춰 서서 소리를 질렀다. 서너 사람이 소리를 질렀다. 형제나 친척들을 기다리는 것 같았다.

"미륵이 아부지!"

유월례도 목청껏 소리를 질렀다. 몰려오는 사람들이 조금 뜸해졌다. 한두 사람씩 절뚝거리며 달려오고 있었다. 거의 기다시피 오는 사람도 있었다.

"이것 큰일 났네. 바로 뒤에서 포탄이 터졌단 말이여."

돌쇠를 부르던 사내는 애가 달았다. 그때 같이 부르던 사람들이 동네로 들어가서 호롱불을 들고 나왔다. 병사들은 지금도 오고 있었다.

"관군이 물러가는 것 같소. 갑시다."

돌쇠를 부르던 사람들이 호롱불을 들고 나섰다.

"나도 갈라요."

유월례도 나섰다. 연엽도 따라나섰다. 유월례는 연거푸 미륵이 아버지를 부르며 갔다. 뒤에도 호롱불이 하나 따라왔다. 그들도 연방 이름을 부르며 달려왔다.

"미륵이 아부지!"

"아주머니요?"

저쪽에서 유월례한테로 달려오는 사람이 있었다. 만득이 부하였다.

"미륵이 아부지는 안 오시오?"

"아직 안 오셨소?"

부하가 되물었다.

"안 왔소."

"같이 오다 포탄이 터질 때 헤어졌는데 기다려도 안 오시길래 먼저 가신 줄 알고 혼자 오요."

"오매, 그럼 그리 가봅시다."

유월례가 호롱불을 들고 앞장을 섰다. 돌쇠를 부르던 호롱불은 벌써 저만큼 달려가고 있었다. 만득이 부하가 호롱불을 받아 들고 앞섰다. 뒤따르던 호롱불도 계속 이름을 부르며 따라왔다. 지금도 농민군들은 띄엄띄엄 오고 있었다. 부상자나 부상자를 부축하고 오는 사람들이었다.

"미륵이 아부지!"

유월례는 연방 미륵이 아버지를 부르며 내달았다.

"이 근처 같소."

앞서 가던 만득이 부하가 길가 포탄 구덩이를 두리번거렸다. 유월례도 만득이를 부르며 포탄 구덩이 근처를 서성거렸다. 다른 호롱불도 저쪽에서 헤매고 있었다. 시체가 수없이 널려 있었다.

"여기가 아닌 것 같네. 더 가봅시다."

조금 더 갔다.

"미륵이 아부지!"

그때 저쪽 포탄 구덩이 옆에서 무슨 소리가 나는 것 같았다.

"미륵이 아부지요?"

유월례가 그쪽으로 달려갔다. 만득이 부하도 달려갔다. 만득이가 누워 있었다.

"아이고, 어디를 다쳤소?"

유월례가 만득이 곁에 무릎을 꿇으며 소리를 질렀다.

"오매 오매."

호롱불에 비친 만득이 다리가 피범벅이었다. 유월례가 다리를 잡았다. 다리가 무릎에서 따로 노는 것 같았다. 연엽이도 거들려다 깜짝 놀라 손을 떼었다. 만득이가 신음을 했다.

"여보시오, 정신 차리시오."

유월례는 만득이 가슴을 흔들며 소리를 질렀다.

"대장님, 정신 차리시오."

만득이 부하도 만득이를 흔들며 소리를 질렀다.

"오매 오매, 이것이 먼 일이라요."

유월례는 만득이 다리와 얼굴을 번갈아 보며 제정신이 아니었다. 만득이가 뭐라고 말을 하는 것 같았다. 유월례가 귀를 가져다 댔다.

"미안해. 고생만 시키고. 존, 세상, 올 거여."

만득이가 호롱불 아래서 유월례를 빤히 쳐다보며 토막말을 뱉어냈다. 만득이 얼굴에서는 눈 녹은 물이 흘러내리고 있었다. 유월례는 만득이 얼굴에서 물을 훔쳐내며 정신 차리라고 연방 가슴을 흔들었다.

"우리, 미륵이, 미륵이 잘 키워. 우리 미륵이."

만득이가 입술을 들썩였다.

"오매 오매, 이것이 먼 일일까?"

유월례가 다급하게 포대기를 끌러 아이를 앞으로 돌렸다. 아이는 새록새록 잠이 들어 있었다.

"세상에 이것이 먼 일이라요."

유월례는 만득이 손을 끌어다 아이 손을 잡혀주었다. 솥뚜껑 같은 만득이 손이 아이 손을 잡았다.

"미안해."

만득이는 힘없이 유월례 손을 잡았다.

"우리, 미르, 미르⋯⋯"

이내 만득이 고개가 옆으로 돌아갔다.

"여보시오, 정신 차리시오."

유월례는 만득이 가슴을 흔들며 소리를 질렀다. 연엽은 유월례 가슴에서 아이를 싼 포대기를 뽑아 안았다. 유월례는 만득이 얼굴을 싸안으며 흐느꼈다.

"여보시오, 여보시오"

유월례는 만득이 얼굴을 싸안고 정신없이 흐느꼈다. 만득이 부하도 호롱불을 곁에 놓고 무릎을 꿇으며 흐느꼈다. 크크, 흐느끼는 소리가 *지저깨비에 갈퀴질하는 소리 같았다.

"대장님, 우리를 두고 어디로 가시오?"

만득이 부하는 이내 돌담 무너지는 소리로 통곡을 터뜨렸다. 꼭 짐승의 비명 같은 울음소리가 투레질하는 소리로 토막 쳐 나왔다. 연엽은 망두석처럼 서서 내려다보고 있었다. 만득이의 작두칼이 머리 쯤에서 눈을 맞고 있었다. 그때였다.

─드드드득.

저 건너에서 회선포가 불을 뿜었다. 저쪽에서 서성거리던 사람들이 비명을 지르며 호롱불을 떨어뜨렸다. 만득이 부하가 호롱불 위로 몸을 덮쳤다. 연엽은 땅바닥에 납작 엎드렸다.

— 드드드득.

"오매!"

유월례가 비명을 질렀다. 유월례 윗몸이 만득이 몸뚱이 위로 푹 박혔다. 한참만에 연엽이 고개를 쳐들었다. 저만큼 들판에서 관군 여남은 명이 물러가고 있었다. 회선포를 갈기던 관군들이 마지막으로 물러가는 것 같았다. 만득이 가슴에 엎드린 유월례가 가느다랗게 신음소리를 내고 있었다.

"아이고, 이것이 웬일이오?"

연엽이 다가들며 소리를 질렀다.

"이것이 먼 일이오?"

만득이 부하도 소리를 지르며 달려들었다.

"정신 차리시오."

연엽이 유월례를 흔들며 소리를 질렀다. 유월례는 만득이 가슴에 머리를 뉘고 길게 신음소리를 냈다.

"어디를 다쳤소?"

만득이 부하도 소리를 질렀다. 등을 흔들던 만득이 부하 손에 피가 흥건하게 묻어났다.

"우리 애기."

만득이 가슴에 머리를 뉜 유월례가 힘없이 뇌었다.

"정신 차리시오."

연엽이 유월례 몸을 흔들었다. 유월례는 가쁜 숨만 내쉬었다. 유월례가 뭐라고 말을 하는 것 같았다. 연엽이 귀를 가져다 댔다.

"우리 애기!"

유월례는 손을 더듬으며 뇌었다. 연엽은 포대기를 들어 아이 손을 잡혀주었다.

"우리, 미륵이, 우리 애기 조깨, 키워주시오."

유월례 말소리에는 거의 힘이 빠져 있었다.

"염려 마시오."

연엽이 유월례 손을 잡고 뇌었다.

"우리 미륵이."

아이 손을 잡은 유월례 손에서 힘이 빠졌다. 이내 유월례 윗몸이 만득이 가슴에 푹 가라앉았다. 연엽은 아이를 안고 내외를 한참 내려다보고 있었다. 내외는 마치 이렇게 죽자고 약속이나 했던 것처럼 유월례는 만득이 가슴에 윗몸을 얹고 잠든 듯이 숨을 거두었다. 연엽은 자리에서 일어나 아이를 둘러업었다. 만득이 부하와 연엽이 내외의 모습을 내려다보았다. 두 사람 몸뚱이 위에 눈이 흩뿌리고 있었다.

"크크크."

만득이 부하는 만득이 손을 잡고 쥐어짜듯 흐느꼈다.

"모진 세상 서럽게 살다 가시는구려. 저 세상에는 반상도 빈부도 없겠지요."

연엽은 눈물을 훔치며 중얼거렸다. 연엽이 눈을 들어 들판을 봤다. 눈발이 세차게 뿌리고 있었다.

"미륵아, 이만 가자. 나중에 여기 데리고 와서 이 자리를 가르쳐주마."

연엽이 등으로 고개를 돌리며 말했다. 아이는 세상모르고 자고 있었다.

"대장님, 잘 가시오. 편히 가시오."

한참 흐느끼던 만득이 부하가 눈물을 수습하며 일어섰다. 두 사람은 뒤를 돌아보며 발걸음을 옮겼다. 걸음을 옮기던 만득이 부하가 무슨 생각을 했는지 다시 돌아섰다. 만득이 머리 쪽에서 무얼 주워 들었다. 작두칼이었다. 칼자루에 묻은 눈을 닦아 어깨에 메었다.

"대장님, 칼은 제가 가지고 가요. 대장님 말씀 모두 뼈에 새기고 있소. 잘 가시오."

만득이 부하는 비장한 소리로 말했다. 어지럽게 달리는 구름발 사이로 달이 얼굴을 내밀었다.

그때 뒤쪽에서 달려오는 사람들이 한 패 있었다. 네댓 명이었다. 한 사람을 부축하고 오는 것 같았다.

"누구요?"

저쪽에서 소리를 질렀다.

"아이고, 달주 대장님 아니시오? 만득이 대장님이 죽었소."

만득이 부하가 달려가며 소리를 질렀다. 그들은 달주와 김승종과 다른 젊은이들이었다. 일행은 만득이 내외 시체 곁으로 갔다. 부축을 받고 오는 사람은 묵촌 이또실이었다. 모두 말없이 내외를 내려다보고 있었다. 이내 달주가 내외 곁에 무릎을 꿇었다.

"당신들마저 가고 말았구려!"

달주는 내외를 쓸어주며 속삭이듯 말했다.

"천하게 태어났지만 귀하게 돌아가셨소. 잘들 가시오."

달주는 띄엄띄엄 말했다.

"전봉준 장군께서 우리는 죽어서 백성의 가슴에 묻힌다고 했소. 우리부터 당신들을 가슴 한가운데 깊이 묻고 고이 안고 가리다."

김승종이 한마디 했다. 달주가 일어서며 길을 재촉했다. 조금 가다가 보성 쪽으로 빠지자고 했다. 달주는 꽹과리를 옆구리에 차고 손에는 아직도 꽹과리채를 들고 있었다. 일행은 구름에 달처럼 바삐 길을 재촉했다. 언뜻언뜻 비치는 달빛 아래 진눈깨비가 세차게 흩날리고 만득이 부하가 멘 작두칼은 유난히 날카롭게 번뜩였다.

◎ 부기

며칠 뒤 전국 각 고을에는 해남에서 마지막으로 동학 비도 3만여 명을 소탕하여 나라의 화근을 뿌리째 뽑아버렸으니 백성은 안심하고 생업에 종사하라는 방이 나붙었다. 전봉준과 김개남에 이어 손화중, 김덕명, 이방언, 최경선, 송희옥, 손여옥 등 두령들도 며칠 사이에 거의 붙잡혀 처형을 당했다.

관리와 양반과 부자들은 다시 제 세상을 만난 듯 무지막지하게 보복을 했다. 온 세상은 깜깜한 암흑 속으로 들어갔으며 암흑의 끝은 일제의 조선 강점이었다. 마침내 민족이 멸망의 벼랑 끝에 몰리자 어둠 속에서 숨을 죽이고 살던 농민군은 잡초처럼 또 일어나 녹슨 화승총을 들고 다시 일제와 처절하게 싸웠다. 처음에는 유생들이 앞장을 섰으나 통영갓에 장죽을 물고 나선 유생들은 대부분 총소리 한 방이면 쥐구멍을 찾았고 그런 어줍잖은 싸움을 하고 나서도 그들은 공을 다투기에만 정신이 없었다. 정작 싸움다운 싸움은 1909년 농민군만 일어선 제3기 의병투쟁이었으며 이때도 호남지역 농민들이 가장 격렬하게 일어나자 겁을 먹은 일제는 일본군 2개 연대를 동원, 육지는 노령산맥과 섬진강을 따라 둘러싸고 바다는 군함으로 막아 장장 3천리에 걸친 포위망을 형성하여 골골 샅샅이 이 잡듯이 잡아 죽이고 의병 나간 동네는 잿더미를 만들어버렸다. 이것이 이른바 '남조선 대토벌 작전'이다. 이때 잡혀 죽은 의병장은 108명이었다. 그 사람들이 농민전쟁 잔존 세력인지 여부는 고증할 길이 없다. 성명 석자만 일본군 토벌록에 난도라는 이름으로 적혀 있을 뿐이다. 그들은 이름을 내세우지 않고 싸웠던 까닭에 대부분 이름도 남아 있지 않고, 이름이 없으니 묏등이나 비석도 있을 리 없다. 싸우다 산과 들에서 죽고 논밭에서 썩어 흙이 되고 거름이 되어 역사의 굽이굽이마다 또 일어나고 또 일어나고 또 일어났다.

개정판 후기

1994년에 창작과비평사(현 창비)에서 출간했던 장편소설 《녹두장군》을 시대의창에서 다시 내게 되었다.

갑오농민전쟁 100주년을 기념하여 완간했던 소설 《녹두장군》을 통해서 나는 민중이 자발적 합의에 이르면 그 힘이 얼마나 큰 것인지 알 수 있었다. 한동안 절판되었던 《녹두장군》을 시대의창에서 복간하고 싶다는 연락을 받았을 때, 나는 반가운 마음에 앞서 이 시대 민중이 《녹두장군》을 새롭게 읽어야 할 이유가 무엇인지 생각해보았다. 갑오농민전쟁의 주역이었던 민중, 《녹두장군》 주인공들의 울분과 외침을 이 시대 민중에게 굳이 들려줄 필요가 있는지 생각해본 것이다.

조선 말기, 외세의 침략과 민생경제의 파탄 속에서 봉건관료, 토호의 수탈로 삶의 한계에 직면했던 농민들은 정치개혁을 요구하며 목숨을 걸고 궐기했다. 그들이 요구한 것은 인간답게 살 권리, 민중을 생각하는 정치, 모두 함께 잘 사는 대동세상이었다.

나는 최근 촛불집회 현장을 보면서 부패할 대로 부패한 봉건 조선의 심장을 꿰뚫은 민중의 분노를 하나의 목소리로 모아 새로운 사회로 나가는 발판을 만들었던 '녹두장군 전봉준'의 사자후를 되새겼다.

요사이 광화문에서 민중이 날마다 촛불시위를 하고 있는데, 이것은 1894년 갑오농민전쟁이 그 원형이라 할 수 있다. 부패한 정치에 저항하며 목숨을 바쳤던 '녹두장군' 시대의 민중은 지금도 여전히 존재한다. 오늘날의 민중도 여론에 귀 기울이지 않는 위정자들에게 자신들의 요구를 전하기 위해 언제나 들고 일어난다는 것을 이미 여러 번의 촛불시위로 보여주었다. 100년도 훌쩍 지난 옛날 일이 오늘날 우리에게 주는 의미가 새로운 것은 우리 삶의 토대와 살아가는 모습에서 아직도 바로잡을 것이 그만큼 남아 있다는 사실을 말하고 있다. 위정자와 민중이 하나 되는 세상을 위해, 우리는 또 얼마나 많은 촛불을 밝히고 밤을 지새워야 할 것인가?

　혼란스러운 시국을 보며 나는 《녹두장군》의 복간이 위정자와 대중이 서로 이해하고 원활한 소통을 하는 계기가 되었으면 하는 생각을 해본다. 위정자들은 국민의 뜻을 수렴하는 방법을 찾고, 시민들은 우리 사회가 어디로 가야하는지 냉철하게 분별하여 자신들이 뽑은 위정자들이 제대로 된 정치를 펼치고 있는지, 폭넓은 역사인식으로 바라볼 수 있는 시각을 형성하는 단초를 《녹두장군》이 제공한다면 작가로서 더 바랄 것이 없겠다.
　복간의 기회를 주신 시대의창 김성실 대표님과 개정판 작업으로 애쓴 출판사 여러분께 감사드린다.

2008년 6월 10일
송기숙

■ 잘못 쓰이고 있는 중요 지명*

[ ]안은《한국땅이름큰사전》(한글학회)에서 그대로 옮긴 것.

늘티 [판티, 무너미고개.【고개】충남-공주-계룡-기산- 원골 남쪽에 있는 고
개. 공주읍에서 전라북도로 통하는 큰 고개인데……] 널티·널치·판치는
잘못.

능티 [【고개】충남-공주-신기- 월암 북쪽에 있는 높은 고개. 효포에서 공주읍
으로 넘어감] 능치는 잘못.

두리봉 [두루봉, 한산【산】충남-공주-웅진- 한산소 뒤에 있는 산. 둥근 봉우
리가 매우 높게 빼어났음.] '주봉周峰'은 잘못. (사전의 '한산'도 잘못.) 공
주시와 공주군에 두리봉이 8개 있고, 주봉은 이인면 주봉리朱峰里와 탄천
면 성리에 2개 있으나 두리봉이란 산 이름이 주봉과 함께 쓰이는 경우는
없음.

삼봉三峰 전남 장성읍 남쪽 작은 산들을 일컬은 것 같은데 그 산들은 '월산
봉' 2킬로미터 위쪽 줄기로서 이름이 없는 산들임.

소토산 논산 근처에 이런 산은 없으며 논산역 앞 천주교회 자리 언덕배기를
'작은 흙산'이란 뜻으로 소토산小土山이라 적었던 것 같음. 거기는 옛날
꽤 높은 언덕배기였는데 깎고 교회를 지었다 함.

신현莘峴 전남 장성읍에 이런 지명은 없음. 신촌莘村 앞 '구시등'의 잘못인 듯.

*1994년 창작과비평(현 창비) 초판의 내용을 그대로 실었다.

404

우금고개 [우금재, 우금티, 비우금고개【고개】충남―공주―금학―금학동에
　　　서 이인면 주미리로 넘어가는 높은 고개. 전에는 이곳에 도둑이 많이 있었
　　　으므로, 저물게 소를 끌고 다니는 것을 막았다 함. 고종 31년(1894) 11월에
　　　동학군이 이곳에서 관군과 싸워 크게 패해서 10여만 명이 죽었다 함.]
우금치 우금티의 잘못. 우금치牛禁峙라 부르는 경우가 있으나 공인된 명칭이
　　　아님.(지명사전에 올라 있지 않음.)
우금티 [【고개】충남―공주―금학―. 우금고개] 우금치는 잘못. 옛 이름은
　　　'우금틔'이며 'ㅌ'은 이중모음 'ㅢ' 앞에서는 'ㅊ'로 구개음화되지 않음
　　　(예; 느틔나무(느타나무), 틔눈(티눈)). '티(틔)'는 고개를 뜻하며 공주 근처만
　　　하더라도 '능티' '늘티' '발티' 등 많은 고개 이름에 '티'가 붙어 있고 전국
　　　수많은 '밤티' '배티' 등 고개 이름이 모두 '티'로 표기됨. 한자 치峙 때문
　　　에 혼란이 가중되고 있으나, 원래의 이름이 '틔'일 때는 '티'로 표기해야
　　　함. 현지 노인들도 '우금티'로 부르고 백낙완의 《남정록》에도 '우금틔'
　　　'능틔'로 적고 있음.
주봉周峰 두리봉의 잘못.
황토재 [황토치【고개】전북―정읍―덕천―하학― 가정 북쪽에서 금계리로
　　　넘어가는 고개. 동학란 때 관군이 전멸한 곳으로 황토가 많음.]
황토현 황토재의 잘못. 식자들 사이에서 황토재가 황토현으로 굳어가고 있
　　　으나 공인된 명칭이 아님. (지명사전에 올라 있지 않음.)

　　* 지명은 현지에서 쓰이는 것이 기준이며 표기의 기준은 사전이다. '황토
　　　현'이나 '우금치' 같은 지명은 순전히 학계의 영향으로 잘못 쓰이고 있
　　　는 명칭이다. 현지 식자들도 그렇게 따라 부르고 있고 '황토현 전적지'
　　　'황토현 기념사업회' 등 상당히 굳어가고 있으나 그것은 책으로 읽는
　　　식자들 사이에서 그렇고, 현지의 노인들을 비롯한 대부분의 토박이들

은 '황토재'와 '우금티'로 부른다. 설사 많은 사람들 사이에서 굳었다 하더라도 국어학적 기준에 따른 검토를 거쳐 사전에서 인정(공인)할 때까지는 사전을 따라야 한다. 사전에는 황토재와 우금티만 올라 있지 황토현이나 우금치는 올라 있지 않다. 황토재는 오히려 '황토치'가 올라 있다.

⊙ 녹두장군 12권 어휘풀이

가풀막 몹시 가파르게 비탈진 곳.

개유開諭 사리를 알아듣도록 잘 타이름.

갯바위에 붙은 굴적 같다 갯바위의 굴적처럼 거칠고 어기차다는 말.

기스락 초가의 처마 끝.

누란累卵 층층이 쌓아 놓은 알이란 뜻으로, 몹시 위태로운 형편을 비유적으로 이르는 말.

덕석 '멍석'의 사투리.

마상이 거룻배처럼 노를 젓는 작은 배.

무자수 무자치. 뱀과의 파충류. 몸의 길이는 60~90센티미터이다. 등은 붉은 갈색 바탕에 네 개의 검은 줄이 있고 머리에는 'V'자 모양의 검은 갈색 얼룩무늬가 있으며 배는 붉은 황색 또는 붉은 갈색이다. 독은 없고 난태생으로 한국, 일본, 중국, 시베리아 등지에 분포한다.

물때썰때 사물의 형편이나 내용을 비유적으로 이르는 말.

미운 파리 고운 파리 못 가리다 내 편과 네 편을 분간하기 어려운 경우를 이르는 말.

비자 '부추'의 사투리.

사다듬이질 몽둥이로 사정없이 두드리는 짓.

성분成墳 봉분封墳.

앙알앙알 윗사람에 대하여 원망스럽게 자꾸 입속말로 군소리를 하는 모양.

영용하다 영특하고 용감하다.

요사寮舍 사찰 내에서 전각이나 산문 외에 승려의 생활과 관련된 건물을 아울러 이르는 말.

이레 제사에 여드레 병풍 시일時日이 지나서 허탕을 침을 이르는 말.

이무럽게 '스스럼없이'의 사투리

장명등長明燈 대문 밖이나 처마 끝에 달아 두고 밤에 불을 켜는 등.

적정敵情 전투 상황이나 대치 상태에 있는 적의 특별한 동향이나 실태.

조리 장사 체켓돈을 내서라도 수단과 방법을 가리지 않고 돈을 마련하여 어떤 일을 하겠다는 뜻을 다지는 말.

중동 사물의 중간이 되는 부분이나 가운데 부분.

중두리 독보다 조금 작고 배가 부른 오지그릇.

지도리 돌쩌귀, 문장부 따위를 통틀어 이르는 말.

지저깨비 나무를 깎거나 다듬을 때에 생기는 잔 조각.

지청구 꾸지람.

징상시롭다 '징그럽다'의 사투리.

청산에 매 팔자 매인 데가 없이 자유로운 형편을 이르는 말.

풍구 곡물에 섞인 쭉정이, 겨, 먼지 따위를 날려서 제거하는 농기구. 한쪽에 큰 바람구멍이 있고, 큰 북 모양의 통 내부에 있는 여러 개의 넓은 깃이 달린 바퀴를 돌려서 낟알과 잡물을 가려낸다.

퉁바리 놓다 무엇을 말하다가 매몰스럽게 거절을 당하다. 퉁바리 맞다.

하관下觀 광대뼈를 중심으로 얼굴의 아래쪽 턱 부분.

핫옷 솜옷.

해동갑 해가 질 때까지의 동안.

행보行步 일정한 목적지까지 가거나 다녀옴.